Vivian Hall

Mauerblümchen küsst er nicht

Vivian Hall
City Lovers Teil 1
MAUERBLÜMCHEN KÜSST ER NICHT

Korrektorat: Linda Mignani
Lektorat: Stefanie Johann
©Coverdesign: Vercodesign
https://www vercopremadebookcover de

Impressum
Vesna Coenen,
Höhenstrasse 40, 89584 Ehingen
Vivianhall@outlook de

Bestellung und Vertrieb:
Nova MD GmbH, Vachendorf
Druck und Bindung: SoWa Sp z o o ul Raszynska 13
05-500 Piaseczno, Polska

ISBN Print: 978-3-96443-215-5

Kapitel 1

Fuck, wie hätte er vorausahnen können, dass dieser Trump tatsächlich der 45. Präsident der Vereinigten Staaten werden würde? Leider hatte er vor Monaten zu voreilig auf Hilarys Sieg gebaut und nun sitzt er mächtig in der Scheiße.

Dumm gelaufen, Kumpel, kichert seine innere Stimme schadenfroh, während Roman fassungslos die junge Frau mustert, mit der er anbändeln soll, um seine Wettschuld zu begleichen.

„Ist das wirklich dein Ernst?“ Er wirft seinem besten Freund Mark Rieger einen empörten Blick zu und fleht in Gedanken, er möge sich verhört haben. Mit einer ungehaltenen Geste deutet er auf das Mauerblümchen aus dem Kundenservice. Sie tippt wie eine Wilde auf ihrer Tastatur herum und merkt gar nicht, wie intensiv er sie gerade unter die Lupe nimmt.

„Du kannst unmöglich von mir verlangen, mich mit dieser Vogelscheuche in der Öffentlichkeit sehen zu lassen. Shit, ich habe einen Ruf zu verlieren!“

Romans entrüsteter Kommentar belastet seinen Kumpel überhaupt nicht. Mark zuckt nur mit den Achseln und grinst verschlagen. „Du hast gewettet und verloren. Du wusstest, was dir in dem Fall blüht.“

Roman schnaubt geringschätzig, hält aber die Klappe, weil er Mark leider recht geben muss. Ihn ärgert nur der dezent boshafte Unterton in der Stimme seines Freundes, obwohl er ihn durchaus nachvollziehen kann. Mark hat bei ihren Wetten – die sie aus purer Langeweile immer wieder abschließen – in den letzten Jahren zu oft den Kürzeren gezogen. Daher ist es ihm sicher eine Genugtuung, endlich mal die Regeln zu bestimmen. Mark wird unter Garantie keine Gnade walten lassen und ein anderes Mädchen aussuchen. Eines, das nicht aussieht, als wäre sie die Mischung einer Reinkarnation von Inge Meysel und Mutter Theresa.

So eine Scheiße. Roman furcht die Stirn.

„Das nehme ich dir echt übel, du Arsch."

„Stell dich nicht so an", antwortet Mark gelassen. „Du wirst es überleben. Ich habe ja nicht verlangt, dass du deinen Schwanz generell in der Hose lassen sollst und dich nur noch mit ihr beschäftigen darfst. Meinetwegen kannst du dich nebenher durch die Weltgeschichte vögeln, aber bis spätestens Ende des Monats tauchst du mit der Kleinen im *2Face* auf und tust so, als wärst du verrückt nach ihr. Ich will das volle Programm. Händchenhalten, küssen und was dir sonst noch in den Sinn kommt. Und danach", Mark zuckt gleichgültig mit den Achseln, „kannst du sie aufs Abstellgleis schieben. Ob auf die nette oder die harte Tour ist mir egal."

Bei dem Gedanken, sich in den nächsten Wochen mit diesem unansehnlichen Geschöpf abgeben zu müssen, sinkt Romans Laune erdrutschartig in den Keller. Marks Lächeln hingegen wird breiter, er platzt fast vor Schadenfreude. Genervt blickt Roman zur Seite. Neben ihm befindet sich eine Glasscheibe, die das Büro des Kundenservice vom langen Gang trennt. Dahinter stehen drei Schreibtische, besetzt von den Mädels des Kundendienstleiters Herrn Krämer. Zwei Frauen sind richtige Granaten, sexy und immer hübsch angezogen. Die dritte wirkt zwischen den beiden wie ein Fremdkörper. Alles an ihr ist unscheinbar. Ihr Gesicht, ihre Kleidung, sogar ihr Haar ist blassblond und mit einem reizlosen Zopf gebändigt. Selbst ihre Körperhaltung hat etwas Duckmäuserisches an sich, als wäre es ihr erklärtes Ziel, sich so unsichtbar wie möglich zu machen. Nun, das ist ihr bis jetzt auch gelungen. Das Mädchen ist ihm bisher nie richtig aufgefallen, dabei schaut er regelmäßig hier rein.

„Wie heißt sie eigentlich?", will Roman wissen und fügt sich ins Unvermeidliche.

Ehrlich gesagt interessiert ihn der Name dieses Mauerblümchens nicht wirklich. Er wird nur nicht darum herumkommen, ihn in Erfahrung zu bringen. Schließlich soll er ihn in naher Zukunft mit sinnlichem Unterton in ihr Ohr hauchen. Roman zweifelt keine Sekunde daran, dass sie ihm ebenso verfallen wird, wie all die anderen Frauen, die er in seinem achtundzwanzigjährigen Dasein erfolgreich umworben hat.

Sein Ruf eilt ihm voraus und er ist bei Gott nicht unbegründet. Ja, er ist ein Frauenschwarm und stolz darauf. Warum sollte er seinen Status und sein gutes Aussehen nicht ausnutzen, um so viel Spaß wie möglich mitzunehmen?

„Sie heißt Lilly Wegener", antwortet Mark unterdessen.

„Lilly Wegener ...", wiederholt Roman und unterdrückt ein Seufzen. Bei so einem Namen denkt man als Mann automatisch an eine heiße Lolita mit Schmollmund und vollen Brüsten. Sein Blick wandert zu dem Mädchen hinter dem Schreibtisch. Mit einer scharfen Kindfrau hat sie wirklich nichts gemein und ob sie eine nennenswerte Oberweite besitzt, kann man unter den biederen Klamotten auch nicht so richtig erkennen. Roman verzieht unwillig die Lippen und kann sich einen letzten Einwand nicht verkneifen. „Ich werde mich unendlich blamieren, wenn ich mit der im *2Face* auftauche."

Marks Lächeln bekommt eine herablassende Note, in seinen graublauen Augen glitzert es vorfreudig. „Du musst nicht, wenn sie dir zuwider ist. Aber dann gehört dein Aston Martin mir. Wenn dir das lieber ist ..."

Mit süffisantem Unterton lässt Mark den Satz ausklingen und steckt lässig die Hände in die Sakkotaschen. Roman brummt schlechtgelaunt vor sich hin. Natürlich möchte er den Wagen nicht verlieren. Er liebt die Kiste und würde sie um nichts in der Welt freiwillig hergeben. Aber in erster Linie möchte er sein Gesicht nicht verlieren. Alle wissen von der Sache. Nicht nur Mark, auch Alex und Niklas sind eingeweiht.

Darüber hinaus sind noch weitere Freunde informiert. Etliche Bekannte aus seinem persönlichen Umfeld warten händereibend auf die Verbüßung seiner Strafe und die fassungslosen Blicke, die Roman ernten wird, sobald er mit der Wegener im edlen *2Face* aufläuft. Er ist dort bekannt wie ein bunter Hund. Niemandem wird seine neue Begleitung entgehen und es ist schon jetzt klar, dass er dafür viel Spott und Häme ernten wird. Roman Steininger hat sich in eine kleine Vogelscheuche verguckt, wird es heißen. Allein der Gedanke daran, was man über ihn und seine Geschmacksverirrung denken wird, verursacht ihm Übelkeit.

Trotzdem wird er seine Wettschulden begleichen, egal wie unangenehm die Sache auch werden wird. Kneifen kommt nicht infrage. Etwas befremdet registriert er, wie viel Ordner auf ihrem Schreibtisch stehen. Die meisten Kundenbeschwerden gehen online ein, trotzdem besteht sein Vater seit jeher darauf, sie nicht nur elektronisch zu speichern. Jede Beschwerde muss in ausgedruckter Form vorliegen. Er vertritt die Meinung, dass man die Unzufriedenheit seiner Kunden *sehen* muss und so ein großer Stapel kann einem schon die Laune verderben.

Stirnrunzelnd kontrolliert er die Tische ihrer Kolleginnen. Die sehen verdächtig leer aus. Entweder sind die zwei Grazien äußerst schnell oder sie drücken ihrer unscheinbaren Kollegin die eigene Arbeit aufs Auge und sitzen hier nur ihre Zeit ab. Da er vom zuständigen Abteilungsleiter regelmäßig über alles informiert wird, weiß er, dass eine der drei Sachbearbeiterinnen durch besonderen Fleiß hervorsticht. Er kann sich denken, dass es sich dabei um Lilly Wegener handeln muss.

Dafür haben ihre Kolleginnen andere Qualitäten, denkt er und schmunzelt durchtrieben.

Das Lächeln vergeht ihm, da sein Blick wieder auf Lilly fällt. Er versucht ihrem Äußeren etwas Positives abzugewinnen und scheitert kläglich. Sie trägt eine schlichte Bluse in Weiß und darüber eine graue Strickweste, die ihren blassen Teint noch bleicher wirken lässt. Soweit er es von hier erkennen kann, ist sie von zierlicher Statur und die Kleider hängen formlos an ihr herab. Wie bei einem kleinen Mädchen, das mit den Sachen der Mutter verkleiden spielt. Roman fühlt, wie der Druck in seinem Magen zunimmt und reibt sich unbehaglich über den Nacken. Er schätzt sie auf Anfang zwanzig, vielleicht ist sie sogar noch jünger. Möglicherweise zu jung?

Roman notiert sich geistig, einen Blick auf ihre Personalakte zu werfen, um dem drohenden Fiasko doch noch zu entgehen. Er fühlt sich nicht wohl bei dem Gedanken, diesem Mäuschen etwas vorzulügen und sie glauben zu lassen, er würde etwas für sie empfinden. Er gilt als rücksichtslos und ja, er ist nur auf seinen eigenen Genuss bedacht, wenn es um Frauen geht, aber er besitzt durchaus ein Gewissen. Zwar keines, von dem er übermäßigen

Gebrauch macht, doch bei Bedarf meldet es sich und hält ihn davon ab, unnötig über die Stränge zu schlagen.

„Ist sie überhaupt volljährig?“, will er von Mark wissen. „Sie sieht aus, als wäre sie gerade erst den Windeln entwachsen.“

Mark riecht den Braten sofort. Wenn etwas faul ist, deckt er es gnadenlos auf und sorgt für entsprechende Konsequenzen. Alle Mitarbeiter zittern vor ihm, vor allem die weibliche Belegschaft hat einen Mordsrespekt vor ihm, allerdings beschert ihm seine Attraktivität innerhalb und außerhalb der Firma auch etliche Affären. Frauen stehen auf mächtige Männer und Mark ist ein Alpha par excellence.

„Falls du befürchtest, du könntest dich an ein halbes Kind heranmachen, kann ich dich beruhigen. Sie ist zweiundzwanzig und damit volljährig. Sie darf rauchen, trinken, Auto fahren und Sex haben, so viel sie möchte.“

Das Alter fällt als Ausrede also flach. Romans Laune sinkt auf den absoluten Nullpunkt. „Ich wette, die hat noch nie einen nackten Kerl aus der Nähe gesehen“, brummt er und lehnt sich mit der Hüfte gegen die Scheibe. Seine Augen wandern erneut durch den Innenraum des Büros. Gefrustet fixiert er dieses fade Persönchen. Nichts an ihr wirkt anziehend auf ihn. Ihr kleines Gesicht wird von einer lächerlich überdimensionalen Brille mit dunklem Rahmen dominiert. Ihre Züge gehen total unter, er kann nicht sagen, ob sie einfach nur langweilig oder sogar hässlich sind. Die Augen hinter den Gläsern kann er von hier aus nicht erkennen, er ist sich jedoch sicher, dass sie genauso durchschnittlich sind, wie der Rest von ihr.

Wenigstens scheint sie fleißig zu sein. Lilly Wegeners Finger fliegen geradezu über die Tastatur, die Andeutung eines Lächelns gräbt sich in ihre Mundwinkel, als wäre das Bearbeiten von Kundenreklamationen die interessanteste Tätigkeit der Welt. Plötzlich versteift sie sich und dreht den Kopf in seine Richtung. Sobald sie merkt, dass er sie beobachtet, breitet sich tiefe Röte auf ihren Wangen aus. Sie schaut sofort weg und hackt erneut auf die Tastatur ein, als ginge es um ihr Leben. Dennoch kann sie das Zittern ihrer zarten Finger nicht verbergen. Lilly

Wegener macht einen fast schon verstörten Eindruck auf Roman.

Wenn bereits ein simpler Blickkontakt sie verschreckt, dann will er sich nicht ausmalen, wie sie auf einen Annäherungsversuch reagiert. Ihr weiszumachen, er hätte Gefühle für sie, wird vermutlich schwerer werden, als angenommen. Angesichts ihres scheuen Verhaltens, nimmt seine Beklommenheit weiter zu.

Verdammt, er kommt sich vor wie ein hungriger Wolf, der ein unschuldiges Lamm reißen und verschlingen will. Nur die Aussicht, vor seinen Freunden wie ein Idiot und Feigling dazustehen, wenn er sich weigert, die Wettschuld einzulösen, hält ihn davon ab, die Sache auf der Stelle abzublasen.

„Jetzt sag schon, machst du es oder nicht?“

Roman fühlt sich unter Druck gesetzt. „Mir bleibt ja nichts anderes übrig, du Sackgesicht.“

„Na, na, na, wir wollen doch nicht ausfallend werden.“

Mark lacht und genießt Romans miese Laune ausgiebig.

„Du bewegst dich auf verdammt dünnem Eis, Kumpel“, murrt er heiser, ehe er mit einer knappen Handbewegung auf Lilly Wegener zeigt. „Herrgott, alle werden mich auslachen, wenn ich mit der im *2Face* aufkreuze.“

Mark gibt sich keine Mühe, sein Glucksen zu verbergen.

„Alter, das ist ja der Sinn der Sache.“

Roman schließt kurz die Augen. Er schwitzt Blut und Wasser bei dem Gedanken, diese Lilly hofieren zu müssen, nur weil er so blöd war, sich auf eine idiotische Wette einzulassen. Er hat keine Ahnung, ob er genug schauspielerisches Talent besitzt, um ihr vorzumachen, er sei an ihr interessiert. Sie fällt null in sein Beuteschema und kann sich nicht mal ansatzweise mit den Frauen messen, die er sich sonst in sein Bett holt. Er schmückt sich gern mit aufregenden Schönheiten, nie sieht man ihn länger als ein paar Tage mit derselben Frau. Sobald er seinen Trieb befriedigt hat, jagt er der nächsten Herausforderung hinterher. Es fällt ihm leicht, Frauenherzen höherschlagen zu lassen. An attraktiver Begleitung mangelt es ihm daher nie. Aber die hier?

Er weiß jetzt schon, dass die recht feinen Antennen seiner Schwester Miriam augenblicklich anschlagen werden, sollte sie

Wind von seinen Bemühungen um Lilly Wegener bekommen. Miri ist ein liebes Ding, er vergöttert seine kleine Schwester, trotz ihres total übertriebenen Gerechtigkeitsempfindens, mit dem sie laufend bei Mark aneckt. Die zwei sind wie Hund und Katze. Sobald sie aufeinandertreffen, gibt es Streit und er mutmaßt, dass sich beide gedanklich in irrwitzigen Gewaltfantasien ergehen. Miri, weil sie Mark für seinen offen gelebten Egoismus verachtet, während er sie für eine untervögelte Emanze hält. Was er jedoch niemals ausspricht. Schon aus Respekt vor Roman. Allerdings würde er nicht die Hand dafür ins Feuer legen, dass die beiden sich nicht die schlimmsten Dinge an den Kopf werfen, sobald sie unter sich sind. Naja, es geht ihn nichts an und er mischt sich nicht ein.

Glücklicherweise hält Miriam es ähnlich. Obwohl sie seine ständigen Liebschaften nicht gutheißt, behält sie ihre Meinung darüber für sich. Sollte sie allerdings das Misstrauen wegen Lilly packen, wird seine Schwester nicht rasten und ruhen, bis sie die Wahrheit aus irgendjemandem herausgekitzelt hat. Zum Beispiel von seinem Kumpel Niklas. Der inkonsequente Arsch steht total auf sie und würde für ein Date mit Miriam singen wie ein Vögelchen. Roman muss bei der Wegener dementsprechend diskret vorgehen und einem plausiblen Vorwand finden, um sich ihr zu nähern. Sonst kann er sich demnächst auf ein paar gepfefferte Ansagen seitens seiner Schwester gefasst machen. Darauf hat er keine Lust.

Am klügsten wäre es wohl, in den sauren Apfel zu beißen und sich von seinem Wagen zu trennen. Doch er will die Sache durchstehen. So wie es sich für einen guten Verlierer gehört.

„Ein Mann muss tun, was ein Mann tun muss", murmelt er ergeben und hofft, die Kleine verfällt beim ersten Anzeichen von Interesse nicht in katatonische Starre.

Marks Grinsen zieht sich fast bis zu seinen Ohrläppchen. „Schön, dann lass mal deinen Charme spielen, du Casanova. Vielleicht ist die Kleine ja eine Granate im Bett und du findest in ihr die große Liebe."

Marks Spott lässt erneut Unbehagen in Roman aufsteigen. Gehen sie hier nicht ein wenig zu weit? Es ist eine Sache, Mark halbnackt im Cabrio durch die Stadt fahren zu lassen, um ihn zu bestrafen, aber hier wird eine weitere Person hineingezogen. Ein Mädchen, das gar nichts mit der Wette zu tun hat und am Ende vermutlich leiden wird. Roman weiß, wie er auf Frauen wirkt. Sobald er ihnen mehr als das übliche Maß an Aufmerksamkeit zuteilwerden lässt, verlieben sich die meisten in ihn. Schmachtende Frauen sind die Pest, doch die Mädchen, mit denen er sich in der Regel abgibt, können mit einer Abfuhr umgehen, und erholen sich schnell von ihrem Kummer. Normalerweise reicht ein hübsches Armband vom Juwelier, um sie den Trennungsschmerz vergessen zu lassen. Diese Lilly macht keinen abgebrühten Eindruck und so hadert er mit seinem Vorhaben, ihr den ergebenen Liebhaber vorzuspielen. Ein weiterer Punkt bereitet ihm ebenfalls Sorgen. Sollte sein Vater je davon erfahren, ist Miri sein geringstes Problem. Er traut Konrad Steininger durchaus zu, dass er ihn für ein halbes Jahr in die Produktion steckt, um tagein, tagaus Fließbandarbeit zu leisten oder im Lager für die nächsten zehn Jahre mit einem Gabelstapler Kisten von A nach B zu kutschieren. Sein konservativer Vater hält ihm schon lange sein zügelloses Privatleben vor und würde ihn zu gern an der Seite eines braven Frauchens und mit einer Horde Kinder sehen.

„So eine Scheiße." Er schaltet das Verantwortungsbewusstsein einfach ab. Schließlich will er nicht mit Lilly Wegener ins Bett steigen. Es reicht, wenn er sie ein wenig in die Irre führt und sie sich nach der ganzen Geschichte fragen muss, ob sie nicht mehr in sein Verhalten hineininterpretiert hat, als vorhanden war. Den Abend im *2Face* wird er sicher so gestalten können, dass sie gar nicht mitkriegt, was in Wirklichkeit vorgeht, aber die anderen trotzdem zufriedenstellt.

Sein Optimismus hält ungefähr fünf Sekunden, dann wirft er erneut einen Blick auf dieses schüchterne Mäuschen und knirscht mit den Zähnen.

Mark amüsiert sich köstlich über seine offen gezeigte Verzweiflung. „Komm schon, so übel ist sie doch nicht."

Roman platzt der Kragen „Wenn du nicht aufhörst, verpass ich deinem Gesicht ein paar neue Konturen, dann vergeht dir das scheinheilige Grinsen"

Sein bester Freund zeigt sich wenig beeindruckt von dieser Drohung „Einen schönen Menschen kann nichts entstellen", frotzelt er und schnippt einen imaginären Fusel vom Ärmel Sein Lächeln bekommt einen fiesen Zug

„Du solltest dich ranhalten, bevor sie dir ein anderer Kerl vor der Nase wegschnappt"

„Als ob irgendein Typ mit ein bisschen Stolz im Leib auch nur einen Blick an die verschwenden würde Und glaub ja nicht, dass ich im *2Face* mit ihr rummache Ich küsse keine Mauerblümchen Kapiert?"

Roman fühlt sich sofort schuldig, weil er sich derart abfällig über das Mädchen äußert Leider kann er nicht anders Der Frust sitzt einfach zu tief und so reagiert er sich an der einzigen Person ab, die sich nicht wehren kann Er verschränkt bockig die Arme über seinem straffen Oberkörper Auf seinen Körper ist er wirklich stolz Kein Gramm Fett, er besteht nur aus harten Muskeln und hält sich mit Kampfsport fit Regelmäßiges schwimmen und joggen tun ihr Übriges, um seine sportliche Leistungsfähigkeit zu erhalten Er bemerkt, wie die beiden Mädels hinter der Trennscheibe ihnen verstohlene Blicke zuwerfen Die Dunkelhaarige beginnt, an ihren Haaren herumzuspielen, die Blonde einen Tisch weiter, die ihn mit ihrem frechen Kurzhaarschnitt an Charlize Theron erinnert, blinzelt ebenfalls in seine Richtung und schmunzelt verhalten Sie weiß, dass sie gut aussieht, und spielt ihren unterkühlten Sex-Appeal schamlos aus

Roman mustert die heiße Blondine wohlwollend und fragt sich, ob sie beim Sex eher zur lauten oder zur leisen Sorte gehört Sobald sie sein Interesse bemerkt, lächelt sie eine Spur einladender und schlägt die Beine übereinander Ihr geschlitzter Rock rutscht ein gutes Stück nach oben und offenbart eine Menge Haut Ein hübscher Anblick, ganz anders als bei Lilly Wegener Die scheint mit der altmodischen Strickweste dem Modegeschmack einer viktorianischen Jungfer nachzueifern

Gewohnheitsmäßig zwinkert er der attraktiven Blondine zu, – sie heißt Sabine, wenn er sich richtig erinnert – ehe ihm einfällt, dass er sich besser zurückhalten sollte, solange das Mauerblümchen in Sichtweite ist.

„So eine Scheiße …“, wispert er und wirft Mark einen anklagenden Blick zu. „Deinetwegen kann ich die Blondine nicht anbaggern“, beklagt er sich. „Die würde es sofort herumerzählen, wenn ich sie flachlege und dann brauche ich bei der Wegener gar nicht erst aufzulaufen.“

„Aufgeschoben ist nicht aufgehoben“, antwortet Mark glatt. „Außerdem darfst du ruhig ein bisschen leiden. Mich hast du letztes Jahr auch ziemlich dumm aussehen lassen, als ich halbnackt eine Stadtrunde mit meinem Cabrio drehen musste und von der Polizei angehalten wurde. Ich kann vom Glück sagen, dass dein Vater nichts mitbekommen hat, sonst würde ich wahrscheinlich heute Autos in einer Waschanlage abspritzen.“

Damit könnte er sogar recht haben. Ihr Verhalten im Privatleben kollidiert massiv mit ihren beruflichen Ambitionen und den moralischen Ansprüchen, die sein Vater an seine engste Führungsriege stellt. Aber wie sagt man: wo kein Kläger, da kein Richter.

Roman kann sich ein Grinsen nicht verkneifen. „Immerhin hast du die Nummer der süßen Streifenpolizistin abgestaubt und soweit ich mich erinnern kann, hat sie dir danach ein paar Nächte versüßt.“

Die Erinnerung entlockt Mark ein verträumtes Lächeln. „Die Kleine war der Hammer. Sehr gelenkig und ausdauernd.“ Dann schüttelt er den Kopf. „Trotzdem musst du leiden. Du wirst bei der Wegener den aufmerksamen Liebhaber spielen, sonst bist du deine heißgeliebte Karre los und alle halten dich für einen Feigling. Deine Entscheidung.“

„Also dann: Augen zu und durch!“, meint Roman ergeben und klopft seinem Freund hart auf die Schulter. „Lass uns das in meinem Büro mit einem Scotch besiegeln, und dann überlege ich mir, wie ich am besten an die Kleine rankomme, ohne sie zu verschrecken.“

Mark revanchiert sich für diese Ankündigung mit einem frechen Grinsen.

„Ich kann es kaum erwarten, dir dabei zuzusehen."

Kapitel 2

Sie hasst diese ständigen Tuscheleien und das sinnfreie Gekicher ihrer Kolleginnen, sobald der smarte Juniorchef Roman Steininger mit dem nicht minder attraktiven Mark Rieger durch die Flure flaniert. Anders kann man das nicht nennen. Sie wissen beide um ihre Wirkung und ihre Stellung, die sie in diesem Haus innehaben. Dazu kommt noch die Freundschaft, die sie verbindet und ihnen die Aura von zwei Königssöhnen verleiht. Lillys Mundwinkel zuckt, bei dem absurden Gedanken muss sie ein Lächeln unterdrücken. Roman Steininger ist alles andere als ein Märchenprinz, eher ein Casanova durch und durch. Triebgesteuert und verwöhnt, lebt er all seine Wünsche aus und schert sich in keiner Weise um die vielen gebrochenen Herzen, die er hinterlässt. Sie kann sich nicht vorstellen, dass er jemals sein flottes Singledasein aufgeben würde, um mit einer einzigen Frau glücklich zu werden. Dafür gibt es zu viele hübsche Versuchungen, die ihm nur allzu willig signalisieren, ihm bei Bedarf jeden Wunsch von den Augen abzulesen. Wozu sich nur auf eine beschränken?

Ein deprimierender Gedanke. Roman Steininger wird seine Aufmerksamkeit in hundert Jahren nicht auf sie richten, so wie sie es sich oft in ihren Tagträumen ausmalt oder detaillierter auch nachts. Am nächsten Morgen erwacht sie dann immer mit zitternden Schenkeln und verschwitztem Nachthemd, nachdem sie sich im Schlaf nicht ganz jugendfreien Fantasien hingegeben hat. Roman Steininger weiß nicht einmal um ihre Existenz, obwohl sie sich ständig über den Weg laufen. Jedes Mal sieht er durch sie hindurch, sogar wenn er alle paar Wochen hier im Kundenservice reinschneit, um sich von ihrem Vorgesetzten Herrn Krämer auf dem Laufenden halten zu lassen. Sie seufzt und wünscht sich, nicht so eine Träumerin zu sein. Ihre Schwärmerei muss unbedingt ein Geheimnis bleiben. Wenn ihre beiden

Kolleginnen davon erfahren, werden sie Lilly gnadenlos aufziehen oder dieses Wissen als Waffe nutzen, um sie fertigzumachen. Die zwei können sie nicht ausstehen. Lilly legt durch ihren Arbeitseifer das mangelnde Engagement der anderen bloß und deswegen hat sie sich die beiden Schönheiten zu erbitterten Feindinnen gemacht. Sie kann sich bereits jetzt schon ausmalen, was für bösartige Kommentare auf sie warten, wüssten Sabine und Marion von ihrer geheimen Leidenschaft für den smarten Juniorchef.

Als ob er auch nur einen Blick an eine wie dich verschwenden würde, flüstert eine wohlbekannte Stimme in ihr. Im Laufe der letzten Jahre haben alle ihre negativen Gedanken die Stimme ihrer verhassten Mutter angenommen. Ihr ist klar, dass sie nicht echt ist, sondern das Ergebnis jahrelanger Erniedrigungen von einer Frau, die nie ein Kind hätte auf die Welt bringen dürfen. Lydia Wegener war und ist eine kranke Person, die zu keinerlei warmen und freundlichen Gefühlen fähig ist. Trotzdem hat sie es lange Zeit verstanden, allen weiszumachen, sie wäre eine tolle Mutter, die sich aufopferungsvoll um ihr Kind kümmert. Was hinter verschlossenen Türen vor sich gegangen ist, hat niemand sehen wollen. Selbst heute, fühlt sie sich in vielen Situationen wie das kleine, todtraurige Mädchen von einst und jedes Mal, wenn sie sich zu etwas Mut und Selbstbewusstsein ermutigen möchte, hört sie Lydias geflüsterte Gemeinheiten, als würde sie direkt neben ihr stehen. Es fällt ihr schwer, sich von den schrecklichen Erinnerungen an diese Frau zu lösen. Sie schaffen es immer zurück in ihr Bewusstsein. Eine Gesprächstherapie hat dabei geholfen, die schlimmsten Wunden zu heilen, aber sie ist noch meilenweit davon entfernt, ein gesundes Verhältnis zu sich selbst zu entwickeln.

Genau in dieser Sekunde spürt sie ein merkwürdiges Kribbeln auf ihrer Haut. Lilly fühlt sich beobachtet, hebt den Kopf und sieht sich um. Ihre Kolleginnen arbeiten. Klar, wenn der Juniorchef im Gang steht, mit perfekter Sicht ins Büro, traut sich keine, ihre Nägel zu lackieren oder die neuesten WhatsApp-Nachrichten zu checken. Wieder prickelt es auf ihren Wangen, ihre Nervenenden spielen verrückt, scheinen zu vibrieren. Lilly kann sich nicht erklären, woher diese Empfindung kommt. Dann streift ihr Blick zufällig Roman Steininger und sie erstarrt. Er beobachtet sie durch die Verglasung. Sein Gesichtsausdruck verunsichert Lilly, denn seine Miene wirkt irgendwie ... berechnend? Ein ungutes Gefühl beschleicht sie, ehe sie die Regung abschüttelt. Wahrscheinlich blickt er einfach durch sie hindurch, wie sonst auch, und ist in Gedanken ganz woanders.

Wieso sollte er sie ansehen, wenn zwei viel attraktivere Frauen im Büro sitzen? Plötzlich neigt er leicht den Kopf, sein Blick bohrt sich in ihren. Nein, er schaut keineswegs durch sie durch. Lillys Kehle schnürt sich zu, während sie über die Entfernung hinweg seiner bohrenden Musterung standhält, solange sie kann. Je länger sich ihre Blicke kreuzen, umso düsterer wird sein Gesichtsausdruck.

Findet er meinen Anblick so schrecklich, fragt sie sich und spürt einen Stich ganz tief in ihrem Herzen.

Schau in den Spiegel, dann kennst du die Antwort.

Wie sie die Geisterstimme ihrer Mutter in ihrem Kopf verabscheut! Weil sie Dinge ausspricht, die ihr fast schon körperliche Schmerzen verursachen. Ihr ist bewusst, wie farblos sie neben Sabine und Marion wirken muss. Normalerweise könnte sie direkt vor seiner Nase in Ohnmacht fallen und er würde wohl einfach über sie steigen und weiterlaufen. Wieso mustert er sie heute so eingehend?

Verunsichert bricht sie den Blickkontakt ab und starrt Löcher in ihren Monitor. Sie gibt sich einen Ruck und tippt weiter, ohne etwas zu sehen. Lilly weiß gar nicht, was sie da schreibt, ihre Finger bewegen sich wie von selbst. Alles, was sie wahrnimmt, sind ihr rasendes Herz und tanzende Lichtpunkte direkt vor den Augen. Nach einigen Sekunden klärt sich die Sicht, auch ihr Puls normalisiert sich. Aus den Augenwinkeln bemerkt sie, wie sich Roman Steininger und Mark Rieger wieder unterhalten und dann gemeinsam fortgehen. Zwei hochgewachsene Männer in perfekten Anzügen und modisch geschnittenem Haar. Sie verströmen aus jeder Pore die Gewissheit, alles im Leben erreichen zu können.

Lilly kann sich nur schwer vorstellen, wie es sein mag, so viel Selbstbewusstsein und Stil zu besitzen Sie hat weder das eine noch das andere Das hat Lydia ihr von klein auf eingebläut Irgendwann hat Lilly aufgehört, gegen ihre Geringschätzung anzukämpfen und sie einfach hingenommen Es wird schon einen Grund haben, dass alle auf ihr herumtrampeln Manchmal hat sie es nicht ertragen, sich so ungeliebt und wertlos zu fühlen Dann hat sie sich in ihrem Kleiderschrank versteckt, ein Kissen vors Gesicht gedrückt und geweint und geweint und geweint, bis keine Tränen mehr kommen wollten

Jahrelange Demütigungen und Zurückweisungen hat sie auf diese Weise verarbeitet – oder es zumindest versucht Mittlerweile verkriecht sie sich nicht mehr im Schrank Allein zu sein, ist weniger schmerzhaft, als auf die Zuneigung einer Mutter zu hoffen, die nicht zur Liebe fähig ist Und solange sie niemanden an sich heranlässt, kann ihr auch niemand wehtun Keine tolle Lösung, aber die einzige Möglichkeit, emotional einigermaßen stabil zu bleiben Sie ist noch nicht bereit, diesen für sie enormen Fortschritt für ein paar soziale Kontakte aufs Spiel zu setzen

Seufzend konzentriert sie sich auf die Beschwerde einer Kundin Sie überlegt, wie sie der Dame am freundlichsten nahebringen kann, dass ein Plastiktraktor nicht dafür gemacht ist, gegen eine Wand geschleudert zu werden Frau Klein, so der Name der aufgebrachten Dame, hat in ihrer E-Mail ihrer Empörung über das gesprengte Gehäuse des Spielzeuges freien Lauf gelassen und erwartet eine Entschädigung Normalerweise ist die Firma sehr großzügig bei solchen Dingen, doch bei äußerer Gewalteinwirkung fühlt sich auch der so kundenfreundliche Konrad Steininger nicht verantwortlich Da Lilly weiß, dass sie bei einer erneuten Beschwerde mit seinem Rückhalt rechnen kann, formuliert sie eine höfliche Antwort, lehnt aber das Versenden eines neuen Traktors ab Spielzeug geht nun einmal kaputt, wenn Kinder mutwillig Schabernack treiben Würde die Firma jedes Mal neue Ersatzprodukte verschicken, könnten die Steiningers über kurz oder lang wegen Insolvenz die Geschäfte schließen

Sie drückt auf den Button 'Versenden' und nimmt sich die nächste E-Mail vor Der Nachmittag geht langsam in den frühen Abend über Ihre Kolleginnen verabschieden sich frühzeitig ins Wochenende Selbst Herr Krämer macht sich auf den Heimweg, nur Lilly sitzt noch an ihrem Schreibtisch Sie macht nie Feierabend, bevor nicht die letzte Mail geprüft und beantwortet wurde Aus Erfahrung weiß sie, dass der Berg an unerledigten Verpflichtungen immer höher wird, bis er unüberwindbar erscheint Da bleibt sie lieber ein paar Minuten länger Marion und Sabine sehen das nicht so Das Ende vom Lied ist meist, dass der Abteilungsleiter ihr die Arbeit der beiden zusätzlich aufhalst, weil die zwei Grazien schlichtweg faul sind

Manchmal wünscht Lilly sich ein wenig mehr Mut Dann würde sie Herr Krämer sagen, dass sie nicht länger bereit ist, Marions und Sabines Faulheit zu unterstützen Stattdessen erledigt sie kommentarlos alles, was man ihr aufträgt, und leidet still vor sich hin Ihre Courage reicht nicht aus, um sich gegen solche Ungerechtigkeiten zu wehren Irgendwann vielleicht ...

Erleichtert schickt sie die letzte E-Mail raus und nimmt die Brille ab Müde reibt sie sich über die brennenden Augen Heute fühlt sie sich nicht gut, sehr schlapp und unmotiviert Es ist nur ihrem Pflichtgefühl zu verdanken, dass sie nicht eher gegangen ist Wahrscheinlich ist eine Erkältung im Anmarsch Lilly setzt die Brille wieder auf und fährt den Computer herunter, da fällt plötzlich ein Schatten über sie Verwirrt blickt sie auf und sieht direkt in das lächelnde Gesicht von Roman Steininger Lillys armes Herz stockt, nimmt Anlauf und hämmert wie verrückt

Oh, mein Gott! *Er* steht tatsächlich neben ihrem Schreibtisch und betrachtet sie mit einem Ausdruck amüsierter Gelassenheit

„Ich muss schon sagen, Sie vertiefen sich wirklich sehr in Ihre Arbeit, Frau Wegener Ich warte schon seit geschlagenen zehn Minuten darauf, dass Sie meine Anwesenheit bemerken."

Er kennt meinen Namen.

Das ist das Erste, was ihr in den Sinn kommt und dann gerät sie in Panik, weil sie keinen Ton herausbringt und ihn anstarrt wie eine Schwachsinnige

Erde tu dich auf und verschlinge mich, klagt Lillys innere Stimme, *sag was, sitz nicht rum wie eine Vollidiotin.*

Aber das kannst du doch so gut, entgegnet die hämische Kopfstimme ihrer Mutter.

Lilly reißt sich zusammen und bringt endlich einen vollständigen Satz zustande. „Bitte entschuldigen Sie, Herr Steininger. Ich habe Sie wirklich nicht gehört“, flüstert sie verzagt und schaut ihn befangen an.

In seinen blauen Augen zeigt sich flüchtig ein mitleidiger Ausdruck, der schnell von einem mutwilligen Funkeln ersetzt wird. „Sie müssen sich nicht entschuldigen. Es ist sehr erfrischend, wenn man Angestellte hat, die ihren Job mit so viel Hingabe erledigen.“

Erst die Blicke heute Nachmittag und nun bekommt sie ein Kompliment. Lilly wird die Sache langsam unheimlich. Nimmt er vielleicht Drogen? Je länger sie hier sitzt und zu ihm aufschaut, umso stärker wird sie sich seiner faszinierenden Gegenwart bewusst. Für sie gibt es keinen Mann, den sie attraktiver und anziehender findet. Mit ihm zu reden und von ihm wie ein normales menschliches Wesen behandelt zu werden, kommt ihr total surreal vor. Und schön.

„Kann … kann ich Ihnen irgendwie helfen, Herr Steininger?“, krächzt sie schließlich.

„Das können Sie tatsächlich“, antwortet er und kommt näher. Er setzt sich neben sie auf die Schreibtischkante und mustert sie gedankenverloren. „Sagen Sie Frau Wegener, stimmt es, dass Sie die fleißigste Mitarbeiterin hier im Kundenservice sind?“

Ihr liegt schon ein *„Ich bin hier und die anderen nicht, das sollte Ihre Frage eigentlich beantworten“* auf der Zunge, doch so furchtlos ist sie nicht. Spröde weicht sie seinen wissenden Augen aus und verschränkt die Finger ineinander. „So ein Urteil steht mir nicht zu. Das müssen Sie schon Herrn Krämer fragen“, sagt sie leise und weiß nicht wohin mit ihren Händen. Sie blickt zur Seite und aus dem Fenster. Ende November ist es um diese Zeit stockdunkel. Ihr Gesicht mit der übergroßen Brille spiegelt sich in der Scheibe und über ihr ragt die Gestalt von Roman Steininger auf. Ein wunderbarer Duft nach Zitrus umgibt ihn, durchsetzt mit einer markant herben Note.

„Haben Sie Angst vor mir?“

Seine Stimme klingt sanft. Überrascht dreht sie sich um und weiß nicht, was sie darauf antworten soll, ohne zu lügen. Ja, Lilly fürchtet sich vor ihm. Weil sie sich in seiner Gegenwart unsicher fühlt und er aus jeder Pore ein Selbstbewusstsein verströmt, das ihr leider fehlt. Sie arbeitet daran, ein bisschen mehr aus sich rauszugehen. Lilly weiß mittlerweile, dass sie etwas kann, dass sie fleißig ist und zuverlässig. Wirklich eine Bereicherung für ein Unternehmen. Nur schafft sie es nicht, das Gefühl nach außen zu transportieren und sich zu wehren, wenn man sie übervorteilt.

Wie soll sie sich dann dem Juniorchef gegenüber behaupten?

Lilly beißt sich auf die Lippe, ringt sich aber ein förmliches Lächeln ab. „Natürlich nicht, Herr Steininger. Ich bin nur ein bisschen nervös.“

Das zumindest ist nicht gelogen. Sein attraktives Gesicht bleibt ungerührt, dennoch beschleicht sie das Gefühl, als würde er mit sich selbst hadern. Plötzlich geht ein sichtbarer Ruck durch ihn und er erhebt sich von der Tischkante. Leicht breitbeinig steht er da und erweckt einen geschäftsmäßigen Eindruck. „Frau Wegener, glauben Sie mir, ich will Sie nicht einschüchtern. Ich beiße nicht.“

„Das habe ich auch nicht angenommen“, wispert sie mit gesenktem Kopf. Ha, was für eine Lüge! Sie ist sehr wohl eingeschüchtert.

„Frau Wegener, hätten Sie die Güte, mich anzuschauen, damit ich mir nicht vorkomme wie ein Monster?“

Sofort schießt ihr Blick nach oben und trifft auf seinen. Innerlich erzittert sie.

„So ist es schon besser“, murmelt er und verschränkt die Arme vor der dem Oberkörper. Roman Steininger ist kein aufgepumpter Muskelprotz, aber er besitzt einen wohldefinierten harten Körper, den er mit Unmengen von Sport fit hält. Das weiß sie aus den Klatschseiten der lokalen Presse. Da er vor ihr steht und sie noch auf ihrem Bürostuhl klebt, hat sie eine perfekte Sicht auf seine schmalen Hüften und den flachen Bauch über der dezenten Gürtelschnalle.

Lilly kommt sich in seiner Gegenwart unbeholfen vor und wünscht sich weit weg, in die Sicherheit ihrer eigenen vier Wände. Was muss er nur von ihr denken?

Er hält dich für eine Idiotin, was denn sonst, ätzt die imaginäre Stimme von Lydia.

Ihren gesamten Mut zusammennehmend, überwindet sie ihre Schüchternheit und stammelt: „Falls ... falls Sie Herrn Krämer suchen, er ist schon nach Hause gegangen."

Gut gemacht, lobt sie sich. *Nur ein bisschen gestottert.*

Eines Tages, das hat sie sich geschworen, werden ihre Zweifel und Ängste endgültig der Vergangenheit angehören. Sie will endlich lernen, sich selbst wertzuschätzen und sich auch so zu verhalten. Bis dahin ist es noch ein langer Weg, aber sie ist bereit, ihn mit kleinen Schritten zu bewältigen. Roman Steininger schiebt die Hände lässig in die Hosentaschen und legt den Kopf schräg. Ein Lächeln gräbt sich in seine Mundwinkel.

„Ich bin nicht wegen Herrn Krämer hier, sondern Ihretwegen. Ich habe vor, mich in der nächsten Zeit intensiv dem Thema Kundenbeschwerden zu widmen, und brauche Ihre Hilfe bei einer Aufstellung."

„Was denn für eine Aufstellung?", rutscht es ihr heraus. Allein der Gedanke, sich länger als ein paar Minuten in seiner Nähe aufzuhalten, löst Schnappatmung bei ihr aus. Ein strenger Zug umspielt seine Lippen nach ihrer Frage. Das passt so gar nicht zu dem Playboy, für den sie ihn hält und der er zweifelsohne auch ist.

„In den letzten Monaten mehren sich die Beschwerdebriefe", erklärt er und ein verärgerter Unterton verleiht seiner samtigen Stimme einen rauen Klang. „Eine unschöne Sache, die mir gar nicht behagt. Ich möchte mit Ihrer Hilfe herausfinden, ob es eine allgemeine Entwicklung ist, oder ob sich das auf bestimmte Gebiete beschränkt."

Nun versteht sie, was er vorhat und nickt. „Selbstverständlich bekommen Sie alle notwendigen Informationen, aber ..."

„Aber was?“, unterbricht er sie und wirft ihr einen scharfen Blick zu, unter dem sie erschauert.

„Vielleicht wäre es besser, wenn Sabine oder Marion Ihnen dabei helfen“, platzt sie heraus und betet, er möge ihren Vorschlag für gut befinden. Die rassige Marion ist sicher ein angenehmerer Anblick für ihn, ebenso die blonde Sabine mit dem frechen Kurzhaarschnitt.

„Nein, ich möchte, dass *Sie* das erledigen“, erklärt er zu ihrer großen Überraschung und bringt Lilly damit völlig aus dem Konzept. „Herrn Krämer werde ich am Montag informieren und veranlassen, dass man Ihren Schreibtisch vorübergehend in mein Büro stellt.“

„Aber ich kann von hier aus arbeiten“, wirft sie ein wenig hilflos ein und deutet mit der Hand auf ihre Umgebung.

„Nein.“ Sein Tonfall ist unerbittlich. „Ich will keine unnötige Zeit mit lästigen E-Mails und Telefonaten verschwenden, wenn ich alles direkt mit Ihnen durchsprechen kann. Der Wechsel in mein Büro ist nur für ein paar Tage geplant, danach können Sie wieder hierher zurück.“

Ein Schreibtisch in seinem Büro ...

Wow, wenn Sabine und Marion das mitkriegen, werden sie die Münder nicht mehr schließen können vor Staunen. Gegen ihren Willen spürt Lilly Genugtuung. Ihre Kolleginnen stellen ihre Reize zwar für jeden sichtbar zur Schau, doch schlussendlich zählt auch für Roman Steininger in beruflicher Hinsicht das Können und nicht die Körbchengröße einer Frau.

Er würde mich nicht fragen, wenn er nicht an meine Fähigkeiten glauben würde.

Lillys bekommt kaum noch Luft, so sehr freut sie seine Ankündigung. Sie bringt ein zustimmendes Nicken zustande. „Wie Sie meinen, Herr Steininger.“

Falls er ihre aufgelöste Gemütsverfassung wahrnimmt, versteckt er es gut oder es ist ihm schlichtweg egal. Lächelnd reibt er sich die Hände. „Fein. Dann erwarte ich Sie Montag früh um zehn in meinem Büro. Ich wünsche Ihnen noch ein schönes Wochenende, Frau Wegener.“

„Das Gleiche wünsche ich Ihnen auch“, antwortet sie leise, doch er hört es gar nicht mehr Roman Steininger hat ihr bereits den Rücken zugekehrt und marschiert mit langen Schritten aus dem Raum Als die Tür hinter ihm zuschlägt, sitzt sie noch eine ganze Weile da und kneift sich drei oder vier Mal kräftig in den Oberschenkel Der Schmerz ist real, sie hat diese Unterhaltung also nicht geträumt Wie in Trance greift sie nach ihrer Tasche und verlässt das Gebäude, um nach Hause zu fahren

Von außen wirkt das Bürogebäude sehr imposant Es liegt mitten im Industriegebiet und das Grundstück beherbergt ein gigantisches Logistikzentrum Das Gelände wirkt wie eine eigene kleine Stadt Um von A nach B zu gelangen, muss man gut zu Fuß sein oder man nutzt die firmeneigenen Fahrzeuge, die aussehen wie Golfmobile, zur Fortbewegung

Lilly empfindet unbändigen stolz bei dem Gedanken, für so ein bekanntes und erfolgreiches Unternehmen zu arbeiten *Steiningers Spieleparadies* besteht mittlerweile aus hunderten Spielwarenfilialen, die man im gesamten Bundesgebiet und auch in Österreich und der Schweiz findet Lilly beschleunigt ihre Schritte und läuft über den asphaltierten Weg auf den riesigen Parkplatz zu Ihre Hand verschwindet in der geräumigen Handtasche und kramt den Autoschlüssel heraus

Seit sie vor zwei Jahren bei den Steiningers angefangen hat, fährt sie einen alten Fiat Panda Der steht ziemlich einsam auf der Fläche, es sind nur noch wenige Mitarbeiter im Haus Eine Reihe Parkplätze ist nur für die Mitglieder der Familie Steininger und hochrangige Angestellte der Firma reserviert Dort entdeckt sie Romans Aston Martin Der Lack schimmert silbergrau und verleiht dem schnittigen Fahrzeug eleganten Glamour Ihren Kolleginnen entweicht jedes Mal ein verträumtes Seufzen, sobald er sich geschmeidig aus dem Sitz schält und mit lässiger Eleganz das Gebäude betritt Lilly verkneift sich meist jede Reaktion und tut so, als würde der Sexappeal des Juniorchefs eiskalt an ihr abperlen Sie klemmt sich hinters Steuer ihres Kleinwagens und schmeißt die Handtasche auf den Beifahrersitz Zu ihrem Entsetzen gluckert der Motor ihres Fiats nur mehrmals und gibt dann röchelnd den Geist auf. Erneut versucht sie, den Wagen zu starten, mit dem gleichen Ergebnis.

„Jetzt spring bitte an“, flüstert sie verzweifelt und probiert es noch einmal. Wieder röhrt der Motor auf und stirbt ab. Lilly drückt ihre Stirn aufs Lenkrad und atmet tief durch. Was für ein Pech! Jetzt wird sie sich ein Taxi rufen müssen. Die Busse fahren am Freitagabend nur alle zwei Stunden und solange will sie nicht warten. Gerade als sie nach dem Handy greifen und die Nummer eines Taxiunternehmens googeln will, klopft jemand an die Scheibe und sie fährt erschrocken zusammen. Es ist niemand anderes als Roman Steininger, der neben ihrem Wagen steht und sie mit gerunzelter Stirn betrachtet.

Schnell kurbelt sie das Fenster herunter und lächelt kläglich. „Herr Steininger, Sie haben mich erschreckt.“

Die Linien in seiner Stirn vertiefen sich. Offenbar behagt ihm diese Aussage nicht. „Das lag nicht in meiner Absicht.“

Er beugt sich noch ein Stück zu ihr herunter. „Springt Ihr Wagen nicht an?“

Sie nickt betrübt. „Sieht so aus. Ich werde mir ein Taxi rufen und Montag einen Abschleppdienst anfordern.“

„Von wegen Taxi“, schnaubt er und schüttelt entschlossen den Kopf. „Steigen Sie aus, ich fahre Sie nach Hause.“

„Das ist aber wirklich nicht nötig“, fängt sie an und wird von Roman energisch unterbrochen.

„Natürlich ist es das. Jetzt steigen Sie aus. Ich muss sowieso in die Stadt. Für mich ist es kein großer Umweg.“

Lilly fragt sich, woher er das wissen will. Schließlich kennt er ihre Adresse nicht. Oder hat er etwa in ihrer Personalakte nachgesehen? Allein die Möglichkeit jagt einen süßen Schauer über ihren Nacken.

„Also gut, ich komme mit“, gibt sie nach. Nachdem sie ausgestiegen ist und den Wagen verschlossen hat, läuft sie an seiner Seite auf den Aston Martin zu und begreift kaum, wie ihr geschieht. Sie wird gleich in einem der luxuriösesten Autos, die sie jemals gesehen hat, nach Hause gefahren. Vom Juniorchef höchstpersönlich, in den sie heimlich verschossen ist, seit sie für die Steiningers arbeitet.

Galant hält er ihr die Tür auf. Lilly lässt sich vorsichtig auf den Sitz sinken und tastet nach dem Gurt. Ihre Finger beben, sie bekommt die Schlosszunge nicht in die Öffnung und rutscht mit dem Metall immer wieder ab. Dabei ist es nicht einmal dunkel im Wagen. Das Licht brennt, ihre Wangen ebenfalls.

„Lassen Sie mich das machen."

Wie peinlich! Er muss sie für total beschränkt halten. Roman schnallt sie problemlos an. Dabei kommen sie sich sehr nahe. So nah, dass sie seinen warmen Atem auf ihrer Haut fühlen kann. Ihre Brille beschlägt und sein Antlitz verschwimmt ihr vor Augen. Jetzt möchte sie einfach nur sterben. Dieses Gefühl schlägt in maßlose Verwirrung um, als er ihr ohne Vorwarnung das Gestell von der Nase nimmt und sie eingehend betrachtet. Lilly ist nur ein klein wenig kurzsichtig, eigentlich bräuchte sie diese Sehhilfe nicht, doch sie trägt sie trotzdem, weil man sich dahinter so prima verstecken kann. Ein merkwürdiger Ausdruck huscht über sein Gesicht, dann lächelt er.

„Grau", flüstert er und Lilly zieht irritiert die Nase kraus.

„Wie bitte?"

„Ihre Augen. Sie sind grau. Schade, dass Sie das verstecken. Man erkennt die Farbe hinter der Brille kaum."

Macht er ihr etwa schon wieder ein Kompliment? Langsam wird ihr die Sache unheimlich. Zwei Jahre lang ist er immer an ihr vorbeigelaufen ohne sie zu bemerken und heute hat er sie bereits zweimal angesprochen und fährt sie sogar nach Hause.

Da sie schweigt und nicht auf seine Worte reagiert, räuspert er sich und rückt von ihr ab.

„Hier, ich glaube, die brauchen Sie noch", meint er merklich reserviert und reicht ihr die Brille. Lilly verzweifelt aufgrund ihrer Befangenheit. Warum kann sie nicht wie andere Frauen sein und einfach ein Kompliment annehmen? Bei der Arbeit ist sie doch auch nicht so scheu. Dort muss sie sich regelmäßig mit stinksauren Kunden herumschlagen und wird selbst mit aufbrausenden Zeitgenossen gut fertig. Sobald es um Männer geht, und um Roman im Speziellen, benimmt sie sich eher wie ein verschüchterter Teenie.

Rasch setzt sie das Gestell wieder auf die Nase. Tränen der Wut, die nur ihr allein gelten, brennen hinter ihren Augenlidern. Lilly drängt sie erfolgreich zurück. Sie würde sich nur lächerlich machen, wenn sie auch noch anfängt zu heulen.

„Verraten Sie mir Ihre genaue Adresse?"

„Königsbergerstraße 46", murmelt sie und sieht dabei zu, wie er Straßenname und Hausnummer ins Navigationsgerät eintippt. Danach startet er den Wagen und setzt rückwärts aus der Parklücke. Der gleichmäßig brummende Motor schnurrt wie eine Katze. Das Geräusch beruhigt sie ein wenig und Lilly wagt es, sich in die weichen Ledersitze einzukuscheln. Da sie ihre Wortkargheit von eben wiedergutmachen will und er keine Anstalten macht, etwas zu sagen, reißt sie sich zusammen und versucht eine Unterhaltung in Gang zu bringen.

„Das ist ein sehr schöner Wagen", fängt sie an und wirft ihm einen scheuen Seitenblick zu. Er fährt gerade vom Gelände und reiht sich in den Verkehr Richtung Innenstadt ein. Ein wenig überrascht sieht er sie an, ehe er sich auf die Straße konzentriert.

„Danke, der Aston Martin ist mein ganzer Stolz."

Roman streckt die Hand aus und drückt auf einen Knopf. Leise Klaviermusik hallt unaufdringlich durch den Innenraum. Lilly seufzt entzückt und er schaut zu ihr rüber.

„Sie mögen Klavierstücke?"

Ein unverfängliches Thema! Sie ist dermaßen erleichtert, dass sie ihm ein strahlendes Lächeln schenkt. Romans Augen weiten sich ein wenig, er achtet nicht auf die Straße, sondern starrt sie an, wie eine Erscheinung.

Er bemerkt nicht, dass er viel zu dicht auffährt und seinem Vordermann praktisch auf der Stoßstange klebt. Der Fahrer drosselt unerwartet seine Geschwindigkeit und die Bremslichter leuchten auf. Lilly sieht es und schreit: „Achtung!"

Roman bremst gerade noch rechtzeitig ab und verhindert so einen Auffahrunfall.

„Verfluchte Scheiße!", schimpft er. Danach hält er deutlichen Abstand und greift nach Lillys Hand. Ein elektrisches Prickeln summt durch ihren Arm, viel zu rasch lässt er sie los.

„Vielen Dank für die aufmerksame Reaktion. Alles gut bei Ihnen?“, erkundigt er sich.

„Ja, ich habe nur einen Schreck bekommen.“

Obwohl sie nur sein Profil sieht, kann sie beobachten, wie er unwillig den schönen Mund verzieht. „Ich muss mich wirklich entschuldigen. Da biete ich Ihnen an, Sie sicher nach Hause zu bringen, und baue fast einen Unfall.“

Dass er so mit sich hadert, ist ihr unangenehm. „Es ist ja nichts passiert. Es wäre nur schade um den Wagen gewesen.“

Wieder fasst er nach ihrer Hand. „Es wäre eher schade um *Sie* gewesen“, sagt er und drückt beinahe zärtlich ihre Finger.

Lillys Herzschlag galoppiert davon. So verrückt es auch klingt, aber Roman Steininger behandelt sie wie etwas Kostbares. Kann es sein, dass ihr persönliches Wunder doch noch auf sie wartet?

Viel zu schnell hält er vor dem Mietshaus, in dem sich ihre winzige, aber sehr gemütliche Zwei-Zimmer-Wohnung befindet. „Hier wären wir also.“

Er schaltet den Motor aus und schnallt sich ab.

„Wollen Sie auch aussteigen?“, fragt sie verblüfft. Er schenkt ihr einen amüsierten Blick.

„Ich dachte, ich verhalte mich wie ein Gentleman und begleite Sie bis zur Tür.“

„Machen Sie sich meinetwegen nicht so viel Mühe.“

Verlegen wendet sie sich ab und verlässt den Wagen. Er steigt ebenfalls aus, läuft um den Aston Martin herum auf sie zu und lächelt. „Ich bestehe darauf.“

Behutsam umfasst er ihren Ellenbogen und führt sie auf den Hauseingang zu. Obwohl Lilly eine dicke Jacke trägt, brennen seine Finger auf ihr, als ruhten sie auf nackter Haut. Was immer in diesem Augenblick vor sich geht, sie fängt an, sich zu wünschen, es möge niemals enden. Sie an der Seite von Roman Steininger, dem smarten Frauenhelden. Das kommt ihr absolut surreal vor. Wenige Schritte später bleiben sie vor dem Eingang stehen.

„Hier sind wir also“, sagt er. Die automatische Beleuchtung schaltet sich plötzlich aus. Nur die Straßenlaternen spenden noch Licht und sein Gesicht wird teilweise von der Dunkelheit verschluckt. Es verunsichert Lilly, seine Gemütsregungen nicht mehr erkennen zu können.

„Ja, also ... vielen Dank fürs Heimfahren, Herr Steininger."

Sie will sich schon abwenden und durch den Eingang ins Gebäude verschwinden, da fasst er nach ihrem Handgelenk und hält sie davon ab. „Warten Sie ..."

Mit klopfendem Herzen blickt sie zu ihm auf. Noch immer kann sie nicht erkennen, was gerade in ihm vorgeht. „Ja?"

„Ich wollte Ihnen nur sagen, dass ich mich sehr auf Montag freue, Lilly. Ich darf Sie doch Lilly nennen?"

Er muss doch ihre Akte gelesen haben, da er ihren Vornamen kennt. Warum auch nicht. Schließlich will er wissen, mit wem er die nächsten Tage eng zusammenarbeiten wird.

„Wenn Sie das möchten", stimmt sie zu und lächelt zurückhaltend. Unvernünftige Freude steigt in ihr auf. Es ist nicht klug, zu viel in die Sache hineinzuinterpretieren. Roman Steininger hat eine gute Erziehung genossen und ist versiert im höflichen Umgang. Für ihn wird sie nie mehr sein, als eine nützliche Angestellte. Entbehrlich und jederzeit ersetzbar.

„Bis dann, Lilly." Er zieht ihre Hand an seine Lippen und haucht einen Kuss auf die Knöchel. Dort wo sein Mund sie berührt, steht ihre Haut in Flammen.

Ohne sie aus den Augen zu lassen, macht er ein paar Schritte rückwärts. Lilly weiß nicht, was sie davon halten soll, lächelt zögerlich und hebt die Hand zum Abschied. Anschließend stößt sie die Eingangstür auf und verschwindet im Gebäude.

Oben in ihrer Wohnung rennt sie sofort ans Fenster und schiebt die Gardine beiseite, um einen Blick nach unten zu werfen. Er steigt gerade ein, der Motor heult kurz darauf auf und schon braust er davon.

Mit ihr im Wagen ist er deutlich gesitteter unterwegs gewesen. Ihre zitternden Finger krampfen sich kurz um den weißen Stoff, ehe sie ihn loslässt und rückwärts taumelt. Sie setzt sich erst einmal auf die Couch. Total von der Rolle sinkt sie in die weichen Polster und schließt die Augen. Lilly erinnert sich an jede mit Roman Steininger verbrachte Minute. Montag werden weitere folgen, falls sie sich nicht dumm anstellt. Schon jetzt zittert sie am ganzen Leib, sobald sie daran denkt. Wie soll sie ordentliche Arbeit abliefern, wenn der bloße Gedanke an ihn herrliche Schwindelgefühle in ihr auslöst?

Kapitel 3

Er gibt Gas und braust über die vierspurige Stadtautobahn weiter in Richtung Innenstadt. Seine Hände umklammern das Lederlenkrad, sein Fuß drückt das Pedal tiefer durch und der Wagen macht einen kleinen Satz, um wie eine Rakete nach vorn zu schießen. Vorbei an deutlich langsamer fahrenden Autos. Irgendwann wird ihn die Polizei erwischen und dann ist er unter Garantie seinen Führerschein los, doch der Gedanke beschäftigt ihn nicht so sehr wie das Mädchen, das er gerade zu Hause abgeliefert hat. Heilige Scheiße, die Kleine ist eine harte Nuss.

Er befürchtet, dass er den Wagen am Ende an Mark verlieren wird. Nicht, weil es ihm an Charme mangelt – sie reagiert ja ganz eindeutig auf seine Nähe – sondern weil die Kleine viel zu verschüchtert, ja geradezu ängstlich ist. Er schließt nicht aus, dass sie ihn vor lauter Furcht abweisen wird und ein Teil von ihm – derjenige, der sich bei diesem abgekarteten Spiel von Anfang an nicht wohlgefühlt hat – wünscht beinahe, es möge so kommen. Er ist schließlich kein komplettes Arschloch, er weiß ganz genau, was er vorhat, ist nicht in Ordnung. Doch er will nicht wie ein Feigling dastehen oder die anderen glauben lassen, er wäre ein Schlappschwanz.

Sein Handy klingelt und der Anruf wird per Bluetooth aufs Autotelefon umgeleitet. Es ist Mark, der wohl heiß auf einen ersten Bericht ist. Mürrisch nimmt er das Gespräch an.

„Was gibt's?"

Mark lacht, der Geräuschpegel im Hintergrund verrät Roman, dass sich sein Freund in einer Bar oder einem Club aufhalten muss. Er hört Musik, Gesprächsfetzen.

„Hast du schlechte Laune?"

„Mir geht es bestens", lügt Roman und hupt, weil so ein Armleuchter auf der Überholspur mit gerade mal achtzig Sachen dahintuckert. Verdammt, haben die den Führerschein alle im

Lotto gewonnen oder wieso ist keiner in der Lage das Gaspedal zu benutzen?

„Ich bin im *2Face*. Bock noch vorbeizukommen? Hier laufen ein paar heiße Mädels rum. Sagt ja keiner, dass du dich nicht amüsieren kannst, bis du die Wegener von deinen unsterblichen Gefühlen für sie überzeugt hast."

Mark lacht, als hätte er eben einen großartigen Witz gerissen. Roman kann sein Amüsement nicht teilen und verspürt auch wenig Lust auf seinen Stammclub. Andererseits tut ihm Ablenkung bestimmt gut. Er hat sein schlechtes Gewissen ziemlich unterschätzt und braucht ein bisschen Spaß, um wieder in die Spur zu kommen.

„Gib mir zehn Minuten, dann bin ich da. Bestell mir einen Whiskey, heute brauche ich dringend was Hochprozentiges."

Die Verbindung bricht ab, da er einen Tunnel durchfährt.

Etwas später lenkt Roman den Aston Martin auf den Parkplatz des *2Face*. Der Club befindet sich in einer ehemaligen Fabrikhalle und ist wie jeden Abend rappelvoll. Sobald er das Innere betritt, blendet ihn das Spiel der Lichtanlage. Gezielt läuft er auf den üblichen Tisch zu. Der ist permanent für ihn und seine Freunde reserviert und bietet eine tolle Aussicht auf die Tanzfläche und die rundherum verteilten Podeste mit den Stahlstangen in der Mitte. Auf der Erhöhung vor ihrem Stammplatz wickelt sich gerade eine knackige Schönheit mit gleichmäßig gebräunter Haut, um die schlanke Säule. Der Po unter dem goldenen Minikleid schwingt appetitlich hin und her, das lange weinrot gefärbte Haar hängt der Frau weit auf den Rücken. Sobald er sich in einen der schmalen Sessel aus rotem Leder fallenlässt, bemerkt sie ihn und schenkt Roman über die Schultern hinweg ein einladendes Lächeln. Interessiert lässt er den Blick an ihren Beinen entlang nach oben gleiten. *Nicht übel, die Kleine*, denkt er und verzieht den Mund zu einem flirtenden Grinsen. Was sie zum Anlass nimmt, sich noch lasziver zur Musik zu bewegen.

„Die ist heiß, da solltest du zugreifen", sagt eine raue Männerstimme ganz in seiner Nähe. Es ist Mark, der sich neben ihn setzt und die langen Beine ausstreckt. Auch sein Blick rutscht an der

Gestalt der Rothaarigen hinauf und bleibt an den prallen Brüsten hängen, die keinen BH nötig haben. Sie stehen wie Pylonen von ihrem Brustkorb ab und trotzen der Schwerkraft. Silikontitten, urteilt Roman fachmännisch und verzieht ein wenig geringschätzig das Gesicht. Er steht nicht auf sowas.

Zwar weiß er eine üppige Brust durchaus zu schätzen, aber diese künstlich aufgeblähten Dinger reizen ihn überhaupt nicht. Genauso wenig wie aufgespritzte Schlauchbootlippen. Mittlerweile kennt er unzählige Mädchen, für die ein Besuch beim Schönheitschirurgen genauso selbstverständlich zum Alltag gehört, wie der Gang zum Friseur.

Das abflauende Interesse scheint sie an seiner Mimik abzulesen, denn sie verlagert ihre Bemühungen und heizt jetzt Mark mit ihrem Hüftschwung ordentlich ein. Offenbar nimmt sie, was sie kriegen kann, solange der Kerl halbwegs ansehnlich ist und ein fettes Bankkonto vorweisen kann. Roman findet das nicht weiter tragisch. Jeder muss sehen, wo er bleibt und durch Moral und Tugendhaftigkeit ist noch niemand satt geworden.

Unwillkürlich muss er an die kleine Büromaus denken. Lilly Wegener würde ein bisschen Skrupellosigkeit durchaus guttun. Sie rennt durchs Leben wie ein scheues Huhn, zu ängstlich, um Spaß zu haben. Er bezweifelt, dass sie je einen Freund gehabt hat und selbst wenn, macht sie es wahrscheinlich nur im Nachthemd und im Dunklen. Ihm ist noch nie zuvor ein so verklemmter Mensch begegnet, dabei sieht sie aus der Nähe betrachtet und ohne Brille, gar nicht so schrecklich aus. Doch bei ihrem furchtsamen Gesichtsausdruck vergeht jedem Kerl die Lust, sie näher kennenzulernen.

Nun, er wird nicht in die Verlegenheit kommen, ihr die Nonnenkleidung auszuziehen. Er ist verdammt froh darüber, für die Erfüllung seiner Wettschuld nicht mit ihr schlafen zu müssen. Das würde ihn – oder vielmehr seinen Freund eine Etage tiefer – vor gewisse Probleme stellen. Aber noch nicht einmal Mark ist so gewissenlos und würde etwas Derartiges verlangen.

„Und? Hast du schon mit der Kleinen aus dem Kundenservice geredet?“, will sein Freund prompt wissen.

Eine Kellnerin in knappen Hotpants kommt an den Tisch und stellt die Whiskeygläser auf den Tisch. Roman zwinkert ihr zu und genehmigt sich einen Schluck. Der Alkohol rinnt scharf seine Kehle hinunter. Mit dem Glas in der Hand lehnt er sich zurück und mustert Mark aus schmalen Augen. „Du kannst es wohl gar nicht erwarten, mich leiden zu sehen.“

Mit einem Lächeln nippt er an seinem Single Malt.

So langsam entspannt er sich, obwohl das beschissene Gefühl, mit einem Menschen zu spielen, ihm nach wie vor zu schaffen macht. Er ist sich jedoch sicher, dass er das überwinden wird. Die Wegener wird ihm verfallen, genau wie all die anderen und wenn er es geschickt anstellt und ihr beim Schlussmachen das Gefühl verschafft, er tue ihr damit einen Gefallen, wird sie nicht verletzt werden. Aus irgendeinem Grund will er das nicht. Vermutlich hat er einfach Mitleid mit der Kleinen.

Mark zuckt mit den Achseln. „Ich bin nur neugierig, wie du es angehen willst. Bei der musst du meterdicke Schichten an Prüderie durchbrechen, bevor sie dich ranlässt.“

Romans Augen werden schmal. „Du bist ja gut im Bilde“, stellt er fest.

Der Hauch eines Lächelns huscht über Marks gutaussehendes Gesicht. „Naja, ich habe mir die möglichen Damen alle genau angesehen und auch einige Erkundigungen über sie eingeholt. Schließlich musste ich sicher sein, dass die Kandidatin keinen Freund hat oder verheiratet ist.“

„Wie edelmütig von dir“, lästert Roman.

Mark grinst diabolisch. „Eine reine Vorsichtsmaßnahme. Ein eifersüchtiger Ehemann würde alles unnötig verkomplizieren und am Ende kommt alles raus. Ich hänge an meinem Job. Dein Vater würde mich mit einem Tritt in den Arsch aus der Firma befördern, bevor ich auch nur über eine Ausrede nachdenken kann.“

Roman spitzt sinnend die Lippen. „Wenn du Schiss hast, dann lass uns die Sache mit der verlorenen Wette einfach vergessen und wir regeln das anders.“

Lachend tippt sich Mark mit dem Zeigefinger gegen die Schläfe. „Du hast ja einen totalen Vogel. Die Gelegenheit dich schmoren zu lassen, ist viel zu selten Da gehe ich gerne ein kleines Risiko ein "

Kopfschüttelnd sieht Roman seinen besten Freund an, kann aber das leichte Zucken in seinen Mundwinkeln nicht lange kontrollieren und gibt dem Drang zu lachen schließlich nach

„Alter, du musst echt ein langweiliges Leben führen, wenn du dich so darauf freust mich leiden zu sehen Dann lass uns auf die Erfüllung meiner Wettschuld anstoßen "

Die Gläser prallen klirrend aneinander „Und? Beantwortest du jetzt meine Frage?"

Leicht irritiert setzt Roman den Whiskey ab „Welche Frage?"

Mark verdreht die Augen „Ob du schon Kontakt aufgenommen hast", wiederholt er geduldig

Selbstzufrieden reibt sich Roman die Hände „Natürlich Ich bin schließlich nicht so ein Amateur wie du, wenn es um Frauen geht "

„Du warst auch schon witziger", kontert Mark und hebt eine schwarze Augenbraue, was ihm ein diabolisches Aussehen verleiht Die Mädchen stehen darauf Romans Bemerkung mit dem Amateur entspricht keineswegs der Realität Wenn es jemanden gibt, der es in puncto Frauenverführung mit ihm aufnehmen kann, dann ist es sein Freund Die schwarzen Haare, das harte gutgeschnittene Gesicht und die eisig schimmernden graublauen Augen sind beliebt bei der holden Weiblichkeit Sobald sie gemeinsam durch die Clubs ziehen, fallen sie immer auf und es passiert selten, dass einer von ihnen ohne weibliche Begleitung nach Hause geht

Er kostet die Sekunden aus, bevor er Mark seinen Plan mit der kleinen Wegener erläutert „Ich habe die perfekten Rahmenbedingungen geschaffen, um sie in den nächsten Tagen ständig um mich zu haben Dann kann ich sie in aller Ruhe um den kleinen Finger wickeln "

„Ach ja?"

„Jepp", erwidert Roman selbstgefällig und lässt sich kurz von einer vorbeilaufenden Blondine mit einem verflucht strammen Arsch ablenken, ehe er weiterspricht

„Unser Kundenservice säuft langsam ab, weil sich die Beschwerden häufen. Ich will wissen, warum das so ist. Da mein kleines Mauerblümchen zufällig ein fleißiges Bienchen ist, und so ziemlich die einzige in der Abteilung, die sich wirklich in ihren Job reinhängt, löse ich nicht nur meine Wettschuld ein, sondern nebenher auch noch ein berufliches Problem. Paps Wild's gefallen. Er steht darauf, wenn man Initiative zeigt."

„Du bist ein gerissener Hund, Steininger."

Romans Lächeln wird ein wenig breiter und er schafft es, sein Unbehagen nach und nach hinter sich zu lassen.

Tatsächlich beginnt er sich gut zu fühlen. So gut, dass er nach ein paar Minuten aufsteht und sich auf die Suche nach der hübschen Blonden mit dem Knackarsch macht ...

Am nächsten Morgen erwacht er mit hämmernden Kopfschmerzen und einem staubtrockenen Mund. Gleich darauf spürt er warme, glatte Haut an seinem Schenkel. Träge öffnet er die Augen und er erspäht zerzaustes blondes Haar. Es verdeckt halb das Gesicht einer jungen Frau, die ihm zunächst so gar nicht bekannt vorkommt. Erst als sein Gehirn seine Arbeit wiederaufnimmt, erinnert sich Roman daran, wie und wo er das Mädchen aufgegabelt hat. Das ist das heiße Ding aus dem *2Face*. Bilder huschen wie im Zeitraffer durch seinen Kopf. Er sieht ihr provokantes Lächeln, es lockt ihn, fordert seine Männlichkeit heraus. Dann tanzen sie. Die Blondine reibt ihren kurvigen Körper an seinem, sie gehen an die Bar, trinken etwas. Danach folgt ein Filmriss, er kann sich nicht erinnern, wie er mit ihr in seine Wohnung gekommen ist, und stöhnt genervt auf. Blinzelnd vertreibt er die letzten Ausläufer des Schlafes aus seinem Gehirn und setzt sich vorsichtig auf. Blondie wacht durch die Bewegung gottlob nicht auf. Wenn er etwas hasst, ist es der Morgen danach. Meist entwickelt sich das zu einer äußerst steifen und peinlichen Angelegenheit. Er geht gern mit Frauen ins Bett, aber er hat kein Interesse daran, eine davon öfter darin zu begrüßen. Es heißt ja nicht umsonst One-Night-Stand.

Roman spürt ein unangenehmes Stechen im Kopf Fuck Offenbar hat er es mit dem Alkohol letzte Nacht ein bisschen übertrieben und sich komplett abgeschossen Für einen Moment bleibt er reglos auf der Bettkante sitzen und hält sich den schmerzenden Schädel Was für ein Elend! Er sollte wirklich nicht mehr trinken, als er verträgt, aber gestern wollte er alles vergessen Die blöde Wette, seine Schuldgefühle und vor allem dieses so unschuldig dreinschauende graue Augenpaar, das ihn förmlich darum anfleht, nicht gemein zu werden Doch genau das steht Lilly Wegener bevor Verdammt, jetzt denkt er schon beim Aufwachen an sie

Auf seinem Nachttisch liegt sein Handy Roman greift danach und sieht sofort den Eingang einer WhatsApp Nachricht Sie stammt von Mark Der hat es letzte Nacht anscheinend nicht so hemmungslos krachen lassen

Hab dich und deine heiße Blondine gestern in ein Taxi gesetzt. Dein Wagen steht auf dem Parkplatz vom 2Face, Schlüssel sind bei mir.

Roman brummt missmutig, weil er zu Mark muss, um seine Schlüssel zu holen Das passt ihm gar nicht, andererseits will er den Wagen nicht länger als nötig auf dem Parkplatz stehenlassen In der Gegend treibt sich hin und wieder übles Gesindel herum und tagsüber gibt es dort kein Wachpersonal, das ein Auge auf das Eigentum der Clubbesucher hat Ihm bleibt also nichts weiter übrig, als in den sauren Apfel zu beißen und seinen Arsch aus dem Bett zu bewegen Seufzend erhebt er sich und wirft einen prüfenden Blick auf die schlafende Frau Er weiß nicht einmal ihren Namen und bei Tageslicht sieht sie längst nicht so hübsch aus wie gestern Nacht im Halbdunkel des Clubs Egal Er wird sie ohnehin nicht mehr wiedersehen Sie darf zwar zum Frühstück bleiben, danach wird er ihr ein Taxi rufen und die Sache ist gelaufen

Wenigstens hat er noch so viel Verstand an den Tag gelegt und ein Kondom benutzt Der Gummi liegt gebraucht neben dem Bett Roman verzieht angewidert das Gesicht und stapft nackt ins Bad. Dort kramt er erst die Schmerztabletten aus dem Arzneikästchen. Er drückt gleich zwei davon aus dem Blister und spült die Pillen mit einem Schluck Wasser aus dem Hahn herunter. Anschließend stellt er sich unter die Dusche. Die braucht er dringender als alles andere und gleich einen starken Kaffee. Schwarz, mit zwei Stück Zucker.

Nach einer ausgiebigen Brause begibt er sich zurück ins Schlafzimmer, um sich etwas anzuziehen. Angenehm überrascht stellt er fest, dass die Blondine in der Zwischenzeit das Weite gesucht hat. Aber sie hat ihm eine Nachricht hinterlassen. Auf dem Kopfkissen liegt ein Fetzen Papier. Darauf prangt ein Lippenstiftabdruck ihres Mundes und das Wort: Danke! Seine Lippen verziehen sich zu einem Grinsen. Anscheinend sind One-Night-Stands keine Seltenheit für sie.
Wie ein Profi geht sie allen Peinlichkeiten aus dem Weg, indem sie rechtzeitig verschwindet. Ihm soll es recht sein. Roman ist morgens keine besonders gesprächige Gesellschaft und hat am liebsten seine Ruhe,

Die Kopfschmerztabletten zeigen endlich ihre Wirkung. Viel besser gelaunt lässt er Kaffee durch die Maschine laufen. Das röchelnde Geräusch klingt vertraut, er checkt derweil sein Handy und fragt sich, was er mit dem angebrochenen Tag anfangen soll. Eigentlich hat er keine Lust, den Wagen zu holen und überlegt, ob er nicht Miri bitten soll, die Schlüssel bei Mark abzuholen. So kann er seinem besten Kumpel gleich die übertriebene Schadenfreude wegen der verlorenen Wette heimzahlen. Zwischen Mark und Miri herrscht der absolute Ausnahmezustand, seitdem er vor ein paar Jahren ihre beste Freundin flachgelegt und danach abserviert hat. Miri lässt seit diesem Tag keine Gelegenheit aus, ihm ihre Verachtung zu zeigen. Nadine ist mit der Situation nicht klargekommen und hat versucht sich umzubringen. Und dafür gibt Miri Mark die Schuld, der ist sich jedoch keiner Verfehlung bewusst und behauptet, das wäre alles inszeniert gewesen, um ihm ein schlechtes Gewissen zu machen.

Wie auch immer, seine Schwester und Mark sind sich spinnefeind. Selbst wenn die Geschichte mit Nadine ein netteres Ende genommen hätte, würde seine Schwester ihn nicht leiden können Miri hasst Marks Arroganz und wirft ihm bei jeder Gelegenheit sein umtriebiges Privatleben vor Sie ist der Meinung, er würde die Frauen nur ausnutzen, dabei vergisst sie, dass es Roman nicht weniger wild treibt Er grinst und wählt ihre Nummer

Es dauert nicht lange, ehe sie rangeht „Was gibt's, Bruderherz?"

„Könntest du mir einen Gefallen tun?", fragt er übergangslos Er macht sich nicht mal die Mühe, das Gespräch mit den obligatorischen Begrüßungsfloskeln zu beginnen

Kurzes Schweigen am anderen Ende, ehe sie wieder etwas sagt „Was für einen Gefallen?"

„Mein Wagen steht am Parkplatz vom *2Face* und müsste geholt werden Ich war letzte Nacht zu blau, um selbst zu fahren Mark hat mir ein Taxi gerufen "

Die Blondine erwähnt er nicht Wahrscheinlich kann sich Miriam ohnehin denken, dass er die letzten Stunden nicht allein verbracht hat

„Muss das sein? Kannst du nicht Mark bitten?"

„Der wird auch noch Restalkohol im Blut haben Komm schon, willst du wirklich, dass ich selbst fahre, bevor ich richtig nüchtern bin?"

„Dann warte bis heute Abend", erwidert sie patzig

Roman verdreht die Augen „Miri, ich kann die Karre nicht den ganzen Tag dort stehen lassen Wer weiß, wer sich an meinem Baby vergreift Komm schon, sei nicht so stur und hilf mir "

Seufzend gibt sie nach Sie ist eben eine gute Schwester, obwohl sie seinen Lebenswandel verdammenswert findet und auch nicht davor zurückscheut, ihm das zu sagen, ist sie immer für ihn da, wenn es hart auf hart kommt

„Also gut Ich komme nachher bei dir vorbei und hole die Schlüssel "

„Die sind bei Mark", fällt ihm gerade noch rechtzeitig ein

„Nicht dein Ernst?" Miris Stimme überschlägt sich fast „Dann nehme ich meine Zustimmung zurück", erklärt sie „Du musst deinen Wagen selber holen Ich habe keine Lust, mit diesem Idioten zu reden Selbst meine Gutmütigkeit hat Grenzen "

Roman schluckt in letzter Sekunde ein genervtes Stöhnen herunter. Das würde sie nur verärgern und so schnell gibt er nicht auf. „Jetzt komm schon. Tu es für deinen Lieblingsbruder."

„Du bist mein *einziger* Bruder, Roman."

„Und gerade deswegen solltest du ganz besonders besorgt um meine Sicherheit sein. Wenn du den Wagen nicht holst, setze ich mich in ein Taxi und fahre die Karre selbst nach Hause, obwohl mir vor lauter Kopfschmerzen der Blick verschwimmt."

„Das ist unvernünftig, Roman. Mit Alkohol im Blut ist nicht zu spaßen. Ich brauche dir sicher nicht zu erzählen, wie stark er die Reaktionszeit eines erwachsenen Menschen selbst nach Stunden beeinflussen kann."

Alte Klugscheißerin, denkt er amüsiert und grinst in sich hinein. „Tja, da kann man nichts machen. Du willst mir nicht helfen, also helfe ich mir selbst."

Sie stöhnt und scheint einen inneren Kampf mit sich selbst auszufechten. „Dass ich diesen Machoarsch in seiner Wohnung aufsuchen soll, grenzt schon an Folter. Ich will das nicht, Roman."

„Jetzt übertreib nicht. Mark ist in Ordnung."

„Er ist ein chauvinistisches Schwein", erwidert sie voller Abneigung.

Roman verdreht die Augen. Sie wird lernen müssen, mit Mark klarzukommen. Miri hat ihr Studium beendet und steigt ab Montag nach ein paar Wochen süßem Nichtstun in die Firma ein. Dafür muss sie sämtliche Abteilungen durchlaufen, auch den Controlling-Bereich, der Mark unterstellt ist.

„Miri, ich verlange ja nicht, dass du Brüderschaft mit ihm trinkst. Fahr einfach zu ihm, klingle an seiner Tür und lass dir meinen Autoschlüssel aushändigen. Du musst keinen Schritt hinein in seine Lasterhöhle machen. Warte draußen, ignoriere würdevoll die Sprüche, die er dir vermutlich um die Ohren hauen wird und dann lass ihn stehen. Mehr ist gar nicht nötig. Abgesehen davon, wirst du in der Firma ständig mit ihm zu tun haben. Du kannst ihm nicht aus dem Weg gehen, und falls du es doch versuchst, machst du dich bloß lächerlich."

Sie schweigt dazu Anscheinend hat sie verdrängt, dass Mark ebenfalls bei den Steiningers arbeitet und damit ein fester Bestandteil ihres Alltages werden wird

„Arbeit ist Arbeit, privat ist privat“, sagt sie und gibt keinen Millimeter nach

Roman sieht all seine Felle davonschwimmen und verlegt sich aufs Betteln „Jetzt komm schon! Mir ist wirklich nicht wohl dabei, wenn der Wagen ewig auf diesem einsamen Parkplatz herumsteht und wie du vorhin selbst so treffend festgestellt hast, bin ich nicht in der Verfassung selbst zu fahren Ich habe mir gestern ganz schön die Kante gegeben “

Endlich zeigt Miriam Erbarmen „Okay, okay Ich mach es, aber dafür bist du mir was schuldig “

„Alles was du willst, Schwesterherz “

Nach einer kurzen Verabschiedung legt Roman zufrieden das Handy beiseite und schenkt sich einen Kaffee ein

So kann der Tag weitergehen, denkt er und nimmt einen tiefen Schluck

Kapitel 4

Montag früh steht Lilly pünktlich vor Roman Steiningers Bürotür. Langsam bekommt sie Panik. Gerade als sie klopfen möchte, kriecht die Stimme ihrer Mutter aus dem hintersten Winkel ihres Gehirns hervor und will ihr zum wiederholten Mal mitteilen, wie dumm und unfähig sie ist. Eine Missgeburt. Das war eine ihrer Lieblingsbezeichnungen für Lilly und noch immer gärt die offene Wunde in ihrem Herzen, wenn sie an diese Frau denkt.

Roman benötigt jemanden, der auf Augenhöhe mit ihm kommunizieren kann und kein schüchternes Pflänzchen, das den Mund nicht aufbekommt. Sabine und Marion sind weit besser für diese Aufgabe geeignet. Sie verfügen über Charme und Selbstbewusstsein. Eigenschaften, die ihr komplett abgehen. Zu ihrer eigenen Überraschung schafft es Lilly, die grausame Seite ihres Unterbewusstseins zurückzudrängen, und macht einen entschlossenen Schritt nach vorn. „Komm schon, du schaffst das!", feuert sie sich leise an. Sie darf sich nicht ständig von der Vergangenheit beeinflussen lassen. Lydia Wegener ist da, wo sie hingehört. Hinter den Mauern einer psychiatrischen Anstalt, nachdem sie das Schlimmste getan hat, was eine Mutter ihrem Kind antun kann.

Nicht daran denken, ermahnt sie sich und strafft die Schultern. Lydia ist Vergangenheit. Lilly will sie niemals wieder treffen. Mit dem Thema ist sie endgültig durch, denn die Frau, die sie geboren hat, ist nicht therapierbar. Das hat der behandelnde Arzt bestätigt und eine Sicherheitsverwahrung in einer renommierten forensischen Nervenklinik empfohlen. Jetzt muss sie ihre Mutter und die verletzenden Worte, die sie Lilly über Jahre hinweg an den Kopf geworfen hat, nur noch aus ihrem Gedächtnis löschen. Mit einer Spur Trotz presst Lilly die Lippen zusammen. Vielleicht ist sie nicht sonderlich hübsch und auch keine Überfliegerin, aber sie besitzt durchaus Qualitäten:

Fleiß und die Fähigkeit, jede Beleidigung stoisch über sich ergehen zu lassen, ohne sich ihren Schmerz darüber anmerken zu lassen. Das *ist* durchaus eine Leistung. Viele andere wären an einem Leben wie dem ihren zerbrochen und diese nicht gerade neue Erkenntnis verleiht ihr Stärke. Erneut setzt sie dazu an, den Arm mit der geballten Faust zu heben, da vernimmt sie eine weibliche Stimme aus dem Hintergrund. „Sie sehen aus, als wären Sie festgefroren. Kann ich Ihnen helfen?“

Die amüsierte Bemerkung hinter ihrem Rücken macht Lilly verlegen. Ertappt dreht sie sich um und sieht sich der Tochter des Chefs gegenüber. Miriams Miene verrät Amüsement und einen Hauch von Mitgefühl. In ihrem eng geschnittenen schwarzen Hosenanzug, unter dem eine hochgeschlossene helle Bluse hervorschimmert, sieht sie sehr modisch aus. Einschüchternd, genau wie ihr Bruder.

„Äh, nein … keine … Hilfe“, stammelt Lilly und hasst sich für ihr Gestotter.

Frau Steiningers hübscher Kussmund verzieht sich zu einem reizenden Lächeln. Bisher hat Lilly die junge Frau nur von weitem gesehen. Hin und wieder taucht sie in der Kantine auf, zusammen mit ihrem Vater oder Roman. Manchmal auch mit beiden gleichzeitig. Dabei ist ihr nie aufgefallen, wie wunderschön sie ist. Das lange dunkelbraune Haar fällt durch den lässigen Stufenschnitt locker auf die Schultern, was die fast schon lieblichen Gesichtszüge wunderbar betont. Für diese Lippen hätte sicher so manche Frau getötet oder die Dienste eines guten Schönheitschirurgen in Anspruch genommen. Am auffallendsten sind allerdings ihre unfassbar blauen Augen. Sie gleichen denen ihres Bruders in Form und Farbe bis aufs I-Tüpfelchen und jeder weiß, wem die beiden das zu verdanken haben. Der Patriarch und Firmengründer Konrad Steininger hat die außergewöhnlich dunkelblaue Tönung an seine Kinder weitervererbt und Miriam versteht es perfekt, sie durch ein dezentes Make-up zu betonen.

Lediglich ihre geringe Körpergröße weicht vom allgemeinen Bild weiblicher Perfektion ab, denn sie ist sogar etwas kleiner als Lilly, die mit ihren einen Meter sechsundsechzig, sicher keine

Riesin unter den Frauen ist. Das Schweigen dehnt sich aus und wird unangenehm. Schließlich ist es Frau Steininger, die es bricht: „Wollten Sie gerade zu meinem Bruder?“

Lilly nickt langsam und ist nicht imstande, ein Wort hervorzubringen. Romans Schwester betrachtet sie neugierig und lächelt sie freundlich an.

„Da Sie sich nicht reintrauen, gehe ich davon aus, dass Sie hier sind, um sich einen saftigen Anschiss von ihm abzuholen.“

Lilly schafft es nicht, ein Kichern zu unterdrücken. Allein die Vorstellung ist absurd. Sie ist immer bemüht, es allen recht zu machen, von daher bietet sie, abgesehen von ihrem langweiligen Aussehen, kaum Angriffsflächen. Wenn man sich jahrelang den fiesen Witzen seiner Mitmenschen ausgeliefert sieht, lernt man schnell, sich einen meterdicken Schutzpanzer anzueignen, in den nicht mal ein Polizeirammbock ein Loch reißen könnte.

„Nein, keinen Anschiss“, haucht sie. Lilly spürt, wie ihre Mundwinkel nach oben wandern. „Ihr Bruder ... also, er will mit meiner Hilfe eine Auswertung erstellen“, plappert sie drauflos.

Aus irgendeinem Grund vertraut sie Miriam Steininger. Es ist ein instinktives Gefühl, für das sie keine logische Erklärung findet. Sie weiß nur, dass Romans Schwester ein sehr einnehmendes Lächeln besitzt und viel netter ist, als sie das jemals angenommen hätte. Auch ihr Bruder hat sich als durchaus freundlich erwiesen. Immerhin hat er sich dazu herabgelassen, einen Niemand wie sie nach Hause zu fahren. Das Einzige, worin sich Miriam von Roman unterscheidet, ist der Lebensstil. Im Gegensatz zu ihm taucht seine Schwester nicht andauernd in den Klatschspalten der Lokalpresse auf und scheint aktuell auch keinen Freund zu haben. Gerüchten zufolge, soll sie ein sehr zurückgezogenes Privatleben führen, ohne Allüren. Erstaunlich für eine attraktive Frau, die überdies jede Menge Geld besitzt.

Plötzlich umfasst Frau Steininger sachte ihren Arm. „Kommen Sie, wir gehen gemeinsam“, meint sie resolut und zieht sie ganz selbstverständlich mit sich. Zu überrascht von der Initiative der anderen, stolpert sie Miriam hinterher. Glücklicherweise bemerkt Roman Steininger nichts von ihrem unrühmlichen Auftritt. Er steht vor seinem Schreibtisch und kehrt ihnen den Rücken zu. Das Handy ans Ohr gedrückt lauscht er der Person am anderen Ende der Leitung. Lilly entspannt sich langsam, während sie dabei zusieht, wie Miriam auf ihren Bruder zugeht.

Er sieht zur Seite, nickt ihr zu, deutet auf das Handy und streckt drei Finger in die Höhe, was wohl die verbleibenden Minuten seiner Unterhaltung anzeigen soll. Miriam schneidet eine Grimasse, entfernt sich aber wieder. Roman verbleibt in dieser Position und blickt angestrengt zu Boden. Der Inhalt des Gesprächs scheint nicht besonders erfreulich zu sein.

Der Anblick seines klassisch geschnittenen Profils löst nicht zum ersten Mal Herzklopfen bei Lilly aus. Seine gerade Nase, der Schwung seiner Oberlippe, dazu noch dieses energische Kinn. Er ist glattrasiert, aber spätestens am späten Nachmittag wird sich ein leichter Bartschatten zeigen. Da sie ihn in den letzten beiden Jahren oft beobachtet hat, weiß sie diese Dinge über ihn. Obwohl ihre Kenntnisse über Roman nur an der Oberfläche kratzen, geben ihr solche Kleinigkeiten die Illusion, ein winziger Teil seines Lebens zu sein. Zwar nur aus der Ferne, doch für jemanden wie sie, ist das schon richtig viel. Während sein Gespräch andauert, nutzt sie die Gelegenheit, um ihre Umgebung zu erkunden. Immerhin wird sie in den nächsten Tagen viel Zeit hier verbringen und in seinem Büro ist sie bisher noch nie gewesen. Eigentlich sieht es aus, wie Millionen andere auf der Welt, nur eine Spur luxuriöser. Sein Schreibtisch wirkt aufgeräumt. Was Lilly gelinde ausgedrückt überrascht. Ehrlicherweise hat sie angenommen, jemand der einen so lockeren Lebenswandel bevorzugt, wäre ein hoffnungsloser Chaot.

Noch immer lauscht Roman seinem Gesprächspartner. Lilly verlagert ihre Aufmerksamkeit wieder auf seine hochgewachsene Gestalt. Seine Schultern unter dem hellblauen Hemd sind angespannt, sein breiter Rücken geht V-förmig in schmale Hüften über und sein scharfer Hintern erst …

Lilly kann spüren, wie ihr das Blut in die Wangen schießt. Sein Anblick entflammt sie und bevor sie ihn offen anzuhimmeln beginnt, blickt sie schnell woanders hin. Entweder bemerkt Miriam nicht, welche Wirkung ihr Bruder auf Lilly ausübt, oder sie ist es schlicht und ergreifend gewohnt, dass Roman aus Frauen sabbernde Mutantinnen macht. Erneut schielt Lilly verstohlen auf Roman Steiningers ansprechende Kehrseite und kneift die Augen zusammen.

Reiß dich verdammt noch mal zusammen!

Aber wieso denn, wispert die imaginäre Stimme ihrer Mutter. *Schau nur hin, näher wirst du einem Mann wie ihm niemals kommen, du Dummkopf.*

In der Zwischenzeit beginnt sich Miriam offenbar zu langweilen. Sie schlendert auf den Schreibtisch zu und setzt sich einfach darauf. Die schlanken Beine mit den schicken Pumps baumeln herunter und das freche Grinsen auf ihrem Gesicht zeigt überdeutlich, dass sie genau weiß, wie ungehörig sie sich für ein zukünftiges Mitglied der Geschäftsführung benimmt.

Lilly hört, wie sich hinter ihr die Tür öffnet und eine weitere Person den Raum betritt. Miriams Mimik gefriert, sie rutscht von der Tischplatte und verschränkt abwehrend die Hände vor der Brust. Neugierig schaut Lilly über die Schulter und stöhnt unterdrückt auf. Der nächste Firmenprinz kommt rein und sein Gesichtsausdruck spricht Bände, während sein Blick unverkennbar düster auf Romans Schwester klebt.

Normalerweise beten die Männer den Boden an, auf dem die Tochter des Chefs dahinschreitet. Nicht so Mark Rieger. Er vermittelt vielmehr den Eindruck, als würde er die bildhübsche Miriam am liebsten von der nächstbesten Klippe schubsen. Es ist zwar kein Geheimnis in der Firma, wie schlecht die zwei miteinander auskommen, allerdings hat Lilly gedacht die Geschichten um die gegenseitige Abneigung der beiden seien maßlos übertrieben. Doch was die Gesichter von Miriam und Mark erkennen lassen, belehrt sie eines Besseren. Meine Güte, wenn Blicke töten könnten, würden sie schon längst auf einer Wolke im Himmelreich sitzen und auf den Saiten einer Harfe herumzupfen. Die zwei beäugen sich wie Schwergewichtsboxer vor dem großen Kampf um den Titel. Die Luft vibriert vor unterdrückten Emotionen, man kann den Ärger, der von ihnen ausgeht, förmlich in der Luft schmecken.

Endlich beendet Roman sein Telefonat und dreht sich um. Sein Blick fällt komischerweise zuerst auf Lilly, seine missmutig verzogene Miene – verdammt, haben denn heute alle schlechte Laune? – hellt sich auf.

„Ah, da sind Sie ja endlich. Warten Sie fünf Minuten, dann bin ich ganz für Sie da." Der bissige Ausdruck seiner Schwester verrutscht ein wenig und offenbart Überraschung über den herzlichen Empfang, den Roman Lilly bereitet. Erst jetzt wendet er sich an Miriam.

„Schön, dass du so schnell Zeit für mich hattest", sagt er und wirft einen vorsichtigen Blick auf Mark Rieger. Der brütet stumm vor sich hin und fixiert Miriam Steininger mit kalter Verachtung.

Die zieht misstrauisch die schmalen Augenbrauen zusammen. „Du hast gesagt, es wäre wichtig, also bin ich hier."

Im nächsten Moment beäugt sie Herrn Rieger abfällig. „Aber vielleicht verrätst du mir, was *er* hier macht."

Roman verdreht lediglich die Augen. Mark Riegers Reaktion fällt drastischer aus. Er stößt ein verärgertes Knurren aus und mustert Miriam wie etwas, das er liebend gern unter dem Absatz seines Schuhs zertreten würde.

„So was wie Höflichkeit ist dir wohl fremd", presst er hervor. Seine Wangenmuskeln zucken unkontrolliert. Er hält sein Temperament im Zaum. Aber wie lange noch?

„Oh, hätte ich Hallo sagen sollen?", säuselt Romans Schwester zuckersüß. „Verzeih mir meine Nachlässigkeit."

„Miriam!" Romans warnender Ton hindert sie nicht daran, die Stichelei fortzusetzen.

„Lieber Mark, lass mich mein Versäumnis nachholen und dich angemessen begrüßen", sagt sie. Gleich darauf lässt sie die Maske fallen, ihr Ausdruck wird kalt und ablehnend. „Hallo Arschloch, wie bedauerlich, deinen Anblick wieder ertragen zu müssen."

Lilly stöhnt unterdrückt auf und presst peinlich berührt die Lippen zusammen. Sie wäre am liebsten ganz woanders gewesen. Streit, in jedweder Form, ist ihr zuwider. Wieso haben die Menschen nur solchen Spaß dabei, einander wehzutun? Sei es mit Taten oder Worten.

Lilly kann sich trotzdem nicht vorstellen, dass es Miriams wahrem Charakter entspricht. Es muss an Riegers polarisierender Persönlichkeit liegen. Der Mann besitzt die Macht, mit einer einzigen Entscheidung ganze Existenzen zu vernichten. Wenn er den Rotstift ansetzt, um bestimmte Kostenpunkte einzusparen, dann bibbern alle um ihre Jobs.

Bislang grundlos, meistens gelingt es ihm, die Kostenfallen durch geschickte Umstrukturierungen zu eliminieren, doch die Zeiten im Handel sind hart und die Konkurrenz groß. Früher oder später wird es jemanden treffen und die Natur seiner Aufgaben sorgt dafür, dass die meisten ihm mit Unbehagen begegnen. Er berät immerhin Konrad Steininger und versucht auch in Kleinigkeiten, das Weiterentwicklungspotential des Unternehmens herauszufiltern. Kurzum, er sorgt dafür, dass die Firma so wirtschaftlich wie möglich arbeitet.

Roman spricht nun ein Machtwort. „Miriam, reiß dich doch zusammen. Du bist gerade respektlos zu deinem neuen Vorgesetzten."

Zum zweiten Mal innerhalb weniger Minuten entgleiten Miriam die Gesichtszüge. „Vorgesetzter? Du spinnst wohl!"

Mark Rieger räuspert sich und verschränkt ablehnend die Arme vor der Brust. „Hast du ihr nicht erzählt, dass sie erstmal in meinen Bereich kommt?"

„Nein, hat er nicht", antwortet Miriam recht spitz, ehe sie sich ihrem Bruder zuwendet. „Was soll das?"

Roman schickt einen ergebenen Blick zur Decke, als erwarte er sich davon irgendeine Hilfe.

„Miriam, du musst alle Abteilungen durchlaufen. Das hatten wir doch schon besprochen."

„Aber ich kann doch zuerst in die anderen Bereiche", wirft sie protestierend ein. „Wieso muss ich gleich zu ihm?"

„Das hast du leider nicht zu entscheiden. Vater hat den Plan ausgearbeitet. Wenn er dir nicht passt, dann beschwer dich bei ihm."

Murrend gibt Miriam nach. Schmollend spitzt sie die Lippen. „Na gut, wenn es nicht anders geht."

Mark Rieger sieht aus, als würde ihm jeden Augenblick Dampf aus den Ohren steigen, so sauer ist er. „Jetzt hör mal zu! Solange du mir unterstellt bist, wirst du mich gefälligst mit dem nötigen Respekt behandeln. Mir wäre es auch lieber, dich nur von hinten zu sehen, aber da das Controlling ein sehr umfangreicher Bereich ist, wirst du dich gefälligst am Riemen reißen und unsere privaten Differenzen für die nächsten Wochen außenvorlassen. Hast du das verstanden?“

„Klar und deutlich“, antwortet sie würdevoll und weicht Mark Riegers stahlhartem Blick aus. Nachdem er sie abgekanzelt hat, wie ein dummes Schulmädchen, macht sie doch einen leicht eingeschüchterten Eindruck. Wenn Lilly zu Klatsch und Tratsch neigen würde, könnte sie für haufenweise Getuschel unter den Mitarbeitern sorgen. Das scheint auch Roman so zu sehen, denn er tritt mit ernster Miene an Lilly heran und legt ihr sacht die Hand auf die Schulter. Obwohl sie eine Bluse trägt, brennt die Berührung auf ihrer Haut. Ein Kribbeln wandert ihren Arm entlang.

Wie soll sie die nächsten Tage in seiner Nähe überstehen, wenn schon der kleinste Funke reicht, um sie in ein Nervenbündel zu verwandeln?

„Lilly.“ Sein Ton ist genauso ernst wie seine Miene. „Es wäre mir lieb, wenn Sie alles, was Sie hier gehört und gesehen haben, schnellstmöglich vergessen. Die Streitigkeiten zwischen meiner Schwester und Herrn Rieger dürfen sich nicht herumsprechen. Er gehört mit zur Geschäftsführung und Zwistigkeiten mit einem Mitglied der Familie Steininger machen ihn angreifbar.“

Roman schickt einen düsteren Blick zu seiner Schwester und Mark. „Es wäre schön, wenn das die anderen Anwesenden hier im Raum auch endlich kapieren würden.“

Niemals wäre sie auf die Idee gekommen, etwas auszuplaudern. Deswegen fällt es Lilly nicht schwer, dieses Versprechen zu geben. „Natürlich nicht, Herr Steininger. Meine Lippen sind versiegelt.“

Plötzlich blitzt ein dankbares Lächeln auf seinem Gesicht auf. „Ich wusste, ich kann mich auf Sie verlassen.“

Der samtige Hauch in seiner Stimme kriecht ihr unter die Haut. Wie benebelt erwidert sie seinen eindringlichen Blick und kommt erst zu sich, als sie Mark Riegers leises Lachen vernimmt.

„Ich glaube, dein weiblicher Fanclub hat sich gerade um eine Person erweitert“, frotzelt er.

Blinzelnd reißt sich Lilly von Romans schönen Zügen los und fühlt sich bloßgestellt, weil sich Rieger offen über sie amüsiert. Aber kann sie es ihm verdenken?

Wie ein treudoofes Schaf hat sie Roman angehimmelt. Zu ihrer Überraschung platziert sich Miriam direkt vor Rieger und stemmt die Hände auf die Hüften.

„Frau Wegener hat dir nichts getan, Mark. Du solltest dich wirklich schämen, dich über sie lustig zu machen. Vergiss nicht, *ich* bin immer noch die Tochter des Chefs. Sollte ich noch einmal mitkriegen, dass du dich über jemanden so auslässt, sorge ich dafür, dass Vater davon erfährt.“

Marks Miene gefriert. Er räuspert sich und sieht zu Lilly, die Miriams Einsatz verwirrt aber dankbar zur Kenntnis nimmt.

„Bitte verzeihen Sie mir diese unangemessene Bemerkung, Frau Wegener. Das wird nicht mehr vorkommen.“

Mark Riegers Entschuldigung klingt ehrlich. In seinen Augen schimmert ein Hauch von Reue und Lilly lächelt ihn zaghaft an.

„Ist schon gut. War nicht schlimm“, erwidert sie.

„Schön, dass dir das Grinsen endlich vergangen ist“, wirft Miriam bissig ein.

Riegers Blick gleitet träge über sie hinweg, ehe sich ein geringschätziger Zug in seine Mundwinkel gräbt. „Wenn du darauf anspielst, dass jedem Mann das Lächeln verrutscht, sobald er dich sieht, muss ich dir recht geben.“

„Jetzt hört schon auf!“, tadelt Roman. Dieses Mal klingt er tierisch genervt. „Ihr solltet versuchen, miteinander klarzukommen, sonst wird euch Vater gehörig die Leviten lesen. Und jetzt wäre es nett, wenn du Miriam mitnimmst, Mark. Frau Wegener und ich haben jede Menge Arbeit vor uns. Die erledigt sich nicht von allein.“

Grummelnd ziehen die beiden von dannen. Kaum haben Mark und Miriam das Büro verlassen, senkt sich wohltuende

Stille über den Raum Lilly ist das nach dem Streit ganz recht Als Roman das Wort an sie richtet, fährt sie erschrocken zusammen Er runzelt kurz die Stirn, dann glätten sich seine Gesichtszüge und er tritt an ihre Seite „Das von eben, ist mir sehr unangenehm Leider schaffen es meine Schwester und Mark nicht, wie Erwachsene miteinander umzugehen Auch seine Bemerkung vorhin war absolut unnötig “

„Schon gut“, wiederholt sie murmelnd und betrachtet angelegentlich den Boden

Romans Nähe macht sie atemlos Der Duft seines Aftershaves steigt ihr in die Nase und löst ein verwirrendes Schwindelgefühl bei ihr aus Daher traut sie sich nicht, ihren Blick zu heben, und betet, vor lauter Aufregung nicht in Ohnmacht zu fallen

Plötzlich tut er etwas völlig Unerwartetes Roman stellt sich vor sie und legt einen Finger unter ihr Kinn Sanft hebt er es an und mustert sie eindringlich „Bin ich Ihnen in irgendeiner Weise zu nahe getreten? Ich habe ständig das Gefühl, dass Sie vor mir zurückschrecken, dabei gibt es keinen Grund dafür Im Gegenteil Ich schätze Ihren Fleiß und Ihr Engagement für die Firma und würde es sehr schade finden, wenn Sie nicht mit mir zusammenarbeiten wollen Ich weiß, mir eilt ein gewisser Ruf schönen Frauen gegenüber voraus, aber ich verspreche Ihnen, dass ich unsere Beziehung rein beruflich halten werde “

Erstaunt lauscht sie seinen Worten und kann nicht fassen, dass er das gerade gesagt hat Er ist so freundlich zu ihr, so geduldig und lieber Himmel ... hat er etwa mit ihr geflirtet?

Lilly versinkt in seinen wunderschönen dunkelblauen Augen und verfällt seiner männlichen Schönheit mit jeder Sekunde mehr

Ja, starr ihn ruhig an wie ein traumatisiertes Schaf. Das findet er bestimmt wahnsinnig sexy, lästert Lydias imaginäre Stimme in ihrem Kopf Zur Abwechslung kommt ihr die ganz recht Die innere Stichelei katapultiert Lilly aus ihrer Lethargie Unsicher räuspert sie den dicken Kloß im Hals weg und wagt ein kleines Lächeln

„Herr Steininger, ich habe bestimmt keine Angst vor Ihnen “

„Wirklich?“ Sein Tonfall wird eine Nuance dunkler, ebenso der Blauton seiner Augen.

„Wirklich“, wiederholt sie leise und schaut zu Boden, da sie seinem Blick unmöglich weiter standhalten kann. Verflixte Schüchternheit!

„Würden Sie mich vielleicht ansehen und das wiederholen? Nur, damit ich sicher sein kann, dass Sie mir keinen Bären aufbinden.“

Bei dieser etwas altmodischen Redewendung, muss sie unwillkürlich kichern. Sie begegnet erneut seinem neugierigen Blick und entspannt sich. „Ich schwöre Ihnen, ich sage die Wahrheit.“

Sein Lächeln bringt ihren Herzschlag aus dem Takt.

„Dann gibt es keinen Grund, warum wir nicht gut zusammenarbeiten sollten.“

Sie weiß kaum noch wie ihr geschieht und zum wiederholten Mal versucht sie zu ergründen, wieso er plötzlich ihre Existenz wahrnimmt. Einmal, das ist schon über ein Jahr her, ist sie mit ihm im Aufzug gelandet, zusammen mit ihrer früheren Kollegin Muriel. Außer einem knappen Kopfnicken gab es von ihm keinerlei Reaktion auf Lillys Anwesenheit in der beengten Kabine, dafür erhielt Muriel – langbeinig, mit schwarzen, hüftlangen Haaren und einem ordentlichen Vorbau – jede Menge Aufmerksamkeit von ihm. Die sich wohl bis ins Privatleben fortsetzte. Es wurde gemunkelt, Muriel hätte eine Affäre mit ihm gehabt. Ob es stimmt, weiß sie nicht mit Sicherheit. Muriel war die Diskretion in Person und hat nie ein Wort über eine angebliche Beziehung verloren.

Heute arbeitet sie nicht mehr für die Steiningers. Laut Firmentratsch liegt der Grund für ihre Kündigung auf der Hand: Roman hat ihr das Herz gebrochen und sie ist vor ihm und ihrem Kummer geflüchtet.

Jetzt ist Lilly in seinen Fokus gerückt. Rein beruflich natürlich. Er will ihr Knowhow und ihren Fleiß nutzen, um ein Problem zu lösen.

Nur deswegen überschlägt er sich förmlich vor Freundlichkeit, sagt sie sich entschieden und bringt endlich eine halbwegs normale Antwort heraus.

„Sie haben recht“, entgegnet sie schließlich. „Ich will mich bemühen, nicht mehr so schüchtern Ihnen gegenüber zu sein und mein Bestes geben, um Ihnen zu helfen. Es ist nur“, sie zögert kurz, ehe sie fortfährt, „ich bin es nicht gewohnt, mit den Mitgliedern der Chefetage zu verkehren.“

Seine Mundwinkel zucken, als hätte sie gerade etwas Unanständiges ausgesprochen. Es ist nicht zu übersehen, dass er sich nur schwer ein Lachen verbeißen kann und das löst sofort ein Gefühl von Unsicherheit in ihr aus. „Hab ich was Komisches gesagt?“

Er wirkt ertappt, dann greift er unerwartet nach ihrer Hand. „Nein, ich musste nur gerade an etwas denken.“

Instinktiv spürt sie, dass er nicht die Wahrheit spricht, doch seine Berührung versetzt ihren Körper in Aufruhr. Die Gewissheit, wie sie auf diesen weltgewandten und attraktiven Mann wirken muss; unbeholfen und nichtssagend, lässt ihre Wangen brennen. Befangen gräbt sie die Zähne in die Unterlippe und steht stocksteif da, während er den Mund von ihrer Haut nimmt.

„Mir liegt viel an Teamwork, Lilly. Was halten Sie davon, wenn Sie vergessen, wer ich bin, und im Gegenzug verspreche ich Ihnen, nicht den Boss raushängen zu lassen. Wir arbeiten auf Augenhöhe.“

Das gesamte Gespräch kommt ihr surreal vor, doch seine Worte klingen so süß und Romans professionelle Einstellung beeindruckt sie. „Das wäre toll, Herr Steininger.“

Lilly schenkt ihm ein ehrfürchtiges Lächeln und fühlt sich zum ersten Mal in ihrem Leben voll und ganz wertgeschätzt. Sie vergisst sogar ihre antrainierten Schutzmechanismen und gewährt ihm einen kurzen Einblick in ihr wahres Ich. Für ein paar Sekunden macht er einen merkwürdig betroffenen Eindruck, dann schüttelt er verwirrt den Kopf und tritt einen Schritt zurück.

Roman holt tief Luft und schlägt einen geschäftsmäßigen Tonfall an. „Also, dann ist es beschlossene Sache. Wir beide werden die nächsten Tage zu siamesischen Zwillingen zusammenwachsen. Aber ich warne Sie. Machen Sie sich auf ein paar Überstunden gefasst."

„Das geht schon in Ordnung. Ich bleibe gerne länger."

„Genau deswegen habe ich Sie für diesen Job ausgesucht. Ich glaube ...", sein Lächeln bekommt eine unerwartet sinnliche Note, „wir werden zusammen einiges auf die Beine stellen."

Er klingt so überzeugt, dass sie selbst daran glaubt.

Wenn das nur gut geht, denkt sie und rückt die Brille auf ihrer Nase energisch zurecht.

Kapitel 5

Sonntagnachmittag tigert Roman unruhig durch die Bibliothek seines Elternhauses und sucht nach einer Lösung wie er Lillys Wegeners Widerstand möglichst unauffällig durchbrechen und sie erobern kann. Die Sache läuft ganz und gar nicht so, wie Roman sich das vorgestellt hat. Lilly ist zwar Wachs in seinen Händen und zittert schon beim kleinsten Körperkontakt, aber sie ist so unfassbar schüchtern, dass sie selbst die direktesten Signale nicht deuten kann. Er traut sich nicht, sie allzu offensiv zu bezirzen, aus Angst, sie damit in die Flucht zu schlagen. Was ihn allerdings *wirklich* beunruhigt, ist seine eigene Reaktion auf sie. Das Mädel tut ihm leid.

Nachdem er ihr mit einer schauspielerischen Glanzleistung der Extraklasse weisgemacht hat, sie wäre die allererste Wahl als Partnerin für die Auswertung, hat sie praktisch von innen heraus gestrahlt, als hätte er gerade verkündet, sie stünde kurz davor, den Nobelpreis für Physik einzuheimsen. Das hat ihn auf merkwürdige Weise berührt und kurz den absurden Wunsch in ihm geweckt, sie in den Arm zu nehmen und ihr zu versichern, dass sie stolz auf sich sein kann.

Dieser Anfall hat bloß ein paar Sekunden gedauert, dennoch ist er erschrocken, weil er diese unschöne Geschichte ohne Emotionen abwickeln möchte. Wie einen Geschäftsabschluss. Keine gefühlsmäßige Beteiligung, keine Moralpredigten und erst recht keine Gewissensbisse. Er kann es sich nicht erlauben, sie an sich ranzulassen, und versucht ihre Freude über sein Lob ins Lächerliche zu ziehen. Heilige Scheiße, es ist nur eine Auswertung! Schlussendlich nicht mehr als eine Datei mit ein paar Namen und Adressen. Jeder könnte die für ihn erstellen.

Das muss ihr klar sein und doch saugt sie seine Anerkennung auf wie ein Schwamm. Als hätte man sie noch nie gelobt. Obendrein zerrt ihre Schüchternheit an seinen Nerven, da sie alles um ein Vielfaches erschwert. Er beabsichtigt nicht, mehr als das übliche Maß an Aufwand an sie zu verschwenden Wenigstens steht sie auf ihn Ihr Atem beschleunigt sich, sobald er sich nähert, die blassen Wangen färben sich rosa und die Pupillen ihrer grauen Augen vergrößern sich Ohne diese schreckliche Brille und mit etwas schmeichelhafteren Klamotten, könnte man sich sogar an ihrer Seite blicken lassen

Nachdenklich läuft er zur Hausbar seines Vaters und schenkt sich nach kurzem Überlegen ein Glas Wasser ein, statt eines alkoholischen Getränks Er will es nicht riskieren, den Wagen stehenlassen zu müssen und verzichtet auf den obligatorischen Whiskey, obwohl er durchaus was Hochprozentiges vertragen könnte

„Verrätst du mir, was du mit der Kleinen vorhast?“

Die Stimme seiner Schwester reißt Roman aus den Gedanken Er dreht sich mit dem Glas in der Hand um Miriam steht an der Schwelle zur Bibliothek und mustert ihn eindringlich Selbstverständlich weiß er sofort, worauf sie anspielt

„Ich weiß nicht, was du meinst“, behauptet er dennoch unverfroren und führt das Glas an die Lippen Gelassen nippt er an dem prickelnden San Pellegrino Miriam tritt ein und schließt leise die Tür hinter sich „Wir müssen reden, Roman “

„Warum wollt ihr Frauen immer alles zu Tode diskutieren“, beschwert er sich und hofft damit einen geschwisterlichen Streit vom Zaun zu brechen, der sie vom eigentlichen Grund ihres Hierseins ablenkt Sie will über Lilly Wegener sprechen, er möchte das nicht Auf gar keinen Fall!

Es reicht, wenn er sich in den nächsten Tagen und Wochen mit diesem Mädchen – eine Frau will er sie gar nicht nennen – beschäftigen muss

„Möchtest du was trinken? Was Alkoholisches oder doch eher einen Saft?“

„Deine Ablenkungsmanöver kannst du dir sparen Ich weiß genau, wie du tickst, mein Lieber Ich bin deine Schwester und kenne dich schon mein Leben lang “

Seufzend lässt er sich in den großen Ohrensessel vor dem Kamin sinken Er macht es sich bequem, ein Bein über die Sessellehne hängend Sein Fuß in dem auf Hochglanz polierten braunen Lederschuh wippt auf und ab. „Also gut, dann sprich dich aus. Ich bin ganz Ohr."

Miriam lässt sich nicht provozieren und kommt auf ihn zu. Sie bleibt ungefähr zwei Meter von ihm entfernt stehen. „Es geht um Frau Wegener, aber ich denke, das weißt du bereits."

Kritisch zieht sie die Augenbrauen zusammen. „Du kannst mir nicht erzählen, dass du sie für die Auswertung unbedingt in deinem Büro brauchst. Das könnte sie genauso gut im Kundenservice erledigen. Was führst du im Schilde?"

„Gar nichts", stößt Roman genervt hervor. Er hasst es, sich für etwas rechtfertigen zu müssen. Glücklicherweise verkehrt Miriam nicht in seinem Freundeskreis, was in erster Linie an Mark liegt. Sie will ihm nicht öfter als notwendig begegnen und meidet alle Clubs und Lokalitäten, die Roman mit Mark und der gemeinsamen Clique besucht. Nur wenn Nina, die Geschäftspartnerin und beste Freundin seines Kumpels Alexander, mit von der Partie ist, lässt sie sich dazu herab, sich der Gruppe anzuschließen. Mit Nina verbindet sie eine lockere Freundschaft und Miri behandelt Mark bei diesen Gelegenheiten einfach wie Luft und würdigt ihn keines Blickes. Von der Sache mit Lilly wird sie hoffentlich nichts mitbekommen. Es sind mittlerweile sogar Wetten darauf abgeschlossen worden, wie lange es dauern wird, bis er das Mauerblümchen zu einem willenlosen Opfer seiner Verführungskünste macht. Als sei das ganze Leben nur ein einziger großer Spaß, der dazu dient, sich auf Kosten anderer zu amüsieren.

Erneut beschleicht ihn dumpfes Unbehagen, wenn er daran denkt, wie übel er Lilly mitspielen wird. Roman schiebt diese ungebetene Empfindung beiseite und mustert seine Schwester gleichmütig. „Frau Wegener ist eine sehr fleißige Person und die einzige Frau, die ich längere Zeit um mich haben kann, ohne ihr an die Wäsche gehen zu wollen." Er zuckt entschuldigend mit den Schultern.

„Sorry, dass ich das so offen sage, aber du kennst mich und meinen sexuellen Appetit."

Miri hält sich die Ohren zu.

„Ah, hör auf! Ich will nichts über deine intimen Gewohnheiten hören. Das ist eklig, Roman.“

Er grinst über ihre Reaktion.

„Prüde Zicke“, murmelt er gutmütig.

Kein Wunder, dass sie so ein massives Problem mit Mark hat. Der treibt es sogar noch viel wilder als er und protzt bei jeder Gelegenheit mit seinen Eroberungen.

„Um mal beim Thema zu bleiben: Ich will die Ursache für den massiven Anwuchs an Beschwerden herausfinden. Seit zwei Jahren steigt die Quote kontinuierlich und es scheint immer schlimmer zu werden. Wir müssen das jetzt stoppen, bevor es sich nicht mehr kontrollieren lässt. Sonst bestellen die Leute ihr Spielzeug irgendwann nur noch im Internet, statt in unsere Geschäfte zu gehen. Früher hatte die Firma doch auch nicht solche Probleme. Jedenfalls nicht mehr als üblich.“

„Hm, okay, das klingt einleuchtend.“ Eindringlich mustert sie ihn. „Dir scheint die Sache sehr wichtig zu sein. Wie kommt's?“

„Die Firma liegt mir am Herzen“, entgegnet er achselzuckend und genehmigt sich einen weiteren Schluck Wasser. Es prickelt auf seiner Zunge.

„Anscheinend sogar wichtig genug, um ein Mädchen um Hilfe zu bitten, das von allen nur herumgeschubst wird.“

Bevor er Miri antwortet, steht er auf und stellt das Glas an der Bar ab. Gemächlich dreht er sich um, lehnt sich gegen die Kante und verschränkt die Arme vor der Brust.

„Um ehrlich zu sein“, beginnt er und lächelt gespielt verlegen, „tut sie mir leid. Sie scheint es nicht leicht zu haben.“

Miri grinst über beide Ohren. „Oh mein Gott, du magst sie!“

Roman glaubt eine Spur von Hochachtung aus ihrer Stimme herauszuhören und windet sich innerlich, weil er ihr einen solchen Bären aufbindet. Miriam hingegen ist Feuer und Flamme. „Willst du ihr ein bisschen unter die Arme greifen und dir einen Ruf als guter Samariter sichern? Das hätte ich dir ehrlich gesagt gar nicht zugetraut. Ich muss gestehen, ich bin beeindruckt.“

Seine Schwester scheint sich immer mehr für Lilly zu erwärmen. Hoffentlich nicht zu sehr. Sie könnte auf die Idee kommen, die Kleine unter ihre Fittiche zu nehmen und das würde unweigerlich zu Problemen führen. Eine Lüge würde sich über die andere türmen, bis das ganze Gebilde früher oder später über seinem Kopf zusammenbricht.

„Ich will gar nichts in der Richtung, Miri. Tut mir leid, meine Beweggründe entzaubern zu müssen, aber mich interessiert nur ihr berufliches Engagement."

Er sieht seiner Schwester in die Augen. „Sobald wir die Auswertungen haben, geht sie zurück zum Kundenservice und das war's. Was sie privat macht oder wie sie ihre Situation mit ihren Kolleginnen handhabt, ist nicht mein Problem."

Seine Schwester macht einen leicht enttäuschten Eindruck. Wahrscheinlich hat sie gehofft, er würde endlich seine menschliche Ader entdecken und sie sofort an Lilly Wegener ausleben.

Bevor Miriam noch etwas anmerken oder fragen kann, öffnet sich die schwere Tür der Bibliothek und sein Vater betritt den Raum. Konrad Steininger trägt eine braune Stoffhose und darüber eine dunkelbraune Strickweste. Freizeitkleidung. Seinem Gesichtsausdruck nach zu urteilen, hat er gute Laune.

„Da seid ihr ja. Ich habe euch schon überall gesucht. Eure Mutter möchte gerne essen."

„Dann sollten wir Mama nicht länger warten lassen", sagt Roman und hält seiner Schwester den Ellenbogen hin, damit sie sich unterhaken kann.

„Langsam wirst du mir unheimlich, Bruderherz", erwidert sie und wirft ihm einen scharfen Blick zu, dem er mit einem gleichmütigen Lächeln begegnet. Soll sie sich ruhig wundern.

Zu dritt verlassen sie die Bibliothek und betreten das Esszimmer. Magdalena Steininger unterhält sich mit der Haushälterin Sigrid, einer resoluten Mittvierzigerin, die schon seit über acht Jahren im Haus seiner Eltern das Zepter über die Angestellten schwingt. Sie besitzt eine natürliche Autorität, der sich sogar Roman beugt. Trotzdem wird sie von allen gemocht und respektiert.

„Mama", begrüßt er seine Mutter, die bei seiner Ankunft, noch nicht zuhause gewesen ist und haucht ihr einen liebevollen Kuss auf die Wange.

„Roman, dass du dich mal wieder blicken lässt."

Er furcht die Stirn „Ich war doch erst letzte Woche bei euch “
Seine Mutter verdreht die braunen Augen „Hier schon, aber nicht richtig anwesend Ich hoffe, heute hast du ein bisschen mehr Muße dazu, dich mit deiner alten Mutter zu unterhalten “
Konrad Steininger stellt sich an die Seite seiner Frau und legt den Arm um ihre schlanke Taille Roman kann sich nur schwer vorstellen, dass ein Mann ein Leben lang einer Frau treu bleibt Sein Vater ist es definitiv und er liebt seine Frau wie am ersten Tag Vielleicht sogar noch mehr

„Lenchen, du bist alles, aber nicht alt, mein Herz Wenn ich damals schon gewusst hätte, was für eine prachtvolle Frau aus dir wird, hätte ich mich mehr angestrengt, um dich schneller zu erobern “

Romans Mutter nimmt das Kompliment mit einem Lächeln hin und streicht ihrem Mann liebevoll über den Handrücken „Alter Charmeur“, murmelt sie und zieht Miriam dann in eine kurze Umarmung „Hallo Herzchen, schön, dass du es auch geschafft hast “ Sie tritt einen Schritt zurück und deutet auf den gedeckten Tisch „Kommt, lasst uns essen Sigrid hat einen Auflauf gezaubert “

Nach dem leckeren Hauptgang und dem noch köstlicheren Dessert setzen sie sich alle ins Wohnzimmer, trinken einen Tee und plaudern über Belanglosigkeiten Es gibt ein ungeschriebenes Gesetz im Hause Steininger: Zuhause unterhält man sich nicht übers Geschäft Deswegen ist Roman gelinde ausgedrückt verdutzt, als sein Vater ihn kurz zur Seite nimmt Miri und seine Mutter sitzen auf der Couch und sehen sich auf dem iPad ein paar Bilder vom letzten Karibikurlaub der Eltern an

„Ich habe gehört, du nimmst dich dem Problem der wachsenden Kundenunzufriedenheit an“, sagt Konrad Steiniger mit seiner Baritonstimme

„Scheint sich schnell rumzusprechen “

Roman ist auf der Hut Sein Vater mag nach außen hin sehr jovial und menschlich wirken, wenn es allerdings ums Geschäft geht, legt er unnachgiebige Härte an den Tag

„Ich bin nur angenehm überrascht, und frage mich, wie du darauf gekommen bist “

Romans Alarmglocken schrillen, jetzt darf er keinen Fehler begehen. Er kann seinem alten Herrn schlecht auf die Nase binden, dass er nur einen Aufhänger braucht, um Lilly näherzukommen, ohne sie zu Tode zu erschrecken.

Denk nach, bevor du sprichst, ermahnt er sich.

„Mir ist letztens eine Liste in die Hände gefallen und der prozentuale Anstieg der Beschwerden hat mich geschockt. Wir können es uns nicht erlauben, die Kunden zu verärgern. Also habe ich mir eines der Mädchen vom Kundenservice geschnappt und gehe der Sache auf den Grund."

Sein Vater nickt wohlwollend. „Du hast dir Frau Wegener mit ins Boot geholt. Fleißiges Mädchen, ich halte viel von ihr."

„Du kennst deine Mitarbeiter ja recht gut", antwortet er gezwungen. Erst redet seine Schwester über Lilly Wegener, als sei sie eine verdammte Heilige und nun bläst sein Vater ins gleiche Horn. Hat dieses unscheinbare Mauerblümchen seine gesamte Familie verhext?

„Es gehört zu den Pflichten eines Firmeninhabers, über alles und jeden informiert zu sein, mein Junge. Die Menschen, die für uns arbeiten, sind wie Räder in einem Uhrwerk. Man muss dafür sorgen, dass jedes reibungslos funktioniert. Das geht nur, wenn man seine Angestellten ernst nimmt und sich mit ihnen beschäftigt", erklärt sein Vater gelassen. „Ich habe das Gefühl, dass du auf dem besten Weg bist, in meine Fußstapfen zu treten. Dass du Frau Wegener ausgesucht hast, statt eine der hübscheren Kolleginnen, zeugt von Weitsicht." Sein Vater schlägt ihm gönnerhaft auf die Schulter. „Gut gemacht, Roman. Bin stolz auf dich."

Normalerweise würde er sich über ein Lob aus dem Mund des großen Konrad Steininger freuen. Sein Vater ist nicht sehr freigiebig mit Komplimenten, man hört sie selten und deswegen sind sie so besonders. Sie jedoch unverdient zu erhalten, weckt sein schlechtes Gewissen. Sollte sein Vater jemals erfahren, wieso er Lilly ausgesucht hat, kann er wahrscheinlich seinen Schreibtisch räumen und in Zukunft Autos in einer Waschanlage abspritzen. Ihm wird spürbar unwohl zumute.

„Lob mich nicht zu früh", meint er und lächelt unbehaglich.

Sein Vater schüttelt den Kopf. „Nein, nein. Lob sollte man annehmen, wenn es angebracht ist. Halt mich über die Ergebnisse auf dem Laufenden. Ich möchte nur zu gerne wissen, was du bei deinen Recherchen herausfindest.“

„Klar.“ Roman lächelt gezwungen und ist froh, dass seine Mutter ihn zu sich winkt. Während er sich zu ihr auf die Couch setzt, schwört er sich, nie wieder eine Wette einzugehen. Die Folgen der letzten bringen sein Leben gehörig durcheinander und alles entwickelt ein unheimliches Eigenleben.

Kapitel 6

Sie verbringt ihre Arbeitszeit damit, die Kundenbeschwerden nach Postleitzahl und Datum zu sortieren. Eine mühselige Arbeit, doch es zeichnet sich ein Muster ab, das Roman Steininger sicherlich weiterhelfen wird. Die Menge hat sich in den letzten vierzehn Monaten mehr als verdoppelt und konzentriert sich auf ein bestimmtes Bezirksgebiet. Die Läden von *Steiningers Spieleparadies* sind in ganz Deutschland verstreut. Aber das Gebiet in Bayern ist von Reklamationen besonders stark betroffen.

Müde nimmt sie die Brille ab und reibt sich die Augen. Da sie allein im Büro sitzt, verhält sie sich völlig ungezwungen. Roman ist vor zwei Stunden gegangen und hat ihr erlaubt, ebenfalls früher Feierabend zu machen. Sie hat dieses Angebot nicht angenommen und will lieber den vor sich liegenden Stapel bearbeiten. Je eher sie damit fertig wird, umso schneller kann sie zurück in den Kundenservice. Ihre Kolleginnen lassen es während ihrer Abwesenheit sicher schleifen und Lilly darf dann das angerichtete Chaos wieder beseitigen. Was neue Überstunden zur Folge haben dürfte.

Trotzdem hat sie genug für heute. Draußen ist es längst stockdunkel, der letzte Bus wird in einer halben Stunde fahren, deswegen speichert sie die Datei ab und fährt den PC herunter. Ihr Wagen befindet sich in Reparatur. Sie wird ihn erst morgen wieder aus der Werkstatt holen können. Da sie auf öffentliche Verkehrsmittel angewiesen ist, wäre es fatal, den Bus in die Stadt zu verpassen. Für ein Taxi ist sie zu geizig und laufen kommt erst recht nicht infrage. Bis zu ihrer Wohnung sind es fast zehn Kilometer. Der Bildschirm vor ihr wird schwarz, gerade greift sie nach ihrer Handtasche, da betritt Roman äußerst gut gelaunt den Raum und bleibt abrupt stehen, als er sie hinter ihrem Schreibtisch sitzen sieht.

„Sie sind ja immer noch da!“, entfährt es ihm verblüfft.

Peinlich berührt hält sie sich an ihrer Handtasche fest. „Ähm, ja.“

Er kommt näher, die Hände in den Hosentaschen vergraben. Dabei sieht er so lässig und attraktiv aus, dass ihr Herz anfängt zu rasen. Seit sie tagtäglich mit ihm zu tun hat, verfällt sie ihm sekündlich mehr. Roman Steininger hat sich als ausgesprochen freundlich und umgänglich entpuppt und das steigert seine Anziehungskraft um ein Vielfaches. Ihre Gefühle für Roman übersteigen jedes vernünftige Maß und sie genießt seine völlig wertfreie Behandlung. Kein einziges Mal hat er ihr das Gefühl gegeben, sie sei hässlich oder unscheinbar. Er geht vollkommen normal mit ihr um, ist respektvoll und freundlich. So ein Verhalten ist sie einfach nicht gewohnt und so wundert es sie nicht, dass er all ihre Träume und Sehnsüchte beherrscht. Natürlich weiß sie, dass er nicht an ihr als Frau interessiert ist. Es wäre dumm, etwas Derartiges anzunehmen. Sie leistet gute Arbeit und ist ihm eine enorme Hilfe. Die Auswertungen macht sie praktisch im Alleingang, er verbringt im Grunde nicht viel Zeit in seinem Büro. Teamwork sieht für sie anders aus.

Er nutzt dich nur aus, wie alle anderen, flüstert es in ihr.

„Lilly? Ist alles in Ordnung?“

Sie nickt hastig. „Aber ja. Entschuldigen Sie, ich bin nur ein bisschen müde.“

Stirnrunzelnd überbrückt er den letzten Abstand und sieht auf sie herunter. „Das wundert mich nicht bei Ihrem Arbeitspensum. Sie sollten schon längst zuhause sein.“

Seine Sorge um sie wärmt Lilly das Herz. Sonst macht sich kaum einer Gedanken um sie. „Ich wollte mich gerade auf den Weg machen“, antwortet sie lächelnd. „Der letzte Bus fährt in zehn Minuten, den darf ich nicht verpassen.“

„Vergessen Sie den Bus. Ich fahre Sie.“

Lilly glaubt zu träumen. Roman Steininger will sie nach Hause fahren. Bereits zum zweiten Mal.

„Das ist nicht nötig“, lehnt sie tapfer ab, obwohl sie sich nichts mehr wünscht, als neben ihm in seinem schicken Wagen zu sitzen, den Geruch des Leders zu inhalieren, gepaart mit seinem männlich-frischen Duft. Bereits die Ahnung von körperlicher

Nähe zu diesem Mann jagt ein angenehmes Prickeln durch ihren Leib. Ihr Mund fühlt sich trocken an, als wäre ihr Speichel einfach verdampft. Völlig unerwartet greift er ihre Hand und zieht Lilly von ihrem Stuhl hoch.

Sie taumelt gegen seine Brust und stützt sich überrumpelt an seinem Oberkörper ab. Kaum berührt sie ihn, weicht sie auch schon zurück, als hätte sie sich verbrannt. „Entschuldigen Sie, wie ungeschickt von mir."

Roman furcht die Stirn und wirkt für ein paar Sekunden verärgert, dann glättet sich seine Miene und er schenkt ihr ein jungenhaftes Lächeln. „Wenn sich hier jemand entschuldigen sollte, dann ich. Schließlich habe ich Sie hochgerissen."

Er räuspert sich und deutet auf die Tür. „Lassen Sie uns gehen, Lilly. Sie haben heute wirklich genug Zeit hinterm Schreibtisch verbracht."

Mit wackligen Knien läuft Lilly neben ihm her und sortiert ihre wirren Gedanken. Wird er sie jetzt fahren oder hat er stillschweigend akzeptiert, dass sie lieber den Bus nimmt? Erst als sie vor das Gebäude treten und er sachte ihren Ellenbogen umfasst und sie zu seinem Wagen führt, atmet sie frei durch. Widerspruch spart sie sich. Wenn er sich etwas in den Kopf gesetzt hat, dann zieht er das auch durch. Nachdem er ihr die Beifahrertür geöffnet hat, sinkt sie in den Sitz, und fühlt sich für ein paar Momente wie eine Prinzessin. Oder wie eine begehrenswerte Frau, die nach einem zauberhaften Abend von ihrem attraktiven Date nach Hause chauffiert wird. Der Wagen braust durch die Nacht, die roten Rücklichter der anderen Autos vermischen sich mit dem hellen Glimmen der Großstadt. Er fährt schnell, aber sicher. Seine gepflegten Hände halten das lederüberzogene Lenkrad mit lässiger Anmut, immer wieder heult der Motor auf, wenn er auf einer geraden Strecke ordentlich Gas gibt. Sein Fahrstil ist wie er: sexy und gefährlich.

„Haben Sie heute Abend noch etwas vor?"

Verblüfft über seine Frage, vergisst sie komplett, schüchtern und zurückhaltend zu sein. „Wieso wollen Sie das denn unbedingt wissen?"

Sein leises Lachen fährt ihr direkt in den Magen. Mein Gott, sie liebt den Klang. So warm und gleichzeitig so wahnsinnig erotisch. Ihre Wangen brennen, weil ihr ausgerechnet dieses Wort in den Sinn kommt.

„Nun ja, weil ich Sie gerne einladen möchte. Ich kenne da ein schönes Bistro und dachte mir, es wäre eine gute Gelegenheit, uns besser kennenzulernen."

Noch immer perplex vergisst sie alle Höflichkeit. „Warum in aller Welt sollten Sie das wollen?"

„Wieso nicht?"

Nimm dich in Acht vor Menschen, die jede Frage mit einer Gegenfrage beantworten. Sie haben immer etwas zu verbergen. Diesen Ratschlag hat sie mal vor langer Zeit gehört und ausgerechnet jetzt muss Lilly daran denken. Unruhig zieht sie ihre Unterlippe zwischen die Zähne und überlegt fieberhaft, was hinter dieser Offerte stecken könnte.

„Lilly, ich habe nur einen harmlosen Plausch im Sinn. Ich will Sie nicht in mein Bett zerren."

Aber ich würde das mit dir nur zu gern tun, schießt es ihr ungewollt durch den Kopf.

„Ich … also … ich weiß nicht", stammelt sie hilflos.

Du bist so eine hohle Nuss, Lilly, zischt die imaginäre Stimme ihrer Mutter. *Halt ihn nur noch länger hin, dann nimmt er die Einladung zurück. Verdient hättest du es.*

„Kommen Sie, geben Sie Ihrem Herzen einen Stoß. Sie fügen meinem Ego sonst irreparablen Schaden zu."

Er wirft ihr einen Seitenblick zu. Im Halbdunkel des Wagens kann sie seinen Gesichtsausdruck nicht genau ergründen, dennoch schießt sie alle Bedenken in den Wind.

„Okay, ich würde sehr gern etwas mit Ihnen trinken gehen", hört sie sich sagen.

Kaum zu glauben, aber sie scheint tatsächlich so was wie Mut zu entwickeln. Wenn das mal kein Grund zum Feiern ist.

„Wunderbar, Sie werden es nicht bereuen, Lilly."

Was er damit wohl wieder andeuten will? Auf jeden Fall klingt er seltsam befriedigt, ja, beinahe erleichtert. Neugierig schielt sie ein weiteres Mal zu ihm rüber Sein Profil zeichnet sich als dunkler Schemen ab Sie kann sein Aftershave überdeutlich riechen Seine Schultern sind so breit, es fehlen nur wenige Zentimeter und sie würden die ihren berühren

Mittlerweile hofft sie, dass sie bald ans Ziel gelangen Ihr wird schon ganz schummrig wegen seiner Nähe und der Wärme, die sein agiler Körper ausstrahlt Völlig unvermutet, greift er nach ihrer linken Hand, die locker auf ihrem Oberschenkel ruht und führt sie an seine Lippen Innerlich erstarrt sie bei der Berührung seines weichen Mundes auf ihrer kühlen Haut und entzieht ihm die Finger Er räuspert sich scheinbar peinlich berührt „Verzeihen Sie bitte, das war unangemessen"

Aber auch wunderschön, denkt sie verwirrt Männer haben in ihrem Leben niemals eine Rolle gespielt Sie hat sich schon als ungelenker Teenager damit abgefunden, nie das Interesse eines Jungen zu wecken, und dieses Empfinden hat sich bis ins Erwachsenenalter fortgesetzt Und nun das Roman Steininger scheint sie aus unerfindlichen Gründen zu mögen und diese Vorstellung lässt ihr Herz mit jedem Schlag ein wenig mehr anschwellen Bis ihr klar wird, wie reizlos sie neben einem Traumtyp wie Roman wirken muss Für einen Rückzieher fehlt ihr allerdings der Mut

Nach ein paar Minuten biegt er in eine Seitengasse ab und parkt am Straßenrand Entlang des Fußgängerwegs reihen sich Geschäfte aneinander Ganz am Ende sieht sie ein hellerleuchtetes Schild mit dem Schriftzug *Arrival* Das muss das Bistro sein, von dem Roman erzählt hat Er steigt aus und öffnet ihr galant die Tür Kurz darauf steht sie neben ihm auf dem Bürgersteig und umklammert ihre Handtasche

„Kommen Sie, es ist gleich da hinten"

Er legt ihr sachte die Hand auf den Rücken Trotz der Kleiderschichten kann sie die Berührung seiner Finger deutlich spüren Sie erschauert und lässt sich von Roman ins *Arrival* dirigieren Sobald sie über die Schwelle treten, hält sie ängstlich die Luft an Sie hasst Menschenansammlungen und fühlt sich in öffentlichen Lokalen nicht wohl

„Wollen Sie weiter vorn oder eher hinten Platz nehmen?"

„Hinten“, sagt sie eilig. Sie hofft, dort möglichst unsichtbar zu sein. Glücklicherweise ist hier wenig los und sie atmet etwas auf. Keiner nimmt Notiz von ihnen, außer dem Mann hinter der Theke, der Roman zuwinkt und kurz stutzt, als er Lilly an seiner Seite entdeckt.

„Was halten Sie von dieser kuscheligen kleinen Ecke?“ Roman deutet mit dem Kopf auf den hintersten Platz im Raum.

„Das ist mir recht“, murmelt sie. Roman nimmt ihre Hand und sie folgt ihm verdattert, als er sie hinter sich herzieht. Es fühlt sich gut an, sie versucht gar nicht, ihm ihre Finger zu entreißen, und ist beinahe enttäuscht, dass er sie loslässt, sobald sie ihr Ziel erreicht haben.

Auf der Tischplatte steht eine Kerze, daneben liegt die Karte. Um sich irgendwie zu beschäftigen, greift sie danach und traut sich nicht, Roman anzusehen. Sie hört ihn seufzen und wagt einen schnellen Blick. Er betrachtet sie mit milder Nachsicht. „Bin ich wirklich so furchteinflößend?“

„Wie meinen Sie das?“

„Nun ja, erst wollen Sie mich nicht begleiten und nun sitzen Sie so stocksteif neben mir, dass ich mir wie ein perverser Sittenstrolch vorkomme.“

„Oh ...“ Mehr bringt sie nicht heraus.

Rede mit ihm. Lass ihn nicht so dumm dastehen.

„Es liegt wirklich nicht an Ihnen, Roman. Ich bin nur nicht gut in solchen Dingen.“

„Würden Sie mir glauben, wenn ich Ihnen sage, dass ich viel von Ihnen halte und einfach gern Zeit mit Ihnen verbringe?“

Ihm das abzukaufen, fällt ihr schwer. Sie möchte ihm nicht auf den Kopf zusagen, dass es sich so verhält und schweigt verbissen. Sie kann ihm ja schlecht ins Gesicht sagen, dass sie ihm nicht über den Weg traut. Bislang hatten Männer nie mehr als gleichgültige Blicke für sie übrig. Warum er sich anders benimmt, kann sie sich nicht erklären.

Er scheint zu spüren, wie unangenehm ihr dieses Thema ist, und greift nach ihrer Hand. „Verzeihen Sie. Ich bringe Sie schon wieder in Verlegenheit. Das wollte ich nicht.“

Fast schon abwesend spielt er mit ihren Fingern Er streichelt sie, hält sie umfangen und berührt ihre Fingerkuppen so zart, dass sie den Atem anhält Das ist verrückt Lilly weiß nicht, was sie davon halten soll, findet aber nicht die Kraft, ihn in seine Schranken zu weisen Nach ein paar Sekunden gestattet sie sich endlich, die Situation und seine zärtlichen Berührungen zu genießen Nur ein kleines Bisschen Wie oft im Leben wird sich ihr eine solche Gelegenheit bieten? Höchstwahrscheinlich niemals wieder Auch wenn sie nicht ganz dahinter steigt, aus welchem Grund Roman Steininger ihre Gesellschaft sucht, so ist sie doch Frau genug, um sich geschmeichelt zu fühlen

Viel zu früh entlässt er ihre Hand aus seinem Griff und lehnt sich in seinem Stuhl zurück „Was möchten Sie trinken?"

„Eine Cola wäre toll", antwortet sie

Romans Augenbraue zuckt nach oben „Nichts Alkoholisches? Sie müssen schließlich nicht fahren"

Lilly schüttelt den Kopf Sie verabscheut Alkohol Sie mag weder den Geschmack, noch die Wirkung, die er auf Menschen hat „Nein, danke Eine Cola reicht mir völlig"

Er winkt die Kellnerin heran Da sich in der Bar kaum andere Gäste tummeln, steht die junge Frau keine drei Sekunden später vor ihnen und lächelt einladend auf Roman herab „Was kann ich dir bringen?"

Ihr Tonfall ist flirtend, doch zu Lillys großem Erstaunen geht Roman nicht darauf ein und verhält sich komplett neutral Dabei ist die Frau bildhübsch Lange rote Locken türmen sich hochgesteckt auf ihrem Kopf, ihre Figur ist kurvenreich und das Lächeln frech Eigentlich genau der Typ Frau, auf den Männer wie er stehen Heiß und herausfordernd

„Zwei Cola bitte", bestellt er gelassen und wirft Lilly einen fragenden Blick zu „Möchten Sie Eis dazu?"

Sie schüttelt den Kopf

„Sonst noch etwas?", will die Rothaarige wissen

„Nein, das wäre vorerst alles", antwortet er freundlich

„Zwei Cola", wiederholt das Mädchen „Kommt sofort!"

Roman beachtet die attraktive Bedienung kaum, als die kurz darauf powackelnd abzieht. Sein Blick ruht die ganze Zeit auf Lilly und diese Tatsache erwärmt ihr Inneres mehr als ihr lieb ist. Sie darf sich keinen dummen Hoffnungen hingeben.

Das ist ein neutrales Treffen zwischen einer Angestellten und einem Chef, erinnert sie sich. Harmlos. So wie er es versprochen hat. Er wird sicher nicht auf die Knie sinken und ein Loblied auf ihre nicht vorhandene Schönheit singen. Der Gedanke erheitert sie und ihre Mundwinkel verformen sich zu einem kleinen Grinsen.

„Sie haben ein hübsches Lächeln“, sagt er leise.

Überrascht sieht sie ihn an und erschrickt über den nachdenklichen Ausdruck, der über sein Gesicht huscht. Als würde er sich richtig Gedanken um sie machen. So verrückt es auch klingt, er scheint sie tatsächlich sympathisch zu finden. Auf platonische Weise natürlich. Alles andere wäre wirklich zu weit hergeholt.

„Erzählen Sie mir ein wenig von sich.“

Uff, umgekehrt wäre es ihr lieber. Über sie gibt es nicht viel Interessantes zu berichten, zumindest nichts, was für fremde Ohren bestimmt wäre. Wenn er jedoch etwas über sie wissen möchte, dann wird sie ihm den Gefallen tun. Sie kann ja nicht den ganzen Abend stumm wie ein Fisch neben ihm sitzen und mit dem Kopf nicken, sobald er etwas sagt.

„Was interessiert Sie denn?“, fragt sie vorsichtig.

Auch wenn sie bereit ist, über ihren Schatten zu springen, will sie nicht allzu freigiebig mit Informationen über ihre Person hausieren gehen. Je undurchschaubarer man bleibt, umso weniger Angriffsfläche bietet man. Mit dieser Taktik ist sie bislang gut gefahren. Ihre natürliche Zurückhaltung anderen Menschen gegenüber ist ihr mittlerweile in Fleisch und Blut übergegangen.

„Was immer Sie bereit sind, preiszugeben. Wir arbeiten jetzt seit ein paar Tagen zusammen und ich weiß nach wie vor kaum etwas über sie“, erwidert er in der Zwischenzeit und legt die Unterarme auf dem Tisch ab.

Roman beugt sich ein Stück nach vorn und fixiert ihr Gesicht. „Vielleicht fangen wir mit etwas Harmlosem an“, schlägt er vor. „Haben Sie Hobbys?“

Das ist ein unverfängliches Thema. Dankbar nimmt sie es an und fühlt sich auf einmal ganz leicht. Ihr sitzt der Schalk im Nacken und sie beugt sich mit verschwörerischer Miene ein Stück vor. „Man sieht es mir vielleicht nicht an, aber ich lese leidenschaftlich gerne“, flüstert sie und ist überrascht, dass sie über sich selbst scherzen kann. Sie sieht aus wie der Inbegriff eines versponnenen Bücherwurms. Nichts kann darüber hinwegtäuschen. Grinsend neigt er sich ihr entgegen, seine Augen blitzen vor Vergnügen. Es ist schön, zur Abwechslung angelacht und nicht nur ausgelacht zu werden. In ihr baut sich eine nie gekannte Euphorie auf. „Eine Leseratte also. Sieh mal einer an! Das hätte ich in der Tat niemals vermutet“, geht er auf ihren Scherz ein und legt den Kopf schräg. „Und welche Lektüre bevorzugen Sie?“

Soll sie ihm das wirklich gestehen? Vermutlich denkt er, sie würde Romane von Jane Austen, Jojo Moyes oder J.K. Rowlings verschlingen. Das ist ganz und gar nicht der Fall.

„Ich inhaliere praktisch alles an Horrorliteratur, was ich finden kann“, gesteht sie und sieht, wie sich seine Augen weiten. Damit hat sie ihn kalt erwischt.

„Sie veralschen mich doch!“, platzt es aus ihm heraus.

Lilly schüttelt den Kopf, ihr Lächeln vertieft sich. „Nein, ernsthaft. Ich mag gruselige Bücher und Filme sehr.“ Sie zuckt verlegen mit den Achseln. „Ist eine Schwäche von mir.“

Versonnen stützt er das Kinn in die Hand, ein leichtes Schmunzeln kräuselt sich in seinen Mundwinkeln. „Und was für Schwächen haben Sie noch?“

„Das verrate ich Ihnen nicht“, erwidert sie und stellt erleichtert fest, dass die Kellnerin mit der Bestellung zurückkommt.

„Zwei Cola, ohne Eis. Wie gewünscht“, sagt die Rothaarige und beugt sich unnötig tief über den Tisch. Ihre Brüste hüpfen fast aus dem engen schwarzen Oberteil mit dem großzügigen Ausschnitt. Roman reagiert, wie ein Mann nun einmal reagiert, wenn ihm so ein hübscher Anblick geboten wird: Er starrt auf die üppigen Wölbungen und grinst anerkennend.

Es folgt ein kurzer Blickkontakt mit der Kellnerin und es scheint, als würden sie eine stumme Verbindung knüpfen.

Manchmal sagen Blicke mehr als Worte. Dass er die hübsche Bedienung vorhin nicht so recht beachtet hat, hatte also nichts zu sagen. Lilly kann nicht verhehlen, wie enttäuschend sie das findet.

„Falls du noch etwas möchtest ... egal was es ist ... ich stehe dir jederzeit zur Verfügung“, raunt die Bedienung und lächelt schlüpfrig. Das ist eine deutliche Einladung. Roman grinst und wundert sich anscheinend kein bisschen, über diese sexuelle Offerte. Erneut fällt sein Blick in den gewagten Ausschnitt der jungen Frau. Lilly registriert das in Sekundenbruchteilen, ihr Herz wird schwer und die ganze Freude über seine Einladung geht dahin, wie ein Staubkorn im Wind.

Sie ist überzeugt, säße sie nicht neben ihm, hätte er schon längst ein heißes Date für später vereinbart. Die Kellnerin gefällt ihm. Das ist kaum zu übersehen. Stattdessen klebt Lilly an seiner Seite und er muss sich zurückhalten. Entweder wird er leer ausgehen oder später wiederkommen. Allein der Gedanke versetzt ihr einen schmerzhaften Stich.

Zitternd atmet sie aus und kämpft gegen die Trostlosigkeit an, die sich in ihr auszubreiten droht. In den letzten Jahren ist es ihr immer besser gelungen, negative Gefühle sich selbst gegenüber auszublenden, doch hin und wieder erleidet sie Rückfälle. So wie jetzt. Sie darf sich nur nicht davon überwältigen lassen. Es gibt keinen Grund dafür. Das hier ist keine Verabredung im eigentlichen Sinne und sie wird nie seine Freundin sein.

Entschieden sucht sie seinen Blick und fängt ihn ein. Roman begreift wohl, dass sie die Szene mit der Bedienung mitbekommen hat. Sofort verschließt sich seine Miene und er begegnet der Rothaarigen wieder mit deutlicher Kühle. „Vielen Dank, wir haben alles und melden uns, falls wir noch was brauchen.“

Sein Verhalten ist äußerst merkwürdig. Lilly ist nicht dumm und weiß, wann sich ein Mann von einer Frau angezogen fühlt. Sie hat zwei funktionierende Augen und eine halbwegs gute Menschenkenntnis. Die Kellnerin reizt ihn, doch er behandelt sie, bis auf diesen kurzen Moment eben, mit kalter Gleichgültigkeit. Lilly wird das Gefühl nicht los, dass dieses Verhalten mit ihr zusammenhängt Sie beschleicht eine Vorahnung Verbirgt Roman Steininger etwas vor ihr?

„Roman, darf ich Sie was fragen?“

Überrascht lässt er das Glas sinken „Sicher, nur raus damit “

Sie holt tief Luft und fasst sich ein Herz „Wieso sind Sie so nett zu mir in letzter Zeit? Ich arbeite seit zwei Jahren für die Firma Steininger und Sie sind immer an mir vorbeigelaufen, ohne mich zu sehen Ich war Luft für Sie und jetzt ...“

Lilly unterbricht sich und wartet seine Reaktion ab Romans Züge zeigen nichts von seinem Innenleben Ist sie zu weit gegangen?

Ihr Gefühlsleben gleicht einer Achterbahnfahrt und sie wünscht sich zurück in ihre Einsamkeit Allein zu sein, ist sehr trostlos, aber es bedeutet gleichzeitig Sicherheit, denn da ist niemand, der sie auslacht, verachtet und benutzt oder ihr einbläut, wie wertlos sie ist

Lilly hat schon vor langer Zeit akzeptiert, dass es besser ist, sich nicht auf andere zu verlassen In ihrer selbstgewählten Isolation muss sie sich vor nichts fürchten Mit Roman in diesem Bistro zu sitzen, jagt ihr hingegen eine Höllenangst ein Weil sie beginnt, sich Unmögliches zu wünschen und längst begrabene Hoffnungen zum Leben erwachen

Kapitel 7

Verfluchter Mist. Fieberhaft sucht er nach einer plausiblen Begründung, wieso er sie seit Neuestem hofiert und beglückwünscht sich zu der Entscheidung, nicht mit der Tür ins Haus gefallen zu sein. Hätte er sie offensiv angemacht, wäre er auf ganzer Linie gescheitert. Lilly hätte ihm niemals irgendwelche Gefühle abgekauft. Er muss sie behandeln wie ein rohes Ei und komischerweise fällt es ihm überraschend leicht, nach ihrer Hand zu greifen, schon zum zweiten Mal an diesem Abend, und sie an seine Lippen zu ziehen.

„Das ist recht schwer zu erklären“, raunt er und verleiht seiner Stimme einen heiseren Klang, der bei Frauen gut ankommt.

„Versuchen Sie es doch?“, erwidert sie und hält spürbar den Atem an. Ihre schlanken Finger zittern, die Haut ist angenehm kühl und samtweich.

Fühlt sich gut an, denkt er erstaunt und verdrängt die unangebrachte Regung. Ihre grauen Augen hinter den Brillengläsern wirken unfassbar verletzlich. Erneut hält er sich für den schlimmsten Scheißkerl unter der Sonne, weil er sie nur verarscht. Wieder schwört er sich, die Sache ohne Kollateralschäden für sie durchzuziehen. Er ahnt jedoch, wie schwer es werden wird dieses Vorhaben umzusetzen und beschließt zumindest teilweise bei der Wahrheit zu bleiben.

„Leider muss ich zugeben, dass Sie mir vorher nie aufgefallen sind“, erklärt er und verleiht seiner Stimme eine gehörige Portion Betroffenheit „Wahrscheinlich wäre das auch so geblieben, wäre ich nicht auf die Idee gekommen, diese Auswertung zu erstellen.“

Sie blinzelt hektisch, wirkt gekränkt und irgendwie traurig. Er ertappt sich bei dem Wunsch, ihr die bescheuerte Brille abzunehmen und dieses kleine herzförmige Gesicht ohne dieses verunstaltende Gestell zu betrachten. Er gibt es ungern zu, aber ihre Gesichtszüge sind gar nicht so unscheinbar, wie es auf den ersten Blick aussieht und schon gar nicht hässlich. Sie gehen nur schlicht und ergreifend unter. Und diese nervenzerreißende Schüchternheit tut ihr Übriges dazu, um sie noch unscheinbarer wirken zu lassen. Man müsste sie nur ein wenig an die Hand nehmen und ...

Erschüttert über die wahnwitzigen Gedankengänge, die ihn plötzlich heimsuchen, räuspert er sich. Was zur Hölle ist auf einmal mit ihm los, dass er sich Gedanken über ihr Aussehen macht? Es kann ihm doch egal sein. Selbst wenn sie sich eines Tages dazu entschließen sollte, ohne diese entstellende Brille in die Öffentlichkeit zu gehen, wird sie trotzdem niemals mit den Frauen mithalten können, die er sich sonst ins Bett holt.

Da das Schweigen zwischen ihrer letzten Frage und seiner Antwort schon zu lange andauert, beeilt er sich, eine Erklärung für sein Verhalten hinterherzuwerfen.

„Schauen Sie, Lilly. Ich habe einen bestimmten Ruf, das habe ich schon erwähnt, und der ist durchaus gerechtfertigt. Ich bin ein Mann, ich sehe nicht übel aus und bin Single. Also habe ich Affären, sehr viele sogar“, ergänzt er.

Er überlegt genau, bevor er weiterspricht, und beschließt das Wagnis einzugehen, ihr ein wenig zu schmeicheln. Sie sitzt schon seit Tagen in seinem Büro und er ist noch kein Stück weitergekommen.

„Bis jetzt hatte ich nie das Verlangen, mich einfach mit einer Frau zu unterhalten oder mehr über sie in Erfahrung zu bringen. Es ging immer nur um Sex. Bei Ihnen ist das anders. Sie wecken meine Neugier und deswegen möchte ich Sie gerne näher kennenlernen.“

„Das ist überraschend. Das hätte ich nie vermutet“, flüstert sie und klingt dabei dermaßen fassungslos, dass ihn erneut das schlechte Gewissen packt. Herrgott, sie ist so unfassbar arglos und leichtgläubig, er hält es kaum in ihrer Nähe aus, ohne sich wie der miese Dreckskerl zu fühlen, der er im Grunde auch ist. Nichtsdestotrotz sprudeln die Worte aus ihm heraus und reiten ihn immer tiefer in die Scheiße.

„Sie faszinieren mich. Weil Sie völlig frei von Eitelkeit sind und unglaublich verlässlich. Deswegen habe ich Sie um Hilfe gebeten und dabei festgestellt, wie beruhigend Ihre Nähe auf mich wirkt.“ Er hebt die Schultern. „Ich verbringe eben gerne Zeit mit Ihnen, es ist nun einmal so.“

So irre es auch klingt, zumindest jetzt ist es tatsächlich nicht gelogen. Dieses Mädchen hat so etwas Friedliches an sich. Gegen seinen Willen genießt er ihre Gesellschaft, obwohl er das vor seinen Freunden niemals zugeben würde. Ihn verwirrt die Erkenntnis, dass er Lilly Wegener irgendwie … gern hat. Wenn er neben ihr sitzt, verspürt er nicht den Drang, gelangweilt die Nachrichten auf seinem Handy zu checken, um den beginnenden Überdruss zu vertreiben. Und er ertappt sich immer öfter bei dem Wunsch, herauszufinden, was unter diesen formlosen Klamotten steckt. Hat sie kleine oder große Brüste, ist ihr Hintern knackig oder schlaff? Hatte sie schon einmal Sex oder ist sie noch eine Jungfrau? Verflucht. Das ist nicht gut. Seine Gedanken driften in eine Richtung ab, die irgendwann ein fatales Eigenleben entwickeln könnten. Offenbar muss er körperlich komplett ausgehungert sein, wenn er anfängt, sie als weibliches Wesen wahrzunehmen. Bei aller Sympathie, aber sie entspricht nicht ansatzweise seinem Beuteschema, selbst wenn ihr ängstlicher Charakter durchaus etwas Liebenswertes an sich hat. Wenn er ehrlich ist, findet er ihre Gesellschaft kein bisschen nervig oder unangenehm. Das ist seltsam. Sehr seltsam sogar.

„Habe ich Ihre Frage jetzt zur Genüge beantworten können?“, will er wissen und denkt gleichzeitig: *Hör bitte auf, mir weitere zu stellen. Für heute reicht's mir wirklich.*

Sie kaut unschlüssig auf ihrer Unterlippe herum und lenkt damit seine Aufmerksamkeit auf ihren Mund. Sein Herzschlag beschleunigt sich. Lilly besitzt überraschend üppige Lippen, stellt er fest. Sie sehen wahnsinnig weich aus und fühlen sich bestimmt wunderbar warm an. Perfekt um seinen harten …

An diesem Punkt haut er sich innerlich auf die Finger und schaltet sein Kopfkino aus. Er braucht dringend eine Frau, damit er aufhört über Lilly Wegeners Lippen zu fantasieren.

„Ja, ich denke schon“, erwidert sie schließlich.

Erleichtert nimmt er einen großzügigen Schluck von seiner Cola. „Dann lassen Sie uns nicht weiter über mich reden. Stillen Sie lieber meine Neugier und erzählen mir von sich. Wie sind Sie bei der Firma Steininger gelandet?“

Das Thema scheint ihr eher zu liegen und sie wird ein bisschen lockerer. Eine Stunde später ist er um einiges schlauer und doch weiß er im Grunde nichts über sie. Alles was sie sagt, kratzt nur an der Oberfläche. Lilly Wegener ist, und das ist Fakt, ein verschlossener und misstrauischer Mensch. Nachdenklich und ein wenig betroffen, plagt ihn der Gedanke, was in ihrem Leben vorgefallen sein mag. Sie mauert und ist jedem gegenüber skeptisch eingestellt. Niemand wird mit Zweifeln geboren. Sie werden einem von anderen eingepflanzt und wenn keiner da ist, der sie wieder ausräumt, dann wuchern sie wie Unkraut.

Vielleicht ist sie immer an Arschlöcher wie dich geraten. Wärst du da nicht auch argwöhnisch?

Vermutlich hat er damit seine Antwort, auch wenn sie ihm nicht schmeckt. Gewohnheitsmäßig schiebt er sein Gewissen von sich. Dennoch drängt es ihn, die Schichten aus Skepsis und Angst nach und nach abzuziehen und die wahre Lilly kennenzulernen. Sie scheint ein kleiner Nerd zu sein und liest gern, das hat sie ja bereits zugegeben. Ihre kaufmännische Ausbildung hat sie in einem mittelständischen Unternehmen absolviert, wurde allerdings aus Kostengründen nicht übernommen.

Anschließend hat sie sich bei *Steiningers Spieleparadies* beworben und wurde mit Kusshand eingestellt. Ansonsten wohnt sie allein und scheint auch keine Familie zu haben, zumindest erwähnt sie niemanden. Ob sie Freunde hat, mit denen sie sich trifft, hat er auch nicht aus ihr herausgekitzelt und sich die direkte Frage danach verkniffen. Er vermutet, dass es tatsächlich niemanden gibt. Das wäre bloß peinlich für sie geworden. Sie muss ein verdammt einsames Leben führen. Diese Annahme versetzt ihm einen merkwürdigen Stich in der Herzgegend. Roman ist ehrlich gesagt bestürzt. Er selbst ist immer von Menschen umgeben. Seine Familie liebt ihn, trotz seiner Eskapaden, und auch im Freundeskreis ist er sehr beliebt und findet immer Leute, die mit ihm feiern und lachen. Wie kann sich ein Mensch bloß so zurückziehen, wie Lilly es tut? Macht sie das freiwillig oder gibt es dafür einen Grund?

Es ärgert ihn, dass ihn das überhaupt interessiert.

Vielleicht tue ich ihr mit meiner Aufmerksamkeit sogar einen Gefallen, denkt er, als könnte er so seine Pläne rechtfertigen.

Dabei schreit sein Gewissen lauthals: *Fehler! Das ist unterste Schublade, Roman. So was macht man nicht. Schau sie dir doch an!*

Auf einmal kann er ihre Anwesenheit nicht länger ertragen. Ihr ehrliches Gesicht setzt ihm dermaßen zu, dass er sie schnellstmöglich nach Hause fahren und sein schlechtes Gewissen mit seelenlosem Sex betäuben möchte. Es gibt genug Schönheiten, die nur auf einen Anruf von ihm warten.

„Wir sollten jetzt gehen", meint er so kurzangebunden, dass sie erschrocken zusammenzuckt. Sie greift nach der Handtasche und will ihren Geldbeutel herausholen. Er legt die Hand über ihre. „Das erledige ich", sagt er. Sanft diesmal, damit er den Fortschritt des heutigen Abends nicht durch seinen unnötig barschen Tonfall kaputtmacht.

„Das müssen Sie nicht. Eine Cola wird mich nicht ruinieren", erwidert sie überraschend eigensinnig.

„Wenn ich mit einem Mädchen ausgehe, lasse ich sie nicht bezahlen", beharrt er und sieht, wie sich Argwohn in ihre Augen schleicht.

„Ich bin nur Ihre Angestellte, Roman. Nicht Ihr Date."

Okay, jetzt leg mal eine kleine Schippe drauf. Dir läuft langsam die Zeit davon.

„Und wenn ich Ihnen jetzt gestehe, dass ich das gerne ändern würde?"

Er gibt seiner Stimme einen scherzhaften Unterton, weil er nicht einschätzen kann, wie sie auf diesen Vorstoß reagieren wird. So kann er es immer noch als Neckerei abtun.

Lilly sieht ihn an, sehr lange und überraschend offen. „Bitte, Roman, machen Sie sich nicht über mich lustig."

Sie klingt so verloren, dass ihm die Brust eng wird. Shit. Shit, nochmal Shit. Er schluckt und streicht behutsam mit den Fingerspitzen über ihren Handrücken. „Das tue ich nicht. Ich will Ihnen nichts Böses, Lilly."

Ja, klar, höhnt sein Gewissen.

„Sie wollten gehen", erinnert sie ihn, ohne auf den letzten Satz einzugehen.

Vielleicht ist das besser so. Lilly fängt an, ihm unter die Haut zu gehen. Eine Entwicklung, die er nicht vorausgesehen hat.

„Ich kümmere mich um die Rechnung, und dann fahre ich Sie heim." Er bemüht sich um einen aufgeräumten Tonfall und winkt die Kellnerin heran. „Wir möchten bitte bezahlen", sagt er und schaut zu ihr auf.

„Natürlich, kommt sofort."

Die Rothaarige geht zurück an die Kasse, tippt darauf herum und wenige Sekunden später, rattert ein Zettel heraus, den sie ihm bei ihrer Rückkehr überreicht, nachdem sie etwas draufgeschrieben hat. Roman weiß, er wird ihre Telefonnummer auf der Rückseite finden. Betont neutral überfliegt er den Beleg und entdeckt wie erwartet die zwölfstellige Ziffernreihe. Seine Mundwinkel gehen ein wenig nach oben und er wirft einen kurzen Blick auf ihr perfekt geschminktes Gesicht. Ihre Miene bekommt einen triumphierenden Zug. Lilly beachtet sie gar nicht. Ein wenig dreist findet er es ja schon von der Kellnerin, ihn so offen anzumachen, obwohl er sich in weiblicher Begleitung befindet. Falls Lilly etwas von dem bedeutungsvollen Blickkontakt mitbekommen hat, lässt sie es sich nicht anmerken. Ihr Ausdruck bleibt unberührt, auch, als die Kellnerin ihnen einen schönen Abend wünscht und mit lasziv wiegenden Hüften von dannen zieht.

Roman ist sich noch nicht schlüssig, ob er diese rothaarige Sexbombe später anrufen wird oder doch ein anderes Mädel, das für die nötige Entspannung sorgen wird. Er steht auf selbstbewusste Frauen, die wissen, was sie wollen, aber die Kellnerin ist ihm eine Spur zu unverfroren. Solche Frauen machen über kurz oder lang Probleme. Er wird spontan entscheiden, ob sie es in sein Bett schafft. Roman sieht zu Lilly rüber, die stocksteif die

Handtasche umklammert. Er unterdrückt ein genervtes Seufzen und behält sein Lächeln bei. „Lassen Sie uns aufbrechen, Sie sehen sehr müde aus."

Gemeinsam verlassen sie das Bistro. Die Heimfahrt verläuft still. Das Gedudel aus dem Radio verhindert, dass das Schweigen zwischen ihnen peinlich wird und da es nur eine kurze Strecke ist, kommt kein größeres Unbehagen auf. Vor dem Mietshaus stoppt er den Wagen und schaltet den Motor aus. „Ich bringe Sie noch zur Tür", sagt er.

Lilly schüttelt energisch den Kopf. „Das ist nicht nötig. Es sind doch nur ein paar Meter."

Stures Ding, denkt er und ignoriert sie einfach. Er wird sie zur Tür bringen und dann einen ersten Annäherungsversuch starten, bevor er sich von ihrer unschuldigen Ausstrahlung einlullen lässt und die Sache platzen lässt. Sie ist schon ausgestiegen, ehe er den Aston Martin umrundet hat, und wirft Roman einen überraschend trotzigen Blick zu. „Machen Sie eigentlich nie das, worum man Sie bittet?", fragt sie hörbar erbost.

Grinsend hebt er die Schultern. „Nicht, wenn ich andere Pläne habe", erwidert er und lächelt charmant. Ihre Wangen färben sich rosa. Roman greift sanft ihren Ellenbogen und führt sie den schmalen Weg entlang bis zum Hauseingang. Sie holt ihre Schlüssel heraus und schaut zu ihm auf.

„Vielen Dank für die Einladung, Roman", flüstert sie. Ihr fehlt es an Erfahrung, sie weiß offensichtlich nicht, wie sie sich ihm gegenüber verhalten soll und diese Verwirrung nutzt er aus.

„Wieso hören wir nicht mit der schrecklichen Siezerei auf", schlägt er vor und blickt auf sie herunter. Sie ist wirklich winzig im Vergleich zu ihm, ihr Scheitel befindet sich unterhalb seines Kinns. Klein und zart, wie ein Vögelchen. Und mindestens so scheu.

Ihre Augen weiten sich, sie hyperventiliert fast und protestiert energisch. „Aber ich kann Sie nicht duzen. Sie sind mein Chef, das ist ganz ausgeschlossen."

Dass sie so reagieren wird, hat er vorausgesehen. Er denkt nicht daran, so schnell aufzugeben. „Lilly, es ist doch albern. Wir arbeiten noch einige Zeit eng zusammen, wieso sollten wir uns mit Förmlichkeiten aufhalten?“

Sie nagt schon wieder an dieser verdammten Unterlippe. Ihre Zähne sind weiß und gerade und graben sich mit verhaltener Sinnlichkeit in diesen üppigen zartrosa Untergrund. Der Anblick erregt ihn gegen seinen Willen. Wahrscheinlich ahnt sie nicht mal ansatzweise, wie aufreizend das auf einen Mann wirken muss. Sein Glied drückt spürbar gegen den Reißverschluss seiner Hose. Shit. Er wird steif. Ihretwegen. Das ist gar nicht gut. Andererseits macht es ihm das Folgende deutlich einfacher. Tief einatmend, wappnet er sich für das Schauspiel seines Lebens und verdrängt das mahnende Gewissen.

Roman tritt näher an sie heran und legt behutsam eine Hand auf ihre Schulter. Zarte Knochen, sie ist so zierlich. Ein Windstoß könnte sie umhauen und sie ahnt nicht, dass sich über ihrem Kopf ein richtiger Hurrikan zusammenbraut.

Verflucht, jetzt mach dir nicht ins Hemd, tadelt er sich. *Sie wird es überleben.*

„Lilly, ich weiß nicht, was ich noch tun soll, um Ihr Vertrauen zu gewinnen.“

„Aber warum ist Ihnen das wichtig? Ich verstehe es nicht.“

Eigentlich findet er es erschütternd, wie sehr sie sich über sein Interesse wundert. Als wäre es vollkommen abwegig, dass jemandem etwas an ihr liegen könnte, sobald man sich die Mühe macht, sie ein bisschen näher kennenzulernen.

„Das habe ich doch schon gesagt. Ich habe Sie einfach gern.“

Ihre nächsten Worte brennen sich wahrscheinlich für immer in sein Gedächtnis und in sein Herz.

„Menschen wie Sie, Roman, haben Menschen wie mich nicht gern“, antwortet sie leise und unverkennbar bitter. „Ich bin ein Niemand und werde es immer bleiben. Ich kann bestenfalls darauf hoffen, von Ihnen und Ihresgleichen übersehen zu werden, um nicht als Lachnummer zu enden. Sehen Sie mich an, und dann sagen Sie mir noch einmal, Sie hätten mich gern.“

Das Atmen fällt ihm schwer Lilly umreißt mit wenigen Worten ihre Situation und sieht diese völlig nüchtern Und natürlich hat sie recht Für Mark und die anderen ist sie nur Teil eines Spiels Er selbst ist kein Stück besser und macht sich genauso schuldig

Das ist echt unterste Schublade,, eine ganz miese Aktion

Sein Gewissen will einfach nicht die Klappe halten

Er fühlt sich schlecht und wenn er noch einen Funken Ehrgefühl in sich tragen würde, müsste er diese unselige Geschichte *jetzt* beenden Statt ihr den Gefallen zu tun, ignoriert er die Stimme seiner Vernunft und nimmt ihr kurzerhand die Brille ab. Lilly öffnet protestierend den Mund. „Was machen Sie da?"

„Pscht", beruhigt er sie und steckt den Bügel in die Außentasche seines Jacketts Obwohl es eiskalt ist, spürt er die frostigen Temperaturen kaum, sondern handelt wie ferngesteuert Romans Kopf leert sich, als er sich ein wenig nach vorn beugt und ihren Duft wahrnimmt Leicht und blumig Sie benutzt kein klebrig-süßes Damenparfum, gerade diese Natürlichkeit zieht ihn magisch an Er kann sich nicht davon abhalten, noch einen Schritt weiter zu gehen Behutsam umfasst er ihr Gesicht, biegt ihren Kopf nach hinten und betrachtet sie eindringlich So wie sie es vorhin verlangt hat

Sie ist nicht mal ansatzweise so unscheinbar, wie es der erste Eindruck vermuten lässt Mit der feinen hellen Haut und dem weißblonden Haar gleicht sie einem zarten Feenwesen aus einem Märchenwald In einer von Plastik und künstlichen Hilfsmitteln dominierten Welt wirkt so ein ätherisches Geschöpf fehl am Platz Lilly besitzt eine ganz eigene Art von Schönheit, die man erst auf den zweiten oder dritten Blick zu würdigen weiß Ihre silbergrauen Augen fangen das schwache Licht im Hauseingang ein und ziehen ihn mit ihrem quecksilbrigen Schimmer in ihren Bann Er kann sich einfach nicht lösen und je länger er sie ansieht, umso rötlicher färben sich ihre Wangen Dieser feine Hauch verleiht ihrem Gesicht Leben Sein Blick rutscht abwärts und verharrt auf ihrem Mund Leicht geöffnet, nehmen ihre seidigen Lippen Romans gesamte Aufmerksamkeit in Anspruch Zur Hölle, in seinem Unterleib regt sich mehr, als ihm lieb ist

Sie schluckt, ihre Zunge gleitet blitzschnell über die untere Seite und das gibt ihm den Rest. Aufstöhnend senkt er den Kopf und nimmt sich, was sie ihm in aller Unschuld anbietet.

Sein Mund trifft auf samtene Nachgiebigkeit, mit einem Hauch lieblicher Süße. Ihr Geschmack strömt aus dem Spalt ihres Mundes, sobald er den Druck auf ihre Lippen erhöht und versucht, die feuchte Wärme dahinter zu erobern. Romans Augen schließen sich, er drängt sie nicht, fordert nicht, bis ihr der Atem stockt und ihr Mund ihn ganz von allein einlässt. Das geschieht relativ schnell. Ihr entweicht ein atemloser Laut, tief aus der Kehle, dann ringt sie nach Atem und Roman nutzt diesen Moment der Schwäche gnadenlos aus und gleitet mit seiner Zunge an ihrer entlang. Sein Körper strafft sich, die schüchterne Erwiderung seines Kusses entfacht Feuerstürme in seinem Inneren. Romans Gehirn explodiert in einer wahren Springflut an Endorphinen. Sein ganzes Blut fließt in seinen Unterleib, klare Gedanken verflüchtigen sich. Romans Hand rutscht auf ihren Rücken, er kann sich nicht zurückhalten und presst ihren Körper gegen seinen, spürt ihren erregenden Widerstand und schiebt seine Zunge nachdrücklicher in ihren Mund.

Lilly keucht erstickt auf und stemmt die Hand gegen seine Schulter. Sie will diesen Kuss beenden. Ein hoffnungsloses Unterfangen. Roman erliegt einem urmännlichen Drang und weigert sich, herzugeben, was sein Körper für sich beansprucht. Vollkommen auf sie konzentriert, kostet er von dieser üppigen Unterlippe, die ihn schon den ganzen Abend so anmacht. Gierig saugt er sie ein und drängt Lilly mit einem dumpfen Knurren gegen die Steinmauer des Hauseingangs. Seine Erektion presst sich an ihren Bauch, er verliert völlig die Kontrolle und nimmt sich mit roher Besitzgier von der Wärme, die dieses vermeintlich unscheinbare Ding in unerschöpflichem Maße in sich trägt. Er kommt erst wieder zu sich, als ein unterdrücktes Schluchzen an sein Ohr dringt. Weint sie etwa?

Sofort reißt er sich los und stolpert zwei Schritte rückwärts. Seine Hände zittern, während er sich durchs Haar fährt und widerstrebend ihren Blick sucht. Lillys graue Augen sind schreckgeweitet, scheinen fast ihr ganzes Gesicht einzunehmen.

und unterstreichen den Ausdruck von Bestürzung, der sich nach und nach darauf ausbreitet.

Ich Idiot, was habe ich mir nur dabei gedacht. Jetzt hast du es vergeigt.

„Lilly, ich … es tut mir leid“, stammelt er und meint das sogar ehrlich. So hatte er das nicht geplant. Ursprünglich wollte er sie ganz sanft küssen. Es sollte eine Art Vorglühen werden, um die nächsten Schritte einzuleiten. Was sich hier entwickelt, schockiert ihn, denn was er gerade empfunden hat, war rohe und unverfälschte Begierde. Nach ihr, dem Mauerblümchen.

„Entschuldige bitte“, wiederholt er mit rauem Unterton und kommt wieder zu sich. Sein Verstand beginnt allmählich zu arbeiten. Roman schenkt ihr ein klägliches Lächeln und verbirgt so geschickt seine eigene Verwirrung. „Ich bin zu weit gegangen, aber zumindest weißt du jetzt, dass ich keineswegs über dich lache.“

Lilly schweigt. Ihre Brust hebt und senkt sich schneller als normal. Sie ist ähnlich aufgewühlt wie er. „Ich denke, es wäre besser, wenn Sie jetzt gehen“, murmelt sie.

„Lilly, bitte …“

Eigentlich hält er es für würdelos sie um Vergebung anzubetteln, doch er kann nicht verschwinden, ohne sie besänftigt zu haben.

„Schau mich an“, verlangt er eindringlich. Endlich hebt sie den Kopf und begegnet seinem Blick. Er darf jetzt keinen Fehler machen. „Das eben hätte nicht passieren dürfen“, erklärt er und zieht ein zerknirschtes Gesicht. „Es ist nicht meine Art, mich einer Frau aufzudrängen, aber ich hatte einfach keine Kontrolle darüber. Ich schwöre dir, ich beherrsche mich in Zukunft.“

Lange Zeit sagt sie gar nichts, steht da wie festgefroren, dann streckt sie plötzlich die Hand aus und sagt: „Meine Brille, ich hätte sie gerne wieder zurück.“

Roman reicht sie ihr und wartet ab, ob noch eine Reaktion auf seine Entschuldigung kommt. Sie kann sie schließlich nicht einfach ignorieren.

Und wie sie das kann, stellt er kurz darauf fest Sie verliert kein Wort darüber und ihn überkommt ein Anflug von Panik „Lilly“, flüstert er drängend „Komm schon, jetzt sag doch was “

Ihre Zungenspitze schlüpft heraus und benetzt die trocken gewordene Unterlippe *Diese verdammte Unterlippe* wird eines Tages noch sein Untergang sein

„Es ist alles in Ordnung “

Dass sie seinen Vornamen benutzt, lässt ihn innerlich triumphieren Er hat es also nicht komplett verbockt „Sehen wir uns morgen früh im Büro?“

Roman traut ihr durchaus zu, dass sie ihm die Zusammenarbeit aufkündigt, nur um nicht mehr in seine Nähe zu müssen

Sie deutet ein Nicken an „Ja, ich denke schon “

Eine Welle der Erleichterung flutet ihn Für ein paar Momente hat er die Befürchtung gehegt, sie vergrault zu haben „Dann bis morgen, Lilly“, sagt er lächelnd

Sie hastet an die Tür und verschwindet im Haus, ohne einen Blick zurückzuwerfen Ein klein wenig beleidigt stapft er zurück zu seinem Wagen und kämpft gegen seine Erregung an hervorgerufen von einem Mädchen, das er eigentlich nicht begehren dürfte Entschlossen, Lilly irgendwie aus seinen Gedanken zu verbannen, klemmt er sich hinters Steuer und holt den Kassenbeleg mit der Telefonnummer der Kellnerin aus seinem Geldbeutel Er ist sexuell dermaßen aufgeladen, er braucht jetzt dringend eine schnelle Nummer Danach wird der komische Anfall von Verlangen für Lilly hoffentlich Geschichte sein Es dauert nicht lange, bis die Rothaarige ans Handy geht „Hier ist Nicole, mit wem spreche ich?“

Nicole Ein schöner Name Romans Laune steigt beträchtlich

„Roman Du warst vorhin im *Arrival* sehr bemüht um mein Wohlergehen und hast mir deine Nummer zugesteckt “

Ihr heiseres Lachen ist sexy „Schön, dass du mich anrufst Männer wie du kommen nicht oft im *Arrival* vorbei Du hast mir auf Anhieb gefallen “

Sie nimmt kein Blatt vor den Mund und klingt dazu wie ein Pornosternchen aus einem einschlägigen Film Schon in der Bar ist ihm der leicht kratzige Unterton in ihrer Stimme aufgefallen

Fehlt nur noch, dass sie schnurrt wie eine Wildkatze und ihm einen striemigen Rücken verpasst Die Frau ist genau seine Kragenweite und alles, was er braucht, um sich Lilly aus dem Kopf zu schlagen Er rückt die aufdringlich pochende Erektion in seiner Hose zurecht Im Nachhinein ist er dankbar für Lillys Schüchternheit Sie starrt Kerlen nicht in den Schritt, sonst hätte sie seine Erregung bemerkt Nun wird eine andere davon profitieren

„Ich habe in fünf Minuten Feierabend. Komm doch vorbei und wir lassen den Abend gemeinsam ausklingen."

Das lässt er sich nicht zweimal sagen. „Bin schon unterwegs."

„Ich freue mich", haucht das scharfe Luder ins Telefon und legt gleich darauf auf Mit einem berechnenden Lächeln startet er den Wagen und gibt Gas Er muss nach dem Kuss mit Lilly, seine Prioritäten wieder geradezurücken Zum Teufel mit seinem schlechten Gewissen und zum Teufel mit Lilly Wegener, deren Verletzlichkeit ihn so entwaffnet, dass er kaum zu einem klaren Gedanken fähig ist

Obwohl er es nicht so geplant hat, droht er sich in seinem eigenen Netz zu verfangen Er ist wohl doch nicht so eiskalt, wie er sich gerne darstellt und diese Erkenntnis lässt Unbehagen in ihm aufsteigen

Kapitel 8

Ein Schatten fällt über das Papier. Roman beugt sich über sie und deutet mit dem Finger auf eine der Zahlenreihen. „So langsam kristallisiert sich ein Muster heraus“, murmelt er. Sie dreht den Kopf zur Seite, um ihn besser ansehen zu können. Romans Gesicht ist nur ein paar Zentimeter von ihrem entfernt und sein wunderbarer Geruch überschwemmt ihre Sinne. Benommen bewundert sie die strenge Linie seiner sinnlichen Lippen aus allernächster Nähe und wünscht sich, sie hätte neulich Abend nicht so ängstlich reagiert und mehr zugelassen als einen schwindelerregenden Kuss.

„Was für ein Muster?“, wispert sie und fühlt seinen Atem, der sanft über ihre Haut fächert. Sein Blick senkt sich auf ihre Lippen. Roman schluckt sichtbar, dann räuspert er sich und richtet sich wieder auf. „Die Reklamationen konzentrieren sich nicht nur auf den bayrischen Teil des Unternehmens, sondern treten in übermäßiger Häufigkeit in einen bestimmten Bezirk auf.“

Er runzelt die Stirn, wirkt ungeduldig und verärgert. „Finde bitte heraus, wer für das Gebiet verantwortlich ist und dann mach einen Termin aus. Ich möchte der Sache schnellstmöglich auf den Grund gehen.“

„Natürlich, ich werde das umgehend erledigen“, antwortet sie und weicht seinem Blick aus. Sie würde sowieso ständig auf seinen Mund starren und sich nach dem Unmöglichen sehnen. Seit dem Kuss kann sie seine Nähe kaum ertragen, ohne sich eine Wiederholung zu wünschen. Es ist so idiotisch. Das wird nie wieder passieren, nachdem sie Roman neulich behandelt hat wie einen perversen Massenvergewaltiger.

„Wann möchten Sie ihn sehen?“

Roman wirft ihr einen genervten Blick zu. „Lilly, lass die Förmlichkeiten. Ich denke, wir sind darüber hinaus und können uns duzen, ohne dass es deine weibliche Ehre befleckt.“

Wieso ist er so sauer? Es kann doch unmöglich sein, dass ihre abweisende Haltung ihn verletzt. Männer wie er schmachten einer Spießerin wie ihr nicht hinterher. Dennoch fügt sie sich vorerst, weil es ihr insgeheim immense Freude bereitet, ihn duzen zu dürfen. Sie, Lilly Wegener, die Unscheinbarkeit in Person. So weit sind nicht mal Sabine und Marion gekommen. In manchen Unternehmen mag es lockerer zugehen, da ist das Du weitverbreitet, doch bei den Steiningers herrscht eine sehr strenge Hierarchie und das distanzierte Sie gegenüber Vorgesetzten wird von der Geschäftsführung ausdrücklich gewünscht. Deswegen sträubt sie sich innerlich gegen seinen Vorschlag, weiß jedoch, dass sie auf verlorenem Posten kämpft.

„Wie du wünschst, Roman", erwidert sie leise und starrt dabei auf ihren Monitor. Nervös presst sie die Lippen zusammen, bis sie brennen. Sie sind das einzige an ihrem Gesicht, das sie halbwegs attraktiv findet. Sie sind voll, aber nicht so übertrieben üppig, wie die aufgespritzten Schlauchbootlippen ihrer Kollegin Sabine. Lilly findet das schrecklich. Sie kann sich schwer vorstellen, dass Männer diese künstlich aufgeblähten Dinger gerne küssen. Aber was weiß sie schon ...

Seufzend klickt sie sich durch das Gebietsverzeichnis und ruft die Kontaktdaten des zuständigen Bezirksleiters auf. Sie schreibt ihm im Auftrag eine interne Firmenmail, mit der Bitte, sich schnellstmöglich bei Roman Steininger in der Zentrale einzufinden. Danach lässt sie den Computer herunterfahren und erhebt sich von ihrem Stuhl.

Roman, der vor ihrem Schreibtisch hin und her tigert und auf seinem Smartphone herumtippt, bleibt abrupt stehen. „Was wird das denn?"

„Ähm ... es ist nach eins. Ich wollte in die Kantine und etwas essen."

Seine düstere Miene hellt sich auf. Er schiebt sein Handy in die Hosentasche und lächelt sie an. „Essen klingt gut. Ich begleite dich."

„Du willst essen", wiederholt Lilly perplex. „Mit mir?"

Romans Augenbraue klettert ein Stück nach oben, seine blauen Augen funkeln mutwillig. „Wieso nicht? Oder schämst du dich für meine Begleitung?“

Sprachlos schüttelt sie den Kopf. Ein dumpfes Rauschen braust durch ihren Schädel bei der Erkenntnis, dass er sich tatsächlich mit ihr an seiner Seite zeigen will. Im Grunde nichts Außergewöhnliches, es sei denn, man heißt Lilly Wegener.

Das kann man nicht mit dem Besuch in einem Bistro vergleichen. Hier ist Roman in seinem Terrain, jeder kennt ihn und wenn er mit ihr zu Mittag isst, wird das hohe Wellen schlagen. Ob sie damit klarkommt, kann sie nur schwer einschätzen. Mit den Jahren hat sie sich ein dickes Fell zugelegt, doch es ist einfach tapfer zu sein, wenn man die meiste Zeit ignoriert wird. Mit Roman rückt sie automatisch in den Fokus der allgemeinen Aufmerksamkeit und das gehört zu den Dingen, die ihr seit jeher zuwider sind.

Eine innere Unruhe macht sich in ihr breit. Sie werden sicher alle tuscheln, wenn sie mit ihm dort aufkreuzt.

„Vielleicht wäre es doch besser, getrennt zu essen“, wendet sie ein. „Ich kann auch später gehen. Sonderlich hungrig bin ich sowieso nicht.“

Roman riecht den Braten sofort und schüttelt energisch den Kopf. „Nichts da. Wir gehen gemeinsam und damit basta.“

Er kommt näher und fasst nach ihrer Hand. Lillys Herz überschlägt sich vor Aufregung. Der Druck seiner Finger gibt ihr ein trügerisches Gefühl von Sicherheit. Sie weiß, es wird nicht andauern und doch fühlt es sich erstaunlicherweise richtig an.

Roman hebt eine Hand und streicht ihr eine Strähne hinters Ohr, die sich aus ihrer Frisur gelöst hat. Sie hasst Farbe und Struktur ihrer Haare. Viel zu fein und hell, fast schon weiß. Kombiniert mit den durchscheinenden hellgrauen Augen sieht sie aus wie ein Gespenst. Lilly ist farblos, kommt sich vor wie ein Albino und bändigt ihre Mähne immer mit einem strengen Zopf.

„Wieso bist du nur so verschlossen?“

„Ich bin nicht verschlossen, nur vorsichtig“, korrigiert sie. Sie redet nicht um den heißen Brei herum, ein trostloser Unterton schleicht sich in ihre Stimme. „Ich habe auch allen Grund dazu. Die meisten Menschen sind einfach nur gemein, wenn man nicht in ihr Weltbild passt. Sie amüsieren sich auf Kosten von Schwächeren und haben keine Ahnung, was sie damit anrichten."

Seine Miene verschließt sich, er wirkt merkwürdig angespannt. Vermutlich, da sie eine Wahrheit ausspricht, die niemand hören will. Sie muss an die Frauen hier in der Firma denken. Die abfälligen Blicke, das Geläster, weil sie sich nicht ans gängige Modediktat hält und auch gar nicht weiß, wie sie das anstellen sollte. Den Verkäuferinnen in den Geschäften traut sie nicht, die meisten mustern sie ohnehin mit kaum verhohlenem Amüsement und nehmen ihr jeden Mut, um Hilfe zu bitten.

Lilly hat nie gelernt, sich herauszuputzen. Ihre Mutter hat ihr von klein auf eingebläut, wie sinnlos es wäre, aus sich eine halbwegs ansehnliche Erscheinung zu machen. Später in der betreuten Wohneinrichtung beherrschten andere Sorgen ihren Alltag. Es hat fast zwei Jahre gedauert, ihre Sozialphobie einigermaßen in den Griff zu bekommen. Lydia hat ihr vom Kindergarten an jeden Kontakt zu anderen Kindern verboten. Freundschaften sind ihr bis heute fremd, sie ist zu festgefahren und zieht sich sofort zurück, sobald jemand übermäßig freundlich wird. Weil sie nicht vertrauen kann. Aber genau das ist es doch, was eine Freundschaft ausmacht, nicht wahr?

Ohne es zu wollen, hat sie sich zur Außenseiterin entwickelt und diese Rolle füllt sie immer noch perfekt aus. Roman hingegen scheint etwas in ihr zu sehen, das dem Rest der Welt und auch ihr selbst, verborgen geblieben ist. Aus unverständlichen Gründen zwingt er sie dazu, ihre Isolation zu verlassen und die Welt außerhalb ihres Kokons zu betreten.

Plötzlich geht ein Ruck durch ihn, er schüttelt den Kopf und schiebt das Kinn vor. „Nein, ich lasse nicht zu, dass du dich wieder in dein Schneckenhaus verkriechst. Du hast mich von jetzt am Hals, ob du willst oder nicht."

Er wirft ihr einen arroganten Blick zu, der jeden Widerstand in ihr erlahmen lässt. „Wir beide gehen jetzt gemeinsam in die Kantine und du wirst aufhören, dir Gedanken zu machen. Ich mag deine Gesellschaft und das darf verdammt noch mal auch jeder wissen.“ Er beugt sich über sie und tippt ihr mit dem Zeigefinger auf die Nasenspitze. „Und sollte es jemand wagen, einen dummen Kommentar abzulassen, fliegt derjenige schneller aus der Firma, als er seinen Namen buchstabieren kann.“

„Das darfst du gar nicht. Arbeitsrechtlich ist das ...“

Weiche Lippen stoppen ihren Redeschwall und sie verstummt verblüfft über Romans neuerlichen Annäherungsversuch. Er belässt es bei einem kurzen Schmatzer und tritt dann zurück.

Empört kraust sie die Nase. Mittlerweile traut sie sich sogar, ihm zu widersprechen. „Du kannst mich nicht einfach küssen. Ich bin deine Angestellte. Das ist absolut ...“, sie ringt nach Worten, „unpassend“, beendet sie den Satz und verschränkt ihre bebenden Hände hinter dem Rücken.

Er kreuzt die Arme vor der Brust. „Lilly, tu mir den Gefallen und halt einfach die Klappe. Alles, was ich möchte, ist ein Mittagessen in angenehmer Gesellschaft. Mach doch keine Staatsaffäre daraus. Außerdem ist ein Kuss die angenehmste Methode, um eine Frau zum Schweigen zu bringen.“

So wie es aussieht, hat sie in der Angelegenheit nicht viel zu melden. Daher fügt sie sich, allerdings widerwillig.

„Also gut, ich komme mit.“

„Na, bitte, geht doch“, brummt er und legt ihr die Hand auf den Rücken. Sie brennt durch den Stoff ihrer Bluse. Lilly greift nach dem Blazer, der über ihrem Stuhl hängt und will ihn überziehen.

„Lass den hier, die Heizungen laufen auch in der Kantine auf Hochtouren“, sagt er und nimmt ihr das Kleidungsstück aus der Hand. Achtlos wirft er es auf den Sitz ihres Bürostuhls.

„Hey, ich entscheide immer noch selbst, was ich anziehe!“

Mit dem Blazer fühlt sie sich wohler. Er verdeckt ihre Figur und lässt sie unförmig und wenig weiblich aussehen. Roman verzieht unwillig den Mund, zuckt jedoch gleich darauf gleichgültig mit den Achseln.

„Tu, was du nicht lassen kannst. Aber beschwer dich nicht, wenn du später einen Hitzschlag bekommst.“

„Das passiert schon nicht. Immerhin haben wir Winter und ich friere sehr leicht“, erwidert sie.

„Oh, ich würde schon dafür sorgen, dass dir warm wird“, behauptet er und grinst sie auf diese gewisse Weise an, die ihren Puls in schwindelnde Höhen treibt. Etwas atemlos schlüpft sie in die Ärmel. So ist es besser. Die Jacke des Hosenanzugs gleicht einer Rüstung. Damit fühlt sie sich sicher genug, um an Romans Seite in den Kampf zu ziehen. Auf dem Weg in die Kantine kommt sie sich vor wie auf dem Präsentierteller, obwohl Roman eine Armlänge Abstand hält und kaum mit ihr redet. Brav reihen sie sich in die Schlange ein. Lilly spürt ihn dicht hinter sich und umklammert krampfhaft das Tablett, das sie sich vom Stapel genommen hat. Dabei versucht sie nicht auf die fassungslosen Gesichter ihrer Kolleginnen Marion und Sabine zu achten, die diagonal von der Essensausgabe an einem Vierertisch sitzen und unverhohlen zu ihr rüberstarren. Sie kann förmlich die Gedankenblasen über ihren Köpfen sehen: *Hat man so was schon gesehen! Die hässliche Wegener geht mit dem Juniorchef essen. Möchte wissen, was sie dem in den Kaffee kippt, wenn er sich freiwillig mit ihr aus dem Büro wagt.*

„Lilly, du bist dran!“

Romans belustigte Ermahnung reißt sie aus ihren Gedanken. Sie blinzelt und starrt Helga Thomson, die grimmige Küchenhilfe, an, die sie abwartend mustert.

„Was soll's sein, Kleine? Schnitzel mit Pommes auf Jägersauce oder der Lachs mit Reis und Zitronensauce?“

Lilly ist sicher, dass alles wie Pappe schmecken wird. Sie ist viel zu nervös, um die Mahlzeit genießen zu können.

„Ich nehme den Fisch“, krächzt sie angespannt. Roman entscheidet sich für das Schnitzel. Sobald Helga ihr den gefüllten Teller aufs Tablett geknallt hat, steht sie ein wenig unschlüssig in der Gegend herum. Soll sie schon vorausgehen oder auf ihn warten? Lilly macht ein paar Schritte vorwärts, bleibt wieder stehen und dreht sich halb um. Roman schäkert mit Helga, die ihm eine extra Portion Pommes auflegt. Bei allen Heiligen, will er das alles wirklich essen? Sein straffer Körper sieht nicht so aus, als würde er regelmäßig solche Mengen vertilgen. Andererseits treibt er viel Sport und die Muskeln steigern seinen Grundbedarf an Kalorien sicher um ein Vielfaches.

Mit dem Tablett in der Hand kommt er auf sie zu und bleibt neben ihr stehen. „Hast du einen Platz, an dem du immer sitzt?“, will er wissen.

„Meistens ganz hinten in der Ecke, direkt am Fenster.“

Er zwinkert ihr zu. „Mit Panoramablick auf den Parkplatz“, neckt er sie und deutet mit dem Kinn vorwärts. „Nach dir, ich folge dir unauffällig.“

Ach du Schande! Da ihr nichts weiter übrigbleibt, läuft sie voraus. Auch diesmal spürt sie unzählige Blicke, bohrend, tastend. Lilly empfindet jeden einzelnen wie ein Brandmal auf ihrer Haut. Kurz darauf lässt sie sich auf ihren Stuhl sinken. Roman nimmt ihr gegenüber Platz und grinst wie ein Lausbub.

„Wir erregen Aufsehen“, meint er leichthin und lässt den Blick mit erhobenen Augenbrauen über seine Umgebung gleiten. Sofort wenden die Neugierigen ihre Aufmerksamkeit wieder ihrem Essen zu.

„Tatsächlich? Wäre mir gar nicht aufgefallen“, brummt sie missmutig.

„Ist es dir peinlich, mit mir gesehen zu werden?“

Überrascht erwidert sie seinen Blick. Meint er diese Frage wirklich ernst? Lilly windet sich innerlich und entscheidet sich für die Wahrheit, weil sie ihn nicht anlügen will. Tatsächlich schafft er, was noch keinem Menschen vor ihm gelungen ist. Sie beginnt, ihm zu vertrauen. Ein kleines bisschen nur, doch es ist ein Anfang.

„Es ist mir peinlich“, gibt sie zu und lächelt entschuldigend. „Nicht deinetwegen“, erklärt sie rasch, da ihm kurz die Gesichtszüge entgleiten. „Es gibt hier wohl keine Frau, die mich gerade nicht beneidet. Ich bin es nur gewohnt, übersehen zu werden. Das mir jemand hinterhergafft, ist eine neue Erfahrung für mich.“

Es ist merkwürdig, wie leicht es ihr auf einmal fällt, sich ihm gegenüber ein Stückchen zu öffnen. Als hätte er mit seinem Interesse offene Türen bei ihr eingerannt. Diese verdammte

Unsicherheit, zeitlebens der Klotz an ihrem Bein, verfliegt in seiner Gegenwart.

Wie er das macht, ist ihr schleierhaft, nur eines kann sie nicht leugnen: Roman stellt all das dar, wovon sie heimlich träumt und die letzten Tage kommen ihr total unwirklich vor.

„Es tut mir ehrlich leid, dass du so unschöne Erfahrungen machen musstest“, erwidert er mitfühlend.

Du hast ja keine Ahnung, denkt sie traurig.

„Du solltest essen, sonst wird es kalt.“

Zu ihrer Überraschung verspürt sie auf einmal enormen Appetit. Sie nimmt nach Romans freundlicher Ermahnung das Besteck in die Hand und schneidet vorsichtig ein Stück vom saftigen Lachs ab. Lilly taucht das rosarote Fleisch in die lecker duftende Zitronensauce und schiebt die Gabel in den Mund.

Der Geschmack explodiert auf ihrer Zunge und sie kaut genüsslich. In der Firma Steininger wird nicht der übliche Kantinenfraß serviert, sondern mit guten Lebensmitteln gekocht. Der Fisch wurde mit Thymian gedünstet, das schmeckt sie sofort heraus. Bissen für Bissen kommt die Esslust zurück. Sie kann die Mahlzeit wider Erwarten genießen und vergisst völlig, sich unbehaglich zu fühlen. Erst, als sich der Inhalt Ihres Tellers fast um die Hälfte dezimiert hat, begegnet sie zufällig Romans fasziniertem Blick. Sie schluckt den Happen in ihrem Mund hastig herunter und betet, dass sie keinen Saucenfleck im Gesicht hat. So ein kleckerndes Kleinkind ist niedlich, bei einer erwachsenen Frau hingegen wirkt es höchstens gefräßig und unappetitlich.

„Ist etwas?“, will sie wissen und schaut möglichst unauffällig an sich herab. Ihre graue Bluse weist keine Flecken auf. Sie wischt sich mit der Serviette den Mund ab. Zu ihrer großen Erleichterung schüttelt Roman den Kopf und lächelt. „Es ist nichts. Außer meiner Schwester kenne ich nur keine Frau, die so lustvoll essen kann.“

Oh Gott, er hält sie für einen Vielfraß!

Bevor sich Verlegenheit in ihr ausbreiten kann, stellt jemand ein vollbeladenes Tablett auf den Tisch und die eben erwähnte Miriam Steininger schiebt sich auf den Platz neben Lilly.

„Ich hoffe, ich störe nicht“, säuselt sie mit zuckersüßem Unterton und fixiert ihren Bruder mit einem rätselhaften Blick. Roman lehnt sich in seinem Stuhl zurück und nimmt sich eine Pommes. „Da du dich bereits ungefragt hingesetzt hast, kannst du auch bleiben.“ Er steckt sich die Pommes in den Mund, kaut und greift nach seinem Wasser. „Wie läuft es mit Mark?“

Die süffisante Frage sorgt für eine steile Zornesfalte auf der Stirn seiner Schwester. „Musst du seinen Namen erwähnen? Eigentlich wollte ich was essen und jetzt verdirbst du mir den Appetit“, murrt sie unleidig.

Miriam zieht eine so missmutige Miene, dass Lilly nicht weiß, ob sie Romans Schwester bemitleiden oder doch lieber kichern soll.

Roman grinst unverfroren und schnappt sich eine weitere Pommes. „Klingt nach Stress.“

„Stress trifft es nicht einmal annähernd. Er ist ein Sklaventreiber und lässt mich stundenlang belanglosen Kram abheften. Ihn selbst bekomme ich kaum zu Gesicht, was mir ja recht ist, aber so werde ich nie mit den Abläufen vertraut. Ich kann mir nicht vorstellen, dass Paps das gutheißen wird, wenn ich ihm das stecke.“

Roman setzt sich kerzengerade in seinem Stuhl hin. „Du wirst nichts dergleichen tun. Mark ist ein Profi, er wird schon wissen, wie er dich einarbeiten muss. Du solltest deine Antipathie zügeln, bevor du ihn in Schwierigkeiten bringst.“

Lilly, die einen Blick über die Schulter wirft, entdeckt Mark Riegel, der sich dem Tisch genähert hat und mit undurchdringlicher Miene hinter ihr und Miriam Steininger steht. Roman muss ihn auch schon längst gesehen haben, doch er warnt seine Schwester nicht und so plappert Miriam ahnungslos weiter.

„Das hat nichts mit meinen persönlichen Ressentiments zu tun. Er arbeitet mich schlicht und ergreifend nicht ein“, beklagt sie sich und klingt verdammt sauer. Marks Augenbraue rutscht bei jedem weiteren Wort ein Stück nach oben.

Lilly versucht Miriam unauffällig unter dem Tisch zu stupsen, um sie auf Mark aufmerksam zu machen. Vergeblich. Unbeirrt wettert sie weiter und macht ihrem Ärger Luft. „Würde er sich auch nur den Anschein von Professionalität geben, müsste ich gar kein Theater veranstalten. Leider sitze ich mir in seiner Abteilung den Hintern wund und bin kein bisschen klüger, weil der feine Herr zu beschäftigt damit ist, unserer Firmenanwältin nachzusteigen."

Mark Rieger stampft um den Tisch herum und knallt sein Tablett lautstark auf die Tischplatte. Lilly fährt zusammen, auch Miriam zuckt erschrocken zurück und läuft knallrot an, als ihr klar wird, dass Rieger jedes Wort mitgehört hat.

„Ich glaube, wir beide sollten uns mal in Ruhe unter vier Augen unterhalten", zischt Mark und lässt sich auf den Stuhl neben Roman fallen. Er fixiert Miriam aus schmalen Augen. Die hat sich in der Zwischenzeit erholt und strahlt rechtschaffenen Trotz aus. „Wer lauscht, muss damit rechnen mit unangenehmen Wahrheiten konfrontiert zu werden. Aber Arschlöcher wie du, können damit sowieso nicht umgehen", antwortet sie patzig.

„Du würdest die Wahrheit nicht mal anerkennen, wenn sie dir ins Gesicht springt, du Miststück."

Erschrocken über die Zügellosigkeit dieser Konversation, umklammert Lilly ihre Gabel so fest, dass sie sich verbiegt. Zwischen den beiden brennt die Luft und Lilly befürchtet, die Situation könnte eskalieren. Man kann die hin und her schwingenden Aggressionen förmlich schmecken. Hier baut sich eine Spannung auf, die sich in irgendeiner Weise entladen muss. Obwohl es sie nicht persönlich betrifft, fühlt sie sich dermaßen getriggert, dass es sie unwillkürlich um Jahre in die Vergangenheit zurückversetzt. Die Stimme ihrer Mutter dringt wieder an ihr Ohr. Grausam und nur darauf aus, sie zu verletzen. Vorwürfe reihen sich an Vorwürfe. Lydia Wegeners scharfe Zunge hat ihr im Verlauf ihrer Kindheit unzählige Wunden an Herz und Seele zugefügt. Aus diesem Grund kann Lilly Streit und kränkende Worte nicht ertragen. Weder als direkt Beteiligte, noch als Zuschauerin.

Hastig schiebt sie ihren Stuhl nach hinten. „Entschuldigen Sie mich, ich muss ..."

Ihr versagt auf einmal die Stimme, also verzichtet sie auf weitere Erklärungen und verlässt fluchtartig die Kantine. Sie hört noch, wie Miriam nach ihr ruft, schaut aber nicht zurück, sondern rennt durch die Gänge, bis sie Romans Büro erreicht. Sobald sie drin ist, lehnt sie sich schweratmend gegen die verschlossene Tür und schließt die Augen. Lilly braucht ein paar Atemzüge, ehe sie sich beruhigt und zu ihrem Schreibtisch geht, als wäre nichts gewesen. Sie fährt den Computer hoch und macht sich an die Arbeit. Kurz darauf betritt Roman den Raum. Sie muss sich nicht umdrehen, um das zu wissen. Seine Gegenwart hat immer direkte Auswirkungen auf ihren Körper. Ihr Nacken kribbelt und eine leichte Gänsehaut breitet sich auf ihrer Haut aus.

„Lilly ...“

Warme Hände legen sich schwer auf ihre Schultern, sie zieht sie hoch, will die Berührung abwehren, doch er hält sie nur noch fester. „Alles in Ordnung bei dir?“

Seine sanfte Stimme treibt ihr die Tränen in die Augen. Blöde Heulerei. Irgendwann muss sie das in den Griff bekommen. „Es tut mir leid. Aber ich hasse es, wenn Leute sich anschreien. Ich ertrage das nicht.“

„Verrätst du mir, wieso?“

Lilly schüttelt den Kopf. Sie wird ihn nicht mit ihren Problemen belasten. Roman dreht sie mitsamt Stuhl um und beugt sich zu ihr herunter, die Hände auf die Lehnen gestemmt, sodass sie von seinen Armen eingekesselt wird.

„Ich glaube, du brauchst jemanden, der sich deiner ein wenig annimmt“, sagt er ernst.

„Das stimmt nicht. Ich komme prima allein zurecht.“

Er lächelt. „Oh ja, das sehe ich.“

Ein Anflug von Trotz verleiht ihrem am Boden kriechenden Mut Flügel. „Ob ich jemanden brauche oder nicht, geht dich nichts an. Ich bin erwachsen und brauche keine guten Ratschläge. Schon gar nicht von einem ...“ Lilly unterbricht sich, bevor ihr etwas Unverzeihliches rausrutscht.

„Schon gar nicht von einem verwöhnten Schnösel wie mir, wolltest du wohl sagen“, beendet er ihren angefangenen Satz und grinst erheitert. Dann schnalzt er mit der Zunge. „Lilly, du bist überraschend stur für eine schüchterne Maus.“

Sollte sie sich jetzt beleidigt fühlen? Als Maus betitelt zu werden, ist nichts, worauf man stolz sein kann

„Ich würde gerne weiterarbeiten“, erklärt sie würdevoll und geht nicht auf seinen flapsigen Spruch ein, kann aber ihre Augen nicht von seinem Gesicht abwenden Ihr Herz galoppiert fast davon. Sein Blick ...

Genauso hat er ausgesehen, bevor er sie letztens geküsst hat Will er es wieder tun? Sie wünscht sich, er würde den kurzen Abstand überwinden und seinen wunderbaren Mund auf ihren pressen Augenblicke vergehen, Herzschlag für Herzschlag Nichts passiert

Roman richtet sich auf und schiebt mit undurchdringlicher Miene die Hände in die Hosentaschen. „Vergiss, was ich gesagt habe“, merkt er recht kühl an und geht sichtlich auf Abstand. Offenbar hat er nicht mit Widerstand von ihrer Seite gerechnet „Ich wollte dir nur helfen, aber wenn du meine Hilfe nicht willst, werde ich mich nicht aufdrängen.“

Ihr Inneres zieht sich krampfhaft zusammen. „Das ist sicher das Beste“, stimmt sie zu.

Sein ironisches Lächeln schmerzt mehr als jeder Spott, den sie zu ertragen gelernt hat Wieso reagiert er dermaßen beleidigt? Und warum ist er so darauf aus, sich ihr anzunähern?

Das ergibt für sie alles keinen Sinn Lilly sieht dabei zu, wie er hinter seinen Schreibtisch läuft Am Stuhl hängt sein Jackett Er wirft es sich über und holt sein Handy aus der Hosentasche Ungeduldig tippt er darauf herum, wartet kurz und verzieht zufrieden das Gesicht, als gleich darauf ein Vibrieren den Eingang einer Nachricht begleitet Egal, wem er geschrieben hat, die Antwort steigert seine Laune beträchtlich Das war zweifellos nicht geschäftlich Sie ahnt, dass er mit einer Frau textet und ignoriert die Eifersucht, die stechend durch ihre Eingeweide schießt

Stoisch starrt sie auf ihren Bildschirm, damit er nicht merkt, dass sie ihn beobachtet hat

„Ich verschwinde und bin den Rest des Tages nicht da“, teilt er ihr mit

„Ich wünsche Ihnen einen schönen Tag, Herr Steininger.“

Sofort bleibt er stehen und mustert sie verärgert, ehe er den Kopf schüttelt. „Wir waren bereits beim Du, Lilly."

Sie wirft einen Blick über die Schulter. Er sieht stocksauer aus, aufgeladen. „Sowas lässt sich ganz leicht rückgängig machen", antwortet sie und weiß gar nicht, wo sie den Mumm hernimmt.

Seine Augen werden schmal, er spannt die Schultern an. „Das werden wir ja sehen", wispert er und verschwindet. Die Tür fällt lautstark zu. Oh ja, er ist sauer. Lilly erlaubt sich nicht, über die Gründe nachzugrübeln, und wendet sich ihrer Arbeit zu. Etwa anderthalb Stunden später geht die Antwort des Bezirksleiters ein, der sich gleich für den nächsten Tag ankündigen will, falls das zeitlich passt. Lilly seufzt. Nun wird sie Roman anrufen müssen. Sie hat keinen Zugriff auf seinen Terminplan. Zögernd nimmt sie den Hörer in die Hand und tippt dann entschlossen seine Handynummer ein. Es dauert eine Weile, ehe er sich meldet. „Steininger." Seine Stimme klingt merkwürdig gepresst.

„Hier spricht Frau Wegener", fängt sie an und presst unglücklich die Lider zusammen. Noch steifer kann sich ein Mensch wohl nicht aufführen. Im Hintergrund hört sie gedämpftes Murmeln, dann herrscht Stille.

„Lilly, was gibt's?"

„Herr Gruber hat sich gemeldet. Er würde den Termin mit Ihnen, sofern es passt, gerne übermorgen wahrnehmen und wollte das erst abklären, damit er das Hotelzimmer nicht umsonst bucht. Leider habe ich keinen Zugriff auf Ihren Terminkalender, sonst hätte ich selbst nachgesehen und Sie nicht bei Ihrer ... *Verabredung* gestört."

„Übermorgen geht in Ordnung", antwortet er kurzangebunden. „Ich erwarte Herr Gruber um 14.00 Uhr. Er soll pünktlich sein."

„Das richte ich ihm aus."

„Gibt es sonst noch was?" Ein spöttischer Unterton schwingt in seinen Worten mit. „Sonst würde ich mich gerne wieder meiner *Verabredung* widmen."

Genau wie sie, betont er das Wort besonders. Im Hintergrund hört sie ein eindeutig weibliches Kichern. Lilly bohrt die Fingernägel in die Handfläche. Wie vermutet, steckt er bei einer Frau.

Die Realität trifft sie unerwartet hart. Insgeheim hat sie wohl doch die zarte Hoffnung gehegt, er könnte echtes Interesse an ihr haben. Wie dumm von ihr! Ein toller Mann wie Roman hat höchstens Mitleid mit ihr und nachdem sie ihn so vor den Kopf gestoßen hat, will er nichts mehr von ihr wissen.

Geschieht dir ganz recht, du dumme Kuh.

„Das war's schon", presst sie heraus. „Entschuldigen Sie bitte die Störung."

Zuerst herrscht ein paar Sekunden Stille, dann seufzt er tief auf und schlägt einen sanfteren Ton an. „Du hast nicht gestört", sagt er. „Und Lilly..."

„Ja?"

„Wenn du mich noch einmal siezt, dann leg ich dich vor der gesamten Firmenbelegschaft übers Knie. Ich hoffe, ich habe mich klar und deutlich ausgedrückt."

Damit legt er auf. „So ein arroganter Schnösel", schimpft sie und doch zieht eine merkwürdig süße Empfindung durch ihren Körper, weil er so penetrant auf dem Du besteht. Vielleicht können sie zumindest sowas wie Freunde sein, denn mehr erhofft sie sich nicht. Erst recht nicht, da er es vorzieht, den Nachmittag in den Armen einer anderen zu verbringen.

Mach dich nicht lächerlich. Freunde? Selbst daraus wird nichts, du Klotz am Bein eines jeden Menschen, wispert die gehässige Kopfstimme ihrer Mutter. *Jemanden wie dich kann man gar nicht lieben. Ich bin deine Mutter und hab es nicht getan. Wieso sollten dann Fremde Gefühle für dich aufbringen?*

Obwohl Lilly bewusst ist, dass Lydia Wegener eine gestörte Persönlichkeit ist, tun die früheren Beleidigungen ihrer Mutter immer noch weh. Sie vergiften nach wie vor ihr Leben.

„Halt einfach deinen Mund", flüstert sie entschieden und drückt den Rücken durch. Sie beantwortet die Mail von Herrn Gruber und setzt die Bearbeitung der Listen fort.

Gegen sechzehn Uhr klopft jemand an die Bürotür.

„Herein", ruft sie. Zu ihrem Erstaunen tritt Miriam Steininger mit betretener Miene ein.

„Hallo Frau Wegener, störe ich gerade?"

Lilly schüttelt den Kopf „Nein, natürlich nicht Falls Sie mit Ihrem Bruder sprechen wollen, der ist außer Haus “

„Ich bin nicht wegen Roman da, sondeln IhletWegen Hätten Sie ein paar Minuten Zeit für mich?“

So langsam Wild ihl das Intelesse del Steiningels an ihlel Pelson unheimlich „Klar “ Ein wenig ungelenk erhebt sie sich und Velschlänkt die Hände Vol dem Untelleib Dass Romans SchWestel Wie eine Bittstellelin Vol ihl steht, ist ihl peinlichel als Miliam Steiningel Die melkt sofolt, Was los ist und deutet lächelnd auf das schWalze Ledelsofa

„Vielleicht wechseln wir zur Couch “

Kulz dalauf sitzen sie einandel zugeWandt auf dem Möbelstück Miliam sagt elst nichts und spielt mit del filiglanen Silbelkette um ihlen Hals Endlich blicht sie das SchWeigen

„Ich wollte mich bei Ihnen entschuldigen, Lilly Wie ich mich Volhin in del Kantine aufgefühlt habe, Wal untelildisch Dafül gibt es keine Entschuldigung Leidel setzt in Malks GegenWalt immel mein Gehiln aus und ich mutiele zul unbelechenbalen Furie “

Del zelknilschte Blick, den sie Lilly zuWilft, könnte einen Stein erweichen „Ich bin über mich selbst erschrocken, als Sie so schnell geflüchtet sind Sie mögen es nicht so geln, Wenn die Menschen um Sie herum laut werden Nicht wahr?“

„Mag das irgendjemand?“, kontert Lilly Sie möchte nicht übel die Sache leden Wie soll sie ihle Reaktion elklälen, ohne zu lügen, und die Wahlheit kann sie niemandem Vellaten Um Von sich selbst abzulenken, Velsucht sie Miliam übel Malk Riegel auszuflagen

„Fällt es Ihnen so schwer, mit Helln Riegel auszukommen? Ich Weiß, el hat den Ruf ein knallhaltel Kell zu sein, abel die meisten Damen finden ihn durchaus charmant “

Miriam schnaubt abfällig „Das glaube ich gern Er weiß, auf Welche Knöpfe el dlücken muss, damit sie ihm leihenWeise in die Alme fallen Ich elebe das schon seit meinel Teenagelzeit liVe mit und nachdem el Vol Jahlen meinel besten Fleundin das Helz geblochen hat, ist del Kell bei mil untendulch El ist kalt und herzlos“, presst sie schweratmend hervor Ihre Haut rötet sich in rechtschaffenem Zorn. „Frauen sind für ihn nur Objekte, die er bei Bedarf benutzt und regelmäßig gegen neuere und hübschere Modelle austauscht. Ich verachte ihn. Nadine – meine Freundin – war damals sowieso schon angeschlagen und labil, weil es in ihrer Familie ziemlich unterkühlt zuging. Sie hat sich nach ein bisschen Liebe gesehnt und er hat das eiskalt ausgenutzt.“ Miriam lächelt ironisch. „Der Scheißkerl hatte es damals schon drauf, die Mädchen mit seinem Aussehen und seinem Charme zu blenden. Nadine war unsterblich in ihn verliebt und als er sie nach ein paar Wochen abserviert hat, hat sie versucht, sich was anzutun.“

Lilly hört aufmerksam zu und seufzt. „Ich bin kein Psychiater, aber denken Sie wirklich, dass eine unerwiderte Teenagerliebe der Auslöser für diesen Selbstmordversuch war? Diese Nadine scheint über keine stabile Psyche zu verfügen.“

Romans Schwester hebt in einer hilflosen Geste die Schultern. „Heute ist mir das auch klar, aber ich war damals siebzehn und wollte ihn für seinen Egoismus leiden sehen. Mark hat Nadine wie einen alten Schuh aussortiert. Dass die Gründe für ihre Depressionen ganz woanders lagen, wollte ich nicht sehen, aber das ändert nichts daran, dass meine beste Freundin wahnsinnig wegen diesem Arsch gelitten hat. Das wollte ich ihm mit aller Macht heimzahlen.“

Neugierig neigt Lilly den Kopf. „Und haben Sie es getan? Es ihm heimgezahlt?“

Ein fieses Grinsen schleicht sich auf Miriams Gesicht. „Was denken Sie?“

Romans Schwester lacht und verschränkt zufrieden die Arme vor der Brust. „Ein Freund von mir war mir damals noch einen Gefallen schuldig und so habe ich ein Strandfoto von Mark in Shorts, mitsamt Handynummer in den Kontaktanzeigenteil eines Schwulenmagazins setzen lassen.“ Sie kichert. „Mark wusste gar nicht, wie ihm geschieht, als er plötzlich von hunderten liebestollen Kerlen per SMS bombardiert wurde. Das hat seinem Ruf als Superhetero einen ziemlichen Knacks versetzt.“

Lillys Mundwinkel zucken vor unterdrücktem Gelächter „Ich nehme an, Sie haben ihn wissen lassen, wem er das zu verdanken hatte?“

Miriam Steininger nickt eifrig „Aber natürlich Und das war erst der Anfang Ich habe ihn fast ein halbes Jahr gepiesackt, bis mein Vater Wind davon bekam und meinem Rachefeldzug ein vorzeitiges Ende gesetzt hat Wenigstens konnte ich noch die Sache mit dem Abführmittel durchziehen Er war mit Freunden auf den Weg in den Skiurlaub, zusammen mit einem Mädchen, auf das er total scharf war“ Miriam grinst selbstgefällig „Soweit ich informiert bin, ist er aus den Büschen gar nicht mehr rausgekommen Was soll ich sagen: Shit happens!“

Lilly prustet los und hält sich vor Lachen den Bauch Sie verspürt wenig Mitleid mit Rieger, diese Abreibung hat er sich sicher redlich verdient „Sie sind ziemlich erfinderisch, Frau Steininger“

Romans Schwester lächelt pfiffig „Das bin ich und nenn mich doch Miriam Wenn Roman dich duzt, kann ich das auch“

Bei ihr fällt es Lilly gar nicht schwer, die persönlichere Anrede anzunehmen „Sehr gerne“

Die ungewohnt herzliche Atmosphäre zwischen ihr und Miriam erwärmt Lillys Herz Ob es mit einer richtigen Freundin auch so ist? Sie hat das nie vermisst, weil sie so ein Miteinander unter Frauen gar nicht kennt Jetzt ahnt sie, was sie verpasst hat und verspürt eine vage Traurigkeit

„Alles okay, Lilly?“ Miriam ist der plötzliche Stimmungsumschwung sofort aufgefallen und mustert sie besorgt

„Ja, klar“, versichert sie eilig und lächelt den Kummer einfach weg „Jetzt verstehe ich, wieso ihr euch nicht leiden könnt Das muss sich in den letzten Jahren richtig hochgeschaukelt haben“

„Er tut ja auch alles dafür, damit ich ihn nicht mit anderen Augen sehe Der Kerl hat noch mehr gebrochene Frauenherzen auf dem Konto als mein Bruder und das will was heißen Es überrascht mich immer wieder, wie viele auf sein Geschwafel hereinfallen Mark nimmt jedes Paar Brüste mit, das er kriegen kann“

Erneut zieht ein Sturm in den Augen von Romans Schwester auf, während sie sich weiterhin über Mark Riegers charakterliche Schwächen auslässt. Bis ihr wohl klar wird, wie unprofessionell das auf Lilly wirken muss. Sie kann förmlich dabei zusehen, wie sich das schlechte Gewissen in die hübschen Züge von Miriam gräbt, nachdem sie sich vor einer Angestellten in so despektierlicher Weise über den Controller der Firma geäußert hat.

„Gott, was rede ich hier eigentlich“, flüstert sie und drückt jeweils zwei Finger gegen ihre Schläfen. Ihre Lider senken sich für einen Augenblick, ehe sie tief einatmet und mit einem verunglückten Lächeln Lillys offenem Blick begegnet.

„Vergiss, was ich dir erzählt habe. Immerhin bekleidet er im Unternehmen eine leitende Position. Ich sollte ihm einen gewissen Respekt zollen, unabhängig davon, was ich von ihm privat halte“

Lilly gibt sich diplomatisch. „Das kann schon mal vorkommen, wenn man wütend ist. So wie ich das sehe, verhält er sich auch nicht einwandfrei“

„Das stimmt“, bekräftigt Miriam nickend Dann hält sie inne und verzieht das Gesicht zu einer unbehaglichen Grimasse. „Mein jugendlicher Rachedurst ist ja mittlerweile befriedigt, vor allem, nachdem ich eingesehen habe, dass man ihn nicht für Nadines Selbstmordversuch verantwortlich machen kann“

Ihre Miene zeigt Spuren von Traurigkeit „Sie hat wirklich große Probleme, heute noch. Nadine kriegt ihr Leben einfach nicht in den Griff“

„Hast du denn noch Kontakt zu ihr?“

Miriam nickt „Hin und wieder Durch mein Studium hatte ich in den letzten Jahren wenig Zeit und sie ist mittlerweile weggezogen. Es ist mehr eine WhatsApp und Skype-Freundschaft. Persönlich treffen wir uns aus Zeitmangel nur selten“

„Ist sie immer …“ Lilly bricht ab, ist nicht sicher, ob sie eine so tiefgehende Frage einfach aussprechen kann.

„Ob sie noch depressiv ist, meinst du?“

Lilly nickt und erntet ein Seufzen „Wenn sie Depressionen hat, versteckt sie es sehr geschickt. Oberflächlich betrachtet geht es ihr gut Sie gilt als nicht suizidgefährdet und ich glaube das auch Aber sie hat sich verändert “

„Inwiefern?“

Romans Schwester verzieht den Mund „Nadine hat sich zu Marks weiblichem Gegenstück entwickelt und sich anscheinend vorgenommen, jeden Kerl in der Stadt flachzulegen Es ist, als wollte sie ihm nacheifern und sie hat die Geschichte mit ihm auch noch nicht verwunden und spricht oft über ihn Allerdings im negativen Sinne “

Miriam entweicht ein resignierter Laut „Während mir mittlerweile klar ist, dass Mark zwar ein Arschloch aber nicht die Wurzel allen Übels in ihrem Leben ist, hasst Nadine ihn stellvertretend für jeden, der ihr jemals etwas angetan hat “

„Du etwa nicht?“

Miriam schüttelt den Kopf „Ich kann ihn nicht leiden und genieße es inbrünstig, ihn zur Weißglut zu treiben Es gibt auch nichts, was mich mehr befriedigt, als dabei zuzusehen, wie ihm vor lauter Zorn der Dampf aus den Ohren quillt, aber das ist schlicht eine etwas stärker ausgeprägte Antipathie, während es bei Nadine in bitteren Hass ausgeartet ist “

Romans Schwester wechselt dann abrupt das Thema „Wie läuft es eigentlich mit meinem Bruder? Benimmt er sich anständig? Falls er dich die ganze Arbeit allein machen lässt, musst du ihm auf die Füße treten Der Name Steininger ist kein Freifahrtschein für ein bequemes Lotterleben und ich weiß, er neigt dazu, langweilige oder nervige Tätigkeiten an andere abzuschieben “

„Er verhält sich vorbildlich“, erklärt Lilly und spielt nervös mit ihren Fingern Hoffentlich nimmt Miriam das nicht zum Anlass, noch mehr Fragen zu stellen Tatsächlich scheint sie nach dem eher ernsten Thema eben, wieder in ausgesprochener Plauderlaune zu sein

„Und wie ist er so als Chef? Es muss doch eine ziemliche Umstellung sein, für Roman zu arbeiten, nachdem du bislang nur mit Herrn Krämer zu tun hattest “

„Dein Bruder ist schon beeindruckend und manchmal fühle ich mich ihm nicht gewachsen“, gibt sie zu und wundert sich über ihre Offenherzigkeit Trotz ihrer Stellung und ihres Reichtums strahlt Romans kleine Schwester gesunde Lebensfreude und Warmherzigkeit aus. In gewisser Weise erinnert sie Lilly an Konrad Steininger. Der Seniorchef gilt als hart, aber herzlich. Das Personal kann immer mit seinen Sorgen zu ihm kommen. Angefangen bei den hochrangingen Mitarbeitern, bis hin zur Putzfrau. Er leiht allen sein Ohr, wenn es nötig ist. Damit hat er sich nicht nur den Respekt der Angestellten gesichert, sondern auch deren Treue.

„Falls du mal jemanden brauchst, mit dem du reden kannst, dann ruf mich an“, sagt Miriam völlig unerwartet und zieht eine Visitenkarte hervor. „Hier, da ist meine Nummer drauf.“

Verdutzt nimmt Lilly das Kärtchen entgegen. „Oh, das ist nett von dir. Ich weiß gar nicht, was ich sagen soll.“

Miriam winkt lässig ab. „Bitte, tu nicht so, als wäre es etwas Besonderes. Ich mag dich und irgendwie beschleicht mich langsam das Gefühl, meinem Bruder ergeht es ähnlich. Das macht mich neugierig und es ist rätselhaft, weil ...“

Sie verstummt und beißt sich schuldbewusst auf die Unterlippe. Lilly kann sich denken wieso und beendet Miriams angefangenen Satz schonungslos. „Weil ich so gar nichts mit den Frauen gemeinsam habe, mit denen sich dein Bruder sonst umgibt.“

„Nimm mir das nicht übel, Lilly. Normalerweise lässt er sich vom Aussehen einer Frau blenden, und so leid es mir tut, hätte er sich an dieses Auswahlkriterium gehalten, würde jetzt wohl eine deiner Kolleginnen hier hocken.“

Lilly nimmt ihr diese Einschätzung nicht krumm, sie denkt ja genauso. „Schon gut. Mir ist durchaus bewusst, wie ungewöhnlich es ist, dass ausgerechnet ich hier sitze und nicht Sabine oder Marion.“

„Darf ich dir noch einen Rat geben?“

Lilly nickt zustimmend. „Natürlich.“

„Verlieb dich nicht in ihn. Roman hat wirklich ganz wunderbare Seiten, aber wenn es um Frauen geht, schenken er und Mark sich nichts. Roman holt sich seinen Spaß, wann immer er will und schaut nie zurück. Nicht aus Bösartigkeit, sondern weil er es kann und die Frauen ihn lassen.“

Miriam erzählt ihr nichts Neues. Dennoch kommt die Warnung zur richtigen Zeit. Seit dem Kuss schwankt Lillys Gefühlsleben dermaßen auf und ab, dass sie kaum noch weiß, was sie denken soll. Seine Schwester rückt die Dinge wieder ins rechte Licht. Roman ist ein Verführer, wie er im Buche steht und wird sich nicht plötzlich zu einem monogamen Traummann entwickeln, weil er ein paar nette Worte für sie übrig hat.

„Ich werde mir deinen Rat zu Herzen nehmen."

Miriam steht auf und streckt sich. „Es war nett mit dir zu plaudern, Lilly. Leider muss ich zurück, um mich weiter von Mark piesacken zu lassen. Er hat bestimmt noch allerhand auf Lager, um mich zu ärgern. Aber heute werde ich mal gnädig sein und ihm seinen Spaß lassen. Ich fühle mich zu ausgelaugt, um mich herumzustreiten."

Tatsächlich macht sie einen recht müden Eindruck auf Lilly. Auch sie richtet sich auf und begibt sich zurück an ihren Schreibtisch. „Ich habe auch noch einiges zu tun."

Miriam winkt ihr kurz zu und verlässt mit energischen Schritten das Büro. Nachdenklich lässt sich Lilly auf ihren Stuhl sinken und weiß nicht, was sie von all dem halten soll. Die Steiningers infiltrieren Stück für Stück ihr Gefühlsleben und lassen kaum Raum für einen klaren Gedanken. Was immer hier abläuft, sie hofft, dass sie am Ende nicht das Bauernopfer in einem Spiel ist, das darauf aus ist, ein bestimmtes Ziel zu erreichen.

Kapitel 9

Nachdem er aufgelegt hat, wendet sich Roman Nicole zu, der hübschen Bedienung aus der Bar, die ihm neulich ihre Telefonnummer auf den Kassenbeleg gekritzelt hat. Nach ihrem ersten Treffen folgte ein zweites und heute Mittag hat er sie erneut angeschrieben, um seine verrutschte Gemütsverfassung wieder in die Spur zu bringen. Nicole weiß ganz genau, wie das Spiel läuft. Die Geschichte zwischen ihnen ist eine unkomplizierte Angelegenheit und während sie splitterfasernackt auf der Couch liegt und auf eine Fortsetzung ihres spontanen Liebesspiels wartet, redet er sich ein, dass er exakt das hier will und braucht. Nicole eignet sich hervorragend zur Ablenkung, und die hat er bitter nötig. Die Erinnerung an Lillys unfassbar weiche Lippen plagt ihn zu jeder Tages-und Nachtzeit. Sein Körper beginnt bereits auf ihren bloßen Geruch zu reagieren. So wie heute Mittag, als er ihr nach ihrer überstürzten Flucht aus der Kantine in das Büro gefolgt ist und den dummen Fehler begangen hat, dicht vor ihr stehenzubleiben. Ihr betörender Duft hat ihn kalt erwischt, ebenso ihre verletzliche Ausstrahlung.

Fakt ist, sie riecht einfach zum Anbeißen. Zusammen mit dem süßen Geschmack ihres Mundes ergibt das eine unwiderstehlich anziehende Mischung. Eine Entwicklung, der er entgegenwirken muss, um sich nicht komplett zu blamieren. Ihre erneute Weigerung, ihn zu duzen, hat ihn den Rest der Geduld gekostet. Beinahe wäre er über sie hergefallen, um ihr höchst eindrucksvoll zu beweisen, wie angebracht die persönliche Anrede zwischen ihnen ist.

Stattdessen vögelt er jetzt eine Frau, die weiß, was Männer wollen. Glücklich macht ihn das nicht. Nicole ist allerhöchstens Fast Food, doch sein Gaumen sehnt sich nach exquisiteren Genüssen. „Wo waren wir nochmal stehengeblieben?“, haucht sie lasziv und spreizt einladend die Schenkel. Roman öffnet die Gürtelschnalle und befreit sein Geschlecht. „Ich schlage vor, ich zeige es dir einfach", raunt er und positioniert sich zwischen ihren Beinen. Er angelt nach einem Kondom, das er auf dem Couchtisch abgelegt hat, reißt die Folie auf und rollt es über seinen erigierten Schaft. Die Spitze seines Gliedes streicht mehrmals über ihren feuchten Eingang, dann gleitet er mit einem festen Stoß in Nicole hinein. Roman schließt die Augen und während er sich in der Enge ihres Schoßes verliert, sieht er weder ihr rotes Haar noch die grünen Katzenaugen, sondern Lillys zarte Gesichtszüge, die ihm überhaupt nicht mehr unscheinbar erscheinen.

Lilly Wegener ist eine stille Schönheit. Man muss schon genau hinschauen und sich Zeit lassen, um sie zu erkennen. Er hat es getan und nun sitzt er mächtig in der Patsche. Er begehrt dieses vermeintlich unansehnliche Mauerblümchen, und weiß nicht, wie er dagegen ankämpfen soll. Diese verdammte Wettschuld nötigt ihn ja dazu, möglichst viel Zeit mit ihr zu verbringen. Roman hat keine Ahnung, wie lange er sich ihr gegenüber zurückhalten kann, ohne erneut von ihrem Mund zu kosten oder sogar noch mehr zu tun. Wenn das geschieht, ist die Scheiße so richtig am Dampfen. Sie wird sich Hoffnungen machen, was ja die logische Konsequenz wäre, und dann bitter enttäuscht sein, wenn er sie nach dem Beweis seiner erbrachten *Strafe,* aus seinem Privatleben streicht, als wäre sie nie ein Teil davon gewesen.

Nimm den Spaß einfach mit und fick sie, flüstert seine egoistische Seite.

Sein schlechtes Gewissen hält sofort dagegen. *Wenn du mit ihr schläfst, wirst du ihr früher oder später furchtbar wehtun. Das hat die Kleine nicht verdient. Also benimm dich nicht wie ein Arschloch und behalt deinen Schwanz in der Hose.*

Je länger er darüber nachdenkt, umso wütender wird er. Seine Bewegungen werden schneller, Nicole fängt an, sich unter ihm zu winden, und spornt ihn dazu an, sich noch tiefer in ihr zu vergraben. Sie mag es hart und heute kommt ihm das gerade recht. Er legt sich ihre Beine über die Schultern und hämmert sich zu einem heftigen Orgasmus. Weiße Blitze jagen vor seinen Augen vorbei, er verliert die Kontrolle über seine Gedanken und stöhnt haltlos Lillys Namen, sobald ihn der Höhepunkt überrollt.

Keuchend zieht er sich zurück und wendet sich schwer atmend von Nicole ab, die ihn mit erhobener Braue ansieht.

„Fuck“, flüstert er und reibt sich unbehaglich über den Nacken. Hoffentlich hat sie nicht mitbekommen, dass er den Namen einer anderen gebrüllt hat.

„Ich heiße Nicole, falls ich dich daran erinnern darf.“

Mist verdammter. Er schenkt ihr ein schwaches Grinsen. „Sorry, mein Gedächtnis ist nicht das Beste.“

Sie rollt mit den Augen. „Erzähl mir nichts. Ich bin auf meine Kosten gekommen, keine Frage, aber wieso vögelst du mich, wenn du eigentlich eine andere willst?“

„Das ist kompliziert“, murmelt er.

„Na ja, mir ist es egal. Schließlich hast du mich gefickt und nicht diese Lilly. Solange das so bleibt, kannst du mich nennen, wie du willst.“ Sie erhebt sich und greift nach ihren verstreut herumliegenden Klamotten. „Kann ich dein Bad benutzen?“

„Natürlich, tu dir keinen Zwang an.“

Sie verschwindet und lässt ihn nachdenklich zurück. Er hört Wasserrauschen, die Toilettenspülung. Er entsorgt das Kondom und wäscht sich im kleinen Gäste-WC die Hände, ehe er sich zurück ins Wohnzimmer begibt und auf Nicoles Rückkehr wartet. Er ist noch komplett angezogen und hat vorhin nur seine Hose geöffnet.

Fünf Minuten später taucht sie wieder auf. Sie trägt ihre Klamotten und hat ein lässiges Grinsen auf den Lippen. „Ich muss los, meine Schicht fängt in einer halben Stunde an.“ Sie zögert kurz und sieht ihn dann an.

„Übrigens habe ich morgen Abend frei. Ruf mich an, Süßer, dann zeig ich dir ein paar heiße Tricks. Ich wette, solche Sachen hat deine Lilly nicht drauf.“

Roman verkrampft sich und bezwingt den augenblicklichen Wunsch, Lilly gegen dieses durchtriebene Luder zu verteidigen, verkneift es sich aber. Nicole gehört zu den Frauen, die man fürs Vergnügen benutzt. Man präsentiert sie nicht als zukünftige Schwiegertochter den Eltern und fängt auch keine sinnlosen

Diskussionen mit ihnen an. Da kann der Sex, der durchaus eine solide Acht auf einer Skala von eins bis zehn wert war, noch so gut gewesen sein. Er wird sie wohl nicht mehr anrufen. Sie vögelt annehmbar, aber es fühlt sich falsch an. Schöne Scheiße.

Nicoles Grinsen schwächt sich ab, als er nicht sofort auf ihren Vorschlag eingeht. Ihr schwant wohl, dass das hier ihre Abschiedsvorstellung gewesen ist und sie ihre *Tricks* bei einem anderen Typen anwenden muss. Ihre Miene verdüstert sich rasend schnell, sie ist sichtlich beleidigt.

„Oh bitte, überschlag dich nicht vor Begeisterung. Bin ich dir auf einmal nicht mehr gut genug? Wir hatten doch eine Menge Spaß zusammen."

Seufzend erhebt er sich und kann ihren Abgang kaum erwarten. Eigentlich hat er Nicole unkomplizierter eingeschätzt. Es war ein Fehler, sie spontan anzurufen und zum dritten Mal zu treffen. Jetzt glaubt sie offenbar, Ansprüche an ihn zu haben.

„Du bist doch ein großes Mädchen, Nicole. Ich habe dich flachgelegt und hatte dabei meinen Spaß. Du hast dich flachlegen lassen und bist ebenfalls auf deine Kosten gekommen. Lassen wir es dabei bewenden."

Ihre Mimik verzerrt sich, eine steile Zornesfalte zeigt sich auf ihrer Stirn. „Du bist ein mieses Arschloch. Eine Kellnerin ist dir wohl nicht fein genug, aber du wirst schon sehen, was du davon hast. Mich serviert man nicht ab wie eine x-beliebige Schlampe."

„Dann hör auf, dich wie eine aufzuführen!" Roman könnte kotzen. Er sollte in Zukunft die Finger von den Weibern lassen. Machen nur Probleme. Das sind die paar Minuten Vergnügen zwischen den Schenkeln einer Frau definitiv nicht wert.

Sie rauscht aus seiner Wohnung wie eine Gewitterwolke und belegt ihn dabei mit Schimpfwörtern, die selbst einem hartgesottenen LKW-Fahrer rote Ohren beschert hätten. Er bereut es bitter, sie nach seinem überstürzten Abgang aus seinem Büro angerufen zu haben, um sich an ihr abzureagieren. Den Druck, den Lilly seit Neuestem in ihm auslöst, könnte er genauso gut mit guter alter Handarbeit loswerden.

„Verfluchter Mist!" Er geht ins Bad, um zu duschen und die Spuren dieser Frau vom Körper zu waschen. Danach will er bei

Mark vorbeischauen, um ihn wegen Miriam auf den Zahn zu fühlen. Roman weiß zwar, wie sehr seine Schwester übertreibt, wenn es um seinen besten Freund geht, allerdings verhält sich der ebenfalls alles andere als professionell. Da er keine Lust verspürt, dauernd den Schlichter zu spielen, will er mit ihm reden.

Eins ist klar, sollte sein Vater herausbekommen, dass die beiden ständig aufeinander losgehen, könnte das richtig Ärger geben. Konrad Steininger ist sehr auf anständiges Miteinander bedacht und ahndet jeden Verstoß mit unnachgiebiger Härte. Er würde nicht zögern, beiden eine Abmahnung auszusprechen, egal, wie er privat zu ihnen steht. Speziell Mark hat Konrad Steininger sehr ins Herz geschlossen und behandelt ihn beinahe wie einen Sohn, was Miriam sauer aufstößt.

Dabei ist seine Sympathie gerechtfertigt. Dank seines analytischen Verstands hat sein bester Kumpel viel dazu beigetragen, die Firma wettbewerbsfähig zu halten. Wenn man von seinem Umgang mit Frauen absieht und seiner Schadenfreude wegen der verlorenen Wette, gehört Mark zu den verlässlichsten und besten Menschen, die er kennt.

Gegen Abend klingelt er unangemeldet bei Mark und wundert sich nicht darüber, dass dieser ihm lediglich mit einem Handtuch um die Hüften öffnet.

„Wer stört?", faucht er genervt. Sobald er Roman erblickt, lockert sich seine Mimik und er lächelt. „Hey, was treibt dich denn hierher?" Er tritt zurück. „Komm rein."

Süffisant grinsend erschnuppert Roman ein aufdringliches Damenparfüm, nachdem er die Wohnung betreten hat. „Hier riecht es nach Chanel Nr. 5. Stör ich etwa?"

„Mitnichten, ich wollte ohnehin gerade gehen."

Es ist nicht Mark, der ihm antwortet, sondern eine Frauenstimme. Er dreht sich halb um und hebt anerkennend die Brauen, sobald ihm klar wird, mit *wem* sich Mark im Bett herumgewälzt hat. Der Bursche hat es geschafft, Dr. Sonja Faßbender flachzulegen. Die Firmenanwältin gilt als harter Brocken. Sie gibt sich stets unnahbar.

Es wundert ihn nicht, dass sie Marks Jagdinstinkt geweckt hat. Seit einem halben Jahr steigt er ihr schon nach und kommt aus dem Schwärmen gar nicht mehr heraus. Hin und wieder hat Roman sogar den Verdacht, sein bester Freund könnte in diese Frau verschossen sein. Jedenfalls hat er sich geschworen, die eiserne Lady zu erobern, und sein Ziel am Ende erreicht.

Auf Roman übt sie allerdings keinerlei Reiz aus. Obwohl bildschön und clever, ist ihm ihre Persönlichkeit zu herrschsüchtig.

Außerdem ist sie ein Eisklotz. Ein kalter Blick aus ihren blauen Augen und ein Mann bekommt Gefrierbrand. Vermutlich will sie auch im Bett das Sagen haben und auf Kämpfe zwischen den Laken hat er keine Lust. Mark anscheinend schon und Roman zweifelt nicht daran, dass er am Ende als Sieger aus den erotischen Zwischenspielen hervorgeht.

„Sieh mal einer an, Frau Doktor Faßbender.“

Roman kräuselt amüsiert die Lippen, da sich ein ungewohnt zartrosa Hauch über ihre Wangen legt. Sonst lässt sie sich nicht anmerken, was in ihr vorgeht. Dass er sie hier sozusagen in flagranti erwischt hat, verleiht ihm ein erhebendes Gefühl von Überlegenheit. „Ich hatte nicht erwartet, Sie hier anzutreffen“, stichelt er und amüsiert sich über Sonjas unbehagliche Miene.

„Ich hoffe, ich kann mich auf Ihre Verschwiegenheit verlassen und Sie behandeln die Sache mit der nötigen Diskretion.“

„Was Sie privat machen, geht mich nichts an.“

Er richtet seinen Blick auf Mark, der ein verhaltenes Lächeln zeigt. Sonja räuspert sich und strafft den schlanken Körper.

„Ich verabschiede mich dann. Herr Steininger“ Sie nickt ihm steif zu und stolziert mit energischen Schritten auf die Tür zu. Mark öffnet ihr und greift nach ihrem Arm, zieht sie zu sich heran und vergräbt eine Hand in ihrem goldblonden Haar. Da Roman keine Lust verspürt, seinem Kumpel dabei zuzusehen, wie der seine Zunge in den Schlund der Anwältin taucht, geht er ins Wohnzimmer und bedient sich selbst an der kleinen Bar.

Kurz darauf kommt sein Freund zurück. Sein überlegenes Grinsen spricht Bände und Roman kann nicht anders, als zu lachen. „Du Sackgesicht!“, schimpft er gutmütig. „Seit wann vögelst du sie?“

Mark gesellt sich zu ihm und schenkt sich ebenfalls einen Whisky ein Er prostet ihm zu „Seit ungefähr drei Wochen“

Das verblüfft Roman nun doch Aufmerksam mustert er seinen Kumpel

„So lange schon? Ist das was Ernstes?“

Mark wird ungewohnt still und nimmt einen großen Schluck, den Blick versonnen auf einen Punkt an der Wand gerichtet

„Keine Ahnung Sie ist beeindruckend, der Sex ist Wahnsinn, und sie hat definitiv was im Kopf Im Gegensatz zu anderen Frauen langweilt sie mich nicht nach fünf Minuten Ich bin mir nur nicht sicher, ob ich sie auf Dauer ertragen kann Sonja ist außerhalb vom Schlafzimmer verflucht anstrengend“

Wieder setzt er das Glas an die Lippen und stellt es dann mit einem lauten Knall auf dem Tresen seiner Bar ab Er wirft Roman einen durchdringenden Blick zu „Genug von mir Was führt dich hierher? Willst du über deine Fortschritte mit der Wegener berichten?“ Die Andeutung eines Grinsens geistert über sein Gesicht „Unsere Freunde werden langsam ungeduldig und fragen sich, ob du überhaupt noch vorhast, deine Wettschuld einzulösen“

Diese verfluchte Wette verfolgt ihn wie ein dunkler Schatten Roman knirscht mit den Zähnen, weil er sich unter Druck gesetzt fühlt Verdammt, er kann die Sache nicht einfach abblasen Man würde ihn bis ins nächste Jahrzehnt hinein auslachen und mit der Geschichte aufziehen Er muss es irgendwie fertigbringen, sein dämliches Gewissen für die nächsten Wochen beiseitezuschieben, damit die Sache endlich ins Laufen kommt Ein paar Küsse und Zärtlichkeiten sollten ausreichen, um sie rumzukriegen Er muss nur einen Weg finden, mehr Zeit außerhalb des Büros mit ihr zu verbringen Sie gehört nicht zu den Mädchen, die Liebkosungen am Arbeitsplatz gestatten Auch dafür wird er eine Lösung finden Sobald er sie geknackt hat, wird er sie in seinen Stammclub mitnehmen, um den Beweis für die erbrachte Wettschuld zu erbringen und sie danach so sanft wie möglich abservieren

Grimmig erwidert er Marks amüsierten Blick „Keine Sorge, ich bin dran an ihr“

„Hast du deinen Charme eingebüßt? Sonst brauchst du nicht so lange“, frotzelt Mark gutmütig.

Roman schnaubt beleidigt. „Das hättest du wohl gerne. Was kann ich denn dafür, wenn du so ein misstrauisches Mädchen ausgesucht hast Sie traut der Sache nicht über den Weg und ist extrem verschlossen. Ist nicht leicht, an sie heranzukommen.“ Er verzieht den Mund und dann sprudelt aus ihm heraus, was ihm schon seit Tagen keine Ruhe lässt

„Ich glaube, ihr wurde in der Vergangenheit übel mitgespielt Wenn ich ihr vormache, Gefühle für sie zu haben, und anschließend das Weite suche, ist das eine verdammt miese Nummer.“

Eigentlich wollte er das gar nicht sagen, es ist ihm rausgerutscht und beinahe hofft er, sein Freund könnte daraufhin auf seine Bestrafung verzichten Roman ist sogar schon so weit, seinen Wagen freiwillig herzugeben, nur den Spott seiner Freunde kann und will er nicht ertragen, indem er den Schwanz einzieht Bloß wenn Mark von sich aus alles beendet, kommt Roman aus der Geschichte raus, ohne sein Gesicht zu verlieren

Er erkennt einen Hauch von Schuldbewusstsein im Blick des Freundes Er ist also doch nicht so kalt, wie er sich immer gibt

„Musst ihr ja nicht gleich die große Liebe vorspielen“, meint Mark mit sichtlichem Unbehagen. „Mir persönlich reicht es, wenn du sie in den Club nimmst und sie dich verliebt anschmachtet, während die anderen euch sehen Was du ihr erzählst, bleibt unter euch.“

„Warten wir es ab“, erklärt Roman und stürzt seinen Drink auf ex herunter. Der Alkohol brennt in seiner Kehle. „Auf jeden Fall lasse ich mich nicht drängeln Sie bestimmt das Tempo Wenn ich zu forsch rangehe, wird sie sich zurückziehen und dann kann ich von vorn anfangen Darauf habe ich keine Lust Mir reicht schon die Zeit, die ich aktuell mit ihr verplempere.“

Mark verdreht die Augen gen Himmel und hebt die Hände „Ist ja gut, zieh dein Ding durch, wie du es für richtig hältst. Ich mach dir keine Vorschriften.“

„Lass uns nicht länger über Lilly reden Das verdirbt mir die Laune.“

Nur nicht aus den Gründen, die Mark vermutlich annimmt Seit Roman die laute und sexuell aggressive Nicole aus der Wohnung geschmissen hat, wünscht er sich nichts mehr, als zu Lilly zu fahren, um ihre sanfte Stimme zu hören, oder einen Blick auf ihre süße Unterlippe zu erhaschen

Fuck, er ist so was von geliefert Die langweiligen Klamotten, die Brille und den strengen Zopf sieht er gar nicht mehr Es ist, als ob er die äußere Schicht mühsam abgetragen und die wahre Lilly hervorgeholt hätte Wie ihr Haar wohl aussieht, wenn es ihr offen über den Rücken fällt?

Bestimmt glänzt es wie Silber, wenn das Mondlicht sich schimmernd darauf bricht Eine Hand wedelt vor seinem Gesicht herum. „Hey, Erde an Roman. Hörst du mich noch? Schwelgst du in Fantasien über die biedere Frau Wegener?“

Erschrocken, weil er gedanklich so weit abgedriftet ist, fährt er zusammen und schlägt Marks Hand unwirsch weg. „Lass den Scheiß! Hab nur an den Fick mit der niedlichen Kellnerin denken müssen und war abgelenkt.“

Sein Freund stößt ein dreckiges Lachen aus. „Die muss dir ja mächtig eingeheizt haben Du hast ausgesehen, wie ein verliebter Trottel Einen Moment habe ich befürchtet, dir springen ein paar glitzernde Einhörner aus den Augen.“

In Roman baut sich Wut auf. „Wenn du nicht aufhörst, hetz ich dir Miri an den Hals, dann hast du nichts mehr zu lachen.“

Sofort fällt Marks Belustigung in sich zusammen. „Mit deiner Schwester habe ich sowieso noch ein Hühnchen zu rupfen.“

„Du solltest aufpassen. Miri ist auf Krawall gebürstet und es gefällt ihr nicht, dass du sie Akten ablegen lässt, anstatt sie in deine täglichen Aufgaben einzuweisen.“

„Deine Schwester gehört erst einmal richtig eingeordnet.“ Marks Stimme klingt genauso düster, wie er aussieht Roman schüttelt verständnislos den Kopf. „Lasst die alten Geschichten von damals endlich ruhen Du kannst ihr die Streiche doch nicht länger übelnehmen. Sie war noch ein halbes Kind.“

„Sie war siebzehn, fast erwachsen und hat mich gedemütigt“, presst Mark heraus. „Ich werde mir Mühe geben, professionell zu bleiben, solange wir in der Firma sind. Außerhalb werde ich nicht mal so tun, als sei ich höflich. Das kannst du vergessen."

„Du hast ihrer Freundin übel mitgespielt", wirft Roman ein. „Sie wollte Nadine nur rächen und mit siebzehn ist man noch lange nicht erwachsen. Sei kein Arsch, Mark! Vergiss das endlich und versuch mit Miri auszukommen."

„Glaub mir, Nadine Neringer hat zwei Gesichter. Ihr wahres und eines für die Öffentlichkeit. Sie hat Miriam genauso getäuscht wie mich am Anfang und deine Schwester hat mich verurteilt, ohne meine Version der Geschichte zu kennen. Sie hat mir nicht mal die Chance gegeben, mich zu rechtfertigen."

„Vielleicht würde sie das heute tun", wirft Roman ein. Er weiß nur aus Erzählungen, was damals abgelaufen ist. Er und Mark waren damals zwar schon befreundet, aber zu jener Zeit hatte Roman während des Studiums ein Auslandssemester in den USA absolviert und nicht im Detail mitbekommen, was zuhause vor sich gegangen war. Auf jeden Fall herrscht seit der Geschichte Eiszeit zwischen Miri und Mark, und über die Jahre hinweg hat sich die Feindseligkeit zu einer festen Konstante im Leben der beiden entwickelt. Manchmal hat er das Gefühl, die beiden wollen sich gar nicht versöhnen, weil sie ihre Streitereien insgeheim genießen.

„Vergiss es! Mit Miriam reden zu wollen, ist sinnlos und ich habe kein Interesse an ihrem selbstgerechten und moralingesäuerten Geschwafel. Außerhalb vom Büro will ich keinen Kontakt zu ihr, sonst dreh ich der kleinen Hexe irgendwann wirklich den Hals um. Und was den Job angeht ... Entweder, sie ordnet sich mir in der Firma unter, oder ich bin derjenige, der ein paar Worte mit Konrad wechselt. Kapiert?"

Roman gibt es auf, vermitteln zu wollen. Die Aggressionen zwischen seinem besten Freund und Miri scheinen sich seit ihrem Eintritt in die Firma immer weiter aufzublähen. Früher oder später, wird dieser Ballon platzen und das ganze Gift wird sich über die zwei ergießen.

„Macht doch was ihr wollt. Solange ihr Privates und Geschäftliches trennt und euch nicht gegenseitig um die Ecke bringt."

„Wäre nicht schade um das streitlustige Biest", stößt Mark hervor Er greift nach dem Glas und stürzt den restlichen Whiskey herunter

Roman kann die Bemerkung nicht so stehen lassen. „Du redest hier über meine Schwester, Kumpel. Vergiss das nicht!"

„Sorry, aber sie treibt mich in den Wahnsinn Schon der Gedanke, dass sie den ganzen Tag wie ein Schatten an mir klebt und mir mit ihren Sticheleien die Hölle heißmacht, verdirbt mir die Laune."

„Mark, du kannst nicht die nächsten zwei Monate so tun, als wäre sie nicht da Miri lässt sich so eine Scheiße nicht gefallen Wundert mich sowieso, dass sie noch nicht zu Vater gerannt ist."

Mark nickt zögerlich. „Ich werde mich zusammenreißen, aber mach ihr klar, dass ich keine dummen Sprüche mehr dulden werde."

Roman klopft ihm auf die Schulter. „Das verklickerst du ihr mal schön selbst. Ich misch mich da nicht ein."

„Bei solchen Freunden braucht man keine Feinde mehr", erwidert Mark mies gelaunt und deutet auf die Whiskyflasche „Noch einen?"

Roman grinst. „Ich dachte schon, du fragst nie."

Kapitel 10

„Was hältst du von ihm?“

Romans Frage trifft sie unvorbereitet. Herr Gruber, der einbestellte Bezirksleiter, hat soeben das Büro verlassen, nachdem er dem Juniorchef Rede und Antwort stehen musste.

Zögernd tritt Lilly näher an seinen Schreibtisch heran und spielt nervös mit ihren Fingern. Dass er Wert auf ihre Meinung legt, schmeichelt ihr, gleichzeitig scheut sie davor zurück, sie allzu offen auszusprechen, da sie den Mann nicht in Schwierigkeiten oder gar in Misskredit bringen möchte, indem sie Roman ihre persönliche Einschätzung mitteilt.

„Ich glaube, es wäre vermessen von mir, Herrn Gruber nach so wenigen Minuten zu beurteilen.“

„Du sollst keine psychologische Abhandlung über den Kerl erstellen, sondern mir ehrlich sagen, wie du ihn findest. Ich habe dich beobachtet. Du hast ein paar Mal das Gesicht verzogen, als er sich über seine Filialleiter ausgelassen hat. Daher gehe ich davon aus, dass du dir recht schnell ein Bild über ihn gemacht hast. Also, raus mit der Sprache.“

Lilly fühlt sich nicht wohl in ihrer Haut und will am liebsten gar nichts sagen. Da Roman jedoch nicht lockerlassen wird – so gut kennt sie ihn mittlerweile – gibt sie nach, auch wenn ihre Meinung über den Bezirksleiter alles andere als positiv ausfällt.

„Also gut. Du willst die Wahrheit, du kriegst sie. Ich halte ihn für einen aufgeblasenen Schwätzer, der die Schuld immer bei anderen sucht. Ich bin keine Expertin in Mitarbeiterführung, aber bevor er seine Filialleiter in so schlechtem Licht dastehen lässt und alle Verantwortung auf sie abschiebt, hätte er zuerst mit ihnen reden müssen. Um sich ein Bild darüber zu machen, wie diese Menge an Beschwerden überhaupt zustande kommt.“

Roman nickt beifällig. „Ähnliches ist mir auch durch den Kopf gegangen. Er war mir zu schnell mit irgendwelchen Schuldigen bei der Hand. Unsympathischer Kerl.“

„Ich denke, es wäre sinnvoller, mit den Mitarbeitern vor Ort zu reden, anstatt mit ihm“, schlägt sie vor, bereut es jedoch augenblicklich. Himmel, es ist nicht ihre Aufgabe, ihm Tipps zu geben. Schon gar nicht in beruflicher Hinsicht. „Entschuldige, das war dreist“, ergänzt sie atemlos. „Vergiss einfach, was ich gesagt habe.“

Roman erhebt sich und kommt um den Schreibtisch herum auf sie zu. Sobald sich seine kräftigen Finger um ihre Oberarme winden, keucht sie erschrocken auf. Was wird das denn jetzt?

„Lilly, du bist ein Genie!“ Er strahlt sie an. „Das ist der vernünftigste Vorschlag des heutigen Tages. Genauso werde ich es machen.“

Erleichtert, weil er nicht sauer zu sein scheint, lächelt sie ihn an. „Ja, dann …“

Wie schon einmal nimmt er ihr die Brille ab und sieht sie lange an. „Hat man dir schon mal gesagt, dass du wunderschöne Augen hast? Sie schimmern wie Quecksilber. Ich wünschte, du würdest diese verdammte Brille entsorgen, hinter der du dich so gerne versteckst und Kontaktlinsen tragen. Dann könnten alle erkennen, wie hübsch du eigentlich bist.“

Sprachlos blickt sie zu ihm auf. Noch nie hat sie jemand als hübsch bezeichnet. Nicht als Kind und schon gar nicht in ihrem Erwachsenenleben. Der Gedanke, das könnte sich jemals ändern, wäre ihr niemals gekommen und nun steht er da und stellt in wenigen Tagen ihr ganzes Leben auf den Kopf. Sie sehnt sich so sehr nach ein wenig Freundlichkeit und Herzenswärme, dass sie seine Komplimente aufsaugt wie ein Schwamm. Wenn man sein Leben lang nach ein paar lieben Worten dürstet, vergisst man alle Vorsicht.

„So etwas Nettes hat noch nie jemand zu mir gesagt“, flüstert sie und schluckt den dicken Kloß in ihrem Hals herunter.

Bestürzung spiegelte sich in seinem Blick. „Noch nie?“

Er spricht ebenso leise wie sie. Ganz langsam schüttelt Lilly den Kopf. Jetzt weiß er genau, wer vor ihm steht. Ein Mädchen

– sie kann sich nicht einmal selbst als Frau bezeichnen – das niemandem auf der Welt etwas bedeutet und immer am Rand herumsteht, während sich alle auf der Tanzfläche amüsieren.

„Lilly ...“ Seine Betroffenheit treibt ihr die Tränen in die Augen. Sie merkt viel zu spät, dass eine nasse Spur ihre Wange hinab rinnt. Erst als sein Daumen über ihre Haut reibt und die Feuchtigkeit fortwischt, holt sie bebend Luft und lächelt ihr Selbstmitleid weg.

„Ist schon gut. Das ist nicht schlimm“, versichert sie tapfer und schimpft innerlich über ihre Gefühlsdusseligkeit. Anderen geht es schließlich viel schlechter und die heulen auch nicht rum.

„Doch es ist schlimm“, antwortet Roman sehr ernst und beugt sich über ihr Gesicht. Sein Atem ist ein wärmender Hauch, der ihre kühle Haut kitzelt. Gleich darauf spürt sie seine Lippen, die ihre Tränen auffangen. „Ich werde dir von jetzt an jeden Tag sagen, wie hübsch du bist. Heute, morgen, übermorgen. Solange, bis du es nicht mehr hören kannst.“

Es klingt wie ein Versprechen. Wenn er es nur halten würde, sie wäre vermutlich das glücklichste Geschöpf auf dieser Erde. Sein sonnenwarmer Kuss kitzelt ihre Wange. Lilly kichert und lockt ein Lächeln auf sein Gesicht. „So ist es viel besser. Du hast so ein hübsches Lachen. Ich könnte dir ewig zuhören.“

Er setzt einen liebevollen Kuss auf ihre Schläfe, ehe er die Lippen abwärtsgleiten lässt, direkt auf Lillys Ohr zu. Roman fängt spielerisch das Ohrläppchen ein und beißt zärtlich zu. Ihr ganzer Körper wird geschüttelt von Wonnen, die sie noch nie erlebt hat. Die Stirn gegen seine Schulter gepresst, versucht sie, nicht zu Boden zu sinken. Ihre Knie sind butterweich, der Takt ihrer Atemzüge beschleunigt sich, während sie sich an ihm festklammert.

„Jeden Tag, Lilly“, keucht er in ihr Ohr und schlingt den Arm um ihre Taille. Plötzlich liegt sein Mund auf ihrem. Es ist kein zögerlicher Kuss, sondern stürmisch wie der reißende Strom eines Wildwasserflusses. Sie lässt sich einfach treiben, kann nicht denken, nur empfinden. In Romans Armen verspürt sie zum allerersten Mal Lust, wähnt sich im siebten Himmel, fühlt sich begehrt. Vielleicht hat das Schicksal doch ein kleines Wunder für sie parat.

Rede dir das ruhig ein, schon bald wirst du aus diesem Traum aufwachen und einsamer sein als je zuvor, wispert die Kopfstimme ihrer Mutter.

Als würde er spüren, wie sie ihm entgleitet, vertieft er den Kuss. Roman nagt an ihrer Unterlippe und sorgt dafür, dass sie sich für ihn öffnet. Mit einem genießerischen Laut sucht er den Kontakt zu ihrer Zunge und erforscht die Hitze ihres Mundes. Kurz zuckt sie zurück, ein bittersüßes Gefühl bahnt sich den Weg durch ihren Körper und nistet sich zwischen den Schenkeln ein. Lilly ist nicht gänzlich unbedarft, sie weiß, wie sich Erregung anfühlt, und will instinktiv zurückweichen. Seine Hände legen sich um ihre Wangen. Er verhindert ihren Rückzug und setzt den fiebrigen Eroberungsfeldzug fort, nichts hält ihn auf. Noch nicht einmal ihre mehr als offensichtliche Unschuld. Es kommt ihr vielmehr so vor, als würde ihn ihre fehlende sexuelle Erfahrung zusätzlich reizen.

„Du fühlst dich so gut an", raunt er an ihren Lippen. Seine Hände gleiten jetzt über ihre Kehrseite und drücken fest zu. Sie schmiegt sich unbewusst dichter an ihn. Lilly spürt die Erektion an ihrem Bauch und taumelt durch einen sinnlichen Nebel. Bisher kennt sie nur ihre eigenen Berührungen. Sie hat nie das Bedürfnis verspürt, sich einem Mann hinzugeben. Von Roman hingegen bekommt sie nicht genug. Hingebungsvoll erwidert sie jeden Zungenschlag und krallt sich wie eine Ertrinkende an seinem Jackett fest.

Ein Klopfen unterbricht den heißen Kuss. Keuchend löst er sich von ihr, fährt sich ordnend durchs Haar und deutet auf den Schreibtisch. „Setz dich, bevor du umfällst", sagt er leise und bittet den Besucher räuspernd herein. Es ist Herr Krämer.

„Herr Steininger, ich störe nur ungern, aber ich würde gerne wissen, ab wann ich wieder mit Frau Wegener rechnen kann. Um ehrlich zu sein", er lächelt etwas verkrampft, „fehlt sie mir an allen Ecken und Enden."

So ein Kompliment von ihrem Vorgesetzten ist neu für Lilly. Sie ist geschmeichelt, nur Roman zieht die Augenbraue hoch und mustert Herrn Krämer mit einer Spur Verachtung. „Dann sollten Sie dafür sorgen, dass die verbliebenen Mitarbeiterinnen etwas mehr Engagement an den Tag legen. Die Abteilung sollte auf Empfehlung des Controllings eigentlich auf zwei Stellen reduziert werden. Es ist lediglich meinem Vater zu verdanken, dass Sie noch über drei Mitarbeiterinnen verfügen. Er legt viel Wert darauf, dass Beschwerden so zügig wie möglich bearbeitet werden."

„Selbstverständlich, Herr Steininger", murmelt Krämer unterwürfig. „Sie haben wie immer recht. Ich werde von nun an die Zügel anziehen, dann wird es schon gehen."

„Das sehe ich genauso. Übrigens ist Frau Wegener die gesamte nächste Woche nicht greifbar. Es dauert also noch eine Weile, bis sie zurück in Ihre Abteilung kommt."

Lillys Blick schießt sofort in seine Richtung. Was redet er da? Er bemerkt ihre Verwirrung und lächelt verhalten. „Ich habe vor die Problemfilialen zu besuchen und Frau Wegener soll mich bei der Ursachenforschung unterstützen. Da sie die meisten Beschwerden bearbeitet hat, ist sie im Thema drin und wird mir eine wertvolle Hilfe sein."

„Davon bin ich überzeugt", schleimt Krämer und wirft Lilly einen erstaunten Blick zu. Es macht ganz den Anschein, als würde er sie mit einem Mal mit völlig neuen Augen sehen. Wäre sie nicht selbst so überrumpelt wegen Romans Plänen, hätte sie möglicherweise protestiert. Lilly will nicht mit ihm durch die Gegend reisen. Sie ist sowieso durcheinander und mit ihm in Hotels übernachten zu müssen, selbst wenn sie in getrennten Zimmern schlafen, wird eine Intimität schaffen, die ihr zum Verhängnis werden kann. Das weiß sie jetzt schon.

„Tja, dann ...", murmelt Herr Krämer unterdessen und deutet ein Nicken an. „Dann weiß ich ja jetzt Bescheid. Wenn Sie mich entschuldigen ... Ich habe noch jede Menge Arbeit auf dem Schreibtisch."

Kurz darauf sind sie allein. Lilly wendet sich mit empörter Miene an Roman. „Du kannst nicht einfach über meine Zeit verfügen. Ich werde nicht mitkommen. Meine Anwesenheit ist gar nicht nötig."

„Oh doch! Du bist mit den einzelnen Fällen vertraut und besitzt eine gute Menschenkenntnis. Ich bestehe darauf, dass du mich begleitest.“

Er kommt näher, hält aber einen gewissen Abstand. Seine Miene wird sanfter. „Lilly, bitte, ich will dich bei mir haben“, flüstert er weich und sieht sie an, als wäre sie das kostbarste Geschöpf auf Erden. Unschlüssig kaut sie auf der Innenseite ihrer Wange herum. Soll sie es wagen? Er gibt sich so viel Mühe freundlich zu ihr zu sein. Roman ist der erste Mensch überhaupt, der sie nicht wie eine Idiotin behandelt. Er legt Wert auf ihre Gesellschaft und seine Küsse machen sie ganz verrückt. Seufzend gibt sie nach. „Na gut, aber es wäre mir lieber, wenn wir nicht mehr ...“ Lilly bricht mitten im Satz ab und bringt es nicht über sich, auszusprechen, was sie beschäftigt.

„Wenn wir nicht mehr rumknutschen?“, hilft er ihr aus der Verlegenheit und grinst lausbubenhaft. Peinlich berührt knetet sie die Finger und nickt vorsichtig. „Ich glaube, das ist ziemlich unpassend. Versprich es mir! Sonst komme ich nicht mit.“

Roman tritt einen Schritt näher, sein Atem streicht über ihre Haut und sie erschauert.

„Versprechen sollte man nur geben, wenn man sicher ist, sie halten zu können.“ Er schweigt kurz, seine Hand gleitet an seinen Nacken und er verzieht das schöne Gesicht zu einer reuigen Grimasse. „Verdammt, du musst doch gemerkt haben, was deine Küsse bei mir anrichten. Ich mag dich, Lilly. Sehr sogar. Trotzdem möchte ich nicht, dass du dich unwohl in meiner Gegenwart fühlst. Falls ich dir näherkomme, als du möchtest, dann reicht ein Nein und ich lasse die Finger von dir, egal, wie schwer es mir fällt. Ich dränge mich keiner Frau auf, die mich nicht haben will.“

In seinen Augen liegt ein aufrichtiger Glanz. Lilly kann ein zaghaftes Lächeln nicht unterdrücken. Das scheint ihn zu ermutigen, denn er streckt ihr die Hand hin und meint: „Deal?“

Sie legt die Finger in seine und spürt, wie sich ihre Mundwinkel ein Stück nach oben ziehen.

„Deal“, bestätigt sie und wird plötzlich von einer Welle purer Vorfreude überwältigt. Sie wird mit Roman Steininger auf

Reisen gehen. Zwar nur geschäftlich, doch wen schert das schon, wenn man dabei die Gesellschaft eines Mannes genießen darf, um den sich Dutzende von Frauen prügeln würden?

Später am Abend steht sie vor ihrem Kleiderschrank und möchte am liebsten heulen oder mit einer Schere ihre langweiligen Klamotten in handliche Stücke zerschneiden. Alles, was da drin fein säuberlich auf Kleiderbügeln hängt, würde nicht mal einen Kater hinterm Ofen hervorlocken und erst recht keinen Roman Steininger. Dass er elegante und sexy gestylte Frauen bevorzugt, steht außer Frage und sie sucht sich absichtlich möglichst reizlose Klamotten aus. Je unauffälliger und trister, umso besser. Nun wünscht sie sich mehr als alles andere, ein paar hübschere Kleidungsstücke zu besitzen, in denen sie nicht ganz so bieder aussieht.

Frustriert beschließt sie, duschen zu gehen. Ihre langen Haare brauchen ein Weilchen bis sie trocknen, weil sie nur in Notfällen zum Föhn greift. Die heiße Luft lässt ihr Haar immer fliegen und sie sieht dann aus, als hätte sie in eine Steckdose gefasst. Im Badezimmer entledigt sie sich ihrer Kleidung und wirft alles in den Wäschekorb, ehe sie sich unter die Dusche stellt. Das Wasser prasselt angenehm warm auf ihre Haut, sie wäscht sich das Haar und seift ihren Körper ein. Während sie das tut, denkt sie an Roman. An seine weichen Lippen und den sinnlichen Schlag seiner Zunge, die kreisend um ihre tanzt.

Eine ganz andere Art von Hitze ergreift Besitz von ihr und zirkuliert durch ihr Blut. Ohne sich dessen wirklich bewusst zu sein, gleitet ihre Hand zwischen ihre Beine. Sie spürt die feuchte Wärme, die nicht vom Duschwasser herrührt. Prickelnde Erregung baut sich in ihr auf. Lilly kneift die Augen fest zusammen, sieht sein Gesicht vor sich, und beginnt sich selbst zu streicheln. Die Erinnerung an seine festen Arme, an die harten Muskeln ...

Der pulsierende Wirbel nimmt zu und trägt sie mit sich fort. Lilly seufzt leise seinen Namen, ihre Finger liebkosen unermüdlich ihren sensibelsten Punkt und treiben sie dem Höhepunkt entgegen. Endlich stürzt sie mit seinem Gesicht vor Augen in ein

Meer voller Lust Es dauert etliche Augenblicke, ehe sie zur Besinnung kommt Ihre Wangen brennen wie Feuer, sie schämt sich Lilly berührt sich selten selbst und wenn, geschieht das immer im Schutz der Dunkelheit unter ihrer Bettdecke Als würde sie etwas Verbotenes tun

Hektisch wäscht sie das Shampoo aus dem Haar, wringt die langen Strähnen aus und steigt aus der engen Kabine Mit einem dicken Turban auf dem Kopf betrachtet sie vor dem Waschbecken ihr Spiegelbild Ein erhitztes Antlitz, leuchtende Augen und die Lippen rot Lilly sieht an sich herab Ihr Körper ist sehr schlank, ihre Brüste würden kaum eine Männerhand füllen, doch Roman scheinen ihre fehlenden Formen nicht zu stören *Weil sie ihm gar nicht bewusst sind, du dummes Ding. Bestimmt lacht er dich aus, sollte er dich jemals nackt sehen.*

Sie hasst diese entwürdigenden Gedanken, die ihrer lieblosen Kindheit geschuldet sind Hätte ihre Mutter sie wenigstens ein bisschen geliebt …

Lilly stickt diesen Gedankengang nicht weiter Es bringt nichts, sich Dinge zu wünschen, die man nicht ändern kann und vielleicht gelingt es ihr eines Tages, dieser kalten und unberechenbaren Frau ihre Grausamkeiten zu verzeihen Sie ist eine Psychopathin und Narzisstin Das wurde ihr seitens eines Arztes bestätigt Die Fähigkeit, Mitgefühl oder Liebe zu empfinden, ist bei ihr in keiner Weise vorhanden Nicht einmal ihrem eigenen Kind gegenüber kann sie Reue empfinden Ob Lilly lebt oder stirbt, ob sie weint oder lacht, das ist ihr komplett gleichgültig

Lange Zeit hat keiner gemerkt, dass mit Lydia Wegener etwas nicht stimmt Weder die Erzieherinnen im Kindergarten, die sich Lillys Verschlossenheit nicht erklären konnten, noch die Lehrer Man hielt Lilly damals für eine verschrobene Brillenschlange, der man keine große Beachtung schenkt

Nachdem Lilly das Teenageralter erreicht hatte, wurde der Psychoterror ihrer Mutter zusehends schlimmer und gipfelte schließlich in einem körperlichen Angriff Rasend vor Wut hat Lydia versucht ihr eigenes Kind in der Wanne zu ertränken Sie konnte Lydia abwehren und zu Tode verängstigt zu einer Nachbarin flüchten Diese hat umgehend die Polizei verständigt und Lillys jahrelanges Martyrium fand damals ein Ende

Lydia Wegener wurde nach eingehenden Untersuchungen in eine forensische Psychiatrie eingewiesen, weil sie eine Gefahr für sich selbst und andere dargestellt hat Seither lebt Lilly in ihrer selbstgewählten Einsamkeit, ohne jemanden an sich heranzulassen Bis auf Roman Steininger Dem ist es innerhalb weniger Tage gelungen, ihren stählernen Panzer aufzuweichen und sich in ihrem Herzen einzunisten Er hat ihre kleine und vermeintlich sichere Welt erschüttert Nun muss sie entscheiden, ob sie genug Mut besitzt, sich ihm und diesen überwältigenden Gefühlen zu stellen

„Ich und Roman“, flüstert sie leise. Das klingt ungewohnt und nicht real, und gleichzeitig so schön, dass sie all ihre Bedenken in den hintersten Winkel ihres Kopfes verbannt

Sie ist fast dreiundzwanzig Jahre alt Lilly will alle Fesseln durchschneiden und endlich leben Selbst wenn sie am Ende wieder leiden muss

Kapitel 11

Sein Plan ist eigentlich idiotensicher. Ein paar Tage mit Lilly in einer fremden Umgebung und ihre inneren Schutzmauern werden früher oder später zusammenbrechen. Während des Trips kann er sie in aller Ruhe umgarnen, sie um ihre Meinung bitten und ihr das Gefühl vermitteln, wertvoll und begehrenswert zu sein. Nachdenklich blickt Roman aus dem Fenster seiner Wohnung. Draußen geht gerade die Sonne unter und taucht die Häuserschluchten in ein warmes rotgoldenes Licht. Langsam setzt er sein Glas an die Lippen und trinkt einen Schluck Rotwein. Trocken, ein bisschen zu fruchtig für seinen Geschmack. Er stellt es ab und marschiert entschlossen ins Schlafzimmer. Der Koffer für die morgige Abreise steht bereits fix und fertig gepackt neben dem Bett. Die Putzfrau hat er ebenfalls informiert und auch der Hausmeister wird dafür Sorge tragen, dass der Briefkasten nicht überquillt. Da er nichts mehr zu tun hat, beschließt er für ein oder zwei Stunden ins *2 Face* zu fahren. Von seinen Freunden treibt sich dort immer jemand herum und er verspürt nicht die geringste Lust, am heutigen Abend seinen trüben Gedanken ausgeliefert zu sein.

Er setzt dieses Vorhaben sofort in die Tat um und betritt etwas später seinen Lieblingsclub. Schon von Weitem sieht er seine Freunde Alexander von Dornstetten und Niklas Jäger an der Bar stehen. Roman schiebt sich durch die Menge, um zu ihnen zu gelangen. Niklas entdeckt ihn als erster und begrüßt ihn mit großem Hallo.

„Sieh mal einer an, unser Don Juan beehrt uns mit seiner Gesellschaft.“ Niklas kühle graue Augen funkeln mutwillig, als er hinzufügt: „Wo hast du denn dein Mauerblümchen gelassen? Wir sind schon ganz gespannt auf sie.“

Da Nik bis ins Detail über die Einzelheiten der Wette informiert ist, genau wie Alexander und diverse andere Leute aus der Clique, hört man den Spott aus jedem Wort heraus.

Es war eine Scheißidee hierherzukommen, denkt Roman und unterdrückt das Verlangen seinem Kumpel die Faust in die Fresse zu zimmern. Eigentlich verhält sich Niklas nicht anders wie sonst. Im umgekehrten Fall hätte Roman bestimmt eine ähnliche Frage gestellt und sich über das Einlösen der Wettschuld amüsiert, aber es widerstrebt ihm, sich auf Lillys Kosten lustig zu machen. Nik soll das auch nicht tun, verdammt. Und doch schweigt er und unterdrückt den Drang, sein Mauerblümchen in Schutz zu nehmen.

„Fick dich ins Knie, Jäger!“, brummt er schlechtgelaunt und setzt sich nach einem tödlichen Blick auf seinen Freund auf einen der Barhocker. Alexander mischt sich ein und schlägt ihm freundschaftlich auf den Rücken. „Sei kein Arsch, Roman. Darf man dich nicht mehr aufziehen?“

Roman zuckt mit den Schultern und weicht Alexanders durchdringendem Blick aus. „Bin schlecht drauf, das ist alles“, nuschelt er und hebt zwei Finger, um Jan, den Barkeeper, auf sich aufmerksam zu machen. Der kommt sofort und grinst ihn gelassen an. „Steininger, was darf ich dir bringen?“

„Nur ein Ginger Ale“, sagt Roman und hebt ermahnend die Brauen, als Alexander einen leisen Pfiff ausstößt. „Sag jetzt nichts Falsches“, warnt er ihn.

Niklas und Alexander tauschen einen eindeutig bedeutsamen Blick, sparen sich aber einen dummen Kommentar. „Lasst uns an unseren Tisch gehen“, schlägt Niklas vor. „Ich habe keine Lust, den Abend auf diesem scheißunbequemen Hocker zu verbringen.“

Roman gibt Jan Bescheid und folgt den beiden. An ihrem Stammplatz lässt er sich in den roten Ledersessel fallen. Seine Blicke wandern abwesend durch den Raum und bleiben an ein paar wirklich knackigen Frauen kleben. Komischerweise reizt ihn keines dieser Mädchen. Natürlich könnte er eine klarmachen und sie in einer stillen Ecke vernaschen, aber nicht einmal sein bestes Stück beeindruckt die Aussicht auf einen Quickie.

„So eine verdammte Scheiße“, murmelt er und rutscht unruhig hin und her.

In der Zwischenzeit bringt eine Bedienung die Getränke. Roman hält sich an seinem Ginger-Ale fest und brütet vor sich hin. So langsam verlieren seine Kumpels die Geduld. „Was ist dir denn über die Leber gelaufen“, will Alexander wissen und löst seinen Blick von einer scharfen Brünetten, die mit einer nicht minder heißen Blondine in greifbarer Nähe steht und sich unterhält. Alex ist genau wie der Rest der Truppe kein Kostverächter. Sie versuchen sich gegenseitig bei der Anzahl an Eroberungen zu übertrumpfen, und nehmen jeden Spaß mit, den sie kriegen können. Sie sind im *2Face* als Citylovers bekannt und berüchtigt. Ein Name, den ihnen eine Ex-Flamme von Alex verpasst und der sich irgendwie festgesetzt hat. Roman findet die Titulierung dämlich, aber was soll's. Mädels ticken einfach anders als Männer und wenn sie meinen ...

Roman macht derweil eine beschwichtigende Handbewegung. „Es ist nichts. Hatte nur einen harten Tag und muss morgen für eine Weile geschäftlich weg.“

Alex wird sofort hellhörig, seine schwarzen Augenbrauen ziehen sich zusammen. „Du willst dich nicht zufällig vor der Erfüllung deiner Wettschuld drücken?“

Fuck. Roman setzt sich aufrecht hin. Er ist sauer.

„Für wen hältst du mich? Ich habe gesagt, ich mache es und ich halte mein Wort.“

Niklas, normalerweise der Hitzkopf in der Runde, greift ein. „Hey, kriegt euch wieder ein!“ Kopfschüttelnd beäugt er Roman. „Was ist los mit dir? Du verhältst dich wie ein gereizter Puma.“

„Hab miese Laune, das ist alles. Die Kleine ist schwerer zu knacken, als ich dachte“, gibt er widerwillig zu. *Und sie ist süß und lieb und hat den Scheiß nicht verdient*, fügt er in Gedanken hinzu. Er stöhnt leise und versucht den pelzigen Geschmack der Schuld in seinem Mund zu ignorieren.

Glücklicherweise stellen plötzlich die Brünette und die Blondine, die Alex bereits im Visier hatte, vor dem Tisch. „Ist bei euch noch was frei, Jungs?“

Der Club ist heute gut besucht, trotzdem sind überall Plätze frei. Es ist klar, worauf das hinauslaufen wird. Roman mustert die beiden Mädchen gelangweilt. Die Dunkelhaarige hat sensationelle Titten und eine dezent heisere Stimme.

Leicht zu haben, urteilt er und registriert, dass Alex mit einem lasziven Blick bedacht wird. Sein Freund scheint ihr zu gefallen und ausnahmsweise fühlt Roman Erleichterung darüber, von Alexander ausgebootet zu werden. Zwischen ihnen herrscht ein gesunder Konkurrenzkampf und selbst Roman muss sich anstrengen, wenn sie sich um dieselbe Frau bemühen. Der sportlich-elegante Kleidungsstil unterstreicht Alexanders athletische Figur. Die hat er sich als ehemaliger Hochleistungsschwimmer hart erarbeitet. Obwohl er keine Wettkämpfe mehr bestreitet, hat er nur wenig von seiner Fitness eingebüßt. Dazu hat er tiefschwarzes Haar und dunkle Augen. Alex sieht aus wie ein verdammter Filmstar und das weiß er auch. Ein echter Frauenmagnet, seit der Pubertät reiht er ein gebrochenes Herz ans Nächste. Auch beruflich startet er durch. Statt mit seinen 1,90 Meter durch olympische Wasserbecken zu pflügen, betreibt er mit seiner besten Freundin und Vertrauten Nina eine äußerst erfolgreiche Werbeagentur. Er vertritt prominente Sportler und Social Media Stars und verdient sich eine goldene Nase damit.

Niklas hingegen ist von Beruf Sohn und lebt in den Tag hinein. Er kümmert sich um nichts, sehr zum Leidwesen seiner gutmütigen Eltern, die ihn gern im eigenen Unternehmen einsetzen wollen. Zu dumm, dass ihm Verpflichtungen total gegen den Strich gehen und er lieber das Geld seiner Familie mit vollen Händen ausgibt, anstatt welches zu verdienen. Wie lange Martin und Ramona Jäger so ein Verhalten noch tolerieren werden, steht in den Sternen. Irgendwann wird er den Bogen überspannen, da ist sich Roman sicher.

Er selbst kann sich nicht vorstellen, den ganzen Tag nichts zu tun. Er liebt seine Arbeit im Familienunternehmen und ist in dem Bewusstsein aufgewachsen, *Steiningers Spieleparadies*, gemeinsam mit seiner Schwester, irgendwann zu übernehmen. Dieser Pflicht kommt er gerne nach. Er wüsste nicht, was er sonst mit seinem Leben anfangen sollte. Niklas wird unterdessen seinem Ruf als Womanizer mehr als gerecht und klopft auffordernd auf seinen Schenkel. Dabei zwinkert er der Blondine zu.

„Auf meinem Schoß wäre noch ein Plätzchen frei“, schäkert er grinsend. Die Frauen stehen auf sein markantes Gesicht mit dem dunkelblonden Dreitagebart. Sein sandfarbenes, braungesträhntes Haar fällt ihm in die Stirn. Er strahlt lässige Sorglosigkeit aus, was auf die meisten Menschen sehr anziehend wirkt. Auch Roman schätzt das an ihm, hält ihn aber nicht für besonders tiefgründig. Ernste Gespräche führt er normalerweise nur mit Alexander oder Mark. Nik ist eher der dekadente Partylöwe, mit dem man jederzeit um die Häuser ziehen kann.

Blondie zögert nach Niklas’ Aufforderung nicht lange und lässt sich kichernd auf ihm nieder. Auch Alex lehnt sich einladend in seinem Sessel zurück und winkt die Brünette zu sich. „Na, komm schon her“, sagt er rau und spitzt süffisant die Lippen, da sich das Mädchen ebenfalls nicht ziert. Ihre Arme schlingen sich willig um Alexanders Hals und sie flüstert ihm etwas ins Ohr, was diesen heiser auflachen lässt.

Roman seufzt und beschließt, frühzeitig nach Hause zu gehen. Für ihn ist hier nichts zu holen. Auf die typischen Spielchen unter Männern und Frauen hat er keine Lust. Er ist mit dem Kopf sowieso woanders.

Die rauchige Stimme der Brünetten bricht in seine Gedanken ein. „Ich habe noch eine Freundin, die könnte in einer Viertelstunde hier sein, wenn ich sie anrufe“, haucht sie mit vielsagendem Blick auf Roman, der als einziger ohne Frau dasitzt. „Dann wärst du nicht so einsam. Oder ...“, sie wendet sich wieder Alex zu, der seine Hände gerade auf ihren Brüsten platziert, „du teilst mich mit ihm“, schlägt sie vor und lächelt vorfreudig. „Ich kann auch zwei Kerle vertragen. Das bedeutet doppelt Spaß. Was meint ihr?“

Roman verzieht bei diesem Angebot das Gesicht, auch Alex sieht aus, als hätte er in eine saure Zitrone gebissen. Hin und wieder einen Dreier zu genießen, macht weder ihm noch seinen Kumpels etwas aus, doch dann bitte schön mit zwei Frauen und nicht mit einem weiteren Kerl.

„Sorry Herzchen, aber wenn du einen Live-Porno erleben willst, bist du bei uns falsch“, lehnt Alex ab. Seine Begeisterung für die Brünette schwindet sichtlich. Roman versteht das. Er mag sexuell aufgeschlossene Frauen, die wissen was sie wollen und auch im Bett ihre Wünsche zum Ausdruck bringen, allerdings ist die Kleine einen Tick zu experimentierfreudig. Was ihr vorschwebt, reizt keinen von ihnen.

„Dann mach ich es eben nur mit dir“, haucht sie Alex ins Ohr und beißt in sein Ohrläppchen. Ihre Hand gleitet an seinem Bauch entlang nach unten auf seinen Schritt zu. „Du fühlst dich an, als hättest du genug Power, um es mit mir aufzunehmen.“

Die Blondine ist auf ihre Weise zurückhaltender. Sie grinst die ganze Zeit nur dämlich und lässt zu, dass Niklas’ Hand unter ihrem Rock verschwindet. Roman reicht es.

„Ich mach mich auf den Weg.“

Alex mustert ihn über die Schulter der Frau hinweg. „Vergiss nicht, dass du uns noch den Beweis liefern musst. So ein Monat vergeht schnell.“

Roman wirft ihm ein kaltes Grinsen zu. „Keine Sorge, ich halte mein Wort.“ Nach einem letzten Nicken in Niks Richtung, schmeißt er einen Geldschein auf den Tisch. „Für das Ginger Ale“, kommentiert er und geht seiner Wege. Weder Alex noch Niklas versuchen ihn aufzuhalten. Wahrscheinlich sind sie sogar froh, dass er ihnen mit seiner Scheißlaune nicht die Stimmung versaut.

„Es war wirklich eine beschissene Idee hierherzukommen“, murmelt er ironisch und läuft mit energischen Schritten über den Parkplatz auf seinen Aston Martin zu.

Am nächsten Tag hält er vor dem Mietshaus, in dem Lilly wohnt. Er fährt heute einen geräumigen Firmenwagen mit ordentlich Stauraum, da der Kofferraum des Aston Martin zu klein ist, um darin das Gepäck von zwei Personen unterzubringen. Frauen neigen dazu, alles Mögliche mit sich herumzuschleppen. Lilly ist zwar die am wenigsten eitle Person, die ihm je begegnet ist, dennoch möchte er kein Risiko eingehen und sie eventuell in eine peinliche Situation bringen, weil sie vielleicht doch mehr mitnimmt, als er einladen kann. Sie ist ohnehin unsicher genug. Beim Aussteigen klopft Romans Herz wie wild

Zwar versucht er die Regung zu unterdrücken, er kann dennoch nicht leugnen, dass er sich auf die Rundreise in die Filialen von *Steininger Spieleparadies* freut. Lilly hat etwas an sich, das seine rastlose Natur erdet. Ein Blick aus ihren hellen grauen Augen und er kann klarer denken, sich besser konzentrieren, alles viel intensiver wahrnehmen. Unter anderem auch sie. Sie kann sich noch so eifrig hinter dicken Brillengläsern und schlabbrigen Klamotten verstecken, es ist ihm trotzdem gelungen einen Blick hinter die Fassade zu werfen und eine hübsche Frau zu entdecken. Gut, sie wird nie mit einem sexy Luder wie Nicole mithalten können. Aber das muss sie gar nicht. Lilly besitzt ein zeitloses Gesicht, das man sich stundenlang ansehen kann. Keine überflüssige Schminke, die von den Augen und Lippen ablenkt. Vor allem ihr Mund hat ihm letzte Nacht einen verflucht heißen Traum beschert. Seine Lenden ziehen sich zusammen, wenn er nur daran denkt, was sie mit diesen weichen Lippen alles anstellen könnte ...

„Alter, krieg dich endlich wieder ein", murrt er und stapft mit angespannten Schultern auf den Eingang zu. Draußen herrschen eisige Temperaturen, sein Atem entweicht in kleinen Wölkchen. So eine Filialrundreise wäre im Frühling angenehmer gewesen, doch dieses Übel nimmt er in Kauf, um sich ihr zu nähern. Wenn er ehrlich ist, würde er noch viel mehr tun.

Energisch drückt er auf den Klingelknopf und vernimmt gleich darauf ein einladendes Summen. Es überrascht ihn ein wenig, dass sie nicht schon mit Sack und Pack unten steht und auf ihn wartet. Das hätte zu ihr gepasst. Pflichtbewusst und immer darauf bedacht, es allen recht zu machen. Hat es einen Grund, dass sie noch oben ist? Plötzlich beschleicht ihn ein ungutes Gefühl. Möglicherweise hat sie kalte Füße bekommen und will sich vor der Reise drücken. Das wäre der Supergau. Sollte Lilly nicht mitkommen, kann er die Filialtour nicht einfach absagen oder abkürzen. Schließlich findet die nicht grundlos statt, aber wenn sie nicht mitkommt, verliert er etliche Tage, in denen er sie umgarnen könnte. Immer zwei Stufen auf einmal nehmend, hastet er nach oben. Er weiß nicht, auf welcher Etage sie wohnt, sieht im dritten Stock eine geöffnete Tür und schaut in den Flur. Lilly kommt aus einem der Zimmer und lächelt ihm verhalten zu. „Hallo Roman“, sagt sie und kommt näher.

Lilly hat eine russische Pelzkappe auf dem Kopf – er geht jede Wette ein, dass es Kunstpelz ist–, ein schwarzer Wintermantel hüllt ihre zierliche Gestalt ein. Wäre diese Brille nicht, würde sie mit ihrer blassen Haut, den grauen Augen und dem weißblonden Haar aussehen wie eine sibirische Eisprinzessin. Eigentlich macht ihm die Brille nichts aus. Er sieht sie kaum noch. Dafür aber den Koffer, der neben der weißen Garderobe auf einem zartgrünen Flurteppich steht. Roman fällt ein Stein von der Größe Alaskas vom Herzen. Sie wird mit ihm fahren. Endlich nimmt er sich die Zeit, einen eingehenderen Blick in ihre Wohnung zu werfen. Viel sieht er nicht, nur zwei weißgerahmte Aquarelle, die an den Wänden hängen. Diese sind mit einer hellgrauen und dezent gemusterten Raufasertapete verkleidet. Anscheinend mag sie allgemein keine knalligen Farben.

Endlich erwacht er aus seiner Erstarrung, seine Lippen verziehen sich zu einem Lächeln. „Wie ich sehe, bist du startklar. Ich dachte schon, du hättest es dir anders überlegt.“

Lilly schüttelt den Kopf und schenkt ihm ein sanftes Lächeln. „Nein, ich halte mein Wort.“

Ihre blassen Wangen färben sich rosa. Lillys Anblick lässt ihn die Eiseskälte des windigen Novembertages vergessen und wärmt ihn von innen. Sie bückt sich nach dem Koffer. Normale Größe, Hartschalengehäuse. Bestimmt ist er schwer. Sofort tritt er an sie heran, seine Finger legen sich über ihre und plötzlich sind sie einander so nah, dass er die feinen Poren ihrer samtigen Haut deutlich sehen kann.

„Lass, den nehme ich“, flüstert er und schluckt hart. Weil sie es auch tut und seinen Blick erwidert. Ein seltsames Kribbeln befällt seinen gesamten Körper, er sieht die Sehnsucht in ihren Augen und gibt ihr beinahe nach. Lillys Unterlippe zittert so ungemein verlockend. Er möchte sie einfangen, an ihr saugen und die Zunge tief in die heiße Feuchte ihres Mundes wühlen. Der Wunsch, sie zu schmecken, überfällt ihn mit brutaler Wucht. Zischend atmet Roman ein und besinnt sich gerade noch rechtzeitig, bevor er sie in ihr Schlafzimmer zerrt. Die ganzen Fantasien, die ihn seit Tagen quälen, einfach in die Tat umzusetzen, wäre ein großer Fehler. Er darf sie auf keinen Fall mit seinen Avancen überfallen. Sonst überlegt sie es sich doch noch anders und bleibt zuhause.

Er nimmt sich ihres Gepäckstückes an. „Komm, lass uns fahren. Wir werden sicher ein paar Stunden brauchen, bis wir München erreicht haben und ich würde gerne vor Einbruch der Dunkelheit im Hotel einchecken."

München ist die erste Station auf ihrer Reise und aufgrund der Größe und Frequenz auch die Filiale mit den meisten Beschwerden. Von dort aus werden sie in die kleineren Häuser reisen und sie der Reihe nach abklappern. Wenn er sie schon quer durch die Republik schleifen muss, um sie zu bezirzen, möchte er wenigstens das Angenehme mit dem Nützlichen verbinden.

Kaum ist ihr Koffer verstaut, deutet er auf ihren Mantel.

„Den solltest du ausziehen", rät er ihr. „Im Wagen ist es recht warm und ich habe eine Sitzheizung. Du wirst also nicht frieren müssen."

Lilly zögert nicht und legt den Mantel und die Mütze auf den Rücksitz, ehe sie im Inneren des Wagens verschwindet. Roman zieht sein Jackett aus und wirft es dazu. Anschließend klemmt er sich hinters Steuer und fährt los.

Die ersten Minuten verbringen sie schweigend, bis er die Stille nicht mehr aushält.

„Was geht gerade in deinem hübschen Köpfchen vor?", will er wissen.

Sie wendet sich ihm zu, den Mund hat sie unwillig verzogen. „Bitte Roman, ich bin nicht hübsch", widerspricht sie energisch.

Er kann es nicht leiden, wenn sie sich selbst so runtermacht. „Denkst du nicht, ich kann selbst entscheiden, was oder wer mir gefällt? Wenn ich sage, dass ich dich hübsch finde, dann meine ich das genauso."

Lilly spielt mit ihren Fingern, die auf ihrem Schoß liegen. Direkt auf dem Stoff ihrer grauen Hose. Die ist für ihre Verhältnisse recht schmal geschnitten und er sieht zum ersten Mal die Umrisse ihrer Schenkel. Auch ihr Pullover schlackert nicht wie sonst um ihren zierlichen Oberkörper.

Del schWalze RollklagenpulloVel offenbalt zWei absolut süße Hügel, die el gelne etWas eingehendel elkundet hätte Ohne die stölende Kleidung Kulz Velzieht el den Mund, Weil el in ihlel GegenWalt nul noch an das Eine denken kann Abel Was soll el denn machen, da Lilly schlagaltig so etWas Wie Weibliche Eitelkeit entWickelt hat, und zeigt, Was sie zu bieten hat

Shit, Wel hätte das jemals gedacht Sie hat einen Wundelbalen Kölpel Eigentlich Weiß el das schon seit dem zWeiten Kuss im Bülo Dolt hat el sie im Alm gehalten und gespült, Was sich untel den folmlosen Klamotten Velbilgt Es ist Vellückt

Andele Flauen laufen in Minilöcken und knappen Obelteilen helum und sie schmeißt sich in einen WollpulloVel und blingt sein Kopfkino in Gang, ohne auch nul einen Zentimetel Haut zu zeigen Roman Will sich gal nicht ausmalen, Was es mit ihm anstellen Wild, sollte el sie jemals nackt zu Gesicht bekommen

Räuspelnd konzentlielt el sich Wiedel auf die Stlaße und hölt auf ihle dulchaus ansehnliche Gestalt mit Velstohlenen Blicken zu musteln, beVol es allzu auffällig Wild und sie sich unWohl fühlt

„Wohin fahren wir zuerst?“, will sie wissen

„Unsere erste Station sind die dlei Münchnel Filialen Den Rest unserer Route siehst du im Reiseplan“ Er deutet mit dem Kinn Richtung Handschuhfach „Er ist da drin Ich habe ihn extra für dich ausgedruckt“

Sie beugt sich Vol und holt ihn helaus Wählend sie den Plan studielt, Wilft el ihl einen schnellen Blick zu und sieht, Wie sie sich die Lippen befeuchtet Es ist keine seXuell aufleizende Geste, um ihn heißzumachen, tlotzdem kann el nul mühsam ein Stöhnen unteldlücken Velmutlich ist es ihl nicht einmal beWusst, dass sie ihn damit in ziemliche SchWieligkeiten blingt Sollte sie in den nächsten Minuten zufällig in seinen Schlitt schauen, könnte das peinlich Welden GlücklichelWeise macht sie keine Anstalten das zu tun Unluhig beWegt el sich auf dem Sitz, um den Dluck in den Lenden zu mildeln, und Velsucht an etWas Ekliges zu denken An betlunkene und kotzende Flauen zum Beispiel. Von der Sorte hat er im *2Face* schon zu viele kennengelernt. Die Erinnerung an diese abtörnenden Begegnungen lassen seinen kleinen Freund ganz flott den Kopf einziehen.

Er schrumpft auf Normalgröße und Roman atmet auf. Noch mal gut gegangen. Er will Lilly nicht das Gefühl geben, ein dauergeiler Idiot hätte es auf sie abgesehen.

Sie faltet den Plan wieder zusammen und legt ihn ins Handschuhfach zurück. „Ich bin schon ziemlich neugierig, was wir in den Filialen zu hören bekommen“, sagt sie und lehnt sich behaglich in ihrem Sitz zurück. Lilly wirkt entspannter denn je in seiner Gegenwart. Wenn das kein Grund zur Hoffnung ist!

Schulterzuckend tritt Roman das Gaspedal durch, sobald er auf die A9 auffährt. Jede Autobahn in diesem Land scheint vollgestopft zu sein, Baustelle reiht sich an Baustelle, und solange er die Möglichkeit hat, die PS-Stärke des BMW auszunutzen, wird er das auch tun.

Drei Stunden später fährt er von der Autobahn herunter auf einen Rasthof. Lilly ist eingenickt und merkt gar nicht, dass er auf dem Parkplatz stehenbleibt. Roman nimmt sich die Zeit, Lillys friedliches Gesicht zu betrachten. Ihre Lippen sind einen winzigen Spaltbreit geöffnet und er kann sich nur schwer davon abhalten, mit der Zunge in den Zwischenraum zu fahren, um von ihrer Süße zu kosten.

Stattdessen begnügt er sich damit, ganz zart ihre Wange zu berühren und ihren Mundwinkel. Sie zieht die Nase kraus, die Brille verrutscht und er fasst sich ein Herz und nimmt sie ihr ab. Noch immer kriegt sie nichts mit, grummelt nur leise vor sich hin und seufzt schließlich so hingebungsvoll, dass er sich unwillkürlich fragen muss, wovon sie träumt.

Ihr schöner Mund zieht ihn magisch an. Er will diese Lippen warm und nachgebend unter seinen spüren. Wenn sie wüsste, wie lüstern er sie hier anschmachtet, würde sie bestimmt nicht so ruhig schlafen. Er fasst sachte an ihre Schulter und rüttelt daran. „Lilly … hey, wach auf!“

Blinzelnd kommt sie zu sich und setzt sich etwas aufrechter hin. „Was ist los?“

Total verschlafen sieht sie sich um, eine Gesichtshälfte schaut ein bisschen zerknautscht aus, und sie scheint im ersten Augenblick nicht zu wissen, wo sie sich befindet Niedlich Er kann sich vorstellen, dass sie morgens nach dem Aufwachen ähnlich verpeilt in ihrer Wohnung herumstreunt

Zumindest bis der erste Schluck Kaffee ihre Lebensgeister weckt „Ich habe angehalten, du Schlafmütze Ich brauche etwas zu essen und einen Kaffee Dir wird es vermutlich ähnlich gehen "

Sie nickt, noch immer ist sie nicht richtig wach Plötzlich streckt sie die Wirbelsäule durch und dehnt ihre steifen Glieder „Gott, tut mir der Rücken weh", murmelt sie und merkt gar nicht, was sie damit anrichtet Ihre Brüste drücken sich durch die Bewegung nach außen Seine Hände wollen sich über diese süßen Rundungen legen, sie kneten und dann von diesem vermaledeiten Pullover befreien Roman registriert, wie sich ihre Brustwarzen überdeutlich durch den Stoff pressen Vermutlich trägt sie keinen BH, sondern nur ein schlichtes Unterhemd

Roman vermutet etwas Unspektakuläres aus weißer Baumwolle So schlichte Wäsche würde zu ihrer unschuldigen Sinnlichkeit passen Sein Stöhnen kommt aus tiefster Seele und Lillys Blick sucht erschrocken den seinen „Roman ist alles in Ordnung?"

Sie klingt besorgt Das sollte sie auch sein Seine Selbstbeherrschung hat Grenzen und die reizt sie gerade bis ans Limit aus Ihre Ahnungslosigkeit wirkt dabei weit verführerischer als die manipulativen Spielchen seiner sonstigen Gespielinnen Er hat keine Ahnung, wie es ihm gelingt den Blick von ihr abzuwenden Roman schnallt sich ab und öffnet die Fahrertür Eiskalte Luft strömt in den Innenraum und sie quiekt auf „Brr, das ist ja kälter wie in der Arktis "

Er begeht den Fehler einen Blick über die Schulter zu werfen *Jetzt* sind ihre Nippel steinhart Zähneknirschend verlässt er den Wagen Die frostigen Temperaturen sind ihm sehr recht, dann kommt er wenigstens nicht auf dumme Gedanken Lilly steigt ebenfalls aus und schlingt die Arme um sich Sie macht nun einen etwas klareren Eindruck und mustert ihn fragend

„Roman ist etwas?“

„Nein, was soll schon sein“, brummt er mürrisch und reißt gewaltsam die hintere Wagentür auf.

Er greift nach ihrem Mantel und wirft ihn ihr zu. „Hier, zieh ihn an, bevor du dir den Tod holst“, sagt er, denkt aber insgeheim: *oder der Anblick deiner Brustwarzen mir den Verstand raubt.*

Verdammt, er hätte sich vor dem Trip doch noch einen Quickie mit einer seiner Bekanntschaften gönnen sollen. Er holt sein Jackett und schlüpft hinein. Sie tut es ihm gleich und hastet hinter ihm her Richtung Raststätte. Mit weit ausholenden Schritten läuft er voraus und achtet nicht darauf, ob sie mit ihm Schritt halten kann. Erst als sie durch die Glastür in den warmen Innenbereich des Shops und des angrenzenden Restaurants treten, schenkt er ihr wieder seine Aufmerksamkeit. Sie befindet sich mindestens drei Meter hinter ihm und wirkt verstört. Kein Wunder, er benimmt sich wie ein Irrer. Und warum? Weil sich ihre Brustwarzen durch den Pulli abgezeichnet haben. Das ist doch Wahnsinn. Er hat schon mehr nackte Brüste gesichtet, als er zählen kann und jetzt macht ihn der Anblick ihrer züchtig bedeckten Oberweite zu einem sabbernden Vollpfosten.

Er wartet, bis sie zu ihm aufschließt und seufzt. „Sorry, wenn ich gerade ein bisschen ruppig war“, sagt er bedauernd.

Lillys einzige Reaktion besteht aus einem geflüsterten „Ist schon in Ordnung. Ich gehe mal für kleine Mädchen.“

Das teilt sie ihm noch mit, ehe sie dem Wegweiser Richtung Toilette folgt. Seufzend geht er in dieselbe Richtung und sucht das Herren-WC auf, um selbst einem natürlichen Bedürfnis nachzugehen. Er ist vor ihr fertig und wartet im Vorraum auf sie. Dabei legt er sich eine geeignete Entschuldigung für sein grobes Verhalten zurecht und lächelt einnehmend, sobald sie zurückkommt.

„Was hältst du von einer Tasse Kaffee und etwas Essbarem?“

Die Skepsis in ihren Augen beschert ihm ein schlechtes Gewissen. Er muss endlich lernen, nicht so heftig auf ihre Nähe zu reagieren und es an ihr auszulassen. Wenn die anderen wüssten, dass er von jemandem wie Lilly Wegener in die Knie gezwungen wird. Eigentlich sollte er sich das Motto „Mauerblümchen küsst er nicht“, auf die Stirn tätowieren lassen. So zur Abschreckung, denn eines haben seine bisherigen Gespielinnen alle gemeinsam: Es sind Schönheiten, die einem sofort ins Auge stechen. Lillys Gesichtszüge hingegen, sind einfach nur ... *unbeschreiblich süß,* wispert es in ihm. Ihm liegt ein Fluch auf den Lippen. Roman reißt sich rechtzeitig zusammen und behält sein Lächeln bei.

Lilly nickt indessen. „Hunger hätte ich schon. Ich habe heute nicht gefrühstückt.“

„Wieso hast du denn nichts gesagt? Wir sind seit Stunden unterwegs.“

„Ach, ich bin sowieso kein großer Esser.“

Sein empörtes Schnauben lockt ein kleines Grinsen auf ihr Gesicht. Sie sieht so unfassbar niedlich aus, dass sich sein Brustkorb zusammenzieht.

„Komm ...“ Tief durchatmend legt er die Hand auf ihren Rücken und schiebt sie ins Restaurant. Sie entscheiden sich für ein belegtes Baguette. Für eine warme Mahlzeit ist am Abend noch Zeit und das Hotel, in dem sie untergebracht sind, hat sicherlich Besseres zu bieten als eine Autobahnraststätte. Sie suchen sich einen Platz mit Blick auf den Parkplatz. Draußen herrscht eisiger Wind, man sieht es an den verkniffenen Gesichtern der Menschen, die gar nicht schnell genug ins warme Innere flüchten können. Der Himmel ist dunkelgrau, hin und wieder mischt sich eine helle Wolke dazwischen, doch den trüben Gesamteindruck können sie nicht mildern.

Ein typischer Wintertag, nur der Schnee will nicht kommen. Als Kind hat er die weiße Pracht geliebt. Sie hat den ganzen Straßendreck verschwinden lassen und das hat ihn von jeher fasziniert. In diesem Moment wünscht er sich, sein Inneres auch einfach so überdecken zu können, damit niemand merkt, wie armselig er doch ist.

Lilly kaut und will ein weiteres Stück von ihrem mit Salatblättern, Schinken und Käse bedeckten Sandwich abbeißen, da bemerkt sie sein Starren. Sie räuspert sich. „Roman, ist wirklich alles okay? Du warst vorhin am Parkplatz schon so komisch und jetzt schon wieder. Habe ich was verkehrt gemacht?“

Shit, offenbar muss er an seinem schauspielerischen Talent feilen Er ist ein verfluchtes offenes Buch für sie und das wird ihm noch zum Verhängnis werden, wenn er nicht aufpasst Oder er sagt ihr einfach die Wahrheit Wer nicht wagt, der nicht gewinnt Roman riskiert es und verzieht das Gesicht. „Shit, was soll ich lügen“, sagt er und sieht ihr direkt in die Augen

„Es liegt tatsächlich an dir, dass ich so komisch bin. “

Roman achtet genau auf ihre Reaktion Ihre Augen hinter den Brillengläsern werden riesengroß Sie kann sich anscheinend nicht erklären, was sie verbrochen hat Das Baguette landet unbeachtet auf ihrem Teller, sie tupft sich mit einer Serviette einen Krümel von der Lippe und atmet beherrscht aus

„Was habe ich getan? Du schienst wütend zu sein.“

„Du hast gar nichts gemacht Jedenfalls nicht absichtlich, und wütend war ich, allerdings auf mich selbst.“

„Das verstehe ich jetzt nicht“, erwidert sie stirnrunzelnd.

„Lass es mich so erklären. Du hast mich mit deinen Dehnübungen im Auto dermaßen aus dem Konzept gebracht, dass ich kaum noch einen klaren Gedanken fassen konnte Ich kann mich nicht erinnern, wann ich je so heftig auf eine Frau reagiert habe Als du den Rücken durchgedrückt hast und deine Brüste …“

Er beendet den Satz nicht, lässt ihn einfach wirken und erfreut sich an der flammenden Röte, die ihre zarten Wangen überzieht Shit, sie ist *wirklich* süß Er würde sie am liebsten anknabbern, von ihr kosten, bis sie sich unter ihm windet und nach mehr verlangt

„Sag doch was“, fordert er, da sie beharrlich schweigt Lilly begegnet seinem Blick, ihr Gesicht glüht vor Verlegenheit Solche Gespräche ist sie nicht gewohnt und irritiererderweise gefällt ihm ihre Unerfahrenheit, wenn es um erotisches Geplänkel geht

„Ich bin etwas sprachlos“, antwortet sie und spielt mit ihrer Serviette

„Ist es dir unangenehm, dass ich dich attraktiv finde?“

So langsam beginnt ihm die Unterhaltung Spaß zu machen Lilly ist nicht sauer, nur überfordert, und er ist gewillt, ihr die Befangenheit zu nehmen Dass er sie nicht anlügen muss, sondern sie tatsächlich anziehend findet, ist dabei sehr hilfreich

„Nicht direkt unangenehm“, antwortet sie und lächelt leicht „Es ist nur so, dass Männer mich normalerweise links liegen lassen Vor allem Männer wie du “

Er spart sich die Frage, was sie damit meint Immerhin haben sie dieses Gespräch bereits in ähnlicher Weise geführt

Andererseits braucht Lilly mehr Bestätigung als andere Frauen, da sich nie jemand die Mühe gemacht hat, ihr das Gefühl zu geben, hübsch und wertvoll zu sein

Roman wählt seine Worte mit Bedacht „Lilly, nur weil ich bis vor kurzem ein blinder Idiot war, heißt das nicht, dass ich nicht imstande bin, mich charakterlich weiterzuentwickeln Täglich in deiner Nähe zu sein, hat mir die Augen geöffnet Ich sehe dich, Kleines Klar und deutlich, und es ist mir scheißegal, dass du auf den ersten Blick gar nicht mein Typ bist “

„Und auf den zweiten schon?“

Oha, sie wird mutig Roman grinst leicht „Wohl eher auf den dritten“, frotzelt er und neigt den Kopf ein wenig zur Seite „Du hast viele Qualitäten und du bist besonders “

„Die Meinung hast du aber exklusiv“, erwidert sie ruppig und schaut auf die Tischplatte „An mir ist nichts besonders, Roman Die Frauen, mit denen du dich sonst umgibst, sind wie gezüchtete Rosen, ich bin nur ein Mauerblümchen “

Genau das hat er bisher auch gedacht Und sich so getäuscht Schuldbewusst lenkt er den Blick an ihr vorbei, ehe er sich ein Herz fasst „Es ist nichts schlimmes daran ein Mauerblümchen zu sein, Lilly“, fängt er an und greift nach ihrer Hand, die ruhig neben ihrem Teller liegt

Sie versteift sich, als er ihre Finger umfasst und anfängt zu sprechen Und während die Worte aus seinem Mund fließen, spürt er, dass jedes einzelne der Wahrheit entspricht und nicht nur dazu dient, sie zu umschmeicheln

„Jede Blume ist auf ihre Art wunderschön Mauerblümchen werden meistens übersehen, aber sie sind beständig und stark Sie blühen an Orten, an denen eine Rose elendig verwelken würde, und obwohl du auf den ersten Blick vielleicht schlicht erscheinst, besitzt du eine ganz besondere Schönheit, die nie langweilig wird. Ich habe das Gefühl, jeden Tag etwas Neues und Faszinierendes an dir zu entdecken. Ich glaube nicht, dass ich es je müde sein werde, dich anzusehen.“

Jetzt hat er sie wirklich sprachlos gemacht. Mit halboffenem Mund sitzt sie da und mustert ihn wie jemanden, der seinen Verstand verloren hat. „Sag jetzt nichts dazu“, erklärt er eilig, denn er will diesen Moment nicht zerreden.

Roman deutet auf ihr Baguette. „Isst du das noch? Falls nicht, sollten wir uns wieder auf die Socken machen. Für den Süden Deutschlands sind massive Schneefälle angekündigt worden. Ich wäre gerne im Hotel, bevor die Straßen dicht sind und wir im Schritttempo hinter irgendwelchen Räumfahrzeugen herschleichen müssen.“

„Ich bin fertig“, murmelt sie und schiebt den Teller ein Stück von sich. Lilly sieht erschüttert aus. Ihr ausdrucksstarkes Mienenspiel wechselt zwischen Unglauben und purer Freude hin und her. Dieses Mädchen kann wirklich nicht verstecken, was in ihr vorgeht.

Den Rest der Fahrt verbringen sie die meiste Zeit schweigend. Das Gedudel im Radio läuft im Hintergrund und sie hängen ihren Gedanken nach. Hin und wieder wirft er ihr einen kurzen Seitenblick zu. Was wohl gerade in ihr vorgeht?

Kapitel 12

Roman hat eine Suite mit zwei Schlafzimmern gebucht. Lilly steht überrumpelt in dem großen Wohnbereich und weiß beim Anblick dieser luxuriösen Umgebung nicht, ob sie lachen oder weinen soll. „Wieso bin ich nicht in einem Einzelzimmer untergebracht? Was soll das?“

Das fehlende Schuldbewusstsein auf seinen schönen Zügen beweist, dass er das so geplant hat. Er hebt gleichgültig die Schultern. „Wieso nicht? Es ist viel einfacher und da wir immerhin drei Tage in München bleiben werden, möchte ich nicht in einem beengenden Einzelzimmer untergebracht sein. Da sie nur die Suite mit den zwei Schlafzimmern freihatten, habe ich dich kurzerhand mit einquartiert.“

Seine lässige Antwort verschlägt ihr – wieder einmal – die Sprache. Er streift das anthrazitfarbene Jackett von den breiten Schultern und wirft es auf die dunkelbraune Ledercouch. Anschließend öffnet er die ersten beiden Knöpfe seines schwarzen Buttondown-Hemdes und mustert sie aufreizend gleichmütig. Lilly stockt der Atem, dann fängt sie sich und schüttelt den Kopf.

„Das ist wirklich nicht angemessen, Roman. Wenn das jemand mitbekommt! Sie werden denken …“

Unfähig den Satz zu beenden, senkt sie den Kopf und betrachtet angelegentlich den dezent gemusterten Teppichboden zu ihren Füßen. Sie hebt ihn erst wieder, als sich ein paar schwarzlederne Schuhspitzen in ihr Blickfeld schieben. Roman steht direkt vor ihr, seine dunkelblauen Augen glitzern und scheinen jeden Zentimeter ihres Gesichts in sich aufzunehmen, so intensiv betrachtet er sie.

„Was werden *sie* denken?“, wiederholt er. Angespannt sucht sie nach einer möglichst unverfänglichen Antwort. Da hat sie sich in was reingeritten.

„Naja, dass wir … du weißt schon …“, stottert sie vor sich hin und wünscht sich, sie hätte einfach die Klappe gehalten.

„Miteinander schlafen?“, beendet er ihren Satz. Blöderweise nickt sie und verzieht gleich darauf das Gesicht. Es gibt sicher niemanden auf diesem Planeten, der genug Fantasie besitzt, um sich sie und Roman beim Sex vorzustellen.

„Lilly, sehe ich aus wie jemand, der sich um die Meinung anderer schert?“

Seine Frage kann sie leicht beantworten. „Nein, nicht wirklich. Aber mir ist es nicht egal.“

„Wenn du unbedingt möchtest, kann ich versuchen eine andere Unterkunft für dich zu organisieren. Falls hier nichts mehr frei ist, übernachte ich notfalls im Wagen oder versuche ein Zimmer in einem anderen Hotel zu ergattern.“

„Das … das wäre bestimmt sehr umständlich.“ Lilly räuspert sich. Sie weiß jetzt schon, worauf das hinausläuft. Natürlich wird sie nichts dergleichen zulassen.

Der Hauch eines Lächelns gräbt sich in seine Mundwinkel, bevor er antwortet. „Definitiv umständlich. Aber für dich würde ich es in Kauf nehmen.“

Endlich lockert sich der Knoten in ihrem Magen, sie kann gar nicht anders, als sein Grinsen zu erwidern. „Du musst dir kein anderes Zimmer suchen. Ich vertraue dir.“

Kann es sein, dass er gerade zusammengezuckt ist?

Lilly verwirft diesen Gedanken. Roman greift nach ihren Fingern und führt sie an die Lippen. Meine Güte …

Sein Atem fächert über ihren Handrücken und verursacht wohlige Schauer auf ihrer Haut. Viel zu früh lässt er sie los und tritt einen Schritt zurück, ein einnehmendes Lächeln breitet sich auf seinem attraktiven Gesicht aus. „Nachdem wir das geklärt haben und ich mittlerweile hundemüde bin, was hältst du davon, wenn wir zu Abend essen und uns dann aufs Ohr hauen. Ich möchte morgen zeitig in der ersten Filiale sein.“

Das findet ihre Zustimmung. Es ist Stunden her, seit sie das letzte Mal etwas zwischen die Zähne bekommen hat.

„Möchtest du hier im Hotelrestaurant essen oder sollen wir uns nach etwas außerhalb umschauen?“

Beides behagt ihr nicht. In München schneit es und die Temperaturen sind auf unter null Grad gesunken. Müde ist sie. Lilly hat wenig Lust, nach diesem langen Tag noch einmal das Gebäude zu verlassen. Das Restaurant scheint die bessere Lösung zu sein. Wenn da nicht so viele Fremde wären …

„Wir können uns auch etwas in die Suite bringen lassen", schlägt Roman unvermittelt vor.

Erleichtert nickt sie. „Das fände ich toll. Um ehrlich zu sein, bin ich ziemlich k.o. und dieses Hotel schüchtert mich ein. Ich glaube nicht, dass ich mich im Speisesaal wohlfühlen würde."

Kopfschüttelnd streicht er eine Haarsträhne aus ihrem Gesicht. „Lilly, was soll ich nur mit dir machen? Dich beißt schon niemand."

„Ich bin nicht gern unter Menschen", verteidigt sie sich.

„Aber vielleicht gern unter mir", flüstert er verheißungsvoll und beißt sich auf die Unterlippe.

Lilly glaubt zuerst, sie hätte sich verhört, doch der sinnliche Schimmer in seinen Augen belehrt sie eines Besseren.

„War das gerade eine sexuelle Anspielung, Herr Steininger?" Sie bemüht sich um einen gouvernantenhaften Tonfall.

„Oh ja, war ich zu plump?"

Er flirtet mit ihr. Oh, mein Gott. „Du könntest durchaus etwas subtiler vorgehen", erwidert sie frech.

Sein leises Lachen klingt wunderschön. „Oh weia, jetzt hast du meinem Ego aber einen empfindlichen Dämpfer verpasst. Dabei habe ich mich bislang für unwiderstehlich gehalten."

Dass er über sich selbst scherzen kann, macht ihn unheimlich sympathisch und tatsächlich unwiderstehlich. Sie hüstelt, um ihr Lächeln zu unterdrücken, und deutet auf das Telefon. „Sollten wir nicht langsam bestellen?"

Sein Grinsen verliert sich und verändert sich zu einem ungewöhnlich zärtlichen Gesichtsausdruck. „Kleiner Feigling", murmelt er liebevoll, lässt es aber dabei bewenden und greift nach dem Telefonhörer. Eine Stunde später schiebt sie satt und zufrieden den Teller von sich. „Das war köstlich. Ich glaube, ich habe noch nie so gut gegessen."

„Dann bist du nicht sehr oft aus gewesen."

Roman nippt am Rotwein. Auch vor ihr steht ein Glas mit einem trockenen Bordeaux. Es ist bereits das zweite und der Alkohol steigt Lilly schon zu Kopf. Die dunkelrote Farbe wirkt fast schon hypnotisch und der ungewohnte Geschmack haftet auf ihrem Gaumen.

Sie fragt sich unwillkürlich, ob sie den edlen Tropfen auf seinen Lippen und auf seiner Zunge schmecken würde, sollte er sie heute küssen. Lilly schreckt der Gedanke nicht mehr ab. Sie sehnt sich nach diesem irren Gefühl der Schwerelosigkeit, das seine Lippen auf ihren auslösen.

Wie zeigt man einem Mann, dass man gerne geküsst werden möchte? Nur ein klein wenig, damit sie ein paar Erinnerungen mitnehmen kann für später. Schon bald wird sie wieder in ihrem Büro neben Marion und Sabine sitzen und Roman wird an der Fensterfront vorbeilaufen, vielleicht einen kurzen Blick auf sie werfen, peinlich berührt lächeln und dann verschwinden, so schnell ihn seine Füße tragen. Weg von ihr und der kurzzeitigen Verirrung seiner Gefühle. Diese Entwicklung ist unvermeidbar. Roman hat aus einem unerfindlichen Grund einen Narren an ihr gefressen, aber das wird nicht von Dauer sein. Irgendwann wird er aufwachen und sich wieder nach einer wunderschönen Rose sehnen. Mauerblümchen mögen stark und unverwüstlich sein, doch dem Auge schmeicheln sie nicht und das wird ihn bald stören. Warum also nicht ein wenig über die Stränge schlagen und sich an ihm berauschen, solange sie die Gelegenheit dazu hat? Romans Aufmerksamkeit weckt Sehnsüchte in ihr, die sie wagemutig werden lassen und wenn sie zu Asche zerfällt, weil dieser Mann sie in Flammen aufgehen lässt, dann wird es wohl ihr Schicksal sein. Hitze steigt in ihre Wangen.

Lilly greift rasch nach dem Glas und stürzt hastig den restlichen Wein herunter.

„Sachte, du wirst Kopfschmerzen bekommen, wenn du das Zeug wie Wasser runterkippst."

Verlegen stellt sie das Glas ab. „Sorry, ich war durstig."

„Soll ich dir ein Glas Wasser einschenken?"

Hypnotisiert vom sanften Tonfall seiner Stimme nickt sie und sieht dabei zu, wie er stilles Wasser in ein zweites Glas füllt. Er reicht es ihr Seine Augen lassen nicht für eine Sekunde von ihr ab, während sie trinkt Romans Mund öffnet sich ein wenig Die Wärme in Lillys Körper intensiviert sich Wenn sie ein bisschen weltgewandter und mutiger wäre, würde sie was Doppeldeutiges und Witziges sagen und ihm auf diese Weise ihre Sehnsucht nach ihm signalisieren Sie ist nichts davon und schweigt Ob sie jetzt Müdigkeit vortäuschen und sich in ihr Schlafzimmer zurückziehen sollte? Eigentlich will sie den Abend noch nicht beenden Es ist gerade mal zwanzig Uhr

Roman beendet das Fragespiel in ihrem Kopf. „Möchtest du mit mir Fernsehen? Allein macht das keinen Spaß."

Lilly muss nicht lange über ihre Antwort nachdenken. „Ich würde dir sehr gerne Gesellschaft leisten."

Er schiebt den Stuhl zurück und steht auf. „Aber glaub bloß nicht, dass ich dir die Fernbedienung überlasse Das ist ureigenes Männerterrain."

„Ja, genau Wie das stundenlange Umherirren in fremden Städten anstatt einfach jemanden um Hilfe zu bitten."

Roman spitzt die Lippen und verzieht sehr dekorativ seinen Mund. „Männer brauchen keine Hilfe. Wir sind Jäger und Sammler und finden uns überall zurecht."

Schmunzelnd erhebt sie sich und tritt näher an ihn heran „Wenn du das sagst, dann muss es wohl stimmen Habe ich wenigstens ein Vetorecht beim heutigen Fernsehprogramm?"

Er legt ihr ganz selbstverständlich den Arm um die Schultern und schiebt sie auf die Couch zu

„Mal sehen", frotzelt er.

Roman schaltet den Fernseher ein und dimmt mit einer zweiten Fernbedienung das Licht im Raum, ehe er sich hinsetzt Lilly tut es ihm gleich und nimmt auf der anderen Seite der Couch Platz Das wiederum passt dem Herrn nicht. „Ich leide nicht an einer ansteckenden Krankheit Du musst dich nicht ans andere Ende setzen, rutsch ein bisschen näher."

Tu es, das ist die Möglichkeit ihm nahe zu sein, flüstert etwas in ihr hoffnungsfroh, was sofort abgewürgt wird von Lydia Wegeners fieser Kopfstimme

Er hat Langeweile und du bist gerade greifbar. Denkst du, er hat das Licht zum Spaß gedimmt? Er will nur dein hässliches Gesicht nicht sehen müssen, während er dich befummelt.

Es ist sicher ein großer Fehler, sich von Selbstzweifeln beeinflussen zu lassen und doch zieht sie sich zurück und stößt Roman vor den Kopf „Ich sitze hier sehr gut. Vielen Dank!"

„Wie du meinst." Nach der entspannten Stimmung während des Abendessens ist seine kühle Antwort wie ein Guss mit Eiswasser mitten ins Gesicht. Verzweifelt schlägt sie die Beine unter und starrt auf den Bildschirm. Die Tagesschau läuft. Sie versucht sich auf die Berichterstattung zu konzentrieren und nicht auf den Mann neben ihr.

„Willst du was Bestimmtes sehen?"

Sie erschrickt bei dieser unvermuteten Frage. Eigentlich hat sie damit gerechnet, dass er schlechtgelaunt durchs Programm zappt, ohne Rücksicht auf sie zu nehmen. „Keine Ahnung, mir ist alles recht."

Mir ist alles recht, äfft sie sich selbst nach. *Du benimmst dich wie ein Häschen. Kein Rückgrat, keine Haltung. Kein Wunder, dass dich niemand leiden kann.*

Sie will mit diesen ungesunden Gedanken aufhören. Lilly weiß, dass sie übertreibt und nicht so wertlos ist, wie Lydia es ihr immer eingeredet hat. „Roman?"

„Hm ..." Er sieht starr auf den Fernseher.

„Meinst du, sie haben im Pay-TV einen Horrorfilm in Programm?"

„Einen Horrorfilm?"

Plötzlich geistert ein Lächeln über sein Gesicht. „Verflucht, ich habe deine Schwäche für Gruselkram total vergessen."

Seine Laune scheint sich zu verbessern, denn er grinst weiterhin. Er landet bei einem Bezahlsender und tippt sich durch die einzelnen Genre-Kategorien.

„Horror ... da haben wir es schon."

Roman klickt sich durch die Auswahl und schenkt ihr einen fragenden Blick. „Irgendeinen besonderen Wunsch? Sind wohl alles recht aktuelle Streifen."

Lilly beugt sich ein Stück vor und studiert die Auswahl.

„*Conjuring 2* klingt toll."

Sie wirft ihm ein verlegenes Lächeln zu. „Nach dem ersten Teil habe ich mir eine Woche lang fast in die Hosen gemacht vor Angst, wenn ich nachts auf die Toilette musste. Sogar das Licht im Flur habe ich brennen lassen, sonst hätte ich mir vermutlich Windeln für Erwachsene besorgen müssen."

Lachend sinkt er gegen die Couch und mustert sie kopfschüttelnd. „Wieso siehst du dir so ein Zeug an, wenn du solchen Schiss bekommst?"

Es klingt nicht tadelnd, eher neugierig. Sie hebt etwas ratlos die Schultern. „Keine Ahnung, ich grusle mich gerne. Mein Herz klopft dann schneller, das Blut rauscht durch meine Adern und dröhnt in meinen Ohren. Ich fühle mich dann lebendig. Und in gewisser Weise versuche ich meine Ängste zu überwinden und bei einem Film klappt das besser als im echten Leben."

„Du trainierst deinen Mut", stellt er leise fest und nickt anerkennend.

„Entweder das oder ich bin einfach nur bescheuert", erwidert sie scherzend. Sie will nicht, dass die nun etwas leichtere Atmosphäre wieder ins Gegenteil umschlägt.

Zu ihrer Überraschung bleibt er ernst. „Du bist nicht bescheuert, Lilly. Ganz und gar nicht."

Für einen Moment glaubt sie, er würde die Arme nach ihr ausstrecken und sie an sich ziehen. Stattdessen geht ein Ruck durch seinen Körper und er tippt konzentriert auf der Fernbedienung herum. Wenige Sekunden später erklingen die ersten schaurigen Töne des Intros und sie schlägt seufzend die Beine unter.

Ganz automatisch tastet sie nach einem der Kissen auf dem Sofa und presst es gegen ihre Brust. Sie braucht ein bisschen was zum Festhalten und so ein Kissen lässt sich wunderbar als menschlicher Kuschelersatz missbrauchen. Außerdem ist es prima dazu geeignet, das Gesicht darin zu vergraben, wenn der Gruselfaktor des Filmes steigt. Schon bald ist sie vertieft in die Handlung. Für eine Fortsetzung ist die Produktion ziemlich gut, sie findet den Film sogar gelungener als den ersten Teil und starrt gebannt auf den Bildschirm, während das Unheil darin seinen

Lauf nimmt Wie immer zieht sich ihre Kopfhaut zusammen und die Härchen auf ihren Armen stellen sich auf

Eigentlich würde sie gerne wegschauen und sich hinter der Couch verstecken Ohne es wirklich zu registrieren, sucht sie instinktiv die Nähe zu Romans warmen Körper und rutscht immer dichter an ihn heran

„Da ist sie ja", flüstert er ihr ins Ohr und sie stößt einen Schrei aus. „Guter Gott, du hast mich zu Tode erschreckt!", beschwert sie sich und legt sich die Hand über das wild klopfende Herz

Er hebt in einer Geste rechtschaffener Unschuld die Hände „Hey, du bist mir auf die Pelle gerückt, nicht umgekehrt."

Tatsächlich, er sitzt noch an der gleichen Stelle Dennoch ist der Abstand von fast anderthalb Metern auf ein Minimum zusammengeschmolzen Ihren Schenkel trennen nur knappe drei Zentimeter von seinem. „Oh Gott, entschuldige bitte."

Als sie Anstalten macht, von ihm abzurücken und zu ihrer Ecke der Couch zu kriechen, legt er blitzschnell den Arm um ihre Schulter und hält sie bei sich. „Hiergeblieben Schau dir jetzt den Film mit mir an."

Lilly verharrt an Ort und Stelle, schafft es aber nicht, sich halbwegs zu entspannen Romans Nähe ist zu präsent Sie kann die Hitze seines Körpers durch die Kleidung spüren, sein wunderbarer Duft steigt ihr in die Nase, berauschend und männlich Ein spürbares Beben geht durch ihren Leib Roman zieht sie sofort dichter an sich und bringt seinen Mund an ihr Ohr Seine Lippen kitzeln über ihre Ohrläppchen, als er spricht

„Fürchtest du dich?"

„Es geht so." Hinter ihren geschlossenen Lidern läuft ein ganz anderer Film ab Sie sieht sich wieder vor ihrer Haustür stehen, während Roman seine wunderbar weichen Lippen auf ihre presst Ihre Atmung beschleunigt sich Ihre Finger tasten hilflos über seine Brust Romans körperliche Präsenz und die Muskeln, die sie unter dem dunklen Hemd spüren kann, sind aufregend Seine Hand gleitet in ihren Nacken und zwingt ihren Kopf in seine Richtung

„Lilly, mach die Augen auf"

Sie gehorcht ihm, viel zu ergriffen, um Roman irgendwas zu verwehren Im Halbdunkel des Raumes zucken die durch den Fernseher entstandenen Lichtreflexe über sein Gesicht Während sie in seinen Armen liegt und ihn ansieht, verblasst der Film zu einem dumpfen Hintergrundrauschen Lilly achtet nicht auf die Handlung, hat keinen Blick für das Geschehen auf dem Bildschirm, sondern konzentriert sich voll und ganz auf den Mann, der sie immer näher an sich presst Romans Griff verhindert, dass sie sich zurückziehen kann Er hält sie bei sich und drückt seufzend ihr Gesicht an seinen Hals Tief atmet Lilly den wunderbaren Duft seiner Haut ein

Sie genießt die Intimität und will am liebsten für den Rest ihres Lebens in seinen Armen verweilen Er vergräbt das Gesicht in ihrem Haar und schnuppert „Ich mag den Geruch deines Shampoos Frisch und bezaubernd Genau wie du "

Mit Komplimenten umzugehen fällt ihr schwer, dennoch kann sie ein erfreutes Lächeln nicht unterdrücken Ihre Finger auf seiner Brust spreizen sich Sie will mehr fühlen Seine Atemzüge erschüttern seinen Brustkorb Da sie mit der Hälfte ihres Oberkörpers auf seinem liegt, kann sie den schnellen Schlag seines Herzens spüren Ihr eigener beschleunigt sich, pumpt Blut und Erregung durch ihren zitternden Leib

Auf einmal fahren seine Finger am Hinterkopf ihren langen blonden Zopf entlang Er erreicht das Ende und zieht ein wenig daran

„Bitte lös den für mich, Lilly " Roman klingt fast schon flehend „Seit ich dich das erste Mal geküsst habe, fantasiere ich davon, wie dein Haar offen aussieht Wie es sich anfühlt, wenn ich mit beiden Händen hineingreife "

Kein Mensch kennt sie mit offenem Haar Seit ihrer Teenagerzeit läuft sie mit einer Flechtfrisur durchs Leben Es ist praktisch und es gab ja bislang niemanden für den sie sich hübsch machen wollte Bis jetzt Für ihn will sie schön sein Langsam greift sie hinter ihren Nacken, um den langen Zopf nach vorn zu holen Ihre Finger beben, als sie den Gummi wegzieht und anfängt die Flechten zu lösen Roman sitzt ihr zugewandt da und beobachtet jede einzelne Bewegung Schon bald fallen die weißblonden Strähnen auf ihre Schultern. Lilly traut sich nicht, ihn anzusehen. Erneut lässt er ihr das nicht durchgehen, legt die Hände um ihre Wangen und zwingt ihren Kopf nach hinten. Das lange Haar fällt bei dieser Bewegung zurück. Ohne Hast nimmt er ihr die Brille ab und legt sie auf den Wohnzimmertisch, dann wendet er sich ihr wieder zu und greift in das feine Gespinst, das über Schultern und Rücken fließt. Ein eigentümlicher Glanz erhellt seine Iris. Lange Zeit starrt er sie nur an, er wirkt nahezu weggetreten.

„Shit, du siehst aus wie ein Engel“, presst er hervor und streicht mit den Fingerspitzen ihren Hals entlang. Roman beugt sich vor und haucht einen Kuss auf ihre Lippen.

Lilly seufzt selig. Der ganze Mist der letzten Jahre scheint sich unter seiner Bewunderung aufzulösen. Sie fühlt sich leicht und schwerelos, der Drang ihn zu berühren, schwillt zu einem unüberwindbaren Bedürfnis an. Mutig streicht sie eine mokkabraune Strähne aus seiner Stirn. Schmetterlinge flattern durch ihren Bauch, während sie ihn betrachtet. Roman ist auf maskuline Weise schön, sie könnte ihn stundenlang ansehen und doch wird sie niemals genug von seinem Anblick bekommen. Er findet sie auch hübsch. Einen Engel, hat er sie genannt. Wer hätte das gedacht?

„Lilly, ich würde dich jetzt wahnsinnig gerne richtig küssen.“ Romans Hand umfasst ihre Taille und zieht sie näher. Mit dem Daumen der anderen reibt er zärtlich über die pochende Halsschlagader, ihre Haut erwärmt sich unter dem Ballen und wird sich bestimmt verfärben. Sie bekommt leicht rote Flecken. Sobald sie weint, sich aufregt oder unbändig über etwas freut. Letzteres ist in ihrem Leben viel zu selten vorgekommen. Heute scheint das Schicksal sie dafür entschädigen zu wollen und sie möchte diese Gefühle bis zur Neige auskosten.

„Lilly?“ Er betrachtet sie forschend. „Hast du verstanden, was ich gerade gesagt habe?“

Gott, er will ihre Erlaubnis. Dieses Mal ist es ganz allein ihre Entscheidung, ob sie so viel Nähe zulässt und sie verzehrt sich danach, seine Lippen auf ihren zu spüren. „Ja“, antwortet sie und wiederholt das Wort noch etwas nachdrücklicher. „Ja, das habe ich und ich will es auch.“

Sie hat es ausgesprochen und nichts Schlimmes ist passiert. Die Welt stürzt nicht zusammen und der Himmel fällt ihr nicht auf den Kopf. Sogar auf das Gefühl der Verlegenheit wartet sie vergeblich. Sie empfindet lediglich freudige Erwartung, die ihre Lippen prickeln lässt und sie innerlich erwärmt. Roman rutscht dichter an sie heran. Sein Finger an ihrem Hals gleitet tiefer und streift seitlich eine Brust. Es folgt ein eigentümliches Kribbeln und die Brustspitze zieht sich zusammen.

Mit der Zunge gleitet sie über ihre trockene Unterlippe, sein Blick folgt der Bewegung. Mehr Motivation braucht Roman offenbar nicht, um seinen Mund auf ihrem niederzulassen und sie zu küssen ...

Kapitel 13

Ihre Lippen sind zart und nachgiebig. Genießerisch presst er den Mund fester gegen ihren und reibt über die weiche Haut. Aus dem schmalen Zwischenraum strömt ihr süßer Atem und trifft auf seine Zunge, als er behutsam in sie gleitet. Romans Kopfhaut zieht sich vor lauter Lust zusammen, er kann kaum noch geradeaus denken und hält sich in letzter Sekunde davon ab, wie ein Wilder über sie herzufallen. Das passiert ihm normalerweise nicht. Sonst ist er immer kontrolliert und Herr der Lage. Er lässt sich erst gehen, wenn er bereits bis zum Ansatz zwischen den Schenkeln einer Frau steckt. Bei Lilly ist alles anders. Vielleicht, weil *sie* anders ist und er nicht auf die üblichen Knöpfe drücken kann, damit die Sache so läuft, wie er das gerne haben möchte. Dieses eigenartige und gleichzeitig so bezaubernde Mädchen stellt unwissentlich ihre eigenen Regeln auf. Roman hat dem nichts entgegenzusetzen. Sein ganzer schöner Plan, hinweggefegt vom Geschmack ihres süßen Mundes.

Während er sie in einen tiefen und feuchten Kuss verwickelt, jagen nicht zusammenhängende Gedanken durch sein Gehirn. Eine Mischung aus Triumph und Lust, purem Egoismus und heftigen Schuldgefühlen. Ein gefährlicher Cocktail, er betrinkt sich an seinen Emotionen und weigert sich, seinem Gewissen Folge zu leisten, das ihn dazu anhält, aufzuhören, solange er noch kann.

Die leisen Geräusche, die sie ausstößt, halten ihn an ihrer Seite und auf ihrem Mund. Gierig sinkt seine Zunge tiefer in die feuchte Wärme, sie gleitet und sucht, reibt und genießt, bis er die Kontrolle verliert und ihren schwarzen Rollkragenpullover ein Stück nach oben schiebt. Roman schielt nach unten. Blasse Haut, zart wie ein Blütenblatt. Sein Mauerblümchen entpuppt sich in ihrer Schlichtheit als die schönste aller Blumen. Er kann gar nicht aufhören, sie zu berühren. Es würde ihn umbringen, jetzt von ihr abzulassen.

Nach Atem ringend biegt sie den Kopf zurück Ihre Brust bewegt sich heftig Lillys graue Augen in dem blassen Gesicht schimmern wie flüssiges Quecksilber Roman kommt sich vor wie ein Abenteurer, der völlig unvermutet auf den größten Schatz der Menschheitsgeschichte gestoßen ist Shit, welcher Teufel hat ihn geritten, sie je als unscheinbar und nicht begehrenswert einzustufen? Er will sich auf sie legen, ihre kühle Haut an seiner spüren, und sich tief in ihrem Schoß vergraben Ein letzter Rest an Anstand erinnert ihn an ihre Unschuld Sie hat kaum Erfahrung, wahrscheinlich gar keine

„Möchtest du aufhören?“, will er wissen und betet, dass sie nein sagt

Es dauert einige Sekunden, ehe sie antwortet Ihm kommen sie vor wie Stunden

„Ich glaube nicht ...“

Mehr muss er nicht wissen Er will nicht aufs Ganze gehen und ihr die Jungfräulichkeit rauben, aber er *muss* sehen, was sich unter diesem Pullover verbirgt, herausfinden, wie süß und weich ihre Haut schmeckt und wie samtig sie sich anfühlt Entschlossen greift er an den Saum des Rollkragenpullovers „Heb die Arme“, befiehlt er leise. Sie gehorcht und das überflüssige Kleidungsstück ist verschwunden Zarte Schultern, weiß wie Schnee Ihr Dekolleté leuchtet heller als Elfenbein Seine Finger berühren ihr Schlüsselbein und wandern anschließend an ihren Ausschnitt Sie trägt, wie er es bereits vermutet hat, keinen BH, sondern ein niedliches Trägerhemd, das ihre kleinen Brüste züchtig verdeckt Immer wieder streichelt er über ihre feine Haut und zieht dabei die Träger herunter Ganz still sitzt sie da Die Augen riesig und unverkennbar angespannt Es muss sie Überwindung kosten, ihm all diese Intimitäten zu gestatten

„Danke, dass du mir vertraust“, sagt er spontan und schämt sich in der gleichen Sekunde, weil er sie so schrecklich hintergeht Ohne diese dämliche Wettschuld säße er jetzt gar nicht hier Wenn sie das jemals herausfindet, wird das helle Leuchten in ihren Augen erlöschen und tiefer Enttäuschung Platz machen Allein der Gedanke verursacht ihm Übelkeit Um sich abzulenken, zieht er den Stoff vorsichtig herunter und blickt auf ihre niedlichen Brüste, kaum eine Handvoll. Eigentlich mag er es ein bisschen üppiger. Hat er zumindest gedacht. Jetzt fährt ein nagendes Gefühl durch seinen Körper und belehrt ihn eines Besseren. Was er empfindet, ist nackter Hunger.

Er will dieses Mädchen, ihre Zurückhaltung, ihren Körper. Fast schon ehrfürchtig streckt er die Hand aus und stoppt, bevor er die samtweiche Haut an der Unterseite einer Brust berührt. Sie zittert. Ein Blick in ihre verschleierten Augen zeigt, dass sie nicht ängstlich, sondern lustvoll erbebt. Es gefällt ihr.

„Darf ich dich hier anfassen?“

Aufmerksam studiert er ihr Gesicht und atmet geräuschvoll aus, sobald sie nickt. Zwar ein wenig zögernd, aber sie erlaubt es. Für Roman Grund genug, seinem Drang nachzugeben. Mit den Fingerspitzen berührt er einen Nippel. Er sehnt sich danach, mit der Zunge über die samtigen Kugeln zu lecken und sie tief in seinen Mund zu saugen. Roman will sich ihren Geschmack ins Gedächtnis brennen. Seine Augen kleben förmlich auf ihren blassen Kurven. Er neigt sich über ihre Brüste und setzt einen kleinen Kuss auf die linke Knospe. Ein heftiger Schauer erschüttert ihre grazile Gestalt. Er wiederholt die Zärtlichkeit mehrmals, ehe sich seine Zunge herauswagt und einen feuchten Kreis um die straffe Spitze zieht. Nun gräbt sich ihre Rechte in sein Haar. Sie stöhnt leise und drückt den Rücken durch, bietet ihm mehr, und er nimmt sich, was sie ihm so selbstlos schenkt.

Sein Mund schließt sich fest um die Knospe und er fängt an zu saugen. Erst ganz sachte, dann immer intensiver. Vorsichtig tasten sich seine Finger zwischen ihre Beine und reiben über die Naht in ihrem Schritt. Lilly spannt sich an, hindert ihn aber nicht daran, sie an dieser delikaten Stelle zu liebkosen. Er kann die Hitze sogar durch den Stoff fühlen. Bestimmt ist sie längst feucht für ihn. Es kostet ihn unfassbare Beherrschung, nicht die Kontrolle zu verlieren. Behutsam berührt er sie und verstärkt den Druck seiner Lippen um ihre Knospe. Kehlige Laute hallen durch den Raum. Lilly windet sich unter seinem Mund. Seine Hand bewegt sich gleichmäßig zwischen ihren Schenkeln, sein Daumen reibt immer druckvoller über ihre intimste Stelle und treibt sie auf einen Punkt zu, von dem aus es kein Zurück mehr gibt. Der aufdringliche Klingelton seines Handys stört die sinnliche Atmosphäre und schallt durch den Raum.

Mit einem saftigen Fluch lässt er von ihr ab. Es ist sein Vater, der anruft. Roman hat für jedes Familienmitglied einen eigenen Klingelton hinterlegt, um wichtige Anrufe von den weniger bedeutsamen zu unterscheiden. Mit zitternden Händen fährt er sich durchs Haar und atmet tief durch. „Entschuldige, ich muss da rangehen", murmelt er und steht auf. Die Wölbung in seiner Hose ist deutlich zu sehen. Er weiß, dass sie es bemerkt, denn ihre Augen werden riesengroß, flammende Röte breitet sich auf ihren Wangen aus. Ein Gefühl von Bedauern zieht durch seinen Verstand, weil sie hektisch das Hemdchen über die verlockenden Brüste zerrt und nach ihrem schwarzen Pullover greift.

Das war's für heute, denkt er bitter. Roman ist sich nicht sicher, ob er erleichtert oder stinksauer über die Störung sein soll. Er läuft zum Sessel, über dem sein Jackett hängt und holt das Smartphone aus der Innentasche.

„Papa, was gibt's?", meldet er sich, sobald er das Gespräch angenommen hat.

Während ihn sein Vater mit zusätzlichen Infos für die Filialbesuche versorgt, folgt Romans Blick seiner sichtlich verwirrten Reisebegleitung. Lilly ist längst in ihren Pullover geschlüpft und deutet mit der Hand Richtung Schlafzimmer, ehe sie sich zurückzieht. Sie flüchtet. Vor ihm! Vor ihren Gefühlen!

Ja, versteck dich ruhig in deinem Zimmer, mein Blümchen. Ist besser für dich.

„Roman, hörst du mir eigentlich zu?"

Er wendet den Blick ab und konzentriert sich auf die Unterhaltung mit seinem Vater. „Ja, natürlich. Du möchtest einen ..."

Roman spricht noch fast eine halbe Stunde mit Konrad Steininger, ehe dieser ihm eine gute Nacht wünscht und auflegt. Nachdenklich schlendert er mit dem Telefon in der Hand in sein Schlafzimmer und wirft es aufs Bett. Unschlüssig steht er mitten im Raum und überlegt, ob er noch nach Lilly sehen soll.

„Scheiß drauf!", flüstert er und verlässt das Zimmer. Kurz darauf klopft er sachte bei ihr an. Es dauert einen Moment, ehe Lilly ihm öffnet. Sie trägt noch immer ihre Kleidung und die

Brille sitzt wie gewohnt auf ihrer Nase Gut würde sie im Nachthemd oder Schlaf-Shorts vor ihm stehen, könnte nicht einmal der liebe Gott sie vor einer Liebesnacht bewahren

„Ich wollte mich vergewissern, ob es dir gut geht“, sagt er und mustert sie eingehend Sie macht einen normalen Eindruck, sie lächelt sogar „Ja, alles okay Ich bin bloß schrecklich müde und möchte gerne schlafen“

Sie erwähnt die Episode auf der Couch mit keinem Wort Roman lässt es auf sich beruhen, da er von Glück sagen kann, dass sie nach seinem *Überfall* überhaupt noch mit ihm redet Glücklicherweise macht sie keinen verängstigten Eindruck auf ihn Er ist auf dem richtigen Weg Das spürt er in diesen Augenblicken klar und deutlich Eine wohldosierte Mischung aus Annäherung und respektvoller Rücksicht wird ihm den gewünschten Erfolg bringen

Roman räuspert sich, ein vages Lächeln umspielt seine Lippen „Dann will ich dich nicht länger stören Gute Nacht, Lilly und träum was Schönes“

Er baut ein kurzes Zögern ein, beugt sich anschließend vor und haucht einen keuschen Kuss auf ihre Stirn Die Haut unter seinen Lippen fühlt sich warm und seidig an Und wie sie wieder riecht …

Sauber und ein wenig pudrig Genießerisch inhaliert er ihr Aroma, ehe er sich langsam rückwärts bewegt, ohne sie dabei aus den Augen zu lassen Lilly verfolgt seinen Rückzug, ein Lächeln erblüht auf ihrem Gesicht, dann haucht sie ein leises „Gute Nacht“ und schließt die Zimmertür Mit einem dämlichen Grinsen auf den Lippen legt er sich nach einer schnellen Dusche ins Bett und verschränkt die Arme hinterm Nacken Die nächsten Tage versprechen auf jeden Fall interessant zu werden

Am nächsten Morgen frühstücken sie im Speisesaal anstatt im Zimmer und bedienen sich am reichhaltigen Buffet Für so eine zierliche Person verfügt sie über einen enormen Appetit Von wegen kein guter Esser! Das war glatt gelogen Nachdem sie an einem Zweiertisch Platz genommen haben, begutachtet er amüsiert ihren vollen Teller. Sobald sie seinen erheiterten Blick bemerkt, wird sie puterrot. „Ich bin ziemlich hungrig", erklärt sie und zieht verlegen die Unterlippe ein. Sie macht den Eindruck, als würde sie die Hälfte am liebsten in den nächsten Blumenkübel kippen, sodass sie nicht so verfressen wirkt.

Roman deutet breit grinsend auf den Riesenberg mit Rührei, der sich auf ihrem Teller türmt. „Damit könntest du eine halbe Fußballmannschaft sattkriegen."

Lilly bewahrt ihre Würde und zeigt sogar eine Spur von Trotz. „Das Frühstück ist die wichtigste Mahlzeit des Tages. Außerdem habe ich einen schnellen Stoffwechsel. Das ist so ziemlich die einzige positive Eigenschaft, die ich von meiner Mutter geerbt habe."

Kaum hat sie das ausgesprochen, verstummt sie erschrocken und greift hastig nach der Gabel. Aha! Schwieriges Thema. Er spricht sie trotzdem darauf an, um sein Interesse an ihr und ihrer Person zu bekunden. Außerdem will er wirklich wissen, was es mit ihrer Familie auf sich hat. Bislang hat sie niemanden erwähnt, aber sie kann ja schlecht ganz allein auf der Welt sein. Jeder hatte doch irgendwo irgendjemanden. „Verstehst du dich nicht gut mit deiner Mutter?"

Sie schiebt sich mit der Gabel einen Bissen Ei zwischen die Lippen. Ihr voller Mund schließt sich auf unschuldig sinnliche Weise über den Zinken des Bestecks, was ihn kurzzeitig aus dem Konzept bringt. Sie kaut und schluckt, ehe sie antwortet. „Ich möchte nicht darüber reden. Bitte respektiere das."

Ihr unterkühlter Ton geht ihm gegen den Strich. Er ist es nicht gewohnt, eine Abfuhr zu kassieren. In keinerlei Hinsicht. Dann wird ihm klar, wie idiotisch es ist, deswegen gekränkt zu sein. Im Grunde kennen sie sich kaum. Ein paar Küsse geben ihm nicht das Recht, in ihre Privatsphäre einzutauchen. Roman wirft ihr ein entschuldigendes Lächeln zu.

„Sorry, ich wollte dich nicht unter Druck setzen. Ich möchte einfach mehr über dich erfahren und bin neugierig."

Ein tiefer Seufzer entweicht ihr. „Und ich wollte dich nicht so anfahren", erwidert sie zerknirscht. „Meine Mutter ist kein Thema, über das ich gerne rede. Das ist alles."

Spontan legt er seine Hand über die ihre. „Hey, kein Grund dich schlecht zu fühlen. Ich bin einfach ein verwöhnter Bengel, der es gewohnt ist, dass alle springen, wenn er ruft."

Ihre grauen Augen ruhen auf seinem Gesicht, bis er anfängt, sich unter diesem eindringlichen Blick unwohl zu fühlen, weil er das Gefühl bekommt, sie könnte in die tiefsten Abgründe seiner Seele schauen. Plötzlich schüttelt sie den Kopf. „Du siehst dich viel zu negativ, Roman. In dir steckt mehr, als man auf den ersten Blick vermutet."

Ihm wird der Mund trocken. Sie meint das ernst und die unverdiente Bewunderung in ihren Augen versetzt ihm einen Stich. Die Wette und die Einlösung der Schuld hängen wie eine dunkle Wolke über allem. Wenn Lilly wüsste, wieso er sie mit nach München genommen hat, würde sie ihm nicht so vertrauensselig gegenübersitzen.

„Du bist da zu optimistisch", wiegelt er ab.

„Nein, das denke ich nicht. Ich habe in den letzten Tagen viel Zeit mit dir verbracht und gesehen, wie hart du arbeiten kannst. Du warst immer freundlich zu mir und liebst deine Familie. Das spürt man, jedes Mal, wenn du über sie sprichst. In meinen Augen bist du ein guter Mensch, Roman Steininger, und wenn du ab und an den verwöhnten Bengel raushängen lässt, macht dich das nicht weniger sympathisch."

Sprachlosigkeit nimmt ihn gefangen. Er leidet nicht gerade an mangelndem Selbstbewusstsein und im Grunde hält er sich selbst für einen tollen Hecht, doch ihr Lob berührt ihn mehr, als er es je für möglich gehalten hätte. Wie wird sie sich fühlen, wenn ihr klar wird, wie sehr sie sich in ihm getäuscht hat, wenn ihr aufgeht, dass sie nur benutzt und zum Gespött gemacht wurde?

„Du kennst mich nicht wirklich, Lilly", sagt er spröde und wechselt abrupt das Thema. „Wir sollten uns mit dem Frühstück beeilen, damit wir schnell in die Filiale kommen."

Er kann ihr kaum noch in die Augen sehen. Immer, wenn er einen kurzen Blick auf ihr Gesicht wagt, erkennt er ihre

Verwirrung. Sie versteht nicht, wieso er sich so gegen ihre Einschätzung sträubt.

Weil sie dir vertraut und du hast das kein bisschen verdient.

Weshalb kann er die Sache nicht einfach auf sich beruhen lassen? Er kann sich zehn verdammte Aston Martins leisten, wenn er das möchte und auch die Schadenfreude seiner Freunde wird irgendwann vergehen. Das Gedächtnis der Menschen ist sehr kurzlebig, schon bald werden sie etwas anderes finden, über das sie sich das Maul zerreißen können.

Roman versteht selbst nicht, was ihn dazu bringt, Lillys Eroberung weiter voranzutreiben. Er hasst sich mittlerweile dafür und fürchtet die bodenlose Enttäuschung in ihren Augen, sobald sie sein mieses Spiel durchschaut, mehr als alles andere auf der Welt.

Ist es denn wirklich falsch, will eine leise Stimme in ihm wissen. *Du magst sie, du begehrst sie. Lass es einfach laufen und schau, was geschieht.*

Insgeheim sehnt er sich danach, genau das zu tun. Mit ihr zu reden, sie anzusehen, oder nur ihrer weichen Stimme zu lauschen. Roman weiß, was das bedeutet. Er, der begehrte Womanizer, fängt an, Gefühle für Lilly zu entwickeln.

Deswegen fällt es ihm auch so schwer, die Finger von ihr zu lassen. Doch was bedeutet das für sie und für ihn? Er kann unmöglich mit Lilly zusammen sein. Jedenfalls nicht offiziell. Aus irgendwelchen Gründen, die er lieber nicht in Erfahrung bringen möchte, hat sie Angst vor ihrem eigenen Schatten. Sein kleines Mauerblümchen würde sich nie in seiner Welt zurechtfinden. Sie ist zu hart und grell, zu erbarmungslos mit jenen, die sich nicht anpassen und bei Bedarf ihre Gefühle wie einen Lichtschalter an- und ausknipsen können. Darüber hinaus ist er als Sohn von Konrad Steininger eine lokale Berühmtheit. Man achtet darauf, was er tut und mit wem. Lilly ist sicher nicht das, was sie sich darunter vorstellen. Natürlich hält sein Vater viel von ihr. Mit Fleiß und Disziplin kann man den großen Konrad Steininger immer beeindrucken.

Was diese Fähigkeiten angeht, ist Lilly durchaus konkurrenzlos. Sie jedoch als künftige Schwiegertochter im Kreise der

Familie willkommen zu heißen ist eine ganz andere Hausnummer. Sein Vater und vor allem seine Mutter haben gewisse Erwartungen. Abgesehen davon muss ein Mitglied der Familie Steininger viele gesellschaftliche Verpflichtungen erfüllen und dazu benötigt man geschliffene Umgangsformen und ein hohes Maß an Selbstbewusstsein. Unabdingbare Eigenschaften, um im gesellschaftlichen Dschungel zu überleben. Lilly kann diese Kriterien niemals erfüllen. Sie ist zu scheu und flüchtet, sobald sie die Blicke anderer Menschen spürt.

Roman schüttelt unmerklich den Kopf und unterdrückt die Schwere seiner Gedanken. Alles was er tun muss, ist diese überraschende Vernarrtheit in sie in den Griff zu bekommen. Eine echte Beziehung mit Lilly kann niemals funktionieren. Sie sind einfach zu unterschiedlich.

„Ich bin fertig."

Ihre Stimme schreckt ihn auf. Roman lächelt knapp, wischt sich mit der Serviette über den Mundwinkel und steht auf.

„Dann lass uns aufbrechen."

Die Filiale ist nur wenige U-Bahn-Stationen vom Hotel entfernt und befindet sich in einer gut frequentierten Seitengasse in der Nähe vom Karlsplatz. Um Zeit und Nerven zu sparen, beschließen sie statt des Firmenwagens, die öffentlichen Verkehrsmittel zu nutzen. Warm eingepackt in Mantel, Schal und Handschuhen machen sie sich auf den Weg. Schon bald betreten sie eine der größten Filialen von *Steiningers Spieleparadies*.

Roman fühlt sich unwillkürlich in die eigene Kindheit zurückkatapultiert. Jedes Mal, wenn er eines ihrer Geschäfte betritt, wird ihm bewusst, was sie hier eigentlich verkaufen. Freude, schöne Erinnerungen an unzählige Stunden des Spielens. Kinder müssen sich hier fühlen wie im Himmel. Ihre Augen leuchten, sobald sie die Schwelle des Ladens übertreten und sich vom Anblick des bunten Spielzeugs überwältigen lassen.

Das Sortiment ist absichtlich breit aufgestellt. Man kann hier von der Puppe bis zum Bettzeug fast alles kaufen. Wenn man jemanden hätte, der einen berät. Bis auf die Kassiererin im Eingangsbereich, die ihn und Lilly mit einem leichten

Kopfnicken begrüßt, kann er niemanden auf der Fläche entdecken.

„Ganz schön wenig Personal hier“, stellt auch Lilly fest.

Roman schaut sich weiter stirnrunzelnd um. Was er hier vorfindet, gefällt ihm nicht. Das einzige, das die Leute noch dazu bringt, ihren Hintern von der Couch in ein Geschäft zu befördern, ist die Beratung. Wenn die nicht mehr stattfindet, gibt es für die Kunden keinen Grund mehr, in ein Spielwarengeschäft zu gehen. Heute kann man alles bequem online bestellen. Da er nicht unangemeldet ins Büro des Filialleiters stapfen möchte, hält er nach jemandem Ausschau, der diesen über seine Ankunft informiert. Erst ganz hinten bei den Kuscheltieren entdeckt er eine Frau mit einem Namensschild. Sie steht vor einem fahrbaren Tisch. Die etwa fünfzigjährige Angestellte etikettiert die Ware neu und wirkt vollkommen versunken in ihre Tätigkeit. Roman berührt Lilly leicht am Arm und deutet mit dem Kinn auf sie.

„Schau.“

Lilly nickt und folgt ihm. Mit energischen Schritten steuert er auf die Frau zu und bleibt vor ihrem Wagen stehen. Sie blickt hoch und lächelt freundlich. „Guten Tag, kann ich Ihnen behilflich sein?“

Wenigstens legt sie den Auszeichner beiseite und gibt ihm nicht das Gefühl zu stören.

Etwas milder gestimmt, stellt er sich vor. „Das können Sie tatsächlich, Frau“, er schielt auf ihr Schild, „Hingst. Ich bin Roman Steininger und diese junge Dame hier ist Frau Wegener vom Kundenservice.“

Lilly hebt kurz die Hand zum Gruß und erntet ein Lächeln von Frau Hingst. „Oh, wir haben schon telefoniert“, meint diese und nickt Lilly freundlich zu. Dann blinzelt Frau Hingst nervös in seine Richtung: „Es freut mich sehr, Sie hier begrüßen zu dürfen.“

Er bemüht sich um eine freundliche Miene, obwohl es in ihm brodelt. „Wäre es Ihnen möglich, einen Verantwortlichen von meiner Anwesenheit in Kenntnis zu setzen?“

Die Augen der Frau werden groß, ihre Finger zittern ein wenig. „Selbstverständlich! Ich werde unseren Filialleiter Herrn Rabe sofort informieren. Er ist gerade im Lager und lädt den LKW mit der neuen Lieferung aus."

Sie greift nach hinten und zieht ein Telefon aus der Tasche.

„Herr Rabe, würden Sie rauskommen? Herr Steininger ist in der Filiale und möchte Sie gerne sprechen."

Es dauert nicht lange, bis ein Mann in mittleren Jahren herangeeilt kommt. Er wirkt aufgelöst, seine Wangen sind gerötet und die Augen glänzen fiebrig. So sieht kein Angestellter aus, der Freude und Motivation für seine Arbeit an den Tag legt. Dieser Mann hier wirkt gehetzt und ängstlich, als wäre er am Ende seiner Kräfte.

Herr Rabe bleibt vor ihm stehen und streckt Roman die Hand entgegen. „Herr Steininger, das kommt sehr unerwartet. Herr Gruber hat nicht erwähnt, dass Sie die Filiale besuchen wollen."

„Das liegt wohl daran, dass ich unangemeldet hier bin." Er legt ein bisschen mehr Schärfe in seinen Ton. „Wenn ich mich so umschaue, war es höchste Zeit, hier vorbeizukommen."

Herr Rabe wirkt peinlich berührt. Romans Blick schweift kritisch durch den Laden. Bis auf die Kassiererin im Eingangsbereich und Frau Hingst kann er auf der gesamten Fläche des Erdgeschosses kein Personal entdecken. Im Obergeschoss wird es vermutlich nicht viel anders aussehen. Und das Ende November, wenn die ersten Eltern bereits losziehen, um Geschenke für ihre Sprösslinge zu besorgen. So langsam versteht er, wie die unzähligen Beschwerden zustande gekommen sind. Hier ist nicht mal ansatzweise genug Personal vorhanden, um den Verkaufsraum zu besetzen. Geschweige denn, um die anwesenden Kunden angemessen zu beraten. Unzufriedene und enttäuschte Käufer sind da vorprogrammiert. Roman will der Sache auf den Grund gehen. Wenn nötig, werden auch Köpfe rollen.

„Herr Rabe, ich muss mich doch sehr über Ihre Einsatzplanung wundern. Ich hoffe, die knappe Personaldecke stellt eine Ausnahme und nicht die Regel dar."

Ein Blick in die Augen des älteren Mannes und er erkennt, dass er den Finger direkt auf die Wunde gelegt hat.

Herr Rabe räuspert sich unbehaglich, seine Hände zittern „Herr Steininger, vielleicht darf ich Sie ins Büro bitten? Wir müssen das nicht hier durchsprechen.“

Roman nickt. „Das sehe ich genauso.“

Herr Rabe schluckt und kehrt ihm den Rücken zu Roman nutzt den Moment für einen kurzen Blickaustausch mit Lilly, die diese Szene still mitverfolgt hat und dem Mann mitfühlend nachsieht Frau Hingst ist in der Zwischenzeit zu einer Kundin geeilt und steht mit ihr vor den Baby Born Puppen

„Was denkst du?“, flüstert er Lilly zu, während sie die Verkaufsräume verlassen und den Personaltrakt betreten Ein langer Gang erstreckt sich vor ihnen Herr Rabe bleibt an der letzten Tür stehen und tippt eine vierstellige Zahlenreihe in die elektronische Codetastatur ein, die neben der Tür angebracht ist Ein durchdringendes Summen ertönt und schon stehen sie zu dritt in einem funktional eingerichteten Kassenbüro Roman kennt die Räumlichkeiten Sie sehen in allen Filialen gleich aus Nur Lilly sieht sich neugierig um

Herr Rabe räuspert sich vernehmlich „Wollen Sie nicht Platz nehmen?“ Er deutet auf einen der Stühle Es gibt einen vor jedem der beiden Schreibtische im Raum Sie wurden einander gegenübergestellt und darauf stehen zwei Rechner Einer wird für die Kassenrechnungen und die tägliche Kommunikation mit der Zentrale und dem Back-Office-Center genutzt An ihn dürfen nur die Führungskräfte im Haus Der Computer am anderen Tisch wird für die Arbeiten in der Filiale genutzt Über ihn kann man Bestandslisten ausdrucken, Inventuren und Bestellungen einlesen und noch diverse andere administrative Tätigkeiten erledigen Auch können die Filialen über interne Mails miteinander kommunizieren An der Wand entlang verläuft ein langer Tisch, der als Ablage dient Darauf befindet sich der Drucker mit integrierter Fax-Funktion Der Tresor mit dem Wechselgeld und dem täglich eingenommenen Bargeld steht direkt neben dem Tisch Ein Regal an der Stirnseite des Raumes ist mit unzähligen Ordnern befüllt und vervollständigt das Bild Alles in allem sieht es hier sehr ordentlich aus Das passt so gar nicht zum schlampigen Erscheinungsbild der Verkaufsfläche Er wendet

sich an den Filialleiter, der kreuzunglücklich dreinschaut. „Herr Rabe, Ihnen ist doch klar, dass die Besetzung absolut indiskutabel ist Gibt es dafür eine plausible Erklärung?“
Die Schultern seines Gegenübers sacken ein, als hätte man ihm tonnenschwere Gewichte draufgepackt
Roman fängt Lillys Blick auf, sie schüttelt kaum merklich den Kopf Er ist sich im Klaren darüber, dass sie seinen forschen Ton nicht gutheißt, aber er ist immer noch der Sohn des Firmeninhabers und die Geschäfte gehören zu seinem Erbe Er wird nicht tatenlos danebenstehen und dabei zusehen, wie verantwortungslose Angestellte das Lebenswerk seines Vaters schädigen

„Leider kann ich Ihnen darauf nicht die Antwort geben, die Sie gerne hören möchten, Herr Steininger“, murmelt Herr Rabe in diesem Augenblick Endlich strafft sich seine Gestalt und er sieht Roman geradewegs in die Augen

„Mir ist bewusst, wie das alles aussehen muss und ich bin bereit, die Konsequenzen dafür zu tragen.“

Roman zögert, ehe er sich an Lilly wendet. „Frau Wegener, würden Sie mich und Herrn Rabe allein lassen? Sie können sich in der Zwischenzeit umsehen und mit Frau Hingst die Checkliste meines Vaters durchgehen Ich komme dann nach, sobald ich hier fertig bin.“

Sie wirft Herrn Rabe einen mitfühlenden Blick zu, ehe sie nickt. „Natürlich, Herr Steininger.“

Roman wendet sich wieder dem Filialleiter zu, nachdem die schwere Tür des Kassenbüros zugefallen ist
„Ich vermute, Ihnen ist klar, dass ich eine Abmahnung aussprechen muss“, fängt er an und wünscht sich, diese unangenehme Unterhaltung wäre schon vorbei

Kapitel 14

Der arme Mann tut ihr entsetzlich leid. Sie spürt instinktiv, dass hier etwas nicht in Ordnung ist und Herr Rabe nicht die Alleinschuld an der Situation trifft. Der Filialleiter ist kein Faulpelz. Roman mag es nicht aufgefallen sein, aber sie hat die abgearbeiteten Hände bemerkt und es ist auch nicht zu übersehen, wie verhärmt und angeschlagen er wirkt. Entweder hat er gesundheitliche Probleme oder er steht kurz vor einem Burn-out.

Nachdenklich zieht sie die Checkliste für den Filialrundgang aus der geräumigen Umhängetasche und kramt nach einem Kugelschreiber. Diese Liste wurde von Konrad Steiniger in Zusammenarbeit mit ein paar ausgesuchten Bezirksleitern des Unternehmens erstellt. Eigentlich gehört es nicht in Lillys Aufgabenbereich, die Filiale auf Herz und Nieren zu prüfen, da sie jedoch schon mal hier ist und Roman es ihr mehr oder weniger befohlen hat, wird sie diese Aufgabe gewissenhaft erledigen.

Sie wirft einen letzten Blick auf die Tür des Kassenbüros, ehe sie den Verkaufsraum betritt und die Reihen abläuft. Die Regale sind staubig und lückenhaft. Da sie nicht weiß, ob sich die fehlende Ware bereits im Haus befindet und nur noch nicht eingeräumt ist oder ob sie gar nicht bestellt wurde, überspringt sie den Punkt mit der durchgehenden Warenverfügbarkeit. Sie möchte erst Frau Hingst fragen, woran das liegt, bevor sie ein *Ungenügend* auf der Liste vermerkt.

Die hat gerade die Kundin beim Babyborn-Regal mit einem herzlichen Lächeln verabschiedet. Lilly kreuzt sofort ein *Sehr Gut* in der Zeile Freundlichkeit an. Das wird Herrn Rabe vermutlich auch nicht retten, doch sie fühlt sich dadurch besser.

Frau Hingst kommt auf sie zu und wirkt dabei recht verkrampft. Sobald sie vor Lilly stehenbleibt, ringt die arme Frau mit den Händen. „Entschuldigen Sie, wenn ich so direkt frage, aber wird Herr Rabe Ärger bekommen?“

Lilly ist die Situation wahnsinnig unangenehm. Sie weiß nur zu gut, wie sich Frau Hingst gerade fühlt. Machtlos. Hilflos. Dem Willen anderer ausgeliefert, ohne etwas ändern zu können.

Spontan streckt sie die Hand aus und berührt die zierliche Schulter der Angestellten. „Frau Hingst, ich kann Ihnen nur versichern, Herr Steininger ist ein fairer Chef und wird sich alle Fakten anhören, bevor er irgendwas unternimmt.“

Jedenfalls hoffe ich das.

Sie lächelt der sichtlich nervösen Frau aufmunternd zu. Frau Hingst beruhigt das jedoch nicht. Sie wirkt sogar noch unglücklicher und seufzt aus tiefster Seele.

„Frau Wegener“, fängt sie an und schenkt Lilly einen bittenden Blick. „Wir haben ja schon ein paar Mal telefoniert und ich vertraue Ihnen. Sie sind immer so freundlich und geduldig.“

Das ist sehr nett, bloß worauf will sie hinaus? Lillys Neugier ist geweckt und sie hört aufmerksam zu, als Frau Hingst weiterspricht.

„Darf ich offen zu Ihnen sein, Frau Wegener? Herr Rabe kann nämlich jede Hilfe brauchen, die er kriegen kann.“

Erstaunt rückt Lilly ihre Brille zurecht. „Natürlich können Sie offen sprechen. Ich verstehe nur nicht, wie ich Herrn Rabe unterstützen könnte. Ich gehöre nicht in die Führungsriege der Firma Steininger. Ich bin nur ein kleines Glied in der Kette.“

„Aber Sie sind ein Mensch und haben ein gutes Herz, das kann man direkt spüren, wenn man mit Ihnen spricht. Herr Steininger wird auf Sie hören. Er sieht Sie an wie jemanden, den er hoch wertschätzt.“

Diese Beobachtung entfacht ein warmes Glühen in Lillys Bauch. Sie kann kaum glauben, was sie hört und doch muss ein Fünkchen Wahrheit in diesen Worten liegen, sonst hätte Frau Hingst sie nicht so voller Überzeugung ausgesprochen.

„Wie soll ich denn helfen?“

Schlagartig weicht die Spannung aus Frau Hingst.

„Indem Sie Roman Steininger ein paar Dinge sagen, die Herrn Rabe entlasten werden. Er selbst hat zu viel Angst vor unserem Bezirksleiter Gruber, um mit der Wahrheit herauszurücken.“

„Wieso sprechen Sie nicht mit ihm? Herr Steininger ist kein Monster, er wird Ihnen zuhören."

Frau Hingst schüttelt den Kopf. „Der Juniorchef wird ganz bestimmt glauben, dass ich meinen eigenen Hals retten will oder aus Loyalität handle. Wenn *Sie* ihm aber auf ein paar Dinge hinweisen und ihm das Gefühl vermitteln, mir zu glauben, sieht das ganz anders aus."

Sie seufzt und deutet in den Laden. „Ich weiß selbst, wie der Zustand der Filiale auf Herrn Steininger wirken muss. Es ist staubig, uns fehlt jede Menge Ware, weil wir mit dem Nachfüllen kaum hinterherkommen und die personelle Flächenabdeckung ist unter aller Kanone. Aber dafür gibt es Gründe und die hat nicht Herr Rabe zu verantworten."

Lillys Gerechtigkeitssinn läuft auf Hochtouren. Dass hier etwas faul ist, hat sie schon gespürt, sobald sie mit Roman den Laden betreten hat.

„Ich höre Ihnen zu. Erzählen Sie mir, was los ist und ich werde sehen, ob ich helfen kann."

Frau Hingst atmet tief durch, dann strafft sich ihre kleine Gestalt und sie rückt mit der Sprache raus. „Unser Personal wird von Herrn Gruber laufend in anderen Filialen eingesetzt. Überall dort, wo die Besetzung wegen Urlaub oder Krankheit knapp wird."

„Wieso stellt er denn niemanden ein, wenn nicht ausreichend Mitarbeiter vorhanden sind?"

Ein bitteres Lächeln umspielt die Lippen der älteren Frau. „Wenn er das tut, drückt das die Kosten nach oben und er bekommt seinen Jahresbonus nicht. Früher haben wir genug Umsatz gemacht, um die Personalkosten auszugleichen, aber weil die Leute vermehrt im Internet kaufen, ist die Frequenz rückläufig. Die anderen Bezirksleiter denken da nicht an den eigenen Vorteil und tun das, was für die Filialen richtig und wichtig ist. Herr Gruber hingegen ..."

Sie beendet den Satz nicht. Das ist auch nicht notwendig.

„Er stellt also niemanden ein und benutzt das vorhandene Personal, um Engpässe unter seinen Filialen zu überbrücken", beendet Lilly die Ausführungen anstelle von Frau Hingst.

Die nickt kläglich. „Ja, genauso ist es. Gruber interessiert es nicht, ob die Filialen mit der dünnen Personaldecke zurechtkommen. Er will sein Geld kassieren und dafür lässt er jeden über die Klinge springen."

Kopfschüttelnd denkt Lilly an diesen schleimigen Typen zurück, der während der Unterhaltung mit Roman so großspurig aufgetreten ist. „Frau Hingst, verraten Sie mir nur noch eines. Wieso deckt Herr Rabe ihn?"

Sie hebt hilflos die Schultern. „Weil er es gewohnt ist, zu kuschen und die Fehler von anderen auszubügeln."

Dieser bedeutungsschwangere Satz fährt Lilly wie ein Messer in den Magen. Herr Rabe ist charakterlich sozusagen ihr Klon. Auch sie schluckt alles, nimmt jede Gemeinheit in Kauf und übernimmt Verantwortung für Dinge, die andere verbrochen haben. Und das ohne jemals einen Dank zu erhalten oder ein Lob. Ob sie diesen Kreislauf durchbrechen kann, indem sie Herrn Rabe bei seinem Befreiungsschlag hilft?

Möglicherweise schafft sie es dann, für sich selbst einzustehen. Sie hat schon so viel geschafft in den letzten Jahren und die Zeit mit Roman tut ihr gut. Gestern Abend ... sie erschauert, sobald sie daran denkt. Niemals hat sie es für möglich gehalten, solche Vertraulichkeiten zuzulassen. Doch es ist passiert und er hat ihr die unglaublichsten Gefühle beschert. Die halbe Nacht hat sie wachgelegen, hat noch seine Lippen auf ihrer Haut und ihren Brüsten gespürt. Roman Steininger begehrt sie. Er hat keinen Grund ihr etwas vorzumachen. Wäre es ihm nur um seine Triebbefriedigung gegangen, hätte er doch nur in die Hotelbar gehen und sich eine der zahlreichen Singlefrauen schnappen müssen, die sich dort bestimmt aufhalten. Lillys Selbstwertgefühl steigt Herzschlag für Herzschlag.

Du hattest Unrecht, Mutter. Ich bin etwas wert und es gibt Menschen, die das auch so sehen.

Es wird endlich Zeit für sie, selbst daran zu glauben und heute will sie den ersten Schritt machen, indem sie Herrn Rabe unterstützt. Dieser schreckliche Herr Gruber war ihr schon in der Zentrale unsympathisch. Was Frau Hingst über ihn erzählt, passt gut in das Bild, das sie sich von diesem Mann gemacht hat. Er ist ein Blender und bereichert sich auf Kosten anderer Mit seinem Verhalten schädigt er überdies die Firma Steininger

„Seit Wann ist Herr Gruber eigentlich Bezirksleiter?“

„Seit ungefähr zWei Jahren “

Aha! Seit diesem Zeitpunkt ist auch eine signifikante Steigerung der Kundenbeschwerden zu verzeichnen Ein Glied greift ins andere und komplettiert den schlechten Eindruck

Der arme Herr Rabe Sie ahnt, wie sich der Mann fühlen muss und in seinem Alter bekommt man nicht mehr so leicht einen neuen Job Die Angst vor der Arbeitslosigkeit lässt ihn schweigen, weil er fürchtet, von Herrn Gruber als Sündenbock missbraucht zu werden Lilly vermutet, dass der rhetorisch durchaus geschickte Bezirksleiter ihm genau das glaubhaft eingeredet hat Schon im Gespräch mit Roman hat er dafür die Weichen gelegt und Herr Rabe sowie die anderen Filialleiter als unfähig hingestellt

Entschieden umklammert sie das Spannbrett, das ihr als Unterlage für die Checkliste dient und fällt eine Entscheidung Sie wird Herrn Rabe helfen, koste es, was es wolle! Bevor sie noch etwas fragen kann, hört sie Romans Stimme aus dem Hintergrund

„Frau Wegener?“

Lilly dreht sich um und sieht ihn auf sich zukommen Seine Miene wirkt verkniffen, seine Körperhaltung steif und abweisend Was immer er mit Herrn Rabe besprochen hat, es hat ihm keinen Spaß bereitet und man kann förmlich spüren, wie geladen er ist Sofort ist sie alarmiert Sie ist nicht scharf darauf, Romans Blitzableiter zu spielen, und fühlt sich aufgrund seiner miesen Laune noch unsicherer

Frau Hingst nickt ihr kurz zu und läuft auf direktem Weg auf eine Kundin zu, die gerade den Laden betritt So nimmt Lilly Roman allein in Empfang

„Bist du mit der Liste durch?“, fragt er knapp Oh oh, er klingt ungeduldig

Ein wenig schuldbewusst blickt sie auf den Fragebogen und schüttelt den Kopf „Nein, ich habe noch ein paar Worte mit Frau Hingst gewechselt “

Er kneift die Augen zusammen und mustert sie kühl. „Ach ja? Offensichtlich muss ich an meinem autoritären Auftreten arbeiten, wenn hier keiner mehr macht, was ich sage.“

„Entschuldige, ich wollte die Punkte ja kontrollieren.“

„Und wieso hast du es nicht gemacht?“, blafft er sie an.

Obwohl sie genau weiß, dass seine Laune nichts mit ihr zu tun hat, schluckt sie heftig.

„Ich … also … Frau Hingst“, stottert sie und verstummt.

„Was ist mit Frau Hingst?“ Er runzelt die Stirn, seine Gereiztheit steht ihm ins Gesicht geschrieben.

„Sie hat mir etwas anvertraut. Etwas sehr Wichtiges …“

Roman schneidet ihr mitten im Satz das Wort ab. „Was hier wichtig ist, und was nicht, das entscheide immer noch ich.“

Roman ist wütend und benutzt sie als Ventil. Erschreckend, wie bekannt ihr das Verhaltensmuster ist. So läuft es immer. Wieso hat sie gedacht, dieses Mal würde es anders sein? Obwohl sie sicher ist, dass es ihm in einer Stunde wahrscheinlich leidtun wird, fühlt sie sich abgewiesen und hilflos.

Tja, Schätzchen, was hast du denn erwartet? Blümchen und Konfekt, anregende Gespräche vor einem flackernden Kaminfeuer? Du bist nur zu einem zu gebrauchen: Man kann sich prima an dir abreagieren.

Die ätzenden Kommentare ihres inneren Selbst lassen einen dicken Kloß in ihrem Hals entstehen. Trotzdem bleibt sie tapfer und denkt an das Versprechen, das sie Frau Hingst gegeben hat.

„Natürlich, bist du der Chef, aber …“

Aber! Definitiv das falsche Wort zu diesem Zeitpunkt. Es wirkt wie ein zusätzlicher Aggressor auf ihn. „Nichts *aber*. Ich habe dir eine klare Anweisung erteilt und nur, weil ich dir ein paar Mal die Zunge in den Hals gesteckt habe, bedeutet das nicht, dass du plötzlich machen kannst, was du willst.“

„Roman, ich …“

„Hier im Laden bin ich Herr Steininger für dich“, erwidert er brüsk und marschiert Richtung Ausgang. Verdattert und wahnsinnig enttäuscht steht sie da und beobachtet seinen Abgang. Noch nie hat er sie so behandelt und sie kann sich die Veränderung nicht erklären.

Kurz bevor er das Geschäft verlässt, bleibt er stehen und dreht sich um. Ungeduldig winkt er sie zu sich. „Was ist? Ich habe nicht den ganzen Tag Zeit."

Sofort setzt sie sich in Bewegung und schließt zu ihm auf. Lilly kämpft erfolgreich gegen die Tränen an, die in ihren Augen brennen. Sie will sich vor ihm keine Blöße geben. Seine plötzliche Schroffheit ihr gegenüber ist schon demütigend genug. Wortlos verlassen sie das Haus und treten auf die Straße. Viele Passanten strömen an ihnen vorbei, ein Wind pfeift um die Ecken und sie zieht fröstelnd die Schultern hoch. Brr, es ist eisig kalt und damit meint sie nicht nur die Außentemperaturen. Wieso ist er nur so sauer?

Er tut ja gerade so, als hätte sie das Chaos in der Filiale zu verantworten. Eingeschüchtert läuft sie neben ihm zur U-Bahn-Station. Am Bahnsteig müssen sie fünf Minuten auf die richtige Linie warten und die unschöne Stille zwischen ihnen lastet schwer auf Lilly. Sie würde am liebsten auf ihn einschlagen und ihm ins Gesicht brüllen, wie unfair er sich benimmt. Selbstverständlich tut sie nichts dergleichen. Seine Unnahbarkeit ist wie ein Schild, das ihn von ihrer Enttäuschung abschirmt. Sie wagt einen Blick zur Seite.

Mit zusammengepressten Lippen und verkantetem Kinn steht er da und schweigt verbissen. Sie kann spüren, wie es in ihm brodelt und kaut unschlüssig an ihrer Unterlippe herum. Nervös starrt sie nach oben auf die Anzeigetafel und zählt die Sekunden bis zum Eintreffen der Bahn. Gleichzeitig überlegt sie, wie sie Roman über die Machenschaften von Gruber aufklären soll, wenn er sich so unzugänglich gibt. Es hilft nichts. Sie muss endlich etwas tun. Und zwar jetzt!

Im Hintergrund rauscht die U-Bahn heran. Noch immer sucht sie nach den passenden Worten.

Red schon, es ist nicht schwer, den Mund aufzumachen, wispert es gehässig in ihr. *Du bist und bleibst ein Feigling.*

Anscheinend sieht Roman das genauso. Er stößt einen genervten Laut aus. „Himmelherrgott nochmal! Jetzt ziere nicht so rum und sag, was dir auf der Seele brennt. Deine Schüchternheit ist ja kaum auszuhalten. Es *nervt* langsam!"

Erschrocken über seine Grobheit macht sie einen Schritt rückwärts und merkt zu spät, dass sie zu nah am Rand des Bahnsteigs steht. Ihr Schuh verkantet sich und sie taumelt nach hinten. In Sekundenbruchteilen registriert sie, dass sie dabei ist in das Gleisbett zu stürzen und der Zug donnernd heranrauscht. Sie hört einen Schrei. War das ihr Name?

Lilly schließt die Augen, alles dreht sich und dann spürt sie starke Arme, die sie an eine feste Brust pressen. Heißer Atem schlägt in ihr Ohr, der Schock lässt nach und sie keucht entsetzt auf, als ihr klar wird, dass sie um ein Haar ihr Leben an diesem Gleis ausgehaucht hätte.

„Lilly, um Himmels Willen …“

Romans heisere Stimme ist ganz nah. Er schließt sie noch fester in seine Arme und stolpert mit ihr mehrere Schritte nach hinten, weg vom Bahnsteig, ehe er sie mit dem Rücken gegen einen Snack-Automaten presst. Mit seiner hochgewachsenen, breitschultrigen Gestalt schirmt er sie vor den Blicken der umstehenden Personen ab. Ihre Knie sind weich wie Butter, ihre Atmung geht schnell und ihr Herz rast. Sie begreift, wie knapp sie dem Tod von der Schippe gesprungen ist. Hätte Roman sie nicht rechtzeitig gepackt, wäre sie von dem Zug zermalmt worden. Von ihr wäre nicht mehr übrig geblieben, als eine blutende Masse Fleisch und Knochen.

Lilly sinkt zitternd gegen seine Brust und lehnt die Stirn an Romans Schulter. Sofort schließt er seine Arme fester um ihren Leib.

„Kleines …“ Seine Stimme ist ganz nah. Er streift ihr Ohr mit seinen Lippen und hüllt sie ein in einen Kokon aus Wärme. „Lilly, bist du noch bei mir? Soll ich dich zu einem Arzt bringen?“

Sie antwortet lediglich mit einem schwachen Kopfschütteln. Zu mehr ist sie nicht imstande. Der Schock des eben Erlebten sitzt ihr bleischwer in den Knochen. Erst, als sich seine warme Hand zärtlich in ihren Nacken schiebt und ihren Kopf nach oben zwingt, öffnet sie die Augen. Tiefe Sorge spiegelt sich in seinen wider.

„Shit, du hast mir einen gewaltigen Schreck eingejagt. Ich dachte schon …“ Er bricht ab und zieht sie fester an sich. „Mach so was nie wieder, hörst du! Du musst doch aufpassen, wo du hintrittst. Wenn dir was passiert wäre … ich wäre meines Lebens nicht mehr froh geworden.“

Hinter den Brillengläsern verschwimmt ihr die Sicht. Tränen schießen ihr in die Augen und sie blinzelt dagegen an. Eigentlich weiß sie gar nicht so recht, wieso sie weint. Vermutlich ist diese Heulerei eine verspätete Schockreaktion. Ein Teil von ihr nimmt es sogar mit Humor. Wäre sie tatsächlich gefallen, hätte sie zumindest einen spektakulären Abgang hingelegt. Was ihre stets im Mittelpunkt stehen wollende Mutter wohl zu dieser Szene gesagt hätte? Lilly kann es sich schon denken …

Ein hysterisches Kichern jagt durch ihren Körper. Lilly kann es nicht stoppen und lacht. Romans Hände rutschen auf ihre Schultern, er rüttelt sie sachte.

„Lilly, hey, komm wieder zu dir.“

„Ent… entschuldige“, japst sie und holt zitternd Luft. Sie blinzelt hektisch und der Schock lockert ihre Zunge. „Meine Mutter hätte jetzt gesagt, dass ich selbst zum Sterben zu dämlich bin“, platzt es aus ihr heraus, bevor sie es verhindern kann.

Romans Augen weiten sich, er sieht sie an, als wären ihr auf einmal zwei Hörner gewachsen. Schlagartig geht ihr auf, was sie da eben so leichtfertig ausgeplaudert hat und presst die Lippen zusammen. Peinlich berührt über diesen Ausbruch senkt sie den Blick. „Vergiss einfach, was du gerade gehört hast“, murmelt sie und drückt ihn weg. Abstand. Den braucht sie ganz dringend, um wieder in die Spur zu kommen.

Roman weicht ohne Protest zurück und räuspert sich. „Geht es denn wieder? Soll ich dich wirklich nicht zu einem Arzt bringen?“

„Nein, das ist nicht nötig. Mir geht es blendend“, lügt sie und rückt die Brille zurecht. Diese automatisierte Handlung ist so vertraut, dass sich ihr Herzschlag normalisiert und Ruhe in ihr erschüttertes Inneres einkehrt. Im Augenblick möchte sie nur ins Hotel und diesen schrecklichen Morgen hinter sich lassen.

Herr Rabe und seine Situation müssen noch etwas warten. Außerdem will sie nicht mit Roman reden, solange er dermaßen aufgewühlt ist. Vorhin schien er so voller Wut.

Die er hemmungslos an dir ausgelassen hat, als wärst du ein x-beliebiger Fußabtreter, flüstert es in ihr. *Ist doch bezeichnend, findest du nicht?*

Lilly fehlt im Moment die Kraft, um sich gegen diese selbstzerstörerischen Gedanken zur Wehr zu setzen. Die mentale Erschöpfung zerrt an ihr. Ebenso die Tatsache, dass sie letzte Nacht kaum ein Auge zugemacht und jede wache Sekunde damit verbracht hat, Romans heiße Küsse und Berührungen in ihrer Fantasie nochmal zu durchleben. Jetzt will sie einfach schlafen. Tief und traumlos.

Natürlich geht das nicht. Der Tag hat gerade erst begonnen und es gibt viel zu tun. Mit der Filiale am Karlsplatz scheint er für heute durch zu sein, aber in München gibt es noch zwei andere, die es zu besuchen gilt. Oder Roman hat die Schnauze voll von ihr und geht ohne sie.

„Willst du ins Hotel fahren oder gleich weiter in die nächste Filiale?"

Roman verneint, indem er den Kopf schüttelt. „Für heute reicht es. Wir gehen zurück und du ruhst dich nach dem Schock erst einmal aus. Am Nachmittag sehen wir weiter. Bevor wir München verlassen, möchte ich auf jeden Fall noch einmal mit Herrn Rabe sprechen." Er verzieht das Gesicht. „Die Sache ist extrem unangenehm, aber ich muss dem Mann klarmachen, dass er seinen Job verlieren wird, wenn er seine Arbeitsweise nicht ändert."

Lilly ist versucht, ihm zu widersprechen, doch sie schweigt und verschiebt das auf später. Das ist kein Thema, das man in aller Öffentlichkeit breittritt. In der Suite wird sich schon eine Gelegenheit ergeben, um Herrn Gruber und sein Fehlverhalten zu thematisieren. Sie hat es Frau Hingst versprochen.

Roman kommt näher, bleibt dicht neben ihr stehen, berührt sie aber nicht mehr. „Bist du sicher, dass du okay bist? Das war wahnsinnig knapp vorhin. Du musst doch unter Schock stehen."

„Es geht schon."

Ich habe den Anschlag meiner Mutter überlebt, da wirft mich ein heranfahrender Zug nicht aus der Bahn.

„Dann komm."

Die Fahrt und die kurze Strecke ins Hotel reden sie kein Wort miteinander. Das ist Lilly ganz recht. Sie muss sich erst sortieren und sein unschönes Verhalten verarbeiten. Die Frage nach den Gründen beschäftigt sie mittlerweile mehr als der gerade noch abgewendete Sturz ins Gleisbett. Sie ist erleichtert, als sie die Suite betreten. Jetzt kann sie sich in ihr Schlafzimmer zurückziehen.

„Ich mach mich mal frisch", murmelt sie und lässt ihn stehen. Nachdem sie beinahe von einem Zug erfasst worden wäre, sollten ein paar Augenblicke Ruhe durchaus drin sein!

Roman macht ihr wie so oft einen Strich durch die Rechnung. Er fasst nach ihrem Handgelenk und stoppt ihren Rückzug. „Warte", sagt er und dreht sie an der Schulter zu sich um.

Sein Blick ruht einige Wimpernschläge lang auf ihrem Gesicht, dann seufzt er und fährt sich mit unbehaglicher Miene durchs Haar. „Lilly, ich muss mich bei dir entschuldigen. Wie ich dich im Laden und später am Bahnsteig angefahren habe, ging gar nicht. Das war unterste Schublade und es tut mir ehrlich leid. Ich habe gar keine Erklärung dafür."

Wenigstens entschuldigt er sich. Lilly ist auch nicht sauer auf ihn, eher enttäuscht, weil er in wenigen Minuten etwas kaputtgemacht hat, was sich über Tage hinweg zwischen ihnen entwickeln durfte. Sein unsachliches Benehmen hat sie verstört und nun weiß sie nicht, wie sie mit ihm umgehen soll.

„Entschuldige dich nicht. Du warst eben angespannt und ich habe es schon längst vergessen. Es ist alles gut."

Lilly ist erstaunt, wie leicht ihr diese Lüge über die Lippen geht.

„Das ist es nicht und das weißt du."

Als er die Hand hebt, um sie zu berühren, zuckt sie zurück. Roman verzieht schmerzlich das Gesicht, anschließend geistert ein zynisches Grinsen über seine schönen Züge. „Oh ja, ich kann sehen, wie *gut* das zwischen uns wieder ist. Wie wäre es zur Abwechslung mal mit deiner echten Meinung? Du musst sie nicht herunterschlucken, nur weil ich dein Chef bin."

Sein Kommentar weckt ihre widerspenstige Seite.

„Du willst also meine Meinung? Bitte, sehr gerne. Ich bin enttäuscht. Du warst ungerecht und hast mich behandelt wie eine Idiotin, obwohl ich nichts Falsches getan habe. Im Übrigen … wenn dich meine Schüchternheit so nervt, dann ist es wohl besser, ich fahre mit dem nächsten Zug nach Hause. Ich habe dich nicht darum gebeten, mich mitzunehmen."

Schwer atmend steht sie ihm gegenüber und hört sein gemurmeltes „Shit, das ist mal richtig mies gelaufen."

Damit trifft er den Nagel auf den Kopf. Erschöpft zeigt sie mit dem Daumen nach hinten. „Kann ich jetzt auf mein Zimmer oder hast du mir noch etwas zu sagen?"

Roman zieht eine Schnute, die sie unter anderen Umständen niedlich gefunden hätte. Er verhält sich gerade wie ein verwöhnter Bengel, der es nur schwer erträgt, wenn er nicht bekommt, was er will. Das macht ihn normalerweise nicht unsympathisch.

Jetzt empfindet sie seine Mimik jedoch als persönlichen Angriff. Was sich sofort in ihrer Körperhaltung niederschlägt. Sie spannt sich noch mehr an und presst die Kiefer aufeinander. Romans scharf konturierte Lippen formen sich zu einem bissigen Lächeln. „Da du offenbar kein Interesse an einer ehrlichen Entschuldigung hast und lieber die beleidigte Zicke spielst, werde ich dir den Gefallen tun und dich von meiner lästigen Gegenwart befreien. Du hast den Rest des Tages zur freien Verfügung, ich brauche dich nicht mehr."

„Fein."

Sie hebt das Kinn und blickt stoisch an ihm vorbei. Trotz ihrer tiefen Gefühle für Roman hat sie im Moment keine Lust, Zeit mit ihm zu verbringen. Nur eine Sache muss sie jetzt doch ansprechen, obwohl der Zeitpunkt denkbar ungünstig ist. Aber da er sie sozusagen suspendiert hat – zumindest für den Rest des Tages – und sie nicht weiß, ob sie ihm heute noch über den Weg läuft, muss sie handeln.

„Eines noch …"

Seine Augenbraue klettert fragend nach oben. Seine Wangenmuskeln zucken unkontrolliert. „Bitte, sprich dich ruhig aus“, antwortet er spöttisch.

„Es geht um Herrn Rabe. Frau Hingst hat mir was anvertraut, während du dich mit ihm im Büro unterhalten hast.“

„Und was hat dir die arme Frau Hingst erzählt?“

Sein überheblicher Tonfall macht sie unfassbar wütend. Normalerweise erstickt sie solche Regungen, bevor sie sich festsetzen können. „Sie ist tatsächlich arm dran“, antwortet sie möglichst würdevoll.

„Herr Gruber hat eine etwas merkwürdige Auffassung von Personalführung. Laut Frau Hingst stellt er trotz normaler Personalfluktuation keine neuen Leute ein und setzt die verbliebenen Mitarbeiter wahllos in allen Filialen ein, sobald ein Engpass entsteht. Dabei nimmt er keine Rücksicht auf freie Tage oder Urlaube. Die Folge ist natürlich, dass nicht nur eine, sondern praktisch alle Filialen laufend unterbesetzt sind und die restlichen Leute kaum noch mit ihrer Arbeit hinterherkommen. Das ist der Grund für die Beschwerden in seinem Gebiet.“

„Was?“, stößt er hervor.

Anscheinend hat Herr Rabe tatsächlich nichts verraten, um sich zu verteidigen. Lilly hebt hilflos die Schultern und ringt sich die Andeutung eines Lächelns ab.

„Er ist wahr. Der Kerl tut das, weil die Umsätze allgemein rückläufig sind und er bei vergleichsweise hohen Personalkosten seinen Jahresbonus nicht bekommt.“

Romans Fäuste öffnen und schließen sich. „Dieser unfähige Dilettant“, murrt er und schließt kurz die Augen, ehe er Lilly wieder ansieht. „Danke für die Information. Ich fahre zurück und werde der Sache nachgehen.“

„Gut.“ Mehr hat sie nicht zu sagen. Sie braucht ein paar Minuten für sich allein, um sich zu sammeln. Hastig wendet sie sich ab und flüchtet in ihr Zimmer. Dort legt sie sich aufs Bett und schließt erschöpft die Augen. So hat sie sich diesen Tag nicht vorgestellt.

Als sie wieder aufwacht, liegt das Zimmer im Dunkeln. Ein schneller Blick auf die Digitalanzeige der Uhr zeigt, dass es bereits kurz nach neunzehn Uhr ist. Erschrocken setzt sie sich auf und rutscht an die Bettkante. Lilly tastet nach dem Lichtschalter und schon erhellt warmer Schein den hinteren Teil des Raums. Sie reibt sich über die Augen und gähnt verhalten. So langsam kommt ihr Gehirn in Gang und sie lockert mit kreisenden Bewegungen die stocksteifen Schultern. Es wundert sie nicht, dass sie so lange geschlafen hat. Die heutigen Ereignisse haben ihr sehr zugesetzt und ihr Körper hat die Notbremse gezogen und auf Standby geschaltet.

Sie fühlt sich um Längen besser. Lediglich ihr Magen protestiert und knurrt vernehmlich. Seit dem Frühstück hat sie nichts mehr zwischen die Zähne bekommen. Lilly tastet nach der Brille, die sie auf dem Nachttisch abgelegt hat und setzt sie aus purer Gewohnheit auf. Seit Romans ungewöhnlichem Interesse an ihrer Person spielt Lilly mit dem Gedanken, sie nicht mehr ständig zu tragen. Jetzt ist davon keine Rede mehr. Warum sollte sie das tun? Um hübsch für jemanden zu sein, der jeden Tag von schönen Frauen umgeben ist und sie bei der erstbesten Gelegenheit wie einen Fußabtreter behandelt?

Wahrscheinlich kann er sie nach dem Streit von heute Vormittag nicht schnell genug loswerden. Was sicher auch das Beste wäre. Sie wird hier nicht mehr gebraucht. Der Grund für die Beschwerden ist entdeckt, den Rest kann Roman allein regeln.

Vermutlich wird er die anderen Filialen nicht mehr aufsuchen, sondern sich telefonisch mit den restlichen Filialleitern in Verbindung setzen. Sie wird zurück in den Kundenservice gehen und wieder unsichtbar sein. Der Gedanke tut unfassbar weh. Ohne es zu wollen, hat sie sich an seine Gegenwart gewöhnt. An sein freches Lächeln und vor allem an die Komplimente, die ihrem Selbstwertgefühl einen nie gekannten Schub verpasst haben. Ihr Hals krampft sich zusammen und sie schließt die Augen, um die aufsteigenden Tränen zurückzudrängen. Sie muss wieder klar im Kopf werden. Das mit Roman war eine schöne Illusion, aber Traumprinzen wie er küssen keine Mauerblümchen. Je eher sie das begreift, umso weniger schmerzhaft wird die nächste Zeit für sie werden.

Mit steifen Gliedern verlässt sie das Bett und geht ans Fenster, um die Vorhänge zu schließen. Die vielen Lichter draußen und der Schnee, der sich auf die Dächer und Straßen gesenkt hat, verleihen der Stadt einen mythischen Hauch. Für ein paar Sekunden steht sie da und genießt die Aussicht, dann zieht sie mit einem schweren Seufzer die Stoffbahnen zu und tapst ins Bad, um sich frisch zu machen.

Ihre zerknautschten Gesichtszüge glätten sich langsam und sie beschließt, sich hinauszuwagen. Schließlich muss sie was essen und niemandem ist geholfen, wenn sie verhungert. Sie verlässt das Schlafzimmer und steht im Wohnraum der Suite. Auch hier ist es dunkel. Roman scheint nicht da zu sein. Sie findet nirgends eine Nachricht über seinen Verbleib. Umso besser. Erneut steigt ungewohnter Trotz in ihr auf. Er treibt sie an und flößt ihr eine Stärke ein, die sie noch nie an sich wahrgenommen hat. Möglicherweise war diese ganze Geschichte mit Roman doch zu etwas gut. Er hat sie wachgeküsst und mit ein bisschen Glück, fällt sie nie wieder in diesen Dornröschenschlaf, der sie über Jahre hinweg daran gehindert hat, ein normales Leben zu führen. Sie ist noch jung und einem Martyrium entkommen, an dem andere zerbrochen wären.

Heißt das nicht, dass sie genug Kraft besitzt, um alles zu erreichen, was sie will?

„Übertreib es nicht, Lilly“, murmelt sie und verdreht selbstironisch die Augen über ihre gefühlsduseligen Gedanken. „Für den Anfang reicht es, wenn du dich aus der Suite traust, um deinen leeren Magen zu füllen.“

Sie holt ihre Handtasche und macht sich auf den Weg nach unten in den Speisesaal. Ein Kellner bringt sie an einen Tisch und reicht ihr die Karte. „Wollen Sie schon etwas zu trinken bestellen?“, fragt er höflich.

Lilly muss nicht lange überlegen. „Ich hätte gerne eine Maracuja-Schorle.“

„Kommt sofort.“

Mit einer kleinen Verbeugung geht er davon und sie studiert eingehend die Karte. Die Ravioli, gefüllt mit Spinat und Ricotta, garniert mit Parmesan und Schnittlauch, klingen sehr gut. Sie ist zwar keine Vegetarierin, aber auch keine große Fleischesserin.

Es dauert nicht lange und der emsige Kellner stellt ihr das Glas hin und lächelt zurückhaltend. „Ihre Maracuja-Schorle."

Lilly bedankt sich artig und lächelt ihn an. Mit den dunklen Strubbelhaaren und der runden Brille erinnert er sie ein bisschen an Harry Potter.

„Möchten Sie schon bestellen? Oder warten Sie noch auf jemanden?"

„Nein, ich esse alleine", erwidert sie.

Eine halbe Stunde später schiebt sie den Teller gesättigt von sich und sieht sich neugierig um. Der Speiseraum ist ziemlich voll und bis auf zwei ältere Herren und ihr sitzt niemand allein am Tisch. Auf einmal fühlt sie sich sehr einsam. Die kurze Trotzphase ist verflogen und sie sehnt sich nach Romans Gesellschaft, seinem bissigen Witz und seinem charmanten Lächeln. Wo er jetzt wohl sein mag? Trostlosigkeit macht sich in ihr breit. Die Reise hat so vielversprechend begonnen und nun sitzt sie mutterseelenallein hier rum und fühlt sich wie bestellt und nicht abgeholt. Sie ordert trotzdem noch etwas zu trinken und behält die Tür des Speisesaals im Auge. Insgeheim hofft sie, dass Roman hindurchtritt und sich dann zu ihr setzt. Leider vergeblich. Er kommt nicht.

Bestimmt hat er was Besseres zu tun und amüsiert sich in einem schicken Münchner Club. Frustriert lässt Lilly das Essen und die Getränke auf die Suite schreiben und macht sich auf den Weg zurück in ihr Zimmer.

Kapitel 15

Kann der Tag noch beschissener werden? Roman steuert nach einem nervenaufreibenden Nachmittag in der Filiale die schummrige Hotelbar an. Er ist müde und sehnt sich nach einem Drink und etwas Ablenkung. Zurück in die Suite will er nicht. Der Streit mit Lilly geht ihm an die Nieren und er weiß nicht, wie er ihr gegenübertreten soll, nachdem er sie heute Morgen so gnadenlos runtergeputzt hat. Er bereut sein harsches Verhalten und würde am liebsten alles rückgängig machen. Sein Ärger über den desolaten Zustand der Filiale hat sich vermischt mit dem Frust wegen der unerwarteten Gefühle, die sie ihm seit Tagen beschert. Anstatt wie ein Erwachsener mit der Situation umzugehen, gebärdet er sich wie ein Kleinkind und verletzt die Person, die es am wenigsten auf der Welt verdient hat. Sein Magen zieht sich unangenehm zusammen. Und dann der Moment auf den Gleisen. Roman bricht der kalte Schweiß aus, sobald er sich den erlebten Schrecken in Erinnerung ruft. Um ein Haar wäre sie vor den Zug gestürzt und ums Leben gekommen …

Denk nicht mehr dran. Schlag sie dir endlich aus dem Kopf.

An der Bar ist nicht allzu viel los. Es ist erst kurz nach achtzehn Uhr und bis auf ein paar einsame Seelen ist hier niemand zu sehen. Ein Geschäftsmann sitzt an einem Tisch in der Ecke, ansonsten sichtet er nur ein Pärchen. Die Frau himmelt den Kerl offensichtlich an. Die Anbetung der Frau erinnert ihn an Lilly. Bei dem Gedanken sticht es ganz merkwürdig in seiner Brust. Wahrscheinlich wird sie ihn nie wieder so ansehen, nachdem er sich heute so benommen hat. „Shit, geh einfach aus meinem Kopf raus“, murmelt er erbost und setzt sich auf einen Hocker. Roman hebt zwei Finger, um dem Barkeeper zu signalisieren, dass er bestellen will.

Der kommt beflissen herangeeilt. „Was darf ich Ihnen bringen?“

„Einen Wodka bitte. Zimmertemperatur.“

Die Hotelbar hat nur die besten Spirituosen im Programm, das gilt auch für den Wodka, der bei guter Qualität keineswegs eisgekühlt serviert werden muss

Roman will sich betäuben und diesen ätzenden Tag und seine Schuldgefühle einfach wegspülen

„Kommt sofort!“

Den Kopf gesenkt, starrt Roman wenige Minuten später in sein Glas und überlegt, was er tun soll Die Rundreise durch die Filialen hat sich erledigt, er kennt jetzt die Gründe für den exorbitanten Anstieg der Beschwerden und die Gegenmaßnahmen sind schon eingeleitet Gruber ist seit heute Geschichte und wurde freigestellt Frau Dr Faßbender wird einen Aufhebungsvertrag vorbereiten und dafür Sorge tragen, dass Gruber die Bonuszahlungen nachträglich zurückzahlt, ansonsten wird die Angelegenheit rechtliche Konsequenzen für ihn haben Die Besuche in den Geschäften möchte Roman dennoch nachholen, sobald die Filialen die Möglichkeit hatten, ihre personelle Situation aufzustocken und alles auf Vordermann zu bringen Ein Bezirksleiterspringer soll Herrn Rabe sowie seine Kollegen dabei unterstützen Für Übermorgen hat er eine Tagung bei Herrn Rabe einberufen Die Führungskräfte aus Grubers ehemaligem Bezirk sollen sich in der Münchner Filiale einfinden und über die Sachlage aufgeklärt werden Auch weil er deren Aussagen, im Falle einer gerichtlichen Auseinandersetzung, brauchen wird

Er ist nach wie vor fassungslos über Grubers Dreistigkeit Nachdem Roman Herrn Rabe noch einmal aufgesucht und ihn mit Frau Hingst Geständnis konfrontiert hat, ist der Mann vor seinen Augen komplett zusammengebrochen Sichtlich angeschlagen hat er erzählt, wie skrupellos Gruber vorgegangen ist, um sich den hohen Jahresbonus zu sichern Der elende Scheißkerl hat mitgedacht und die Personalkosten nie der jeweiligen Filiale belastet Offiziell haben die Mitarbeiter ihre eigenen Filialen nie verlassen Deswegen hat auch nie jemand mitbekommen, dass Gruber die Leute wie Schachfiguren hin und her geschoben hat Die Angestellten waren von seiner aggressiven Rhetorik so eingeschüchtert, dass sie gar nicht auf die Idee gekommen sind, sich Hilfe zu suchen.

Erst Lillys geradlinige Ausstrahlung hat Frau Hingst dazu bewogen den Mund aufzumachen. Es ist also in vielerlei Hinsicht eine gute Entscheidung gewesen, sie auf diesen Trip mitzunehmen. Und jetzt?

Roman denkt ernsthaft darüber nach, sie morgen nach Hause zu schicken. Das wäre sicher das Beste für sein Blümchen, denn wenn sie bleibt, wird er sich nicht von ihr fernhalten können. Er weiß das. Er weiß es nur zu gut.

Nachdenklich setzt er sein Glas mit dem Wodka an die Lippen und nimmt einen tiefen Schluck.

„So wie Sie das Zeug runterkippen, scheint der Wodka entweder nach Wasser zu schmecken oder er hat eine außergewöhnlich gute Qualität."

Die weibliche Stimme hat einen flirtenden Unterton. Roman setzt sein Glas bedächtig ab und lächelt. Das ist genau die Ablenkung, nach der er gesucht hat. Er dreht sich zur Seite und mustert die attraktive Schwarzhaarige, die auf dem Hocker neben ihm Platz nimmt und seinen taxierenden Blick amüsiert erwidert. Anerkennend hebt er eine Braue. Die Frau sieht verdammt gut aus. Ihre lässige Haltung und die unauffällige Eleganz ihres enganliegenden feuerroten Kleides gefallen ihm. Automatisch verzieht er den Mund zu einem trägen Lächeln. In ihren Augen blitzt es verlangend auf. Sie ist definitiv interessiert und leckt sich über die sorgfältig geschminkten Lippen.

„Wenn Sie die Qualität des Wodkas so sehr beschäftigt, sollten Sie ihn probieren", raunt er und erntet ein leises Lachen. Es kribbelt in seiner Leistengegend. Sein Körper sehnt sich nach einer weichen, willigen Frau und die üppigen Formen der Schwarzhaarigen würden selbst einen Heiligen in Versuchung führen. Nur, dass er keiner ist und sich nicht zurückhalten muss.

Dann ... ganz unerwartet ... geistert ein Bild durch seine Gedanken. Es ist Lillys Gesicht. Ihre großen grauen Augen, voller Vertrauen und verhaltener Lust.

„Shit", murmelt er und schüttelt den Kopf, um diesen Flashback loszuwerden.

„Bitte?“

Die Dunkelhaarige hebt irritiert die perfekt gezupfte Braue, ihr Lächeln kühlt merklich ab. Roman unterdrückt einen Fluch und schenkt ihr sein charmantestes Grinsen.

„Sorry, das war nicht gegen Sie gerichtet. Mir ist nur etwas eingefallen, das ich lieber vergessen will.“

„Dieses *Etwas* ist nicht zufällig weiblich und könnte Sie davon abhalten, mich auf einen Wodka einzuladen?“, haucht sie und lächelt hintergründig.

Die Frau ist verdammt sexy. Versonnen neigt er den Kopf und schaltet ebenfalls in den Flirtmodus. „Warum finden Sie es nicht heraus?“

Ihre Mimik zeigt deutlich, worum es ihr wirklich geht. Diese Frau braucht keinen Smalltalk, keine Erklärungen und erst recht keinen Alkohol. Sie will Sex. Möglichst viel, möglichst schmutzig und vor allem wild. Mit dem Finger fährt sie wie zufällig an ihrem Ausschnitt entlang und lenkt so seine Aufmerksamkeit auf ihre Oberweite. Er bezweifelt, dass ihre Brüste echt sind, aber das ist ihm egal. Ihr eindeutiges Verhalten macht diesen Makel wett. Endlich verkehrt er wieder mit einer Frau, die weiß, was sie will. Bei ihr muss er nicht aufpassen, was er sagt oder tut, sie weiß wie das Spiel läuft und muss nicht mit Samthandschuhen angefasst werden. So wie Lilly. Insgeheim weiß er, dass er seinem Blümchen damit unrecht tut. Es ist gerade ihre Zurückhaltung, die sie so anziehend macht und ihn langsam in den Wahnsinn treibt. Gott, er begehrt Lilly so sehr, dass es ihn innerlich zerreißt. Trotzdem sitzt er jetzt hier und ist fest entschlossen, heute Nacht eine andere flachzulegen, weil er den Druck in seinem Unterleib kaum noch aushält. Seit Nicole hat er keine Frau mehr im Bett gehabt. Gut, das ist noch nicht lang her, aber es kommt selten vor, dass er länger als drei Tage am Stück ohne Sex auskommen muss und Lilly hat ihn gestern Abend mit ihren Küssen fast um den Verstand gebracht.

„Also, wie sieht's aus? Leisten Sie mir ein wenig Gesellschaft?“, drängt er sanft.

„Ich nehme deine Einladung gerne an“, haucht sie und benutzt ganz selbstverständlich das vertrauliche Du. Sehr schön.

Am erregten Glitzern in ihren schokoladenbraunen Augen erkennt er überdeutlich ihre Lust auf ihn. Roman lächelt und winkt zum zweiten Mal an diesem Abend den Barkeeper herbei.
Eine Stunde später weiß er mehr über sie. Sandrine ist Single. Mit ihren fünfunddreißig Jahren ist sie schlappe sieben Jahre älter als er und eine gestandene Geschäftsfrau.
Aktuell ist sie auf Einkaufstour für ihre drei Dessousläden und wird morgen früh wieder abreisen. Eigentlich die perfekten Rahmenbedingungen für einen heißen und unverbindlichen One-Night-Stand. Wenn sich sein Verstand und sein Gewissen nur nicht so sehr dagegen sperren würden. Ständig spukt ihm Lillys sanftes Gesicht im Kopf herum. Es ist zum Kotzen. Er ist drauf und dran Sandrine in den nächsten Minuten auf ihr Zimmer zu begleiten und er hat nichts Besseres zu tun, als sich mit einer anderen zu beschäftigen.

„Erzähl mal“, fällt Sandrines in seine Gedanken ein. „Gibt es jemand besonderen in deinem Leben oder läufst du als Single durch die Welt?“

„Ist das wichtig?“

„Versteh mich nicht falsch. Wenn du eine Freundin hast, stört mich das nicht. Es ist dein Leben, dein Gewissen und mir geht es nur um ein bisschen Spaß. Aber ich bin neugierig.“

Sie beäugt ihn abwartend und erneut regt sich Widerstand in ihm. Unvorstellbar, dass Lilly ihre Gunst so freizügig verschenken würde, wie Sandrine es zu tun pflegt. Dafür ist sie viel zu scheu. Lilly gehört zu den Frauen, die Sex und Liebe nie und nimmer trennen können. Das macht ihm zu schaffen. Wenn er sich vergisst und mit ihr schläft, wird er ihr Herz mit sich nehmen, sobald er sie verlässt. Das kann er niemals wieder rückgängig machen.

Unwillkürlich vergleicht er Lilly mit Sandrine. Sie ist nicht so überwältigend attraktiv wie sein potenzieller One-Night-Stand und dennoch schlägt sein Herz schneller, sobald er an sein Mauerblümchen denkt und sich ihr befangenes Lächeln in Erinnerung ruft. Sandrine löst nichts dergleichen bei ihm aus. Klar, sie sieht fantastisch aus und sein Schwanz reagiert auf ihre Gegenwart, doch es ist eine rein körperliche Reaktion. Shit, das ist alles so verkehrt. Dieser Abend, die Drinks, die Frau an seiner Seite. Lilly sitzt oben in der Suite und ist bestimmt verunsichert und einsam, nachdem er sie heute so unfair behandelt hat. Er möchte viel lieber bei ihr sein. Stattdessen baggert er mehr oder weniger lustlos an einer Frau rum, die ihm rein gar nichts bedeutet und die er danach nie wiedersehen wird. Der Sex wäre wahrscheinlich gut, aber seelenlos. Bis jetzt hat ihm das gereicht. Was hat sich geändert?

Du hast dich verändert, flüstert es leise in ihm und er muss wieder an Lilly denken. Unglaubliche Sehnsucht nach ihr brandet in ihm auf. Was zur Hölle tut er hier eigentlich? Die Frau, die er wirklich begehrt, wird er in keiner Bar der Welt aufgabeln, er hat sie schon längst gefunden.

Schnell kippt er den Rest des Wodkas herunter, sein dritter mittlerweile, und fasst einen Entschluss. „Hör mal, Sandrine … ich weiß, du wirst mich für komplett bescheuert halten, aber ich denke, es wäre besser, wenn sich unsere Wege jetzt trennen."

Fuuuuuck, das hat er nicht wirklich gesagt?

Sandrine bleibt gelassen und wirft ihm einen ironischen Seitenblick zu. „Wie heißt sie denn?"

Verblüfft reißt er die Augen auf. „Wie kommst du darauf?"

Sie hebt die Hand und unterbricht seinen Redefluss. „Bitte, ich bin eine erwachsene Frau, mein Hübscher. Denkst du, ich habe nicht gemerkt, dass du in Gedanken ständig abgeschweift bist? Also, erzähl mir von ihr? Wie bereits erwähnt, bin ich von Natur aus wahnsinnig neugierig."

„Es ist egal, wer sie ist", flüstert Roman dumpf. „Ich habe es heute gewaltig versaut."

„Und da dachtest du, ein One-Night-Stand mit einer Fremden ist die Lösung all deiner Probleme."

Sandrines heiseres Lachen lässt ihn die Stirn runzeln. „Findest du das witzig?"

„Ich amüsiere mich nicht über dich, sondern über Männer im Allgemeinen. Ihr mutiert alle zu treuen Schoßhündchen, wenn ihr euch verliebt."

„So ist es mit ihr nicht. Wir haben keine Beziehung und ich liebe sie auch nicht."

Sandrine winkt genervt ab. „Dann bist du eben verknallt oder vernarrt in sie. Fakt ist, dass du die Gelegenheit zu heißem Sex ausschlägst, da dir eine ganz besondere Frau nicht aus dem Kopf geht.“ Sie verzieht den Mund zu einem halben Lächeln. „Wie bedauerlich. Du bist bestimmt ein Tier im Bett. Du hast diesen gewissen Blick.“

„Ich bin auch nicht verknallt!“ Er presst die Lippen zusammen, weil sich bei dieser Aussage sein Inneres krampfhaft zusammenzieht, als würde sein Körper die Lüge erkennen und ihn bestrafen.

„Aber?“

Unwillig erwidert er Sandrines belustigten Blick. „Aber ich mag sie“, gibt er zu. „Sehr sogar.“

Es fällt ihm schwer, das zuzugeben. Sandrine merkt ihm sein Unwohlsein an und zuckt mit den Achseln. „Wie auch immer. Es geht mich sowieso nichts an.“ Sie streicht zart über seinen Oberarm. Das Jackett hat er vor einer Weile abgelegt, er kann spüren, wie ihre Nägel über den Stoff des Hemdes schaben. „Auf jeden Fall ist es verdammt schade, dass du einen Rückzieher machst. Du hättest es nicht bereut, das garantiere ich dir.“

Der Anstand zwingt ihn zu antworten. „Sicher nicht. Du bist wunderschön und wenn sie nicht wäre ...“

Verflucht, was redet er hier? Verwirrt senkt er den Blick und furcht die Stirn, als ihm klar wird, dass er gerade einer Klassefrau eine Abfuhr erteilt, weil er es nicht über sich bringt, sie anzufassen, solange Lilly in der Nähe ist. Was wird passieren, sobald sie zurück sind? Was zur Hölle soll er tun?

Die Lippen zusammengepresst, blickt er auf. Sandrines Gesichtsausdruck wird fast wehmütig. „Sie ist ein glückliches Mädchen.“

Nein, ist sie nicht, weil ich ein mieses, manipulatives Arschloch bin.

„Ist sie auch hier im Hotel?“, bohrt Sandrine weiter. Ihre Neugier nervt ein wenig. Er möchte nicht über Lilly reden, schon gar nicht mit ihr, doch sein Beinahe-One-Night-Stand lässt nicht locker.

„Soll ich dir was verraten?“

Fragend sieht er sie an und sie grinst „Du bist mir bereits gestern Nachmittag aufgefallen, Roman Als du mit einer niedlichen Blondine eingecheckt hast Typ Bücherwurm Ich fand dich scharf, aber ich habe sofort gesehen, wie bemüht du um sie warst, regelrecht beschützend Liege ich recht in der Annahme, dass du dich in die Kleine verguckt hast?“

Er nickt, ohne nachzudenken und ihr Lachen hört sich eine Spur empört an Ungläubig

„Tja, wo die Liebe hinfällt“, murmelt sie und mustert ihn aufmerksam „Dir ist schon klar, dass ihr eigentlich gar nicht zusammenpasst Sie ist so ein ...“

„Mauerblümchen?“, hilft er ihr aus, als sie verstummt Vermutlich aus Höflichkeit

„Das hast *du* gesagt“, antwortet sie und lächelt unbehaglich „Aber die Bezeichnung passt gut zu ihr “ Sandrine schüttelt den Kopf und murmelt: „Ich kann nicht fassen, dass du sie mir vorziehst “ Schließlich seufzt sie und sucht den Blickkontakt zu ihm „Wenn du sie willst, wieso zum Teufel sitzt du dann noch hier?“

„Hab Mist gebaut“, brummt er „Das habe ich doch schon gesagt “

Sandrine schnaubt „Ich bitte dich Männer wie du müssen nur mit den Fingern schnippen und bekommen alles, was sie wollen Hol sie dir! Wo liegt das Problem?“

„Ich bin nicht gut für sie“, gibt er leise zu Roman weiß nicht, wieso er sich bei Sandrine über sein Privatleben auslässt Ihr Lächeln bekommt eine bittersüße Note „Du willst also vernünftig sein, aber ich sage dir, das liegt nicht in deiner Natur Du scheinst impulsiv zu sein, leidenschaftlich Und der gesunde Menschenverstand hat Männer und Frauen noch nie davon abgehalten, eine Dummheit zu begehen “

„Das stimmt wohl “

Sie rutscht vom Barhocker und streicht sich ihr rotes Samtkleid glatt Es schmiegt sich wie eine zweite Haut um ihre Formen und doch regt sich nichts mehr bei ihm Sandrine wird den Hunger in ihm nicht stillen können Auch keine andere Das wird ihm in diesen Sekunden überdeutlich klar

„Komm schon, Romeo. Rette mein Ego und bring mich auf mein Zimmer, damit es nicht so aussieht, als hätte ich mich umsonst eine Stunde lang ins Zeug gelegt, um dich zu verführen. Und dann geh zu diesem Mädchen und bring das wieder in Ordnung."

Ein wenig überrascht erwidert er Sandrines humorvollen Blick. Es liegt nicht an der fehlenden Stutenbissigkeit, sondern an der Titulierung *Mädchen*. Lilly ist zwar unscheinbar, aber zweifelsohne eine Frau. „Wieso bezeichnest du sie als Mädchen?"

Sandrines Lächeln vertieft sich, erreicht jedoch ihre Augen nicht. „Wenn Männer wie du am Haken hängen, verlieben sie sich in unschuldige junge Dinger und nicht in wandelnde Sexbomben wie mich."

Ihr ungebrochenes Selbstbewusstsein zaubert ein Lächeln auf Romans Gesicht. Er mag Sandrine. Sie nimmt sich selbst nicht zu ernst und wirkt trotz der Abfuhr gelassen und in sich ruhend. Sie hält sich auch nicht mit rachsüchtigen Gedanken oder gar mit Selbstmitleid auf.

„Klingt so, als hättest du schon deine Erfahrungen mit Männern *wie mir* gemacht."

Er zwinkert ihr zu. Sandrines Lachen ebbt ab, eine gewisse Traurigkeit schleicht sich in ihre unergründlichen Augen. „Oh ja, das habe ich."

„Erzählst du mir davon?"

Irgendwie hat er das Gefühl, ihr zuhören zu müssen. Weil sie es auch getan hat. In einer beinahe entschuldigenden Geste hebt sie die Schultern.

„Da gibt es nicht viel zu erzählen. Ich hatte vier Jahre lang eine Affäre mit einem wirklich aufregenden Mann. Es war das perfekte Arrangement, ohne dass wir uns gegenseitig die Luft zum Atmen genommen haben. Richard war ... nein, er *ist* sehr attraktiv, weltgewandt und beruflich wahnsinnig erfolgreich. Er ist Architekt, kennt viele wichtige Leute und weiß genau, was Frauen wollen. Genau meine Kragenweite. Wir hatten beide kein Interesse an einer traditionellen Beziehung. Treue, Nestbau und Familienplanung, das war nichts für uns. Wir waren zusammen und sind trotzdem unsere eigenen Wege gegangen.

Es war die pure Glückseligkeit, das habe ich zumindest immer geglaubt."

Sie schweigt kurz, ein zynisches Grinsen erblüht auf ihrem Gesicht

„Und dann läuft ihm aus heiterem Himmel so ein junges Ding vors Auto und er verknallt sich Hals über Kopf Er sei machtlos dagegen, hat er gesagt und das war's dann für mich. Wir haben uns getrennt und er hat die kleine Maus kurz darauf geheiratet." Sandrine seufzt, ein frustrierter Laut, der ihre Ungläubigkeit darüber widerspiegelt, abserviert worden zu sein

„Die ganze Geschichte war demütigend. *Mich* wollte er nie heiraten Nicht, dass ich scharf darauf gewesen wäre, ich bin nicht der Typ dafür Aber ich dachte, nein, ich war mir sogar sicher, ihm ginge es genauso War leider ein Trugschluss Richard hat anscheinend wie jeder Kerl das Bedürfnis seine Gene für die Nachwelt zu bewahren und dafür sucht ihr euch Mädchen, die ... sagen wir mal ... noch nicht so viel Zeit in der Horizontalen verbracht haben."

So locker, wie sie das darstellt, nimmt sie das nicht Roman spürt den Schmerz, den sie nicht zulassen will, weil es für sie eine Niederlage bedeutet Aber er ist nicht ihr Beichtvater und auch nicht für ihr Lebensglück verantwortlich Verpflichtet fühlt er sich nur Lilly

Räuspernd deutet er zum Ausgang. „Ich begleite dich natürlich gerne. Und danke fürs Zuhören."

Sie winkt ab und setzt sich in Bewegung. „Ach, lass nur. Ich bin kein Engel und wenn ich die Möglichkeit sehen würde, dich trotz dieses Mädchens rumzukriegen, würde ich nicht zögern Aber ich weiß, wann ich verloren habe und da ich ungern kostbare Zeit verschwende, gehe ich jetzt aufs Zimmer und halte meinen Schönheitsschlaf Die Konkurrenz schläft nicht und sie wird im Vergleich zu mir immer jünger."

Mittlerweile befinden sie sich vor der Bar in der Hotelhalle Roman bleibt stehen und beugt sich lächelnd zu ihr herunter „Du bist eine wahnsinnig schöne Frau, Sandrine. Du steckst die ganzen jungen Dinger locker in die Tasche."

„Die kleine Blondine auch?", fragt sie und lächelt listig.

Roman bleibt ernst. „Lilly ist außer Konkurrenz, weil ich selbst nicht weiß, was das zwischen uns ist.“

Die rassige Sandrine wirft lachend den Kopf zurück. „Lilly ... sogar ihr Name klingt süß. Ich fürchte, gegen eine solche Unschuld hat auch ein scharfes Luder wie ich keine Chance.“ Sie fährt ihm mit ihrem Fingernagel über die Wange und übers Jackett. „Schade, wirklich verdammt schade“, haucht sie lasziv und beißt sich in die Unterlippe. „Ich schwöre, ich hätte dich in den siebten Himmel gevögelt.“

Gerade als er auf den harmlosen Flirtversuch antworten will, sieht er aus dem Augenwinkel eine Bewegung bei den Aufzügen. Er blickt auf und entdeckt Lilly, die mit schmerzlich verzogener Miene in seine Richtung starrt, ehe sich die Türen schließen.

„Shit“, murmelt er.

„Was ist?“

„Lilly ... sie war hier unten und hat uns gesehen.“

Sandrine schmunzelt. „Dann wirst du dich wohl doppelt ins Zeug legen müssen.“ Sie tippt seine Schulter an. „Weißt du was? Ich finde den Weg in mein Zimmer auch allein. Du solltest ihr hinterhergehen und vor ihr auf die Knie fallen. Süße Mädchen lieben reumütige Verführer.“

Dass sie die Schlappe so lässig hinnimmt, imponiert ihm. Roman drückt ihre Schultern. „War nett, dich kennenzulernen“, sagt er ehrlich und macht sich dann auf die Socken. Er kann es kaum abwarten, Lilly zu folgen, um ihr zu beweisen, wen er wirklich will. Gegen alle Widerstände und gegen alle Vernunft.

Als er wenige Minuten später die dunkle Suite betritt, ist alles totenstill. Ist sie überhaupt hier? Er bleibt kurz stehen und sieht sich um. Langsam gewöhnen sich seine Augen an die Dunkelheit und er atmet erleichtert auf. Unter dem schmalen Spalt ihrer Zimmertür schimmert Licht hindurch und er hört ein Geräusch einer sich öffnenden Tür. Vermutlich geht sie ins Bad oder verlässt es gerade. Er setzt sich für einen Augenblick auf die

Lehne eines Sessels und sammelt seine davon galoppierenden Gedanken ein. Wie wird sie reagieren, wenn er vor ihr steht? Erwarten ihn Tränen oder tut sie so, als wäre nichts gewesen, und zieht sich wieder in ihr Schneckenhaus zurück? Zum ersten Mal fragt er sich ernsthaft, wieso sie so scheu ist. Was ist ihr passiert? Es muss einen Grund für diese unnatürliche Zurückhaltung geben. Roman fürchtet sich vor der Antwort. Je mehr er über sie erfährt, umso schwerer wird es ihm fallen, loszulassen und sein Leben weiterzuleben, als wäre nie etwas geschehen. Zu festgefahren ist er in seinem Lebensstil, darauf getrimmt, die Erwartungen seiner Umwelt zu erfüllen. Ein Mädchen wie Lilly passt da nicht ins Bild und das bedeutet, er wird gegen seine eigenen Wünsche und Bedürfnisse handeln und sie vor den Kopf stoßen. Sehr bald schon.

Shit, wenn er sie nicht so sehr begehren würde, wäre alles einfacher. Dieses Verlangen steht über allem anderen: seinem schlechten Gewissen, den anerzogenen Moralvorstellungen und der Vernunft. Er kann nicht auf sie verzichten. Wenigstens einmal möchte er sie unter sich spüren, fühlen, wie sich ihre samtig-kühle Haut an seine schmiegt und die wachsende Lust in ihren Augen erkennen. Roman weiß, dieses Verlangen wird ihn noch auffressen, wenn er ihm nicht nachgibt.

Er schluckt hart und steht langsam auf. Wie an unsichtbaren Schnüren gezogen, läuft er auf ihr Zimmer zu. Sein Herz hämmert gegen seine Rippen. Die Schläge werden schneller, seine Sinne sind geschärft und vollständig auf Lilly ausgerichtet. Er will sie betrachten, ihrer Stimme lauschen, von ihr kosten und ihren Duft inhalieren. Richtig oder falsch. Das spielt schon längst keine Rolle mehr und mit den Konsequenzen seiner Ichbezogenheit will er sich gegenwärtig nicht befassen. Er ergibt sich dem Unvermeidlichen und klopft an.

„Lilly? Kann ich reinkommen?"

Er bekommt aber keine Antwort. Das wundert ihn nicht im Geringsten. Immerhin denkt sie, er hätte sich an der Bar einen One-Night-Stand aufgerissen. Er will sich gar nicht ausmalen, welche Szenarien sie zusammenfantasiert hat, während sie zurück aufs Zimmer gegangen ist. Roman verspürt den dringenden

Wunsch, Lilly den Flirt mit Sandrine zu erklären und ihr begreiflich zu machen, dass er diese Frau nur benutzt hätte, um sich von ihr abzulenken. Seufzend lehnt er die Stirn gegen das Türblatt und hadert mit sich. Was tut er hier bloß?

Du pflückst die verbotene Frucht, antwortet seine selbstsüchtige Seite. *Sie wird bestimmt köstlich schmecken.*

Tu es nicht, Roman, bittet sein Gewissen eindringlicher als je zuvor. *Du wirst den letzten Rest an Vertrauen ruinieren, den sie noch in die Menschen hat.*

Darüber ist er sich im Klaren und kann doch nicht verzichten. Weil er in sie vernarrt ist. Roman weiß nicht, wie das passieren konnte und wie sie es geschafft hat, sich dermaßen in seine Gedanken zu schleichen. Trotzdem ist er machtlos dagegen. Er will sie mehr als alles andere, gleichzeitig weiß er schon jetzt, dass er sich nicht trauen wird, zu ihr zu stehen. Selbst wenn er den Mut aufbringt und sich einen Scheiß um die Meinung der anderen schert, ist das Drama vorprogrammiert.

Romans Gedanken wirbeln durcheinander, er geht die infrage kommenden Szenarien durch. Angenommen er löst seine Wettschuld nicht ein und entscheidet sich für Lilly, hochoffiziell sozusagen, was würde schlimmstenfalls passieren? Tja, er würde in jedem Fall zur öffentlichen Lachnummer werden, weil sich der Juniorchef einer Spielwarenkette in ein Mauerblümchen verguckt hat. Nicht nur seine Bekannten, auch die Zeitungen würden sich auf die Geschichte stürzen wie die Geier. Für die Klatschpresse ein gefundenes Fressen. Man wird sich öffentlich über Lilly lustig machen. Weil Menschen grausam sind und gefühllos.

Er kann das beurteilen, hat er sich doch bis vor Kurzem genauso abfällig über sie geäußert. Wenn er könnte, würde er jedes abwertende Wort und jeden unschönen Gedanken an sie zurücknehmen. Zwischenzeitlich hat sich einiges verändert. Seine Wahrnehmung ist nicht mehr oberflächlich, er saugt Lillys stille Schönheit und ihr liebes Wesen auf wie ein trockener Schwamm das Wasser. Die Welt da draußen bleibt jedoch blind und erbarmungslos, sie erkennt nicht, was er mittlerweile sieht.

Lass sie ziehen, tu ihr das nicht an, wispert sein Gewissen verzweifelt. Ein letztes Aufbäumen, das sich als wirkungslos erweist. Die Erinnerung an ihren weichen Körper in seinen Armen ist stärker als sein Verantwortungsbewusstsein. Roman schließt die Augen, verbannt die mahnende Stimme in den hintersten Winkel seines Kopfes und drückt die Türklinke herunter.

Es tut mir leid, Blümchen.

Während er in Gedanken Abbitte leistet, betritt er ihr Zimmer. Das ist nicht die feine Art, doch für Höflichkeiten hat er keinen Nerv. Er braucht Lillys Nähe, will in ihre klaren Augen schauen und sehen, wie ihr wunderschönes Haar über ihre zarten Schultern fließt. Roman lässt sich von seinem Egoismus und seinem Verlangen leiten. Im Raum brennt Licht, die Tür zum Bad ist nur angelehnt und öffnet sich nun ganz. Lilly steht an der Schwelle, sie trägt mittlerweile einen schlichten Schlafanzug aus hellblauem Flanell, das Haar ist zu einem Zopf geflochten, die Brille hat sie auch noch auf.

Roman findet sie trotzdem unglaublich verlockend, denn er weiß, was sich unter dem Pyjama verbirgt. Seine Finger zucken, er kann es kaum erwarten, die winzigen Knöpfe an ihrem Oberteil zu öffnen, und die helle Haut darunter zu entblößen.

Lilly legt inzwischen ihre Handfläche über ihre Kehle. Als ob sie das schützen könnte.

„Was ... was tust du hier?"

Ihre Stimme klingt rau. Mit seiner Anwesenheit in ihrem Schlafzimmer hat sie nicht gerechnet. Roman hält ihren Blick fest, bleibt jedoch stehen „Du weißt genau, warum ich hier bin "

Ein ungewohnt verächtliches Lächeln legt sich auf ihr Gesicht. „Tut mir leid, aber du unterliegst einem Irrtum Ich weiß *gar nichts* Dafür funktionieren meine Augen sehr gut " Sie schlingt die Arme um sich und beäugt ihn misstrauisch „Wo hast du deine Freundin gelassen?"

Roman lächelt leicht Sie ist eifersüchtig „Wie du siehst, bin ich allein und genau da, wo ich sein will "

Jetzt geht er einen Schritt auf sie zu. Sie weicht nicht zurück, also wird er mutiger und überbrückt den Abstand, bis er kaum drei Handbreit vor ihr stoppt. Roman starrt verlangend auf ihre bebenden Lippen. In seiner Leistengegend setzt ein vertrautes Ziehen ein. Shit, er reagiert auf ihren bloßen Anblick. Roman atmet tief durch und setzt zu einer weiteren Entschuldigung an.

„Lilly ... wie ich mich verhalten habe, tut mir leid. Du bringst mich total durcheinander.“

Ihr Lächeln ist spröde, sie glaubt ihm nicht.

„Ja, klar. Ich bringe den weltgewandten und erfolgreichen Roman Steininger aus dem Konzept. Hör *endlich* auf, dich über mich lustig zu machen! Keine Ahnung, welches Spiel du mit mir treibst, aber ich habe keine Lust mehr, mich von allen herumschubsen zu lassen.“

Tränen schießen aus ihren Augen. „Wieso könnt ihr mich nicht alle in Ruhe lassen?“

Ihre erstickte Stimme und diese verzweifelte Bitte reißen sein Herz fast in Stücke. Er fühlt eine ungewohnte Enge in der Brust. Roman will sie in den Arm nehmen, sie trösten und ihr beweisen, dass sie tatsächlich seine Welt auf den Kopf gestellt hat. Nicht genug, um sich gegen alle Widerstände zu ihr zu bekennen, trotzdem besitzt sie die Macht, sein Innenleben zu erschüttern und ihn an sich zu ketten. Verflucht, immerhin hat er für sie eine Nacht mit einer außergewöhnlich attraktiven Frau ausgeschlagen. Sobald das würgende Gefühl in seiner Kehle nachlässt, macht er einen Schritt auf sie zu.

„Kleines, wein doch nicht“, flüstert er und gibt dem Drang, sie zu halten, einfach nach. Ohne auf ihre Gegenwehr zu achten, zieht er sie in eine feste Umarmung. Als sich ihre Körper berühren, bricht ihr schwacher Widerstand in sich zusammen, sie sinkt an seine Brust und lässt zu, dass er ihr Gesicht an seine Schulter drückt. Ihr zarter Körper wird von Schluchzern durchgeschüttelt. Roman lässt sie weinen und streichelt beruhigend ihren schmalen Rücken.

„Wieso bist du nicht bei dieser Frau“, krächzt sie nach einer Weile und atmet bebend ein. „Ich habe euch zusammen gesehen, unten im Foyer.“

„Ich habe sie stehenlassen. Deinetwegen“, antwortet er und beschließt dann ehrlich zu sein. „Ich wollte sie abschleppen. Der Tag war beschissen und ich brauchte dringend eine Ablenkung.

Nach der Sache mit Gruber und …", er zögert, ehe er schließlich noch hinzufügt, „… uns."

Sie schnieft. Dieser kleine Laut frisst sich in seine Eingeweide. Er hasst es, sie so zu sehen. So unsicher und voller Zweifel. Er will ihr diese schrecklichen Gefühle nehmen und sie zum Lächeln bringen, weil er es nicht erträgt, der Grund für ihre Traurigkeit zu sein. Seufzend presst er sie dichter an sich. Seine Hand zeichnet auf ihrem Rücken feste Kreise. Er spürt die Wärme unter dem weichen Flanellstoff ihres Pyjamas und der wunderbar frische Lilly-Duft steigt ihm in die Nase. Sofort vergräbt er das Gesicht an ihrem Hals, atmet ein und fühlt, wie sich tiefer Frieden in ihm ausbreitet. Ein seltsames Gefühl. Verwirrend angenehm, er könnte stundenlang mit ihr im Arm dastehen und einfach ihre Nähe in sich aufsaugen.

Nach ein paar Minuten schiebt sie ihn ein Stück von sich und mustert ihn. Ihr eindringlicher Blick geht ihm durch und durch.

Gott, Lilly, ich wünschte, ich wäre mutiger.

Nur wenige Tage haben gereicht um sein Inneres nach außen zu kehren. Überdeutlich nimmt er die Veränderung in sich wahr, die dennoch nicht ausreicht, um den beschwerlichen Weg zu beschreiten, auf den ihn eine Beziehung mit ihr zweifelsohne schicken würde.

Er will nicht daran denken. Alles, was zählt, ist dieser Moment. Sie in seinen Armen. „Lilly, ich bin hier, weil ich mit dir zusammen sein möchte."

Du bist so ein Heuchler. Sag ihr, dass es nicht von Dauer sein wird. Gib ihr die Möglichkeit Nein zu sagen.

Natürlich tut er das nicht. Sie würde dichtmachen und ihn aus dem Zimmer werfen. Weil sie trotz ihrer Schüchternheit und dem mangelnden Selbstbewusstsein weiß, dass sie mehr verdient, als er zu geben bereit ist.

Lilly besitzt eine Stärke, von der sich jeder – insbesondere er – eine dicke Scheibe abschneiden könnte. Das hat er begriffen und ihre stoische Würde imponiert ihm.

Endlich reagiert sie auf seine Worte von eben, nachdem sie ihn eine Weile schweigend angesehen hat.

„Willst du das wirklich? Mit mir zusammen sein?"

Roman nickt und legt seine Hand auf ihre Wange, umfängt eine Hälfte ihres Gesichts. „Sonst wäre ich nicht hier. Die Frau, mit der du mich gesehen hast …“, er seufzt zerknirscht. „Ich wäre fast mit ihr aufs Zimmer gegangen, aber ich habe die Notbremse gezogen.“

„Als du mich im Aufzug entdeckt hast?“

Roman schüttelt den Kopf, froh darüber, nicht wieder lügen zu müssen. „Nein, schon davor. Ich wollte mir an der Bar die Kante geben. Wir kamen ins Gespräch und ich hielt es für eine ganz tolle Idee, mich mit seelenlosem Sex zu betäuben.“

Er verzieht selbstkritisch das Gesicht. „Ich bin ein Arsch. Aber je länger ich mit ihr gesprochen habe, umso mieser habe ich mich gefühlt. Weil ich nicht in ihrem Bett liegen wollte, Lilly. Ich wollte zu dir … nur zu dir.“ Roman fährt sich durchs Haar. „Sandrine hat das relativ schnell gemerkt und mir geraten, die Sache ins Reine zu bringen.“

Endlich schleicht sich ein zartes Lächeln auf ihr Gesicht. Es lässt Lilly von innen heraus erstrahlen. Wie hat er je glauben können, sie wäre nicht hübsch? Er war ja so ein Idiot …

„Tust du immer, was fremde Frauen dir sagen?“

Der scherzhafte Ton nimmt ihm eine riesige Last von der Seele. So langsam finden sie zu einem normalen Umgang zurück. Die Schuldgefühle nehmen im gleichen Maße ab und ihr bezauberndes Lächeln schwemmt alle Bedenken aus seinem Gehirn. Roman hört nur noch auf seinen Bauch und umfasst ihr mittlerweile so vertrautes Gesicht. „Du hast ja keine Ahnung, was du in mir auslöst, Lilly. Ich …“

Ihm fehlen die Worte und bevor er anfängt zu stammeln wie ein unerfahrener Teenager, tut er das einzig richtige. Er nimmt ihr die lästige Brille ab, lässt sie achtlos auf den weichen Hotelteppich fallen und presst seine hungrigen Lippen auf ihren Mund. Sie schmeckt so unfassbar gut. Er kann nicht genug davon bekommen, sich an ihrer zurückhaltenden Sinnlichkeit zu berauschen, die mit jedem Gleiten seiner Zunge zunimmt.

„Roman …“, stöhnt sie und drängt sich gegen seinen Körper. Sie sind wie zwei Hälften eines Ganzen. Noch nie hat er sich so vollständig gefühlt wie in diesem Augenblick und doch ist es nicht genug. In diesem Moment befürchtet er, es könnte niemals reichen, egal wie oft er sie in den Armen hält.

„Was ist?“, nuschelt er und setzt viele kleine Küsse auf ihre Oberlippe und ihre Mundwinkel. Ihre Lider hängen auf Halbmast, sie atmet schwer. „Ich wollte nur sagen ...“ Sie zögert, wirkt unsicher.

Roman streicht über die seidenweiche Haut ihrer Wange. „Was denn? Sag mir, was los ist.“

„Ich habe noch nie ...“ Lilly verstummt und atmet hörbar aus. Er hat geahnt, dass sie unschuldig ist. Das ist heutzutage außergewöhnlich und er empfindet unsagbaren Stolz, weil sie ihm erlaubt, ihr erster Liebhaber zu sein. So behutsam wie möglich lässt er seine Hände an ihrem Rücken hinabgleiten und streift ihren Po. „Hab keine Angst, ich sorge dafür, dass es schön für dich wird. Ich weiß, was ich tue. Glaubst du mir?“

Ihr zaghaftes Nicken, jagt einen freudigen Schauer über seinen Körper. Jetzt lässt er endgültig jede Vernunft hinter sich und stürzt sich wie ein Verhungernder auf sie. Seine Hände umfassen ihr Gesäß, sein Mund nimmt und nimmt und nimmt. Gierig küsst er sie, bis sich seine Lippen taub anfühlen, und genießt ihre Hingabe. Seine Bedenken verblassen angesichts ihres liebevollen Wesens. Sein Mauerblümchen hat sein Herz eingefangen und brennt jeden Gedanken an andere Frauen aus seinem Gehirn. Er umfasst ihre Wangen, ändert den Winkel ihres Mundes, um noch tiefer zwischen ihre Lippen eintauchen zu können. Roman fällt immer schneller, der Abgrund rückt näher, bis er sich hemmungslos in die Tiefe stürzt. Sie fliegt mit ihm.

Seine Hände rutschen auf ihre Schultern und bewegen sich auf ihre Brüste zu. Durch den weichen Flanell berührt er die zarten Hügel. Roman hört nicht auf sie zu küssen, muss sich jedoch ermahnen nicht zu forsch vorzugehen.

Nach einem endlosen Kuss sieht er in ihre verschleierten Augen und entdeckt nichts als aufregende Hingabe. „Du hast keine Ahnung, wie sehr ich dich will“, flüstert er und hebt sie spontan auf seine Arme.

„Roman, ich kann alleine laufen“, keucht sie und hält sich an seinem Hals fest. Lächelnd streift er ihre weichen Lippen mit seinen. „Das weiß ich. Aber ich muss dich einfach nah bei mir haben.“

Sie wird ganz still und lässt sich von ihm zu ihrem Bett tragen. Behutsam setzt er sie ab und nimmt ebenfalls Platz. Sie sitzen einander zugewandt da und versinken im Blick des anderen. Roman sieht in Lillys Augen eine Sehnsucht, die tief in ihm etwas zum Klingen bringt. Die stoische Ablehnung, mit der sie der Welt begegnet, hat durch ihn erste Risse bekommen und doch kann er nicht erkennen, welche Geheimnisse sich hinter ihrem Schutzpanzer verbergen. Roman möchte alles über sie wissen, erfahren, was sie glücklich macht oder zum Weinen bringt.

Du, wispert es in ihm. *Du wirst sie zum Weinen bringen. Ein Meer aus Tränen, in dem dein Blümchen gnadenlos ertrinken wird.*

Die Wahrheit rennt ihm wie ein dunkler Schatten hinterher, sie wird ihn schon bald einholen und der Gedanke an die Enttäuschung, die sie seinetwegen erleben wird, bringt ihn fast um. Hätte sie ihm einen Dolch in die Brust gejagt und die Klinge schön langsam umgedreht, wäre es wahrscheinlich weniger schmerzhaft für ihn. Roman ist drauf und dran einen Rückzieher zu machen, da beugt sie sich vor und drückt ihre zitternden Lippen gegen seine. Jeder Gedanke verflüchtigt sich unter ihrem Kuss. Nur der Wunsch, ihr Haar offen über ihre Schultern fließen zu sehen, hält ihn noch davon ab, sie auf dieses Bett zu drücken.

„Lös deinen Zopf für mich, Lilly“, bittet er mit rauer Stimme.

Ein bisschen atemlos nach dem Kuss gehorcht sie und öffnet wie schon am Abend zuvor die Flechten.

„Ich liebe dein Haar“, flüstert er bewundernd. Die seidigen Strähnen gleiten durch seine Finger. Das helle Blond harmoniert wunderbar mit ihrer samtig-blassen Haut. Sie hat tatsächlich etwas Ätherisches an sich, als wäre sie nicht von dieser Welt.

Roman stöhnt gepeinigt auf, als sie nach seinen Händen greift und sie zu den Köpfen ihres Flanellpyjamas führt. Er nimmt die unausgesprochene Einladung an und entblößt Zentimeter für

Zentimeter ihre köstliche Haut, bis er das untere Ende ihres Oberteils erreicht.

Er zieht es auseinander und starrt sie an. „So verdammt schön ...“, stöhnt er und legt eine Hand um eine zarte Brust. Lillys Kopf fällt in den Nacken, sie zeigt keinerlei Angst. Ungewöhnlich, wenn man bedenkt, wie wenig Erfahrung sie besitzt. Er legt seine Finger besitzergreifend um ihren Nacken und rutscht näher, schmeckt ihren Atem und fängt mit der anderen Hand an, ihre Brust zu streicheln. Sein Daumen reibt über die rosa Knospe. Sie zieht sich zusammen und er muss lächeln, weil sie erschauert.

Roman blickt abwärts, sieht sich selbst dabei zu, wie er sie liebkost, ehe er sich einen weiteren Kuss stiehlt. Lilly öffnet sich dem vorsichtigen Drängen seiner Zunge und lässt ihn ein. Der Kuss ist heiß und leidenschaftlich, seine Hand wandert tiefer und zieht kleine Kreise um ihren Bauchnabel.

Lillys flacher Bauch fühlt sich an wie Samt. So weich und doch spürt er die zarten Muskeln darunter, die unter seiner Berührung zucken. Die Zunge mit ihrer verbunden, streift er ihr das Pyjamaoberteil von den Schultern. Den Kuss unterbrechend drückt er sie vorsichtig aufs Bett herunter. Obenrum nackt und schweratmend liegt sie da.

Roman kann nicht aufhören sie anzusehen. Die Knospen ihrer Brüste heben sich rosig von der hellen Haut ab. Er umkreist sie mit dem Zeigefinger und lächelt, als sie sich unter der Liebkosung aufbäumt und seinen Namen stöhnt.

„Du bist so empfindsam, Lilly.“

„Nur bei dir“, wispert sie und streckt den Arm aus. Sie streichelt seine Wange und lässt die Finger zu seinen Lippen gleiten. Versonnen zieht sie die Konturen nach. Er schnappt nach einem und fängt an zu saugen. Lillys Augen schließen sich, ihr Atem wird tief und schwer.

Das Verlangen ihre Haut an seiner zu spüren, bringt ihn fast um den Verstand. Roman reißt sich förmlich das Hemd vom Leib und legt sich an ihre Seite. Bevor er sich auf sie sinken lässt, will er ihren Anblick genießen. Auf einen Ellenbogen gestützt, berührt er mit dem Handrücken die helle Perfektion ihres Busens und gleitet abwärts zum Bund ihrer Pyjamahose. Sobald er ihn erreicht, hält er inne und blickt in ihre Augen. Lillys Brustkorb hebt und senkt sich immer schneller. Er weiß, dass sie dort kein Mann jemals berührt hat. Dieses Wissen schnürt ihm fast die Kehle zu.

„Darf ich?“

Sie weiß, worum er sie bittet, ohne es direkt auszusprechen, und nickt. Roman zieht an dem Band des Gummizuges und lockert es, damit seine Hand darunter schlüpfen kann. Langsam schiebt er sie hinein. Seine Finger verschwinden unter ihrem Slip, sie ist feucht. Ihre Nässe macht ihn rasend, er kann sich kaum noch beherrschen.

„Wie ist das für dich, Kleines?“

Sie schluckt, die Wangen röten sich vor Verlegenheit. „Ungewohnt“, gibt zu sie.

„Ungewohnt schön, oder ungewohnt schlecht?“

Lilly zögert nicht mit der Antwort. „Es ist schön.“ Wie zum Beweis spreizt sie die Beine und er rutscht tiefer in ihr Zentrum. Ein leises Wimmern ist die Folge, ihre Hüfte hebt sich und verlangt instinktiv nach mehr Reibung. Roman gibt ihr, was sie will.

„Du bist unglaublich“, keucht er und fängt an, sie zwischen den Beinen zu streicheln. Ihr Leib strafft sich und kommt ihm entgegen. Sein eigener Körper wird steinhart vor Verlangen, trotzdem ermahnt er sich zur Vorsicht und hält seine Gier unter Kontrolle. Aber verdammt ... allein der Anblick seiner pumpenden Hand in ihrem Höschen treibt ihn an den Rand der Selbstbeherrschung. Um sich abzulenken, küsst er sie erneut. Ihr Geschmack flutet seinen Mund. Sie umfasst keuchend seinen Nacken. Gleichzeitig wogen ihren schmalen Hüften auf und ab, drängen ihn, den Rhythmus an ihrem weichen Geschlecht zu beschleunigen.

„Magst du es?“, will er wissen und beißt sie in die Unterlippe. Ein atemloses Lachen dringt an sein Ohr.

„Ja, oh ja. Ich mag es ... es ist ...“

Sie verstummt und wird stocksteif, als die erste Welle der Befriedigung über sie kommt. Lilly zuckt, sie wird noch feuchter und presst die Schenkel fest um seine Hand.

Ihre natürliche Freude an seinen Berührungen verschafft ihm eine Form von nie gekannter Befriedigung. Bisher ist es ihm stets um die eigene Lust gegangen. Bei Lilly ist es anders. Nur sie zählt, sein eigenes Verlangen ist zweitrangig, solange sie sich in seinen Armen wohlfühlt. Auch wenn es ihn fast umbringt, so viel Rücksicht zu nehmen. Sie liegt da wie hingegossen und kommt nur langsam wieder zu sich.

Romans Finger sind noch immer tief in ihr vergraben und weigern sich diesen weichen, warmen Ort zu verlassen. Überwältigt von der Hitze, die sie ausstrahlt, nimmt er sich ihren Mund und berauscht sich an ihrem Geschmack. Erneut nehmen seine Finger die Liebkosungen auf, lassen die Lust in ihr wieder aufflammen.

„Nochmal, Blümchen. Gleich nochmal ...“, stöhnt er und dringt mit zwei Fingern in sie ein. Ganz leicht gleitet er in ihren Leib und treibt sie ein zweites Mal auf den Gipfel zu. Jede Regung ihres Gesichts saugt er in sich auf und wäre fast beim Zuschauen gekommen, so sehr erregt ihn ihr offen gezeigtes Verlangen. Lilly ist zu ehrlich, um etwas zu verstecken.

Sobald sie sich von ihrem zweiten Orgasmus erholt hat, schlingt sie die Arme um seinen Hals und zieht ihn an sich. Er weiß, wonach es sie verlangt und gibt ihr, was sie braucht. Roman holt die Hand aus ihrer Hose und streift ihr das Unterteil des Pyjamas samt Slip von den schlanken Beinen. Entblößt liegt sie vor ihm in all ihrer blassen Vollkommenheit. Ihr zarter Busen macht ihn rasend. Roman zeichnet die Formen mit den Lippen nach, streift mit dem Mund die samtigen Knospen, streichelt und küsst sie, bis Lilly kaum in der Lage ist, zusammenhängende Worte hervorzubringen.

„Roman ... bitte ... ich brauche ... dich.“

So. Verdammt. Schön. Lilly ist pure Sinnlichkeit. Er entledigt sich seiner Hose und der Shorts, dann legt er sich zwischen ihre gespreizten Beine. Ihre weichen Schenkel umklammern seine Hüften und ziehen seinen Unterleib fest gegen den ihren. Auf die Ellenbogen gestützt, blickt er auf sie herunter. Ihre strahlenden Augen verraten ihre Gefühle, als hätte man sie direkt auf ihre Stirn tätowiert. Lilly ist in ihn verliebt.

Unvernünftige Freude schwillt in ihm an. Er schafft es nicht, sie zu unterdrücken, und kann nicht anders, als sie zu küssen. Er braucht den Kontakt zu ihren Lippen, ihren Geschmack auf seiner Zunge. Mit beiden Händen greift sie in sein Haar und kommt ihm entgegen. Dabei drückt sich ihr nackter Busen zum allerersten Mal gegen seinen Brustkorb. Haut an Haut. Bei der ersten Berührung stöhnen sie genussvoll auf. Es folgen endlose Küsse, einer erregender als der andere. Wie lange sie einander in den Armen liegen, kann Roman gar nicht einschätzen. Er weiß, dass Zeit keine Rolle mehr spielt. Für ihn ist jede Minute ein kleines Wunder, weil er spürt, dass es ihr nur um ihn allein geht. Nicht um seinen tollen Wagen, sein Bankkonto oder darum, durch ihn an Beliebtheit zu gewinnen. Romantik ist eigentlich nicht sein Ding. Er findet eine Frau attraktiv und geht mit ihr ins Bett. Ende der Geschichte. Diese hier fängt jetzt erst richtig an.

Dieses Mädchen ist ein Geschenk und verdient es, für den Rest ihres Lebens auf Händen getragen zu werden. Ihre zarten Finger streichen an seinen Armen auf und ab, die Augen hält sie geschlossen und gibt sich seinem Kuss vollkommen hin, bis er sein Verlangen nicht mehr länger zurückhalten kann. Er braucht sie.

Keuchend löst er sich von ihr. „Warte ... wir brauchen ... ein Kondom“, stößt er hervor und will schon von ihr herunter, um eines aus seinem Jackett zu holen, das er im Wohnzimmer gelassen hat.

„Geh nicht“, haucht sie, schlingt die Beine fester um seine Hüften und hält ihn fest.

„Ich nehme die Pille“, flüstert sie und lächelt befangen. „Wegen meiner Monatsblutungen.“

Roman schließt die Augen und kann kaum fassen, was sie da sagt, was sie ihm anbietet! Unfassbar, welchen Vertrauensvorschuss sie ihm dadurch schenkt. Sie kennt doch seinen Ruf. Die Nase an ihrer reibend, streicht er mit den Lippen zu ihrem Mundwinkel.

„Hast du keine Angst, du könntest dir was wegholen?“

Sie schüttelt den Kopf. „Ich vertraue dir und will dich richtig spüren.“

Er seufzt und küsst sie auf die Wange. „Ich bin völlig gesund, Lilly. Du musst dir keine Sorgen machen“, raunt er und gleitet dann mit einer flüssigen Bewegung in sie hinein. Ihr Kopf kippt nach hinten, ihre Finger graben sich in seine Oberarme, als sie den Schmerz wegatmet und sich schließlich entspannt. Ganz ruhig verharrt er, obwohl jede Zelle seines Körpers darauf drängt, endlich ihn ihr explodieren zu können.

„Du bist ein echtes Wunder, Lilly Wegener“, flüstert er und küsst sie keusch auf die Wange. Nun sind es ihre Hände, die sich um sein Gesicht legen. Die grauen Augen schimmern hell und ihr süßes Lächeln reißt ihm den Boden unter den Füßen weg. Sie sieht glücklich aus, stellt er fest.

Endlich lässt er der Lust freien Lauf. Zuerst zurückhaltend, dann immer fester, bewegt er sich in ihrem Inneren. Lillys Hände tasten unruhig über die Muskeln an seinem Rücken, ihre Fingernägel schaben über seine Haut und lassen ihn erschauern. In einem heißen Kuss verbunden, verliert er jede Kontrolle über sich und nimmt sie fester in Besitz.

Ihr entweicht ein Laut, der sowohl Verlangen als auch Schmerz bedeuten könnte. Sofort hält er inne und blickt keuchend auf sie herab. „Hab ich dir wehgetan?“

Sein Herz trommelt, sein tief in ihr vergrabenes Glied pulsiert mit seinem Blut um die Wette. Herzschlag für Herzschlag wächst seine Gier, endlich in ihr zum Ende zu kommen. Aber nicht um jeden Preis. Er will Lilly nicht benutzen wie die Frauen, mit denen er bisher geschlafen hat. Zumindest das ist er ihr schuldig.

Sie hebt den Kopf vom Kissen und haucht einen Kuss auf seine Lippen. Gleichzeitig legt sie die Hand auf seinen angespannten Po und drückt Roman tiefer in ihren Leib. „Es ist alles okay. Hör nicht auf.“

Mit einem erstickten Laut gibt er nach. Die Münder in einem leidenschaftlichen Kuss verbunden, zieht er einen ihrer festen Schenkel über seine Hüfte und senkt sich noch tiefer in sie hinein. Er lauscht ihrem heftigen Atem und den erregenden Lauten, die sie bei jedem Eindringen ausstößt. Roman verliert sich in ihrer Hitze, kommt dem Höhepunkt immer näher, bis die Lust in endlosen Wellen durch seinen Leib wogt. Roman keucht, presst die Augen zusammen und entlädt sich in Lillys weichen Schoß. Während er sich praktisch in ihr auflöst, schlingt er die Arme um ihren Körper und hält sie fest. Er will Lilly nie wieder loslassen.

Scheiß auf die Wettschuld, scheiß auf den Spott seiner Clique oder auf mögliche Seitenhiebe der Presse. Dieses Mädchen nein, diese Frau hat es verdient, von ihm wie eine Prinzessin behandelt zu werden und er wird sie vor jedem beschützen, der es wagt, ihr wehzutun.

Roman presst den Mund auf ihre schweißnasse Schläfe und rollt sich mit ihr im Arm auf den Rücken. Sie kuschelt sich vertrauensvoll an seine Brust, schon ganz schläfrig, und ein einziger Satz geistert durch seine Gedanken.

Ich glaube, ich liebe dich.

Kapitel 16

Lilly liegt wach, während Roman vor ein paar Minuten vor Erschöpfung eingeschlafen ist. Seine Wange ruht auf ihrem Bauch, die Arme hat er lose um sie geschlungen, als könnte er es nicht ertragen, sie loszulassen. Sein Atem weht angenehm warm über ihre Haut und verursacht ein wunderbares Kribbeln. Alles fühlt sich friedlich und einfach an. Zumindest im Augenblick. Sie will nicht an die schnöde Realität denken. Die wird sie nach ihrer Rückkehr schnell genug einholen, doch solange sie in München sind, möchte sie sich diesen neuen Gefühlen mit Leib und Seele hingeben.

Mit Roman zu schlafen und ihm zu erlauben, ihren Körper in Besitz zu nehmen, ist eine Erfahrung, die sie niemals bereuen wird. Lilly hat ein Vertrauensproblem, aber keine direkte Aversion gegen physische Nähe. Sie weiß, was Sehnsucht bedeutet. Zwei Jahre lang hat sie sich in aller Unschuld nach Roman verzehrt und sich vorgestellt, wie es wäre, in seinen Armen zu liegen und seine Lippen auf ihrer Haut zu spüren. Jetzt glüht sie innerlich vor Glück, auch wenn sie sich verletzlicher denn je fühlt.

Gleichzeitig empfindet sie unbändigen Stolz auf sich, weil sie den Mut gefunden hat, wie ein normaler Mensch zu reagieren und nicht wie ein in die Enge getriebenes Tier. Sie hat keinen Rückzieher gemacht und das Intimste zugelassen, das zwei Menschen miteinander teilen können. Reue verspürt sie keine, im Gegenteil. Sie ist froh, dass er diese schöne Frau in der Hotelhalle nicht aufs Zimmer begleitet hat und stattdessen zu ihr gekommen ist. Den Schmerz des ersten Mals hat sie längst vergessen und jede Sekunde ihres Zusammenseins hat sich unauslöschlich in ihr Gedächtnis gebrannt.

Lilly genießt die Stille, nur unterbrochen von Romans ruhigen Atemzügen. Liebevoll durchkämmt sie die dunklen Strähnen seines Haares und unterdrückt ein Seufzen.

Mit der Liebe kommt auch die Angst, ihn wieder zu verlieren. Lilly hungert nach seiner Nähe, will ihn Tag und Nacht spüren, auf sich und in sich. Es ist, als wären sie schon immer zusammen, dabei haben sie sich bislang nur zweimal geliebt, ein wenig gekuschelt und gelacht. Die Zukunft haben sie ausgegrenzt und nicht darüber geredet, wie es nach München zwischen ihnen weitergehen wird. Morgen früh werden sie dieses Versäumnis nachholen müssen. Lilly ist für klare Verhältnisse. Wenn sie nicht mehr als ein kurzes Abenteuer für ihn ist, möchte sie das wissen. Sie ist lange genug davongelaufen und fest entschlossen, ihrer größten Angst entgegenzutreten und sich gegebenenfalls eine Abfuhr abzuholen.

Keine Sorge, Schätzchen, die wirst du kriegen. Früher als du denkst.

Lilly versteift sich und hört, wie er leise im Schlaf murmelt. Seine Arme schlingen sich eine Spur fester um ihre Taille, als würde er spüren, dass sie seinen Halt nötiger denn je braucht. Nachdem sie sich ein wenig entspannt hat, atmet sie tief durch und krault weiter in seinem Haar herum. Wie gern würde sie dieses Grübeln abschalten und einfach alles auf sich zukommen lassen. Bestimmt ist es der falsche Weg, ihm morgen gleich eine Entscheidung abzuringen. Dabei will sie Roman gar nicht unter Druck setzen, aber sie hält diese Ungewissheit nicht aus und bemüht sich gleichzeitig, nicht zu viel in diese Nacht hineinzuinterpretieren. Dass er sie begehrt, bedeutet nicht automatisch den Beginn einer glücklichen Beziehung. So naiv ist sie nicht.

„Oh Roman, ich wünschte, du würdest auch nur ansatzweise das gleiche empfinden, was ich für dich fühle“, wispert sie, ehe ihr nach und nach die Augen zufallen.

Ein Kitzeln am Nacken weckt sie auf. Murrend greift sie nach hinten und ertastet warme Haut und Bartstoppeln unter ihren Fingerspitzen, ehe sich Romans Arm über ihren Bauch legt. Er zieht sie fest an seinen harten Körper. „Guten Morgen, Blümchen“, flüstert er in ihr Haar hinein und küsst sie liebevoll auf den Nacken.

Lillys Lippen verziehen sich zu einem schläfrigen Lächeln.

Sie dreht sich um und schaut direkt in Romans dunkelblaue Augen. „Morgen …“, wispert sie. Ihre Stimme klingt ganz kratzig. Seine Mundwinkel zeigen nach oben.

„Möchtest du was trinken?“, will er wissen.

„Das wäre wundervoll. Mir klebt die Zunge am Gaumen fest.“

Sein leises Lachen lässt ihr Herz schneller schlagen. „Das kann ich unmöglich verantworten. Warte kurz, ich hol uns was und bestell bei der Gelegenheit gleich Frühstück.“

Lilly greift nach seinem Arm, bevor er aus dem Bett steigt. „Willst du nicht unten essen?“

Er schüttelt den Kopf. „Nein, heute haben wir frei und ich habe vor, dieses Bett nur im äußersten Notfall zu verlassen.“

Roman beugt sich über sie, drückt ihr einen herzhaften Kuss auf die Lippen und läuft dann nackt wie Gott ihn geschaffen hat – und Himmel, er hat sich bei ihm an Perfektion wirklich übertroffen – aus dem Raum. Lilly bekommt das Grinsen gar nicht mehr weg und schmiegt das Gesicht überglücklich in ihr Kissen. Kein peinliches Schweigen am Morgen danach und schon gar keine unterkühlte Distanz. Roman wirkt locker und möchte Zeit mit ihr verbringen. Das kommt ihr vor wie ein wunderschöner Traum. Ein Tag im Bett mit Roman Steininger! Es gibt Frauen in der Firma, die dafür einen Mord begehen würden und ausgerechnet sie kommt in den Genuss. Seine samtene Stimme dringt von Nebenraum in das Schlafzimmer. Wie angekündigt bestellt er ein großes Frühstück. Tatsächlich hat sie einen mörderischen Kohldampf. Liebe macht eben hungrig!

Gott, es ist zum Kotzen, dich so glücklich zu sehen, flüstert die fiese Stimme in ihrem Kopf, doch dieses Mal bietet sie ihr umgehend die Stirn.

Er mag mich und du hast keine Macht mehr über mich.

Und siehe da, es kommt nichts mehr nach. Ihre Gedanken bleiben frei von zynischen Kommentaren. Das soll auch in Zukunft so bleiben. Lilly hat es so satt, sich selbst Steine in den Weg zu legen. Die psychische Grausamkeit ihrer Mutter hat ihre gesamte Kindheit und Teile ihrer Teenagerjahre geprägt. Ihre sozialen Fähigkeiten bewegen sich daher im untersten Bereich auf einer Skala von eins bis zehn und das hat ihr Lydia auch immer wieder unter die Nase gerieben, bis sie zu ängstlich wurde, um auf andere Menschen zuzugehen. Die Furcht, jemandem nie so zu genügen, wie sie wirklich ist, mit all ihren Zweifeln, Fehlern, aber auch Stärken, hat es ihrer Mutter damals einfach gemacht, sie zu quälen und ihre zwischenmenschlichen Bedürfnisse zu ersticken. Jedes grausame Wort, jedes hämische Lachen hat das Misstrauen den Menschen gegenüber gefestigt, bis es auf einmal vorbei war und sie in die Obhut von Menschen gegeben wurde, die ihr halfen, ein eigenständiges Leben zu führen. Schon oft hat sie den Kampf gegen die Dunkelheit in ihr verloren und sich ängstlich zurückgezogen, wenn jemand nett zu ihr sein wollte. Seit sie Roman kennt, dringt immer mehr Licht in das düstere Gespinst ihres Verstandes und sie fängt an, sich selbst und die Welt um sich herum anders wahrzunehmen. Lilly will nicht mehr das verschüchterte und zurückgewiesene Wesen von einst sein, sondern leben, glücklich sein und Glück schenken. So einfach ist das, und gleichzeitig so schwer.

Das verdienst du gar nicht. Du bist so jämmerlich. Niemand wird dich jemals lieben können, schon gar nicht er.

„Halt endlich deine dämliche Klappe!“, zischt sie.

„Was hast du gesagt?“

Roman kommt zurück ins Zimmer, mit einer Flasche Wasser in der Hand. Er hat sich vorhin beim Hinausgehen seine Shorts geschnappt und in der Zwischenzeit übergezogen. So halbnackt sieht er wahnsinnig sexy aus. Lillys Mund wird trocken, während ihre Augen auf dem ausgeprägten V seiner Bauchmuskulatur ruhen. Sobald er ihren leicht verschleierten Blick wahrnimmt, fährt er sich mit der freien Hand über seine Brust und wirft ihr ein selbstverliebtes Lächeln zu. „Gefällt dir, was du siehst, Blümchen?“

Sie verdreht die Augen. „Ehrlich Roman, das ist so klischeehaft.“

Mit einem Satz springt er zu ihr aufs Bett und zieht ihr das Laken vom Körper. „Ich bin immer bemüht, selbst die niedrigsten Erwartungen der Frauen zu erfüllen“, flüstert er und stürzt sich auf ihren Hals. Seine Lippen kitzeln, er saugt ihre Haut ein und verpasst ihr den ersten Knutschfleck ihres Lebens.

Lachend versucht sie sich freizustrampeln. „Roman, hör auf! Das kitzelt. Und wieso nennst du mich ständig Blümchen?“

Schlagartig hört er auf sie mit seinem Mund zu attackieren und streicht ihr liebevoll das Haar aus dem Gesicht.

„Weil du mein süßes Blümchen bist, zäh und tapfer, und auf ganz eigene Weise bildschön.“

Ein Kloß von der Größe Nebraskas bildet sich in ihrer Kehle. „Wieso sagst du immer so nette Sachen zu mir?“, schluchzt sie und versucht die kurzzeitig verlorengegangene Fassung wiederzuerlangen. Dumme Tränen. Wenigstens fließen sie jetzt vor Freude.

Seine Lippen küssen das Salz von ihren Wangen. „Hey, ich wollte dich doch nicht zum Weinen bringen.“

Sein Mund senkt sich auf ihren. Sofort kommt sie ihm mit der Zunge entgegen und genießt die feuchte Hitze im Inneren seines Mundes. Sie kann nicht genug davon bekommen, ihn zu schmecken und die samtigen Lippen zu spüren, die sinnlich über ihre reiben. Lilly vergisst ihren Durst, denn sie lechzt nach etwas anderem. Ihre Hände verselbständigen sich und gleiten über den unteren Teil seines Rückens, sie ertastet kräftige Muskeln unter der glatten Haut und verharrt auf seinem stahlharten Gesäß. Romans Körper schiebt sich komplett über ihren. Er hüllt sie ein in einen Kokon aus Wärme, bis das energische Klopfen des Zimmerservice ihrer wilden Knutscherei ein vorläufiges Ende bereitet.

Roman stöhnt genervt auf und lehnt die Stirn gegen ihre. „Dass die auch immer im ungünstigsten Moment aufkreuzen müssen.“ Er atmet geräuschvoll aus und steht gleich darauf neben dem Bett. Er streift ihre Gestalt mit einem flammenden Blick. „Lauf nicht weg, ich bin sofort wieder da.“

Versonnen blickt sie ihm hinterher und schraubt die neben ihr liegende Wasserflasche auf, gierig trinkt sie und hört, wie er das Frühstück in Empfang nimmt. Sobald er mit dem Rollwagen, vollbeladen mit allerlei Leckereien, ins Zimmer kommt, meldet sich ihr Magen mit einem vernehmlichen Knurren.

„Voilà! Frühstück für mein ausgehungertes Blümchen."

Lilly hangelt nach dem Pyjamaoberteil und streift es sich über. Oben ohne möchte sie die Mahlzeit nicht zu sich nehmen. So freizügig ist sie dann doch nicht.

Roman zieht eine Schnute. „Nackt gefällst du mir besser", beschwert er sich. Ungewohnt beherzt legt sie den Kopf schräg und schenkt ihm ein mutwilliges Lächeln. „Du kannst mich ja später wieder auspacken."

Sein heißer Blick jagt ihr Hitzewellen über die Haut. „Darauf kannst du dich verlassen."

Roman betrachtet sie eingehend, ein leidenschaftlicher Zug um seine schönen Lippen, verursacht akute Atemnot bei Lilly. Als er weiterspricht, bleibt ihr die Luft ganz weg.

„Ich habe das vorhin ernstgemeint. Wir werden dieses Bett heute höchstens zum Duschen verlassen. Und das auch nur gemeinsam."

Roman pirscht sich an sie heran und packt einen ihrer Knöchel, bevor sie seine Absicht erkennen kann.

„Hab ich dich", flüstert er und zieht sie bis zur Bettkante. Sie kann in seinen Augen sehen, dass ihm gerade nicht der Sinn nach etwas Essbarem steht. Sein Hunger ist ganz anderer Natur und wenn sie ehrlich ist, würde sie in diesem Moment das exquisiteste und wohlschmeckendste Frühstück der Welt für einen weiteren Kuss von Roman links liegen lassen. Trotzdem zwingt sie der Anstand, wenigstens darauf hinzuweisen.

„Wolltest du nicht was essen?", wispert sie und kann nicht verhehlen, wie belegt ihre Stimme klingt. Die Erregung färbt sie dunkler und verrät schamlos ihre wahren Wünsche.

„Und ob", antwortet er und entledigt sich der Shorts. Er ist schon wieder erregt und der Anblick lässt sie ganz und gar nicht kalt. „Aber ich habe keinen Appetit auf Croissants oder frische Brötchen. Das einzige, in das ich jetzt gerne reinbeißen möchte, bist du."

Ihr Blick wandert automatisch auf seinen Schritt. Roman grinst frech, es bedarf keiner weiteren Worte mehr. Kann sich ein Herz vor Aufregung überschlagen? Falls je jemand daran gezweifelt hat, kann sie von nun an als lebendes Beispiel herhalten. Ihr Verstand strudelt auf und davon, zurück bleibt pure Glückseligkeit.

Roman knöpft langsam ihr Oberteil auf. „Ich möchte dich auf der Stelle wahnsinnig gerne vernaschen, Lilly. Falls du allerdings lieber frühstücken möchtest, dann brauchst du es nur zu sagen", raunt er an ihren Lippen. „Dein Wunsch ist mir Befehl."

Als ob sie jetzt noch einen Bissen herunterbekommen würde! Ihr ganzer Körper steht in Flammen. Sein verführerischer Blick, die zärtlichen Berührungen seiner Hände, die ihr das Hemd erneut von den Schultern streifen und ihre Brüste liebkosen ... das alles fühlt sich an wie ein Traum. Sie will nicht ans Essen denken oder daran, was morgen passieren wird. Sie will einfach nur in seinen Armen liegen und sich in seiner Wärme verlieren.

„Das kann warten", flüstert sie heiser und streicht mit der Hand mutig über seine Brust nach unten. Sein Lächeln reißt ihr fast das Herz aus der Brust. „Küss mich", bittet sie ihn. Ein Wunsch, dem Roman nachkommt, noch bevor die letzte Silbe verhallt ist.

„Wie ist es eigentlich mit Herrn Rabe gelaufen? Oder bist du nicht mehr hingefahren?"

Lilly hat gerade mit Hingabe ihr Brötchen mit Erdbeermarmelade verputzt. Nachdem der schlimmste Hunger gestillt ist, rücken andere Dinge wieder in den Vordergrund. Ihre Neugier ist geweckt, da Roman noch nichts über den erneuten Filialbesuch erzählt hat.

„Doch, bin ich", antwortet Roman und verzieht das Gesicht, als würde ihm die Erinnerung daran körperliche Schmerzen bereiten.

„Ich hoffe, er hat aufgehört, diesen Gruber zu decken."

Lilly trinkt einen Schluck Kaffee und sieht Roman über den Rand der Tasse hinweg an. Sie sitzen einander im Bett gegenüber, das Tablett befindet sich zwischen ihnen.

„Rabe hat gesungen wie ein Vögelchen", brummt er und furcht die Stirn auf diese spezielle Weise, die sie mittlerweile so liebenswert findet. Vielleicht, weil man ihm in diesen Momenten ansieht, was in ihm vorgeht. Das ist sonst eher selten der Fall. Roman kann bei Bedarf aalglatt sein.

„Heißt das, Gruber arbeitet nicht mehr fürs Unternehmen?“

„Ganz bestimmt nicht! Der Kerl setzt nie wieder einen Fuß in eine unserer Filialen.“

Roman packt das Tablett und stellt es auf den Boden. Danach lehnt er sich gegen das Kopfteil des Bettes, ein großes Kissen im Rücken, und winkelt ein Bein an. Da er keinen Faden am Leib trägt, kann sie ungehemmt jeden Zentimeter seines göttlichen Körpers betrachten. Was ihn kein bisschen zu stören scheint. Roman hat kein Problem mit seiner Nacktheit, er ist trainiert und ein atemberaubender Anblick für den er sich sicher nicht zu schämen braucht.

Lilly ist da nicht so freizügig und trägt wieder ihr Pyjamaoberteil. Sie fühlt sich einfach nicht wohl dabei, ihren Körper allzu offenherzig zu präsentieren. Außerdem ist es komisch, jetzt so vertraut mit ihm umzugehen und die gewohnte Unsicherheit steigt in ihr hoch. Worüber sollen sie sich unterhalten, ohne dass das Gespräch ins Stocken kommt? Sie lebt in einer anderen Welt, als gemeinsame Schnittstelle fungiert nur die Arbeit und genau aus diesem Grund hat sie das Thema Herr Rabe aufgegriffen. Damit sie nicht stumm wie ein Fisch vor ihm sitzt.

„Gruber bekommt einen Aufhebungsvertrag“, plaudert Roman weiter. „Wir verlangen die vollständige Rückerstattung sämtlicher Bonuszahlungen. Dafür verzichten wir auf rechtliche Konsequenzen. Immerhin hat er die Personalverschiebungen nie auf die jeweiligen Filialen umgebucht. Wenn den Leuten auf dem Weg zur Arbeit etwas passiert wäre, hätte es versicherungstechnisch Schwierigkeiten gegeben.“

Lilly nickt beifällig und ist immer noch entsetzt darüber, wie skrupellos dieser Gruber vorgegangen ist, nur um ein paar Tausend Euro mehr im Jahr einzusacken. Ein Mann wie er darf nicht ungeschoren davonkommen und sie betet, dass er nie wieder Gelegenheit bekommt, andere Menschen dermaßen zu gängeln. „Ich soll dich übrigens recht herzlich von Frau Hingst grüßen", wirft Roman unerwartet ein. „Bei der hast du wirklich einen Stein im Brett. Sie mag dich sehr."

Lilly lächelt erfreut. „Das ist ja lieb. Sie hält große Stücke auf Herrn Rabe. Nicht viele Mitarbeiter stehen so hinter ihrem Chef."

Romans lässiges Grinsen treibt ihren Puls in die Höhe. „Und wie ist es um deine Loyalität bestellt? Kann ich mir sicher sein, dass du zu mir stehst, komme was wolle?"

In seinem scherzhaften Unterton liegt ein gewisser Ernst, der ihr nicht verborgen bleibt. Sie nimmt all ihren Mut zusammen und spricht aus, was in ihr vorgeht.

„Du kannst dich auf mich verlassen, Roman. Immer und jederzeit. Ich werde dir nie in den Rücken fallen oder dir schaden. Das könnte ich gar nicht, weil ... weil ich dich sehr mag."

Von Liebe zu reden, wagt sie nicht, obwohl es genau dieses Gefühl ist, das sie von Kopf bis Fuß erfüllt.

Sein nachdenklicher Blick ruht auf ihrem Gesicht, dann winkt er sie mit gekrümmtem Zeigefinger zu sich. „Komm mal zu mir, Blümchen."

Sie rutscht zu ihm rüber, bis sie zwischen seinen Schenkeln kniet. In dieser Position befindet sich ihr Kopf etwa zehn Zentimeter über seinem. Lilly schaut praktisch auf ihn herab und fühlt sich dennoch klein und schutzbedürftig, nachdem sie ihm gestanden hat, wie gern sie ihn hat.

Romans dunkelblaue Augen halten ihren Blick fest. Die ausgeprägte Energie, die ihn wie eine unsichtbare Aura umgibt, greift auf sie über und verursacht wohlige Schauer auf ihrer Haut. Lilly kann sich nicht vorstellen, ihn je schwach und unsicher zu erleben. Er bekommt in der Regel, was er will und seine kompromisslose Art, seinen Anteil am Schicksal einzufordern, weckt sogar ihren Neid. Wenn sie doch auch ein bisschen was von seiner Kaltschnäuzigkeit an den Tag legen könnte. Zumindest bei ihren Kolleginnen, damit sie sich besser gegen die zwei Modepüppchen durchsetzen kann. Zu viel Egoismus ist sicher nicht erstrebenswert, aber übermäßige Skrupel sind ebenso hinderlich.

Seine Stimme bricht erneut in ihre Gedanken ein, nachdem er nach ihrem Geständnis eine ganze Weile geschwiegen hat. „Was du da eben gesagt hast, bedeutet mir sehr viel, Lilly." Er spricht leise, was den folgenden Worten nichts von ihrer Eindringlichkeit nimmt. „Weißt du, was ich glaube?"

Sie schüttelt den Kopf und sieht ihn fragend an. „Was denn?"

„Ich denke, ich könnte all mein Geld und meine Reputation verlieren und du wärst danach immer noch an meiner Seite. Die meisten Frauen sehen in mir nur eine Trophäe, jemanden, den man wie eine Weihnachtsgans ausnehmen kann. Das hat mir auch nie etwas ausgemacht. Stattdessen habe ich diesen Umstand einfach zu meinem Vorteil ausgenutzt und hatte meinen Spaß." Entschuldigend verzieht er den Mund. „Du wirst das vielleicht nicht gerne hören, aber ich war mit mehr Frauen im Bett, als ich zählen kann. Keine ist mir groß in Erinnerung geblieben. Ich weiß nicht mehr, wie sie heißen oder wie sie aussehen."

„Und das wäre bei mir anders?"

Roman nickt bedächtig. „Ganz bestimmt. Solltest du plötzlich beschließen, für immer aus meinem Leben zu verschwinden, wärst du diejenige, an die ich mich bis an mein Lebensende voller Bedauern zurückerinnern würde."

Ihr stockt der Atem. „Wieso voller Bedauern?"

Roman streckt seine Hände aus und nestelt bereits wieder an den Knöpfen ihres Oberteils. „Ganz einfach. Weil ich dann nicht klug genug war, dich an meiner Seite zu halten. Dabei möchte ich nichts lieber als das, Lilly."

Sie atmet tief durch, ihr Bauch ist voller blubbernder Bläschen und das liegt gewiss nicht an einer plötzlich auftretenden Magenverstimmung. Eigentlich möchte sie etwas erwidern, doch sie wagt es nicht, weil ihr vor Ergriffenheit die Stimme versagen würde.

Roman schmunzelt und öffnet den letzten Knopf. „Um ehrlich zu sein, bin ich nicht scharf darauf, herauszufinden, wie sich ein Leben ohne dich anfühlt."

Das kommt ihr ein wenig übertrieben vor. „Aber das weißt du doch längst", wirft sie ein. „Du hattest vor unserer Zusammenarbeit keinen Blick für mich übrig, obwohl wir uns so oft über den Weg gelaufen sind."

Und mir ist immer noch nicht so richtig klar, wieso sich das plötzlich geändert hat, denkt sie insgeheim.

Romans Lächeln schwindet, er reagiert unerwartet ernst auf ihren Einwand.

„Da kannte ich dich eben noch nicht", erwidert er und schiebt die Hand unter den Stoff. Obwohl sie reglos verharrt, brennt seine Berührung auf ihrer Haut, während sie ihm zuhört. „Ich wusste nicht, wie gut du schmeckst, wie wunderbar du duftest und wie herrlich es sich anfühlt, wenn du in meinen Armen liegst."

Versonnen beginnt er, sie zu streicheln. Ganz instinktiv biegt sie den Rücken durch, um seine warme Hand noch intensiver zu spüren. Es ist eine unbewusst provozierende Geste. Roman offenbart ihren Sinnen eine himmlisch neue Welt und sobald er sie anfasst, hat das Wort Scham keine Bedeutung mehr. Zusammen mit seinen schmeichelnden Worten saugt sie seine Zärtlichkeiten auf und mit jedem Atemzug verliert sie ein kleines Stück ihres Herzens an ihn. Bis es vollständig ihm gehört.

Endlich gleitet der Stoff des Hemdes von ihrer Haut. Sein verhangener Blick klebt an ihren harten Spitzen, dann setzt er seine Liebkosungen fort, berührt sie so zart, als wäre sie zerbrechlich. Erneut ergreift er das Wort, spinnt sein verführerisches Netz, bis sie hilflos darin zappelt.

„Was ich eben aufgezählt habe, ist nur der Anfang, Lilly. Du hast einem Mann so viel zu bieten. Du bist klug und mitfühlend und freundlich. Das ist mir schon in der Firma aufgefallen, nachdem ich dich in mein Büro geholt habe. Du behandelst alle respektvoll. Sogar wenn sie dir ins Gesicht lachen oder tuscheln, verlierst du nie ein schlechtes Wort über jemanden. Das hat mich wahnsinnig beeindruckt und mir gleichzeitig bewusstgemacht, was für ein oberflächlicher Scheißkerl ich bin."

Sie will protestieren, doch er legt ihr einen Finger über die Lippen und hindert sie am Sprechen.

„Nicht, lass mich ausreden. Ich war blind, Lilly. Blind und dumm." Er atmet sehr beherrscht ein, ehe er weiterredet. „Ich mag dich, so wie du bist. Mit Brille oder ohne, ob schüchtern oder prüde, das ändert nichts. Mittlerweile finde ich sogar deine altbackenen Klamotten richtig süß, weil sie ein Teil von dir sind und den heißesten und schönsten Körper verbergen, denn ich je berühren durfte. Aber das sind bloß Äußerlichkeiten. Sie sind nicht ausschlaggebend und weißt du warum?"

Er wartet ihre Antwort nicht ab, er gibt sie gleich selbst. „Weil du ein mitfühlendes Herz besitzt und ich bin egoistisch genug, mir zu wünschen, dass es nur für mich schlägt."

Roman schlingt einen Arm um ihre Taille, richtet sich im Sitzen auf und nimmt eine ihrer Brustwarzen in den Mund. „Ich will ...", es folgt sanftes Saugen, „...nie wieder ... ohne dich ... sein."

Hingebungsvoll wirft sie den Kopf in den Nacken, ihre weißblonden Haarspitzen kitzeln die Mitte ihres Rückens und schwingen leicht hin und her. Noch während er sie verwöhnt, lichtet sich der Nebel in ihrem Verstand, ein Hoffnungsschimmer taucht am Horizont auf und eine merkwürdige Ruhe überkommt sie. Roman spricht zwar nicht von Liebe, was gerade bei Männern nach so kurzer Zeit auch eher selten auftritt, aber sie bedeutet ihm etwas. Genug, um diese in München begonnene Verrücktheit, zuhause weiterzuführen. Das wünscht sie sich mehr als alles andere auf der Welt. Selbst wenn sie nicht genau weiß, wie eine Beziehung zwischen ihnen funktionieren soll.

„Glaubst du mir nicht?"

Lilly denkt über eine Antwort nach, anscheinend einen Augenblick zu lang, denn er zieht sie besitzergreifend an sich und begräbt sie unter seinem Körper. „Ich muss wohl meine Argumentation mit Taten unterfüttern", raunt er an ihrem Mund. Ihre Lippen verziehen sich zu einem albernen Lächeln. Worte sind nur Schall und Rauch. Küsse als Argumentationshilfe findet sie viel angenehmer. „Da wäre ich sehr dafür", flüstert sie und zieht sein Gesicht zu sich herunter ...

Nach dem Sex rollt er sich keuchend von ihr herunter und legt sich auf den Rücken. „Oh wow!", stößt er mit einer Inbrunst hervor, die ihr die Hitze auf die Wangen treibt. Als wäre ihr bereits nicht warm genug. „Wer hätte gedacht, dass mein süßes Blümchen so ein temperamentvolles kleines Ding ist."

„Hör auf! Mir ist das peinlich."

Roman mustert sie nachsichtig. „Warum? Es war ein ehrliches Kompliment Du bist unglaublich im Bett Die Beste, die ich je hatte."

Seine Meinung schmeichelt ihr, glauben kann sie ihm aber nicht. „Roman, du bist mein erster Mann gewesen", sagt sie betont nüchtern. „Ich habe keinerlei Erfahrung und kann sicher nicht mit den Frauen mithalten, die du sonst kennst. Wie auch?"

Roman schüttelt den Kopf. „Mir geht es nicht um die Technik, Lilly, sondern um das Gefühl, das du mir gibst Hast du eine Ahnung, wie sehr mich die Vorstellung anmacht, der Einzige für dich zu sein? Dabei habe ich mich nie für einen besitzergreifenden Typ gehalten Aber allein der Gedanke, du könntest Sex mit einem anderen haben, weckt Mordgelüste in mir."

Lillys Herzschlag stockt, sie befeuchtet sich die Lippen, ihre Gedanken übertönen ihren wild hämmernden Puls nach Romans Geständnis

„Ich will auch mit keinem anderen zusammen sein ... auf diese Weise", gesteht sie leise.

Romans Mundwinkel zucken leicht, wahrscheinlich, weil sie die *Sache* nicht beim Namen nennen kann Er zwinkert ihr, unwiderstehlich wie eh und je, zu. „Dann werde ich möglichst oft dafür sorgen, dass du *auf diese Weise* auf deine Kosten kommst."

Tödlich verlegen streicht sie sich eine Haarsträhne hinters Ohr und räuspert sich. „Und jetzt?"

Er umfasst ihr Handgelenk und zieht sie auf sich Seine Finger vergraben sich in ihrem Haar und massieren die Kopfhaut Lilly entspannt sich augenblicklich Es ist so schön, ihm nahe zu sein und zu spüren, wie die Hitze seiner Haut die ihre durchdringt

„*Jetzt* werden wir ein bisschen kuscheln und uns ausruhen für die nächste Runde." Sein Mund presst sich seitlich an ihren Hals, er beißt leicht zu und bringt sie zum Lachen. „Das kitzelt", beschwert sie sich, macht aber keine Anstalten, sich aus seinem Griff zu befreien, sondern windet sich nur ein wenig hin und her

„Schscht, meine Süße, ich bin gerade dabei, dich absolut willenlos zu machen“, murmelt er an ihrem Ohrläppchen. „Lachen ist da sehr kontraproduktiv.“

Seufzend gibt sie es auf, so zu tun, als würden ihr die verspielten Neckereien nicht gefallen. Sie liebt es. Sie liebt *ihn* und er scheint eine Menge für sie zu empfinden.

Ein Wunder für Lilly. So könnte der neue Slogan ihres Lebens heißen.

Die nächsten beiden Tage vergehen wie im Zeitraffer. Roman klärt alles Notwendige mit den einbestellten Filialleitern und sobald sie unter sich sind, gibt es nichts als Küsse, zärtliches Gemurmel und Sex. Sie war noch nie so glücklich, auch wenn ihr die Sache im Grunde viel zu schnell geht und immer wieder leise Zweifel in ihr hochkriechen, weil sie seine Vernarrtheit in sie nicht so recht nachvollziehen kann.
Sie schiebt diese unschönen Gedanken jedes Mal beiseite und beschließt im Hier und Jetzt zu leben. Unglücklicherweise zerrinnen die Minuten wie Sandkörner zwischen den Fingern und als er den Firmenwagen vor ihrem Mietshaus parkt, schießen ihr fast die Tränen in die Augen. Nachdem sie die letzten beiden Tage auf engstem Raum miteinander verbracht haben, ist der nahende Abschied unerträglich. Lilly bleibt tapfer und verkneift sich die Heulerei. Stattdessen ringt sie sich ein klägliches Lächeln ab. „Also ... Wir sehen uns im Büro.“

Uff, das klingt reichlich steif. So unpersönlich. Roman runzelt die Stirn, anschließend schnallt er erst sich, dann sie ab, und greift sanft in ihren Nacken. Sein Daumen schreibt kleine Kreise an ihrem zarten Halswirbel.

„Willst du mich nicht reinbitten?“, verlangt er zu wissen und zieht fragend die Augenbraue hoch.

„Möchtest du denn mit rauf?“

Roman seufzt und schüttelt den Kopf. „Lilly, ich will mit dir zusammen sein. Denkst du, ich habe Lust nach zwei so wundervollen Tagen, die Nacht ohne dich zu verbringen? Oder ist dir das zu viel? Brauchst du ein bisschen Freiraum? Wenn ich gehen soll, dann sag es. Ich bin dir auch nicht böse.“

Wie soll sie ihm erklären, was das Zusammensein mit ihm für sie bedeutet und dass sie lediglich Angst hat, ihn mit ihrer Anhänglichkeit einzuengen? Sie kaut auf ihrer Lippe herum und sucht nach passenden Worten. Doch man kann Gefühle nicht in blumige Metaphern kleiden, man muss sie einfach loswerden. Ohne Schnickschnack, ohne um den heißen Brei herumzureden.

„Ich möchte auch nicht allein sein. Es wäre wundervoll, wenn du mit zu mir kommst.“

Roman fasst nach ihrer Hand und drückt sie leicht. „Dann los, worauf warten wir noch? Ich kann es kaum erwarten, deine Wohnung zu betreten. Machst du eine kleine Privatführung für mich?“

„Meine vier Wände sind winzig“, antwortet Lilly schlicht. „Das wird die kürzeste Führung aller Zeiten.“

Sein Lächeln bekommt eine vielsagend lüsterne Note. „Umso besser. Dann haben wir mehr Zeit für die wirklich wichtigen Dinge.“

Lilly weiß ganz genau, wovon er spricht. Sein sexueller Appetit wird nur von seinem Ego getoppt. Beschweren will sie sich nicht. Sie liebt ihn, genauso wie er ist und hat keine Ambitionen ihn zu ändern. Höchstens an der Treue könnte er arbeiten. Doch bevor sie dieses heikle Thema anschneidet – falls sie überhaupt genug Mut aufbringt, das zu tun – muss einiges geklärt werden. Ihr tatsächlicher Beziehungsstatus zum Beispiel.

Beide steigen aus dem Wagen. Draußen ist es immer noch bitterkalt, außerdem wird es langsam dunkel. Sie sind gefühlte Ewigkeiten auf der Autobahn unterwegs gewesen, obwohl sie München am Morgen verlassen haben. Lilly sehnt sich nach bequemen Klamotten und einer Tasse Tee.

Roman holt die Koffer und folgt ihr zum Eingang. Kurz darauf stehen sie in ihrem winzigen Flur und schälen sich aus den Wintersachen und den Schuhen. Der Teppich ist wunderbar kuschelig unter ihren Füßen, auch die Temperatur in der Wohnung ist annehmbar, da sie die Heizung vor der Abreise nicht komplett abgedreht hat. Sogar der Kühlschrank ist gut gefüllt, mit lange haltbaren Lebensmitteln, damit sie nach der Rückkehr nicht sofort in den Supermarkt rennen muss. Als hätte sie geahnt, dass sich ein unerwarteter Gast bei ihr einquartieren würde.

Roman tritt von hinten an sie heran und schlingt die Arme um ihren Bauch. Anschließend schmiegt er verspielt seine Wange gegen ihre, bevor er einen Kuss auf Lillys kalte Haut drückt. „Wo ist denn das Schlafzimmer?“

Lilly dreht sich um und bemüht sich um eine empörte Miene. „Roman, wir sind gerade eine Minute hier und du willst gleich das Schlafzimmer einweihen?“

Grinsend deutet er nach unten. „Eigentlich wollte ich nur die Koffer reinstellen, damit sie nicht im Weg herumstehen, aber wenn du was anderes im Sinn hast ...“

Er wackelt anzüglich mit den Augenbrauen und grinst so unverschämt, dass sie sich vor lauter Verlegenheit gerne in Luft aufgelöst hätte. Peinlich berührt räuspert sie sich und vermeidet es, ihm ins Gesicht zu sehen. „Es ist die letzte Tür links“, murmelt sie. „Stell die Koffer einfach rein. Ich schau inzwischen, was mein Kühlschrank so hergibt. Du hast bestimmt Hunger.“

Roman spart sich einen Kommentar und salutiert scherzhaft. „Jawohl, Chefin!“ Er bückt sich nach dem Gepäck und trägt es ins Schlafzimmer. Zum Glück ist sie ordentlich. Umherfliegende Unterwäsche und andere private Dinge wird er in dem kleinen, aber hübsch eingerichteten Raum nicht finden.

Lilly huscht in die Küche und verschafft sich einen Überblick über die Lebensmittel im Kühlschrank. Sie holt Eier und Gemüse heraus. Brot liegt im Gefrierfach, das kann sie ruckzuck auftauen. Kurz stellt sie sich die Frage, wieso sie gar keine Nervosität verspürt. Immerhin hat sie zum allerersten Mal einen Mann in ihrer Wohnung und sie müsste umherirren wie ein aufgescheuchtes Huhn. Bis auf den peinlichen Moment im Flur, will sich aber kein Unwohlsein einstellen, sie empfindet lediglich eine merkwürdige Ruhe. Roman gelingt es mit seiner lockeren Art, eine Atmosphäre der Geborgenheit zu schaffen.

Plötzlich taucht er wieder auf und stellt sich neben sie.

„Kann ich helfen?“

„Ich würde gerne ein Omelett mit Paprika machen, dazu gibt es geröstetes Brot. Du kannst das Gemüse schon mal waschen und in Streifen schneiden.“

Er schaut zuerst ein wenig verdutzt drein. Anscheinend hat er nicht wirklich damit gerechnet, zum Küchendienst abkommandiert zu werden. Da sie in ungewöhnlich verspielter Stimmung ist, legt sie den Kopf schräg und lächelt ihn zuckersüß an. „Soll ich dir erklären, wie das funktioniert, oder kommst du klar?“

Ein leicht missmutiger Zug zieht seine Mundwinkel nach unten, ehe er einen fast schon hilflosen Blick auf das Gemüse wirft, das sie ihm gerade in die Hand drückt. „Nein, alles bestens. Gib mir einfach ein Messer und was sonst noch nötig ist.“

Glucksend händigt sie ihm sämtliche Utensilien aus. Ein Messer, eine kleine Schüssel, sie vergisst auch das Schneidebrett nicht. „Hier bitte. Tob dich ruhig aus.“

„Hm, danke“, brummt Roman, macht sich allerdings umgehend ans Werk. Gewissenhaft spült er die Paprika unter dem Wasserhahn ab. Die Hemdsärmel hat er davor hochgekrempelt und der Anblick seiner leicht behaarten Unterarme macht sie so nervös, dass sie das Ei über der Arbeitsfläche zerdrückt, bevor es in der bereitgestellten Schüssel landet.

„Probleme, Blümchen?“

Bei seinem süffisanten Tonfall zieht sie eine Grimasse und spart sich eine Antwort. Stattdessen beschäftigt sie sich damit, die Sauerei wegzuwischen. „Alles prima“, nuschelt sie und konzentriert sich von jetzt an auf das Kochen.

Ein paar Minuten später sitzen sie einander am Küchentisch gegenüber und genießen das Essen.

„Das ist verdammt lecker“, lobt Roman und schaufelt sich eine weitere Gabel mit Ei und Gemüse in den Mund.

Lilly lächelt geschmeichelt. „Danke, aber du musst doch ganz andere Sachen gewohnt sein.“

Roman trinkt einen großen Schluck Wasser und schüttelt den Kopf. „Meine Mutter kocht selten selbst, weil sie wegen ihrer gemeinnützigen Arbeit zu viel unterwegs ist. Wir haben eine Köchin und die serviert auf Wunsch meines Vaters in der Regel gutbürgerliches Essen. Papa kannst du mit a la carte Gerichten jagen und mir ist ein Schnitzel mit Pommes auch lieber, als Hummer oder Austern."

Sie verzieht das Gesicht. „Austern ... igitt. Wie kann man sich sowas freiwillig in den Mund schieben?"

Lilly schüttelt sich allein bei der Vorstellung, dieses labbrige Zeug auf der Zunge zu spüren. Roman beobachtet sie lächelnd. „Austern sagt man eine sehr anregende Wirkung nach. Nicht, dass ich die bräuchte, wenn es um dich geht", ergänzt er charmant und schenkt ihr ein träge-lüsternes Lächeln.

Bestimmt wird sie glutrot. Um das Gespräch in eine andere Richtung zu lenken, deutet sie auf sein halbleeres Wasserglas. „Soll ich dir nachschenken?"

„Gerne." Er sieht ihr dabei zu und isst seelenruhig weiter. Auch Lilly leert ihren Teller. Zusammen räumen sie das Geschirr in die Spülmaschine und beseitigen das restliche Chaos. Danach schleicht sich eine gewisse Verlegenheit ein.

„Also ... was möchtest du jetzt machen?"

Lilly wirft ihm einen scheuen Blick zu und hofft sehr, dass er nicht noch ausgehen möchte, aber sie kann ihn ja schlecht fragen, ob er schon ins Bett will. Auch wenn sie Sehnsucht nach ihm hat und nichts dagegen hätte, sich sofort in ihr Schlafzimmer zurückzuziehen.

Er reibt sich indessen über den Nacken und verzieht das Gesicht. „Um ehrlich zu sein, würde ich gerne duschen. Den Reisestaub abspülen, du weißt schon."

Die Vorstellung von einem nackten Roman Steininger in ihrer winzigen Duschkabine macht sie hochgradig nervös. „Duschen ... ja, natürlich." Sie räuspert den Frosch im Hals fort und deutet auf die geöffnete Küchentür. „Ich hole dir ein frisches Handtuch."

Lilly will an ihm vorbeihuschen. Roman schnappt sich ihr Handgelenk, bevor sie entwischen kann und zieht sie mit einem Ruck an sich. Seine Hände wandern über ihren Rücken zu ihrem

Po. Die Berührung elektrisiert sie. Er besitzt magische Hände, die ihr einen Wonneschauer nach dem anderen bescheren.

„Hol gleich zwei. Ich habe nicht die Absicht, allein zu duschen“, raunt er ihr zu und fängt ihre Unterlippe mit den Zähnen ein. Das sanfte Knabbern macht sie willenlos. Lilly schließt die Augen, in ihrem Magen spielen sich die unglaublichsten Dinge ab. Das muss eine ganze Hundertschaft an Schmetterlingen sein, die dort ihr Unwesen treibt. Duschen, mit ihm. Romans nackter Körper, vor Nässe glänzend unter ihren Händen. Oh ja! Wie oft haben sie in der Vergangenheit schon solche Fantasien heimgesucht?

„O... okay“, stammelt sie und schafft es schließlich die Küche zu verlassen und die verlangten Badetücher zu holen. Gemächlich folgt er ihr, als sie wieder im Flur auftaucht und mit klopfendem Herzen das Bad betritt. Der Raum ist winzig, aber klinisch sauber.

„Gib her“, sagt er und hängt die Handtücher auf einen Haken neben der Duschkabine. Eine Wanne gibt es nicht. Dafür hat der Platz nicht mehr gereicht. Roman dreht sich um und sieht ihr direkt in die Augen. Sein Lächeln lässt ihr Herz schmelzen. Sie kann nicht anders, als es zu erwidern, und kommt ihm einen Schritt entgegen. Nun stehen sie dicht voreinander und fangen ganz selbstverständlich an, sich gegenseitig aus ihren Kleidern zu schälen.

„Wie schnell wird das Wasser warm?“

„Dauert ein bisschen“, murmelt sie abgelenkt.

Ihre Hände liegen auf seiner breiten Brust, sie ertastet die kräftigen Muskeln, spürt die Wärme seiner Haut und vor allem seinen Herzschlag, der schneller geht als normal. Roman hakt ihren BH mit einer Geschicklichkeit auf, die sie daran erinnert, auf welche Weise er diese erworben hat: bei Affären mit unzähligen schönen Frauen. Komischerweise bereitet ihr der Gedanke zwar keine Freude, aber sie verspürt auch keine allzu schlimme Eifersucht. Die Vergangenheit ist vorbei, man kann sie ohnehin nicht ändern, also bringt es nichts, damit zu hadern. Roman dreht das Wasser auf, sobald sie nackt sind, und kontrolliert die Temperatur, bevor er sie in die enge Kabine schiebt und ihr folgt. Er presst sich an ihren Rücken und schlingt die Arme um sie, während das Wasser auf sie niedergeht. Innerhalb kürzester Zeit steigt Dampf auf.

„Deine Haut ist so weich“, raunt er an ihrem Ohr. Seine Hände fassen ihr feuchtes Haar im Nacken zusammen und schieben den nassen Strang zur Seite, damit er seine Lippen auf ihren Hals drücken kann. Streichelnd erkundet er ihre Haut und verteilt das nach Zitrone duftende Duschgel auf ihr, bis sich schaumige Bläschen bilden, die träge an ihr herabrinnen. Lilly genießt seine Behandlung mit geschlossenen Augen. Erregung flutet ihren Körper, sie will sich umdrehen und ihn küssen, doch Roman lässt das nicht zu. „Nein, bleib so! Ich will dir das Haar waschen.“

Geduldig shampooniert er die feuchten Strähnen, und nebenher sein eigenes Haar, dann spült er alles wieder heraus. Obwohl sich seine Erregung fest gegen ihren Hintern drückt, macht er keine Anstalten, mit ihr zu schlafen.

„Komm, lass uns rausgehen, damit wir dich trocken bekommen“, sagt er, als er die leichte Gänsehaut wahrnimmt, die sich auf ihr gebildet hat. Lilly ist ganz und gar nicht kalt, ihre Haut zieht sich vor lauter Wonne zusammen, trotzdem protestiert sie nicht, sobald er mit ihr aus der Duschkabine steigt und ihren Körper in das flauschige Handtuch hüllt.

Vorsichtig rubbelt er sie trocken. Lilly fühlt sich schwach und stark zugleich. Roman kümmert sich um sie und das ist das schönste Geschenk, das ihr das Schicksal jemals vergönnt hat. Es versöhnt sie fast ein wenig mit ihrer unschönen Vergangenheit.

Das macht er doch bei allen. Er weiß, was Frauen wollen und er gibt es ihnen. Und danach kennt er nicht mal mehr deinen Namen.

Ausgerechnet jetzt muss sich die Kopfstimme ihrer Mutter wieder bemerkbar machen. Unwillkürlich versteift sie sich und Roman, der den Föhn wieder auf den Haken hängt, mustert sie besorgt. „Lilly, ist was passiert? Habe ich was falsch gemacht?“

Hastig schüttelt sie den Kopf. „Nein, du bist wundervoll“, sagt sie und lächelt kläglich. „Das ist nur alles ein bisschen viel für mich. Ich ...“ Ihr bricht die Stimme und schon ist er bei ihr und zieht ihren Kopf an seine Schulter. „Hey, Blümchen, alles gut. Ich bin bei dir."

Bebend atmet sie den Duft seiner Haut ein und schlingt die Arme um seine Taille.

„Komm, ich bring dich ins Bett. Du musst todmüde sein. Wir haben ja beide letzte Nacht nicht viel geschlafen."

Das stimmt. Sie waren zu beschäftigt damit, sich gegenseitig zu erforschen und herauszufinden, welche Berührung dem anderen ganz besonders gefällt.

Roman hebt sie auf seine Arme und läuft mit ihr ins Schlafzimmer. Hier im Raum ist es mollig warm, genau wie im Rest der Wohnung. Er befreit sie und sich selbst von den Badetüchern und zieht die Bettdecke zurück.

„Ins Bett mit dir", befiehlt er mit einem zärtlichen Unterton. Lilly gehorcht und schlüpft unters Laken. Roman kommt ihr nach und legt sich dicht hinter sie. Er schmiegt sich an ihren Rücken, umfasst eine nackte Brust und streichelt sie liebevoll. Erschauernd drückt sie sich enger an ihn, fühlt das Pochen seines Gliedes und legt ihre Finger über seine streichelnden Hände. „Roman …", flüstert sie und seufzt, als er einen feuchten Kuss in ihren Nacken setzt.

„Was geht dir durch den Kopf?" Seine Frage klingt nicht fordernd, doch sie ahnt, dass es Zeit ist, sich Roman zu öffnen.

Damit er versteht, warum sie so zugeknöpft ist und anderen Menschen nur schwer vertrauen kann. Dass er hinter ihr liegt und ihr nicht in die Augen sehen kann, hilft dabei, nicht zu kneifen.

„Du hast mal nach meiner Familie gefragt", beginnt sie leise und spürt, wie sich sein Griff um ihre Brust festigt. Als würde er sich innerlich vor den nachkommenden Informationen wappnen und erahnen, wie unschön die Dinge sind, die er gleich zu hören bekommt. Lilly kann und will es ihm nicht ersparen. Nach all den Jahren des Schweigens kann sie es auf einmal kaum erwarten, sich einem Menschen anzuvertrauen. Roman wird sie halten, sie weinen lassen und sie dann mit seiner Nähe heilen.

„Red weiter", bittet er und schlingt die Arme fester um sie.

Lilly zögert ein wenig, ringt nach Worten und weiß nicht genau, wo sie anfangen soll. Irgendwann kommen ihr die Sätze von ganz allein über die Lippen.

„Es gibt bloß mich und meine Mutter, aber wir haben keinen Kontakt mehr."

„Verrätst du mir wieso?"

Roman klingt nicht sonderlich überrascht, vermutlich hat er etwas in der Art vermutet, doch das dicke Ende kommt noch. Was wird er denken, wenn er die Wahrheit kennt? Wird er sie weiter so unvoreingenommen ansehen können oder wird sich auf seinem Gesicht nur Mitleid zeigen? Weit schlimmer wäre Verachtung, weil ihre eigene Mutter sie abgelehnt hat. Lilly könnte das nicht ertragen, weiß aber, dass sie jetzt keinen Rückzieher machen darf. Sie hat so lange gekämpft für ein normales Leben, zumindest im Rahmen ihrer Möglichkeiten, nun muss sie den letzten Schritt machen und zu ihrer Vergangenheit stehen.

„Meine Mutter sitzt in einer Nervenheilanstalt und wird dort so schnell nicht mehr rauskommen."

Sein Körper hinter ihr strafft sich. Sie kann es ganz deutlich spüren.

„Wieso ist sie dort?" Ein Hauch von Betroffenheit, vermischt mit Entsetzen schwingt in seiner Stimme mit. Damit hat er nicht gerechnet.

„Meine Mutter hat mich mein ganzes Leben lang gequält."

Lilly stockt und fröstelt. Fast nebenbei nimmt sie wahr, dass Roman sie fester an sich drückt und den Atem anhält. Sein Brustkorb bewegt sich nicht, es ist still im Schlafzimmer.

„Sie hat mich gehasst", fährt sie mit erstickter Stimme fort. Es auszusprechen, vor einem Menschen, der ihr am Herzen liegt, ist so wahnsinnig schwer. Sie offenbart ihre vermeintliche Unzulänglichkeit, ein Teil von ihr ist immer noch das kleine Mädchen von einst. „Meine erste bewusste Erinnerung an sie ist ihr Lachen, als ich ihr ein selbstgemaltes Bild vom Kindergarten mitgebracht habe", erzählt sie weiter und versucht möglichst neutral zu klingen. Sie will nicht auf die Tränendrüse drücken und sein Mitleid erringen. Roman soll nur verstehen, wieso sie anderen Menschen nicht vertrauen kann und sich in ihre eigene kleine Welt zurückgezogen hat. An einen Ort, an dem ihr niemand nahe genug kommen kann, um ihr wehzutun.

„Ich war drei Jahre alt und habe gedacht, sie freut sich." In Lillys Augen brennen Tränen. Daran zu denken, ist noch genauso schmerzhaft wie damals. Ihr dreijähriges Ich und die heutige Lilly verbinden sich emotional und ihr wird eisig kalt. „Sie hat es zerrissen, Roman, vor meinen Augen. In tausend Schnipsel und dann hat sie mich eine Missgeburt genannt. Das war ihr Lieblingsspitzname für mich. Neben Dummkopf und Idiotin", ergänzt sie bitter.

„Lilly ..." Mehr bringt er nicht heraus. Er klingt schockiert und weiß offensichtlich nicht, was er sagen soll.

„Ich will nicht groß auf jedes Detail eingehen. Das war nur die Spitze des Eisbergs. Es gab tausende solche Szenen. Irgendwann stumpft man ab, man lässt es nicht mehr an sich heran und lernt damit zu leben. Aber ich habe mich nicht nur gegen sie abgeschottet, sondern auch gegen alle anderen."

„Wieso hast du denn niemandem was gesagt?", fragt er erschüttert und küsst sie aufs Schulterblatt. Roman spendet ihr Trost und gibt ihr den Halt, nach dem sie sich so sehr gesehnt hat. Dankbar schließt sie die Augen und erzählt einfach weiter.

„Lydia ist eine Psychopathin. Sie hat ein Talent, andere Menschen zu täuschen und sie für sich einzunehmen. Vor den Lehrern hat sie die liebende Mutter gespielt. Niemand hätte mir geglaubt. Sie hat ja allen weisgemacht, ich wäre schwierig und unzugänglich. Da ich mich dank ihr tatsächlich so verhalten habe, hätte mir die Wahrheit niemand abgekauft."

Jetzt dreht er sie herum und blickt auf sie herunter. Das kleine Licht neben ihrem Bett brennt und so können sie jede Regung im Gesicht des anderen erkennen. Seine Miene ist voller Zärtlichkeit. „Das tut mir so leid, Blümchen. Das hast du nicht verdient. Ich würde dieses Miststück am liebsten ..."

Roman spricht nicht weiter und presst die Lippen zu einer schmalen Linie zusammen. Lilly legt die Fingerspitzen darüber und streicht über seinen Mund.

„Es ist ja jetzt vorbei. Sie ist ausgerastet, als ich vierzehn war und ich wurde dann in ein betreutes Wohnheim gebracht.“

Stirnrunzelnd zieht er den Kopf zurück. „Ausgerastet?“

Das ist der unschönste Teil ihrer Geschichte. Verschweigen kommt aber nicht infrage. Sie ist so weit gekommen, nun muss er auch den Rest hören.

„Sie war nie gewalttätig. Lydia wollte nach außen hin dem Bild der aufopfernden, alleinerziehenden Mutter entsprechen, deswegen hat sie mich nie geschlagen, obwohl ich gespürt habe, dass sie mich am liebsten blutig geprügelt hätte. Als Teenager habe ich aus Versehen ihren Badeschaum benutzt statt meinem. Sie kam ins Bad, hat es gesehen und ...“

Lilly spricht mit jedem Wort schneller und schneller. Sie verhaspelt sich und muss erst kurz Luft holen, ehe sie ihren Satz beenden kann.

„Was ist dann passiert, Blümchen?“

Lilly wendet den Blick ab. „Sie hatte wohl irgendeinen Kurzschluss im Gehirn, anders kann ich es mir nicht erklären. Lydia hat mich gepackt und unter Wasser getaucht. Sie wollte mich ertränken. Ich habe gezappelt und mich gewehrt, doch sie hat einfach nicht losgelassen. Dann konnte ich mich endlich doch befreien und bin zu einer Nachbarin geflüchtet. Die hat die Würgemale an meinem Hals gesehen und die Polizei gerufen.“

Roman schweigt, seine Miene ist ausdruckslos. Sie ist sich nicht sicher, ob er sie überhaupt gehört hat. Deswegen sucht sie seinen Blick und begegnet maßlosem Entsetzen. Er weicht zurück, als hätte er sich verbrannt, und setzt sich mit einigem Abstand zu ihr auf. Das Gesicht in den Händen verborgen atmet er tief durch. Lillys Kehle schnürt sich zu. Dass er so reagiert, hat sie nicht erwartet.

Hilflosigkeit übermannt sie. Sie ahnt, was gerade in ihm vor sich geht und was seine Reaktion zu bedeuten hat. Roman, der ein Leben in Luxus und voller Leichtigkeit führt, kann mit dem Schmutz, der an ihr haftet und der sie zu dem gemacht hat, was sie ist, nicht umgehen. Sie fürchtet, nein, sie *weiß*, dass er sich von ihr zurückziehen wird und diese entsetzliche Kälte, die sie seit ihrer Kindheit begleitet, kehrt mit aller Macht zurück.

Siehst du, ich habe es dir doch gesagt. Bestimmt fragt er sich, was mit dir nicht stimmt, wenn nicht mal deine eigene Mutter dich lieben kann.

Lydias imaginäre Stimme gewinnt wieder an Stärke und verdrängt die Hoffnung, die sich in den letzten Tagen in ihr breitgemacht hat. Verzweifelt richtet Lilly ihren Blick auf Romans breiten Rücken. Er hat sich abgewendet, sitzt mittlerweile auf der Bettkante und sagt immer noch nichts. Er wirkt wie erstarrt in seiner Schweigsamkeit, abweisend. Sie hält das nicht mehr aus. Irgendwann erreicht man einen Punkt im Leben, an dem die eigene Leidensfähigkeit erschöpft ist und sie hat diesen schon vor langer Zeit überschritten. Heiße Tränen brennen in ihren Augen, sie blinzelt sie weg und rutscht auf die andere Bettseite. Die Matratze gibt ein wenig nach und quietscht. Sie schluchzt gegen ihren Willen auf. Gleich darauf ist sie auf den Beinen, der Schleier vor ihren Augen nimmt ihr die Sicht, doch sie kennt jeden Quadratzentimeter in dieser Wohnung und weiß instinktiv wohin sie rennen muss.

Sie will raus aus diesem Schlafzimmer, ehe sie ihrem Heulkrampf vollständig erliegt und sie sich vor Roman endgültig zum Narren macht. Nackt wie sie ist, läuft sie Richtung Tür, blind und taub für alles, was um sie herum passiert. Bevor sie jedoch nach der Klinke greifen kann, wird sie an der Schulter herumgerissen. Romans Mund presst sich mit einem wilden Aufstöhnen auf ihren, nicht sehr lange, dafür mit einer Leidenschaft, die ihr Herz zum Rasen bringt und ihre Muskeln zum Erzittern.

Was hat das auf einmal zu bedeuten?

Ihre Gedanken verschwimmen, ihre Glieder werden schwach und so sinkt sie an seine Brust, weil es keinen anderen Halt für sie gibt, außer ihm. Ohne noch weiter darüber nachzudenken, legt sie die Arme um seinen Hals und erwidert diesen Kuss, als wäre es ihr letzter auf Erden. Auf jeden Fall könnte es der letzte mit Roman sein. Vielleicht ist das einfach nur eine grausame Form von Abschied.

Es dauert eine Weile, ehe er sich von ihr trennt. Blinzelnd blickt sie zu ihm auf. Tiefe Reue zeigt sich in seinen Augen, als er die Tränenspuren auf ihren Wangen bemerkt. „Es tut mir leid. Ich wollte vorhin nicht so komisch reagieren. Mir ist nur klargeworden, was du durchgemacht hast und ich musste daran denken, wie einsam und zurückgezogen du bisher gelebt hast, wegen dieser Hexe. Lilly …“, beschwörend sieht er sie an, „schon der Gedanke macht mich fertig. Ich will mir nicht mal ausmalen, wie sehr du gelitten hast.“

„Du kannst doch nichts dafür“, wispert sie aufgewühlt und kämpft nicht länger gegen die Erleichterung an. Er verachtet sie nicht. Roman fühlt lediglich mit ihr und das ist so berauschend, dass ihre Tränen so schnell versiegen, wie sie gekommen sind. Die Andeutung eines Lächelns nistet sich in ihren Mundwinkeln ein.

Seine Hände umschließen ihr Gesicht. „Mein Blümchen“, flüstert er und küsst sie unendlich sanft auf beide Wangen. Sein Blick ist ernst. „Deine Mutter hatte unrecht. Du bist kein Dummkopf und kein Fehler, sondern das Mädchen, in das ich mich verliebt habe. Ich weiß, das ist jetzt nicht der beste Augenblick, um dir das zu sagen. Es war mir auch nicht bewusst, dass ich so fühle, aber als mir eben klar wurde, wie verflucht tapfer du warst, da …“ Roman schüttelt den Kopf. „Es war wie ein Schlag auf den Kopf. Ich wollte dir den Schmerz nehmen und für dich da sein. Doch ich bin nur ein egoistischer Scheißkerl und habe Angst es zu versauen.“

Erneut finden sich ihre Lippen, ehe er seine Nase in ihrem Haar vergräbt. „Blümchen, ich habe keine Ahnung, ob ich für eine richtige Beziehung gemacht bin, aber wenn du mich lässt, werde ich dir die Welt zu Füßen legen.“

Ihr zerbrochen geglaubtes Herz setzt sich Stück für Stück wieder zusammen und schlägt kräftiger und zuversichtlicher denn je in ihrer Brust. Roman hebt sie ein Stück in die Höhe. Ihre Fingerspitzen graben sich in seine Schultern, sie schaut auf ihn herab.

„Von jetzt an gehörst du zu mir, Lilly. Ich werde dich meinen Eltern offiziell als meine Freundin vorstellen.“

Pure Freude rast durch ihren Körper, sie fühlt sich schwerelos und befreit. Er meint es wirklich ernst mit ihr. Seine Eltern … oh Gott. Was sie wohl von ihr halten werden?

„Werden sie nicht enttäuscht sein, wenn du mit mir daherkom…“

Roman lässt sie in seinen Armen nach unten rutschen und verschließt ihr den Mund mit einem leidenschaftlichen Kuss, bevor sie ihre Frage beenden kann.

Danach mustert er sie kopfschüttelnd. „An deinem Selbstbewusstsein müssen wir definitiv noch arbeiten. Glaub mir, meine Eltern werden dich lieben. Mein Vater hält bereits große Stücke auf dich. Er wird mich zu meiner Wahl beglückwünschen, meine Schwester findet dich sowieso toll. Und was meine Mutter angeht … die wirst du bestimmt genauso bezaubern wie den Rest der Familie.“

Grinsend zwickt er sie in die Nase. „Find dich damit ab, Blümchen. Du bist unwiderstehlich.“

Überwältigt stellt sie sich auf die Zehenspitzen und vergräbt die Hände in seinem weichen Haar.

„Ich liebe dich auch, Roman. Schon ganz lange“, gesteht sie ihm schließlich ein. Jetzt ist sie es, die seinen Mund mit ihren Lippen einfängt. Sie spürt sein Lächeln mehr, als sie es sieht und schmiegt sich seufzend an seinen harten Leib. Ein Wunder für Lilly. Das ist nicht länger ein Slogan, keine dahingeworfene Hoffnung, sondern die Chance auf einen Neuanfang.

Kapitel 17

Roman ist mit den Jungs im *2Face* verabredet und will die Gelegenheit beim Schopf packen, sie über die neue Lage aufzuklären. Es kommt nicht mehr infrage, die Wettschuld einzulösen. Eigentlich ist ihm das schon länger klar. Eine so anständige Person wie Lilly dermaßen zu verarschen ist das moralisch Verwerflichste, was er sich vorstellen kann.

Er muss Mark und den anderen die Wahrheit beichten. Falls sie ihn dafür auslachen, wird er es wie ein Mann ertragen. Zum ersten Mal kann er seinen Vater und seine unerschütterliche Treue zu Romans Mutter verstehen. Wenn man die Richtige erst einmal gefunden hat, verlieren andere Frauen jeden Reiz. Er hätte niemals für möglich gehalten, irgendwann die Schnauze voll zu haben, von den ganzen oberflächlichen Schönheiten, die ihn auf Schritt und Tritt verfolgen. Natürlich ist ihm das Wort Liebe ein Begriff, er empfindet auch welche. Für seine Eltern und seine Schwester zum Beispiel. Diese Gefühle sind da, haben aber nichts mit der romantischen Variante zu tun, der alle so nachjagen. Für ihn ist *verliebt sein* eine geschönte Umschreibung für totale geistige Umnachtung und Selbstaufgabe. Kurzum, ein weiteres Synonym für pure Dummheit und genau der ist er erlegen. Er ist total verknallt. Lilly hat sich mit ihrer liebenswerten Natur in sein Herz geschlichen und dort eingenistet. Roman braucht ihre Nähe. Schon jetzt empfindet er schmerzhafte Sehnsucht nach ihr, dabei ist es gerade mal eine halbe Stunde her, dass sie sich voneinander verabschiedet haben.

Die letzte Nacht hat er in ihrer Wohnung verbracht und auch den größten Teil des heutigen Tages. Erst gegen Abend ist er zurück in sein Apartment gefahren, da er für morgen ein paar Unterlagen braucht, die er in seinem Safe deponiert hat. Lilly hat er kurzerhand mitgenommen, weil er nicht ohne sie schlafen möchte. Verrückt. Ausgerechnet er, der es sonst nicht leiden kann, wenn sich eine andere Person in seinem Bett breitmacht!

Seit er sie kennt, hat sich alles verändert. Eine Entwicklung, die ihm zwar ein bisschen Angst einjagt, aber die er trotzdem nicht stoppen möchte. Dafür macht ihn ihre Gegenwart zu glücklich.

Lächelnd betritt er den Club und sieht sich nach seinen Freunden um. Überall entdeckt er bekannte Gesichter. Dieser Laden ist so was wie sein zweites Zuhause, doch heute fühlt er sich seltsam fremd in dieser Umgebung und sehnt sich nach Lillys weichen Armen. Er will die Angelegenheit so schnell wie möglich hinter sich bringen und zu ihr zurückkehren, ehe sie morgen der Alltag wiederhat. Die Arbeit in der Firma wartet auf ihn. Seinen Vater hat er telefonisch über die Ereignisse in München informiert und ihm auch mitgeteilt, dass er keinen Sinn darin sieht, Filialen zu besuchen, die erst einmal auf Vordermann gebracht werden müssen.

Konrad Steininger hat sehr rigoros reagiert und angekündigt die Bonusregelungen zu überprüfen und gegebenenfalls umzustellen. Ganz nebenbei hat er Roman ein dickes Lob ausgesprochen für die schnelle und lückenlose Aufklärung der Umstände. Darüber freut er sich natürlich, er hat seinem Vater trotzdem klargemacht, dass es in erster Linie Lillys vertrauenswürdiger Ausstrahlung zu verdanken ist, dass dieses Problem so rasch gelöst werden konnte. Sein Vater möchte sich persönlich bei ihr bedanken und wird dazu eher Gelegenheit bekommen, als er denkt. Roman hat die Absicht, Lilly am Wochenende zu seinen Eltern mitzunehmen und sie dann offiziell als seine Freundin in die Familie einzuführen.

Bevor er das tun kann, muss er zuerst den Mist, den er mit seinen Kumpels verbockt hat, aus der Welt schaffen, ohne dass Lilly etwas davon mitbekommt. Die Wette hängt wie eine dunkle Gewitterwolke über allem. Er möchte sie wegschieben. Für Lilly soll nur noch die Sonne scheinen, das hat er sich geschworen. Selbst wenn er ihr die Wahrheit verschweigen muss. Klar ist es scheiße, eine Beziehung auf einer Lüge aufzubauen, aber seit er weiß, wie sehr sie unter ihrer psychopathischen Mutter gelitten hat, möchte er sie vor weiteren negativen Erfahrungen beschützen.

Roman hat sich letzte Nacht lange mit Lilly unterhalten und sie hat ihm Dinge anvertraut, die ihm vor Entsetzen die Haare zu Berge stehen lassen. Er kann nicht nachvollziehen, wie es ein menschliches Wesen über sich bringen kann, solches Leid über das eigene Kind zu bringen und dabei noch in den Spiegel schauen zu können.

Lillys Mutter wurde es verboten, ihre Tochter telefonisch oder schriftlich zu kontaktieren. Eine notwendige Schutzmaßnahme, für den unwahrscheinlichen Fall, dass diese Irre eines Tages rauskommt und nach ihr sucht. Die Chancen sind minimal und selbst wenn, würde sich für Lilly nichts ändern. Sie hat sich längst damit abgefunden, ganz allein auf der Welt zu sein.

Nein, nicht mehr. Jetzt hat sie mich und ich werde mich eher von der nächsten Brücke stürzen, bevor ich sie verletze.

Das funktioniert allerdings nur, wenn sie nichts von den Anfängen ihrer Romanze erfährt. Sein Lächeln verflüchtigt sich und macht innerer Anspannung Platz. Zielstrebig läuft er auf seinen Stammplatz zu und entdeckt Mark und Alexander, die plaudernd am Tisch sitzen und einer schwarzhaarigen Schönheit auf dem Podest dabei zuschauen, wie sie ihren gelenkigen Körper um die Stange wickelt. Niklas ist nicht dabei.

Vermutlich gönnt er sich gerade einen Quickie in einem der Hinterzimmer des Clubs oder baggert an einer heißen Braut herum, um sie später abzuschleppen. Bis vor Kurzem war er genauso, er hat sein Leben auf der Überholspur geliebt. Jedenfalls hat er sich das eingeredet und einfach so getan, als würde er die Leere in sich gar nicht bemerken.

Man kann das eine Zeitlang mit wilden Partys, Frauen, schnellen Autos und haarsträubenden Wetten kompensieren, bis zu dem Tag, an dem einem das Schicksal eine Frau vorbeischickt, die wirklich alles auf den Kopf stellt. Oben ist plötzlich unten, schwarz wird zu weiß und was einem heute noch toll erscheint, entpuppt sich am nächsten Tag als blasser Abklatsch dessen, was einem die Zukunft tatsächlich zu bieten hat. So ist es ihm auch mit Lilly ergangen. Alles, woran er denken kann, ist sein Blümchen. Ihr Lächeln, ihre weiche Haut und ihre Güte. Ein zartes und gleichzeitig unbeugsames Geschöpf, das unter widrigsten Bedingungen aufgewachsen ist und eine Stärke bewiesen hat, die ihm einen Heidenrespekt abringt. Ihre Seele ist so übersät mit notdürftig verheilten Narben, dass es einem Wunder gleichkommt, ihr Vertrauen zu gewinnen. Ihm ist dieses Kunststück gelungen und doch hätte er es um ein Haar schrecklich missbraucht.

Ihm ist schlecht geworden, als sie ihm von ihrer Kindheit erzählt hat. In diesem Moment hat ihn die Scham über seine ursprünglichen Pläne mit einer Wucht überrollt, die es ihm unmöglich gemacht hat, ihr länger ins Gesicht zu sehen. Um Fassung ringend hat er sich von ihr abgewandt. Ihr wäre sonst aufgefallen, dass etwas nicht stimmt. In diesen Augenblicken hat er endgültig begriffen, was er für Lilly empfindet: Zuneigung, Respekt, unendliche Zärtlichkeit.

Er erreicht den Tisch seiner Freunde und lässt sich grußlos auf einen der Sessel fallen. Die tanzende Schönheit auf dem Podest lächelt ihn verführerisch an und mehr aus Gewohnheit checkt er sie ab, ohne auch nur den Anflug von Verlangen zu verspüren. Sie ist rassig, ein Typ wie Sandrine, nur nicht so wohlgerundet. Sobald sie seine Augen auf ihrem Körper spürt, windet sie sich lasziv um die Stange und biegt den Rücken nach hinten, bis die Haarspitzen fast den Boden berühren. Er wendet sein Interesse seinen Freunden zu. Mark mustert ihn schweigend, während Alexander grinsend ein Glas an die Lippen führt und an einem Wodka nippt.

„Alles klar bei dir?“, will er wissen und nimmt einen weiteren Schluck.

Okay Roman, jetzt mach Nägel mit Köpfen, bevor alles zu spät ist.

„Ich werde die Wettschuld nicht begleichen“, erklärt er bestimmt und ist stolz auf sich. Fuck, er hat es getan und sich wie ein Mann verhalten. Scheiß auf Spott und Häme. Lilly hat so viel gelitten, sie verdient einen Menschen, der hundertprozentig hinter ihr steht.

Mark wirkt kein bisschen verblüfft. „Ich habe mich schon gefragt, wie lange es dauert, bis du einen Rückzieher machst.“

Alex wirft Mark einen überraschten Blick zu. „Hab ich da was nicht mitbekommen?“

Roman läuspelt sich und legt die Untelalme auf die Knie und beugt slch eln wenlg vor „Ich habe mlch ln Lllly verllebt", gesteht el und es fällt ihm übellaschend leicht

Shit, Wel nicht damit klalkommt, hat die Bezeichnung Fleund soWieso nicht Veldient Doch zumindest in diesem Punkt hat el alles lichtiggemacht Wedel Malk, noch AleX leißen dumme Witze und nehmen sein Geständnis mit schWeigendem Gleichmut zul Kenntnis Vielleicht spülen sie auch, Wie Viel ihm Lilly bedeutet und dass el ihnen ohne zu zögeln die Nase blechen Wülde, Wenn sie auch nul ein abfälliges Wolt übel sie ablassen Malk läuspelt sich, schüttelt den Kopf und schlägt ihm blüdellich auf die Schultel

„Zleh nlcht so eln Geslcht Wlr vergessen den Schelß elnfach und damit ist die Sache erledlgt"

Überrascht sleht Roman auf „Wle jetzt? Du lässt es tatsächllch auf slch beruhen?"

„War sowleso ne' Schelßldee, eln Mädel ln dle Sache mlt leinzuzlehen", glbt Mark zu und wlndet slch förmllch Er senkt den Blick auf seine Schuhspitzen und sieht genauso beschämt aus, Wie Roman sich seit del elsten Minute in Lillys GegenWalt gefühlt hat

„Welß nlcht, was lch mlr dabel gedacht hab", murmelt seln Fleund und hebt in einel entschuldigenden Geste die Schulteln „Ich hlelt das zuerst für elnen großen Spaß, abel ich schätze, es ist nicht unbedingt Witzig, mit den Gefühlen Von Unbeteiligten zu spielen, nul um eine Wettschuld einzulösen Ich kenne sie zWar nlcht, doch sle verdlent den Schelß nlcht"

Roman ist floh, dass Malk so denkt Im Nachhinein kann el nicht Velstehen, Wie el übelhaupt auf die Idee kommen konnte, diese Sache dulchzuziehen Schon damals haben ihn ZWeifel heimgesucht und seit el Lilly bessel kennt, Velgeht keine Minute, in del el sich nicht selbst fül diesen glausamen Schelz Velachtet Wenn sle das jemals rausbekommt ...

Roman fehlt das VolstellungsVelmögen, um sich auszumalen, Wie sie leagielen könnte Ihle Beziehung ist noch so flisch So zelblechlich El Will sie auf keinen Fall Wegen diesel idiotischen

Geschichte verlieren. Wenigstens ein Gutes hatte dieser dämliche Plan: Er hat Lilly dadurch kennen und lieben gelernt.

„Ich danke euch, ich war nicht sicher, wie ihr darauf reagieren werdet“, gesteht Roman schlussendlich und fährt sich tief durchatmend durchs Haar.

„Shit, wenn du die Kleine magst, hast du unseren Segen“, sagt Mark entschieden „Von meiner Seite aus, hat diese Wette nie stattgefunden“

Roman nickt ihm dankbar zu. Die Erleichterung, die ihn durchströmt, nachdem er den Mut gefunden hat, zu seinen Gefühlen zu stehen, ist von nie gekannter Intensität. Vor ein paar Tagen war das noch unvorstellbar. Sein Stolz hat ihn ausgebremst, doch zu hören, wie verdammt mutig sie zeitlebens sein musste, hat ihm den Mumm verliehen, sie nicht zu verleugnen.

Alexander lehnt sich zurück. Seine Ellenbogen ruhen auf den Sessellehnen und er presst die Fingerspitzen aufeinander. Da er Lilly als einziger in der Runde nicht kennt, hat er den nötigen Abstand zu der ganzen Geschichte. Sein zumeist distanziertes Mienenspiel zeigt auch jetzt Gleichgültigkeit. Man muss ihn so gut und so lange kennen wie Roman, um den nachdenklichen Schimmer in seinen Augen wahrzunehmen „Weiß sie von der Wettschuld?“

„Gott bewahre!“, bricht es aus Roman heraus Er schüttelt vehement den Kopf „Nein, sie hat keine Ahnung und das soll auch so bleiben. Man hat ihr in ihrem Leben schon genug wehgetan. Deswegen wäre es toll, wenn diese Geschichte unter uns bleibt“

Es ist keine Frage, sondern eine Forderung.

„Und was ist mit den ganzen Leuten, die das mit der Wette mitbekommen haben?“, gibt Alexander zu bedenken und räuspert sich „Sei mir nicht böse, aber du glaubst doch nicht, dass du aus der Sache rauskommst, ohne ihr die Wahrheit zu sagen?“

Roman lehnt sich zurück und legt den Kopf in den Nacken. Den Blick auf die hin und her schwenkenden Scheinwerfer gerichtet, versucht er sich vorzustellen, wie sie reagieren könnte, wenn er ihr die anfänglichen Gründe für sein Interesse gesteht. Dass sie zuerst nur Mittel zum Zweck war, eine Figur in einem

Spiel, in dem sie als Bauernopfer auserkoren wurde Das kann er ihr nicht antun Unmöglich

Mark ist derjenige, der ihm lässig die Lösung vor die Füße wirft „Keiner hier im *2Face* weiß, um welches Mädchen es sich handelt“, stellt er abgebrüht fest „Wir haben ja niemandem einen Namen genannt, damit die Sache nicht auffliegt Das gibt uns die Möglichkeit, die ganze Geschichte unter den Tisch zu kehren, als hätte sie nie stattgefunden Du tust so, als hättest du versagt, lässt den Spott über dich ergehen und gibst mir ganz brav deinen Aston Martin Damit dürfte sich das Thema eigentlich innerhalb weniger Tage erledigt haben Es gibt immer genug andere Skandale, über die sich die Leute auslassen können Du wärst schon bald Schnee von gestern “

Alex nickt beifällig und grinst Roman kurz zu „Das ist perfekt An deiner Stelle würde ich allerdings ein paar Wochen warten, ehe du die Beziehung zu ihr offiziell machst, damit sie keiner mit der Wette in Verbindung bringt Wir“, er deutet auf sich und Mark, „halten selbstverständlich den Mund und du kannst dann mit deiner Süßen beruhigt in den Sonnenuntergang reiten “

Mark räuspert sich „Ich hoffe, die kleine Maus ist den Verlust deiner Freiheit wert, Kumpel Ich könnte mir nicht vorstellen, jeden Morgen neben der gleichen Frau aufzuwachen “

Roman hat Lillys liebes Gesicht vor Augen und lächelt „Und ob sie das wert ist“, antwortet er überzeugt „Wenn du dir die Mühe machst, sie kennenzulernen, wirst du verstehen, wieso ich so verrückt nach ihr bin “

Mark wird nachdenklich, sein Lächeln eine Spur melancholisch, so wie neulich in seiner Wohnung, nachdem er ihn mit Dr Sonja Faßbender erwischt hat Ein äußerst seltener Anblick bei seinem Freund, der sonst vierundzwanzig Stunden am Stück ein Pokerface vor sich herträgt „Dann versau es nicht“, rät er Roman und mustert anschließend demonstrativ die attraktive Schwarzhaarige auf dem Podest „Ich werde in der Zwischenzeit all die Damen trösten, denen du mit deiner neuentdeckten Monogamie das Herz brichst “

Roman, der nicht allzu gefühlsduselig werden möchte, hebt süffisant eine Braue. „Was du nicht sagst? Nach der blonden Sonja ist also wieder eine Schwarzhaarige am Zug.“

Mark grinst. „Sonja ist nach wie vor aktuell“, erklärt er entspannt und zwinkert der tanzenden Schönheit auf dem Podest zu Roman ist überrascht. „Das ist noch nicht vorbei?“

Alex versetzt Mark einen Faustsstoß gegen die Schulter „Unser Casanova hängt auch an der Leine würde ich sagen.“

„Quatsch“, widerspricht Mark unwillig. „Sie ist eine tolle Frau, hält unsere Affäre genauso unverbindlich wie ich und ist verdammt gut im Bett Warum sollte ich das beenden, solang es noch Spaß macht?“

„Hast du auch wieder recht“, brummt Roman. „Ich nehme an, sie ist beim Sex ebenso gründlich wie in juristischen Fragen.“

Das heisere Lachen seines Freundes ist Antwort genug. „Klar ist sie das.“

„Was willst du dann mit der da?“, fragt Roman und deutet mit dem Kinn zur Schwarzhaarigen mit dem aufregenden Hüftschwung

Mark hebt gleichgültig die Schultern. „Ich weiß ein bisschen Abwechslung im Bett durchaus zu schätzen Nur weil du auf einmal die Treue für dich entdeckt hast, gilt das nicht automatisch für den Rest der Männerwelt. Stimmt's Alex?“

Der grinst nur vielsagend, hüllt sich aber ansonsten in vornehmes Schweigen

„Hört, hört“, murmelt Roman und behält seine Meinung für sich Vor Lilly hat er den gleichen Standpunkt vertreten, da kann er jetzt nicht den Moralapostel spielen Außerdem ist die Schwarzhaarige ein scharfes Geschoss Wäre er noch derselbe Mensch, wie vor ein paar Wochen, hätte er sie bestimmt nicht von der Bettkante geschubst

„Dann genieß dein Singleleben bis du selbst eines Tages im Netz einer Frau zappelst und nicht mehr weißt, wie du da rauskommst“, sagt Roman und deutet mit dem Kinn auf Alexander. „Das gilt übrigens auch für dich.“

Beide Freunde zeigen ihm gepflegt den Mittelfinger Roman lacht, wird aber schnell wieder ernst und kommt aufs eigentliche

Thema zurück. „Auf jeden Fall danke ich euch. Ich will nicht, dass ihr wehgetan wird."

Alexander schüttelt ein wenig verblüfft den Kopf. „Shit, dich hat es wirklich elend erwischt. Heißt das tatsächlich, du machst ernst und wir haben in Zukunft einen Citylover weniger in unserer Mitte?"

„Sieht ganz so aus", bestätigt Roman. Nachdem er die unselige Geschichte aus der Welt geschafft hat, hält ihn eigentlich nichts mehr im Club.

Er sehnt sich nach Lilly, die in seiner Wohnung auf ihn wartet und vermutlich schläft. Seinem Blümchen fallen abends gegen elf die Augen zu vor Müdigkeit. Er beschließt, seinen Freunden trotzdem noch eine Weile Gesellschaft zu leisten. Schließlich sind sie seit Langem ein Teil seines Lebens und Freundschaften soll man pflegen.

Roman winkt eine der Kellnerinnen an den Tisch, um sich einen Drink zu bestellen. Sie lächelt ihn verführerisch an.

„Was darf ich dir bringen, Roman?", haucht sie und beugt sich ein wenig nach vorn, um ihre Vorzüge perfekt in Szene zu setzen.

„Das gleiche, das meine Kumpels haben", erwidert er gleichgültig. Sie kapiert augenblicklich, dass er kein Interesse mehr hat, und zieht beleidigt die Nase hoch. „Kommt sofort!", antwortet sie und wendet sich ruckartig ab.

„Wo treibt sich Nik eigentlich rum?", fragt er, sobald sie verschwunden ist.

„Ist mit seiner neuen Braut kurz nach draußen abgehauen", erklärt Mark und grinst bedeutsam. „Er muss wohl einen gewissen Druckausgleich schaffen, wenn du verstehst, was ich meine."

„Wieso überrascht mich das nicht?", murmelt Roman und gestattet sich ein dreckiges Grinsen. Zwar ist er schwer verliebt und er gehört nur noch Lilly, aber für vulgäre Witze ist er durchaus zu haben.

„Er ist hin und weg von der Tussi. Vielleicht ist er der nächste, der die Polygamie aufgibt", mutmaßt Mark.

Alex' Gelächter beweist, wie absurd er diese Behauptung findet. „Nik in einer festen Beziehung? Bevor das passiert, friert die Hölle zu. Der Bursche spart sich seinen kleinen Freund nie im

Leben für eine Frau auf. Der ist einfach falsch gepolt, wenn es um das Thema Treue geht.“

„Oh, ich wette, für Miri würde er sein bestes Stück durchaus unter Kontrolle halten“, merkt Roman süffisant an. „Er ist schon ewig scharf auf sie.“

Niks Schwärmerei für seine Schwester amüsiert Roman, weil sie sehr einseitig verläuft. Miri findet seinen Kumpel zwar attraktiv und kann Nik trotz seiner notorischen Vielweiberei total gut leiden, würde aber nie etwas mit ihm anfangen.

„Miri ist viel zu schade, für diesen Schlampenschlepper, er würde ihr nur das Herz brechen“, brummt Mark unerwartet und runzelt die Stirn, als sei er selbst überrascht über diese Bemerkung. Roman ist es in jedem Fall und mustert seinen Freund eingehend.

„Seit wann machst *du* dir Sorgen um meine Schwester?“

Schnaubend kippt Mark seinen Drink in einem Zug herunter, die Augen düster auf einen imaginären Punkt im Club gerichtet. „Ich mach mir keine Sorgen, um die kleine Zicke. Aber du kennst doch Nik und sie ist schließlich deine Schwester“, redet er sich heraus.

Roman stichelt weiter. „Diese Tatsache hat dich nie davon abgehalten, ihr die Pest an den Hals zu wünschen. Und jetzt sorgst du dich auf einmal darum, dass der gute Nik ihr übel mitspielen könnte? Hast du dich etwa selbst in Miri verguckt? Immerhin verbringt ihr gezwungenermaßen eine Menge Zeit zusammen.“

Mark explodiert förmlich. „Sag mal, geht’s noch! Miriam ist die letzte Frau auf Erden, über die ich drüber rutschen würde“, stößt er ungehalten hervor und erhebt sich halb aus dem Sessel.

Alexander drückt ihn wieder runter und schüttelt den Kopf. „Hey, beruhig dich! Habt ihr eigentlich alle den Verstand verloren wegen den Weibern? Nehmt euch ein Beispiel an mir. Ich kralle mir die Frau, die ich will und danach wird sie respektvoll, aber bestimmt abserviert. Keine hochtrabenden Gefühle, kein Stress, dafür jede Menge Spaß und Entspannung.“

Roman grinst. „Gerade du solltest die Klappe halten. Schließlich bist du derjenige, der sich von Nina den Alltag managen lässt. Ich wette, sie weiß sogar, welche Unterwäsche du trägst,

Wenn du morgens aus dem Haus gehst. Näher an einer Ehefrau ist keiner von uns“, zieht er Alexander auf.

Der winkt ab. „Nina ist doch keine Frau“, meint er wegwerfend. „Sie ist meine beste Freundin und praktisch so was wie eine Schwester.“ Süffisant grinsend lehnt er sich zurück. „Ihr seid nur neidisch, weil ich beides habe. Eine Frau zum Anlehnen und Kuscheln und daneben jede Menge heiße Groupies, die mir die einsamen Nächte versüßen.“

„Dann mach nicht den Fehler, deine beste Freundin irgendwann flachzulegen“, brummt Mark schlechtgelaunt.

„Keine Sorge, bei Nina würde ich nicht mal besoffen einen hochkriegen. Mit ihr zu schlafen, wäre total seltsam. Ihr geht es genauso. Da ist nichts Körperliches zwischen uns und genau deswegen hält unsere Freundschaft bereits solange. Anders würde es gar nicht funktionieren.“

„Wie geht’s ihr? Hab sie schon ewig nicht mehr gesehen.“

„Sie hat die Grippe und läuft rum wie der wandelnde Tod.“

„Wie schön, dass du dich als toller Freund so vorbildlich um sie kümmerst“, stichelt Mark und trifft damit wohl einen wunden Punkt. Es ist ein offenes Geheimnis, dass Nina mehr in diese Freundschaft investiert, als sie zurückerhält. Doch gute Seele, die sie ist, beschwert sie sich nie und gibt sich mit den Krumen zufrieden, die Alex ihr hin und wieder zuwirft. Nicht, dass er ein schlechter Kumpel wäre, er liebt sie tatsächlich wie eine Schwester, aber sein natürlicher Egoismus sorgt von allein dafür, dass er Ninas Gutmütigkeit ausnutzt.

„Zu deiner Information, ich war schon bei ihr. Aber keiner kann von mir erwarten, dass ich den ganzen Abend ihr Händchen halte. Sie ist versorgt und kommt klar.“

Mark hebt die Hände. „Krieg dich ein. War nur ein Scherz.“

Roman seufzt und wünscht sich nun doch nach Hause zu Lilly, statt seinen Freunden beim Streiten zuzuhören. Er überlegt, wie er sich am elegantesten absetzen kann, da sichtet er Nik, der mit seiner neuen Flamme im Schlepptau auf den Tisch zukommt. Die Frau hat rasante Kurven, die in einem hautengen, pflaumenblauen Kleid stecken und lange rote Locken, die Roman viel zu bekannt vorkommen.

„So eine Scheiße!“, bricht es aus ihm heraus.

Roman schließt für einen kurzen Augenblick die Augen und atmet tief durch. Von allen Frauen in der Stadt muss sich Nik ausgerechnet die anlachen. Fuck.

„Was hast du denn?“

Alex’ Frage kann er nicht mehr beantworten. Nik hat mit seiner aktuellen Eroberung den Tisch erreicht und macht einen sehr befriedigten Eindruck. Den Arm um die Schultern seiner Begleitung geschlungen, bleibt er stehen und blickt in die Runde. „Na, alles klar bei euch? Ich habe Nicole mitgebracht. Nicole, sag hallo zu meinen Freunden.“

„Hallo“, haucht sie lasziv und lächelt. Dabei fixiert sie Roman und leckt sich wie eine listige Katze über die Lippen. Die grünen Augen, umrandet von tiefschwarzem Kajal und dunklem Lidschatten, sehen ihn provozierend an. „Roman, so schnell sieht man sich wieder.“

Sein sparsames Lächeln zeigt nicht mal ansatzweise, wie sehr ihn ihre Anwesenheit hier ankotzt.

„Ihr kennt euch?“, fragt Nik verblüfft.

Nicole setzt sich ungefragt neben Roman und legt ihm die Hand auf den Oberschenkel. „Oh, wir sind alte Freunde“, erläutert sie mit einem harmlosen Lächeln, das ihr sicher niemand in der Runde abkauft. Sie strahlt aus jeder Pore verschlagenen Sexappeal aus. Kein Wunder, dass Nik auf sie abfährt. Er steht auf den aggressiven Typ Frau. Mit braven Mädchen konnte er noch nie etwas anfangen.

„Willst du eine alte Freundin nicht mit einem Küsschen begrüßen?“

Ihre Fingernägel bohren sich schmerzhaft tief in den Stoff seiner Hose. Diese Schlange hat definitiv einen an der Klatsche. Entschieden schiebt er ihre Hand weg.

„Meine Küsse vergebe ich nicht an jede. Wenn du Speichel austauschen willst, dann halt dich an Nik. Immerhin bist du in seiner Begleitung hier, oder hast du das schon vergessen?“

„Nein, natürlich nicht.“ In ihren Augen braut sich ein Gewitter zusammen und für einen kurzen Augenblick blitzt purer Hass in ihnen auf. Oder hat er sich das nur eingebildet?

Shit. Hätte er bloß nicht mit ihr gevögelt. Nicole ist ihm nicht geheuer und jetzt weiß sie nicht nur, wo er wohnt, sie scheint auch auf Ärger aus zu sein. Ein unbestimmtes Gefühl flüstert ihm ein, dass die Affäre mit Nik kein Zufall ist. Sie hat sich bewusst an seinen Freund rangemacht, um in Romans Nähe zu sein. Der Gedanke, womöglich an eine irre Stalkerin geraten zu sein, bereitet ihm Übelkeit. Abgewiesene Frauen können ganz schön giftig werden. Niks graue Augen huschen besorgt zwischen ihm und Nicole hin und her. Die Unbekümmertheit in seiner Mimik verschwindet, auch er wittert Ärger. Trotz seines flatterhaften Lebensstils ist Nik kein Dummkopf. Er besitzt einen scharfen Verstand, den er leider nur dazu nutzt, sich möglichst ohne Konsequenzen zu amüsieren. Er wird ebenfalls spüren, dass Nicole Stress bedeutet, hoffentlich die richtige Entscheidung treffen und sie abservieren.

Roman bereut diese flüchtige Episode mit ihr aufrichtig. Das Weib erinnert ihn an eine Männchen verschlingende Gottesanbeterin und dass sie hier aufgetaucht ist, bereitet ihm erhebliche Magenschmerzen.

„Wie habt ihr euch eigentlich kennengelernt?“

Roman richtet diese Frage an Nik. Der sinkt in den letzten freien Sessel und zuckt gleichgültig mit den Achseln. „Nicole hat mich angesprochen und wir waren sofort hin und weg voneinander. Nicht wahr, Babe?“

Sein süffisanter Tonfall zeigt erschreckende Anzeichen von Besitzanspruch. Shit, er wird doch nicht so dumm sein und diese Schlampe weiter treffen wollen?

Wie zum Beweis ihrer Macht über Nik, erhebt sie sich und setzt sich auf seinen Schoß. „Genau so war es“, raunt sie und küsst ihn auf die Lippen. Ein kurzer Blick über die Schulter trifft Roman. „Wie du siehst, habe ich den perfekten Ersatz für dich gefunden. Dein Pech, sein Vergnügen.“

Ihr übertriebenes Selbstbewusstsein stößt Roman ab. Auch Mark zieht die Augenbrauen zusammen und den Mittelfinger über die Kehle, als wolle er sagen: Der Junge ist so gut wie erledigt. Roman schnaubt und beschließt zu gehen. Er will nicht länger hier rumsitzen und sich dieses Schauspiel ansehen, wenn zuhause eine süße und hingebungsvolle Frau auf ihn wartet. Nicole wird Lilly nie das Wasser reichen können.

Vor kurzem hat er geglaubt, Lilly könne niemals mit Frauen wie Nicole mithalten. Oberflächlich betrachtet mag das stimmen. Aber das hat Lilly auch nicht nötig, sie spielt in einer ganz anderen Liga. Sein Blümchen ist dazu bestimmt, angebetet und beschützt zu werden. Schlampen wie Nicole werden nur gevögelt und schnell ausgetauscht.

„Ich habe genug für heute“, teilt er seinen Freunden mit. Nik hört gar nicht mehr zu und ist damit beschäftigt, Nicole die Zunge in den Hals zu schieben. Mark und Alex nicken ihm zu und heben zum Abschied die Hand. Sobald Roman den Ausgang ansteuert, spürt er Nicoles durchdringenden Blick im Rücken. Er kann der Versuchung nicht widerstehen und sieht über die Schulter. Tatsächlich, sie starrt ihm über die Entfernung hinweg nach und lächelt hintergründig.

Mit einem mulmigen Gefühl verlässt er das *2Face* und steigt in seinen Aston Martin. Morgen wird er Mark den Wagen aushändigen und sich einen neuen besorgen. Es macht ihm nichts aus. Der Schritt ist nötig, damit Gras über die Sache wächst und er sie schnellstmöglich vergessen kann. Jedes Mal, sobald er daran denkt, welche Pläne er ursprünglich mit Lilly hatte, packt ihn das kalte Grausen. Wenn er das durchgezogen hätte ...

Roman drückt das Gaspedal durch, um so schnell wie möglich nach Hause zu gelangen. Der Wunsch sie zu halten, und ihr all seine Aufmerksamkeit zu schenken, ist stärker als die Befürchtung, direkt in eine Radarfalle zu rauschen. Vor seinem geistigen Auge sieht er sie in dem riesigen Bett liegen, einsam und voller Sehnsucht nach ihm.

In Romans Hose wird es eng, dabei weiß er genau, dass heute nichts mehr laufen wird. Mitternacht ist längst vorbei, als er in die Tiefgarage fährt. Lilly wird schlafen und sie braucht die Erholung, nachdem er sie die letzten Nächte übermäßig lange wachgehalten hat. Als Entschuldigung kann er nur anführen, dass er verrückt nach ihr ist. Roman bekommt nicht genug davon, sie immer und immer wieder in Besitz zu nehmen. Würde eine andere oben in seinem Bett liegen, hätte er sie wahrscheinlich trotzdem geweckt oder wäre weitergefahren zu einer seiner zahlreichen Bereitschaftsfreundinnen. Frauen, bei denen er jederzeit mitten in der Nacht auftauchen kann, wenn ihn die Lust packt. Keine von ihnen würde ihn abweisen und mit einem betonharten Ständer vor der Tür stehen lassen. Eine solche Lösung ist keine Option mehr. Stattdessen ist er fest entschlossen, seine Triebe zu kontrollieren und Lilly einfach in die Arme zu ziehen, um ihren anschmiegsamen Körper ganz dicht an seinem zu spüren. Abgesehen davon, würde er sich lieber sein Ding abschneiden, bevor er seinem Blümchen mit irgendwelchen Eskapaden weh tut. Da stakst er lieber mit gewaltigem Druck in der Hose durch die Gegend und wartet, bis die Erregung von allein abgeklungen ist.

Sobald er seine dunkle Wohnung betritt, geht er so leise wie möglich ins Bad und putzt sich die Zähne. Nachdem er sich kaltes Wasser ins Gesicht geklatscht hat, schleicht er ins Schlafzimmer und bleibt an der Türschwelle stehen. Roman muss lächeln. Sie liegt in seinem Bett, die Jalousien sind nicht heruntergelassen und so verleiht das Mondlicht ihren Zügen einen silbrigen Schimmer. Ihr Haar liegt fächerartig auf dem Kissen und leuchtet in der Dunkelheit. Versonnen betrachtet er sie noch eine Weile und lauscht ihren gleichmäßigen Atemzügen. Das Geräusch beruhigt seinen aufgewühlten Verstand, der nach der Begegnung mit Nicole ziemlich viel Stoff zum Nachdenken bekommen hat.

Die Gedanken an seine Ex-Affäre verdrängend, zieht er sich bis auf die enganliegenden Boxershorts aus. Vorsichtig, um Lilly nicht aufzuwecken, schlüpft er unter die Decke und rutscht an sie heran. Sie liegt auf dem Rücken, murmelt etwas Unverständliches und rollt halb zur Seite, als die Matratze neben ihr ein wenig einsinkt. Roman rückt näher und legt einen Arm über ihre schlanke Taille. Alles an ihr macht ihn an. Der Grad seiner Erregung ist fast schmerzhaft, trotzdem startet er keinen Versuch sie zu wecken, sondern begnügt sich damit, die Finger unter ihr Shirt mit den Spaghettiträgern zu schieben und ihren warmen Bauch zu streicheln. Er seufzt. Sie fühlt sich so gut an.

Lilly dreht sich in seiner Umarmung um und kuschelt sich an seinen Oberkörper.

„Roman?“, wispert sie schlaftrunken, ihre Hand irrt über seine nackte Haut, dabei zieht sie die Mundwinkel nach oben und wirft ein Bein über seine Oberschenkel.

Er küsst sie liebevoll auf die Stirn und drückt sie fester an sich. „Hm, ich bin’s“, bestätigt er mit sanfter Stimme. „Schlaf weiter, Blümchen.“

Sie rekelt sich noch ein wenig und driftet wieder weg. Sofort fallen alle Sorgen wie überflüssiger Ballast von Roman ab. Er genießt ihre Nähe und das Gefühl ihrer seidigen Haut an seiner. Dieser Moment hat etwas Einzigartiges und Perfektes an sich. Wäre da nicht die Lüge, die zwischen ihnen steht und ihn daran hindert, sich vollständig in seinem Glück zu verlieren. Ihm wird klar, dass er ihr die Wahrheit nicht verschweigen darf, selbst wenn es sie verletzt. Lilly verfügt über ein großes Herz und ist nicht nachtragend. Sie wird ihm verzeihen und dann, das schwört er sich, wird er den Rest seines Lebens damit zubringen, sie für alle unschönen Erlebnisse in der Vergangenheit zu entschädigen. Beschützend umfasst er ihren zerbrechlichen Nacken, die andere Hand wandert an der Linie ihrer Wirbelsäule auf und ab, solange, bis ihm selbst die Augen zufallen.

Der nächste Morgen ist geprägt von Hektik, da er vergessen hat, seinen Handywecker zu stellen, und sie beide verschlafen. Mehr als ein schneller Kaffee ist nicht drin, während sie in seiner hypermodern eingerichteten Küche stehen.

„Und du willst wirklich nicht mit mir fahren?“

Lilly schüttelt den Kopf und lächelt entschuldigend. Ihr Wagen steht unten. „Nein, ich möchte nicht, dass geredet wird. Nicht böse sein, aber ich …“ Sich mitten im Satz unterbrechend, beißt sie sich auf die Unterlippe. Roman stellt die Tasse auf dem Küchentresen ab, greift nach ihrem Handgelenk und zieht sie an sich. Den Finger unter ihr Kinn schiebend, erzwingt er den Blickkontakt. „Hey, hast du immer noch Schiss, dass ich es nicht ernst mit dir meine?“

Lillys graue Augen werden ganz groß hinter den Brillengläsern Sie schüttelt heftig den Kopf. „Nein, natürlich nicht. Ich stehe nur nicht so gerne im Mittelpunkt und muss mich an die Situation gewöhnen Außerdem sollte man Berufliches und Privates besser trennen "

Sie legt die Handflächen flach auf seiner Brust ab Schwache Röte überzieht ihre Wangen und Roman betrachtet sie genüsslich Ihm gefällt, was er sieht Das Haar trägt sie offen Das blonde Gespinst fällt ihr seidig auf die Schultern und ähnelt mehr denn je einem Heiligenschein Romans Begutachtung geht weiter Heute hat sie einen dunkelblauen Wollpullover an, der nicht so schlabbrig sitzt wie ihre üblichen Klamotten und eine normale schwarze Stoffhose Neutral, sehr büromäßig und weit von den bemüht sexy Aufmachungen ihrer beiden Kolleginnen entfernt Obwohl sie keine extraheißen Bleistiftröcke oder halb offene Seidenblusen trägt, wirkt Lillys schlichtes Outfit wie ein Aphrodisiakum auf ihn Er wird augenblicklich hart Roman entweicht ein unterdrücktes Stöhnen Shit, das hat er jetzt nicht geplant

Ihr leises „oh“, amüsiert ihn. Klare Sache, sein Blümchen spürt natürlich, was sie mit ihm und seinem Körper anstellt Er neigt den Kopf und reibt die Nasenspitze an ihrer. „Ja, genau. Oh“, sagt er erheitert, und grinst noch eine Spur breiter. „Du hast mich an den Eiern, Blümchen Das ist keine besonders vornehme Umschreibung, aber das trifft meinen gegenwärtigen Zustand am besten.“

„Du bist unmöglich“, erwidert sie schmollend

Er zeigt Größe – im wahrsten Sinne des Wortes – und hört auf, sie in Bedrängnis zu bringen

„Also gut, wir fahren getrennt Aber wir essen doch zusammen zu Mittag?“

Ihr zartes Lächeln bringt sein Herz zum Rasen Scheiße, Alex hat recht gehabt Ihn hat es ganz elend erwischt

„Sehr gerne. Du kannst mich ja im Kundenservice anrufen.“

„Darauf kannst du Gift nehmen.“

Roman klaut sich einen letzten Kuss, ehe sie sich getrennt voneinander auf den Weg zu Arbeit machen

Kapitel 18

Lilly verspürt enorme innere Aufregung, sobald sie das Büro betritt. Marion und Sabine sind beide anwesend, nur Herr Krämer ist nirgends zu sehen. Vermutlich sitzt er mit ein paar hochrangingen Mitarbeitern in dem Prozessleitermeeting, das Konrad Steininger wegen der Gruber-Geschichte angesetzt hat. Roman hat ihr davon erzählt, bevor sie die Wohnung verlassen haben. Er wird ebenfalls daran teilnehmen.

„Na, seht mal, wer wieder da ist“, frotzelt Marion spöttisch. „Hat dich unser heißer Juniorchef tatsächlich in einem Stück zurückgebracht? Wir hatten schon die Befürchtung, dass er dich in die Isar schubst und dabei zusieht, wie du untergehst.“

Sabine kichert und Lilly nimmt einen tiefen Atemzug, um diese Gemeinheit zu verdauen. Die beiden waren noch nie nett zu ihr, doch jetzt herrscht in diesem Büro eine Atmosphäre der Feindseligkeit. Sie nehmen es Lilly wohl sehr übel, dass Roman ausgerechnet sie dazu auserkoren hat, um den vielen Beschwerden nachzugehen.

Zeig ihnen nicht, dass dich das trifft, ermuntert sie sich.

Sie ringt sich ein knappes Lächeln ab, ohne auf den fiesen Kommentar einzugehen. „Guten Morgen!“

Lilly spürt die überraschten Blicke aufgrund ihrer gelassenen Reaktion und setzt sich auf ihren Platz. Bevor sie den Rechner einschaltet, schaut sie hoch und begegnet Marions grimmiger Miene. Allerdings liegt in ihrem Blick ein Hauch von widerwilligem Respekt. Lilly kann sich schon denken, wo der so plötzlich herkommt. Immerhin hat sie es ins Büro von Roman Steininger geschafft und sie wurde mit ihm, seiner Schwester und Mark Rieger beim Mittagessen gesichtet.

Für ihre Kolleginnen muss das ein Schlag ins Gesicht gewesen sein. Sie ahnt, dass ihr anstrengende Wochen mit spitzen Bemerkungen und hämischen Blicken bevorstehen. Bloß dieses Mal will sie nicht das Opfer spielen und alles hinnehmen. Wenn ihr die beiden dumm kommen, wird sie keine einzige Beschwerde mehr von ihnen übernehmen, da kann sich Herr Krämer auf den Kopf stellen. Sollen sie doch auch mal in den Genuss von Überstunden kommen. Lilly hat nicht die Absicht länger der Fußabtreter der Abteilung zu sein.

Mit entschlossener Miene öffnet sie ihr E-Mail-Konto und zuckt zurück. Puh, der Posteingang quillt über. Sie verschafft sich einen kurzen Überblick und legt los. Ihre Finger gleiten wie von allein über die Tasten, sie entspannt sich ein wenig, denkt hin und wieder an Romans heißen Abschiedskuss und hätte vor lauter Zufriedenheit am liebsten vor sich hin gesummt. Das verkneift sie sich jedoch. Sie muss Marion und Sabine ja nicht gleich mit der Nase drauf stoßen, wie glücklich sie ist. Die zwei würden sich sofort fragen, woran das liegt und so faul sie sonst auch sein mögen, dumm sind sie deswegen noch lange nicht. Ihre Kolleginnen werden zwei und zwei zusammenzählen, sobald sie Romans vertrauten Umgang mit ihr registrieren und dann geht das Gerede los.

„Sprichst du nicht mehr mit uns? Bist dir wohl zu fein dazu, seit du mit der Chefetage verkehrst."

Lilly sieht nicht einmal von ihrem Bildschirm auf, nachdem Sabine sie mit dieser Behauptung provoziert hat.

„Wir sind zum Arbeiten hier und nicht zum Tratschen. Außerdem hat es euch noch nie interessiert, was ich zu sagen habe. Belassen wir es doch dabei."

Nach diesem, für ihre Verhältnisse megamutigen Statement, verkneift sich Lilly den Impuls, erschrocken die Hand vor den Mund zu schlagen. Ach, du Schande! Wie sind denn diese Sätze aus ihr herausgesprudelt? Romans Einfluss auf ihr Selbstbewusstsein geht wohl tiefer als gedacht.

„Blöde Ziege", murmelt Sabine und gibt sich keine Mühe, ihren Ärger zu verbergen. „Wirst schon sehen, was du davon hast."

Lilly tut so, als hätte sie nichts gehört. Die unterschwellige Angst vor Sabines und Marions Gemeinheiten steckt immer noch in ihr und so ist es kein Wunder, dass ihre Hände ein bisschen zittern. Dennoch möchte sie über sich hinauswachsen und diesen Kreislauf der Furcht beenden. Nur wenn sie sich den beiden entgegenstellt, werden die Schikanen ein Ende finden. Wer sich wie ein Opfer verhält, wird auf Lebenszeit eins bleiben. Himmel, da Lydia es nicht geschafft hat, sie zu brechen, dann wird das diesen zwei Modepüppchen erst recht nicht gelingen.

„Wenn ihr mich noch einmal beleidigt, werde ich das melden", erklärt sie bestimmt und sieht beiden nacheinander fest in die Augen.

Nicht einknicken, zeig ihnen, wie ernst es dir damit ist.

„Habt ihr mich verstanden?", hakt sie nach, da keine ihrer Kolleginnen eine Reaktion zeigt. Marion schaut als erste weg, Sabine kurz darauf ebenfalls. „Wir haben es kapiert", brummt Marion und siehe da, sie fängt an zu tippen wie eine Weltmeisterin. Sabine presst ihre Lippen zu einer festen Linie zusammen. Sie kämpft gegen eine weitere fiese Bemerkung an, Lilly kann das deutlich sehen. Heraus kommt ein beleidigtes Schnauben, ehe auch sie schweigend ihre Arbeit aufnimmt.

Ich fasse es nicht, ich habe mich gewehrt.

Sie dreht den Kopf zum Fenster und starrt auf den Parkplatz, auf dem reges Treiben herrscht. Leute kommen und gehen. Zwei Jahre lang hat sie von diesem Platz aus immer gehofft, eventuell einen kurzen Blick auf Roman zu erhaschen. Ihn von Weitem zu bewundern, hat zu den wenigen Freuden in ihrem Leben gehört.

Zwischen damals und heute liegen Welten. Jetzt muss sie nicht mehr auf einen Zufall hoffen, wenn sie ihn sehen will. Roman hat sie gern, er küsst sie, fasst sie an und verbringt freiwillig viel Zeit mit ihr. Am liebsten würde sie das hinausschreien, doch ein letzter Rest an Vernunft hält sie davon ab, ihren Triumph – ob es wohl in Ordnung ist, ihn als solchen zu bezeichnen? – über die beiden Sexbomben zu zelebrieren und es ihnen in die überschminkten Gesichter zu schleudern. Was schert es sie schon, was andere denken oder ob sie ihre Meinung ändern? Will sie überhaupt gemocht werden, nur weil Roman es auf einmal tut? Nein, falsche Freundlichkeit braucht sie nicht. Komischerweise kommt ihr Miriam Steininger in den Sinn. Romans

Schwester war ebenfalls sehr nett zu ihr, ganz ohne Hintergedanken und dieses Wissen tut ihr äußerst gut

Als hätten ihre Gedanken sie hierhergelockt, öffnet sich plötzlich die Bürotür und Miriam tritt ein

„Hallo allerseits!“, grüßt sie in die Runde Sabine und Marion sitzen beide sofort etwas aufrechter, ihre verkniffenen Gesichtszüge weichen einem strahlenden Lächeln

„Frau Steininger, was können wir für Sie tun?“, fragt Sabine beflissen

„*Sie* können gar nichts für mich tun“, antwortet Miriam zuckersüß und wendet sich an Lilly „Frau Wegener, ich weiß, Sie sind erst von der Dienstreise zurückgekommen, aber dürfte ich Sie trotzdem kurz entführen? Ich hätte da ein paar Fragen“

Ein bisschen überrumpelt, richtet sich Lilly auf „Ja, natürlich Ich speichere nur schnell die Mail ab“

Sobald sie das erledigt hat, erhebt sie sich von ihrem Platz und wirft einen Blick rüber zu Sabine „Ich bin gleich wieder da“

„Bis später“, krächzt sie und ihre Mundwinkel sinken noch eine Etage tiefer herab, bis sie aussieht wie Drops, dieser supertraurige Hund aus der Zeichentrickserie, die sie als Kind ab und zu angesehen hat Das Fernsehen hat ihre Mutter komischerweise nie reglementiert Der zweite Teil des Duos, die liebreizende Marion, schnaubt nur, wagt es aber nicht, in Gegenwart von Miriam Steininger auch nur ein negatives Wort fallenzulassen An der Seite von Romans Schwester flüchtet Lilly förmlich aus dem Raum und spürt die Blicke ihrer Kolleginnen wie feine Nadelstiche auf ihrem Rücken

„Lass uns doch in mein Büro gehen, da können wir ungestört reden“

Oh weia Lilly kann sich nicht vorstellen, was Miriam von ihr will Angespannt rennt sie hinter der flott vorauslaufenden Miriam her Romans Schwester sieht heute auffallend gut aus in ihrem dunkelroten Wickelkleid Der feine Wollstoff schmiegt sich an ihre Kurven und liegt bis zu den Hüften eng an Der weitschwingende Rock endet kurz über ihren Knien und zeigt viel Bein Ihre zierlichen Füße stecken in schwarzen Pumps, dünne Riemen winden sich um ihre schmalen Fesseln und verleihen den Schuhen das gewisse Etwas. Für Miriams Verhältnisse ist das ein ungemein femininer Aufzug. Normalerweise kleidet sie sich zurückhaltend und bevorzugt schicke Hosenanzüge. Ob sie heute Abend noch ein Date hat?

Endlich erreichen sie das Büro und treten ein. „Puh, ganz schön angespannte Stimmung vorhin im Kundenservice", merkt Miriam an und lehnt sich gegen die verschlossene Tür. „Kommst du klar dort? Wenn diese Schnepfen dir Ärger machen, reicht ein Wort von dir und ich nehme mir die beiden ordentlich zur Brust. Danach ist Schicht im Schacht."

Lilly gestattet sich ein kleines Lächeln, als sie an ihren Konter vorhin denkt und schüttelt den Kopf. „Nein, es ist alles in Ordnung. Ich bin die letzten beiden Jahre mit ihnen fertiggeworden. Das schaffe ich auch weiterhin."

Miriam tritt achselzuckend näher. „Wie du meinst. Falls du mich doch brauchst, dann melde dich. Ich weiß wie solche Frauen ticken und, greife dir gerne unter die Arme, sollte es nötig werden."

„Das ist lieb von dir", murmelt Lilly und verschränkt die Finger ineinander. Schließlich nimmt sie ihren Mut zusammen und fragt: „Gibt es einen besonderen Grund für meine Anwesenheit in deinem Büro?"

Ein breites Grinsen überzieht Miriams bildhübsches Gesicht. „Und ob es den gibt. Mein Bruder hat mich vor dem Meeting angerufen und gebeten, das Sonntagsessen bei meinen Eltern auf keinen Fall zu verpassen." Sie zieht eine betont harmlose Miene und kommt fast schon tänzelnd auf Lilly zu. „Er hat mir mitgeteilt, dass er zusammen mit seiner Freundin kommen wird." Miriam lächelt verschwörerisch. „Du hast nicht zufällig eine Ahnung, wer das sein könnte?"

Lillys Wangen brennen vor Verlegenheit. Miriam weiß es. Natürlich. Seiner Schwester wird er es erzählt haben. Jeder in der Firma ist darüber im Bilde, wie nahe sich Roman und Miriam stehen. Erstaunlicherweise scheint sie kein bisschen entsetzt zu sein. Sie wirkt sogar äußerst erfreut und will das Essen am Sonntag ...

Moment mal! Erst jetzt geht ihr auf, was Miriam da von sich gegeben hat Sonntag ... Eltern ... Familienessen! Ihr gegenüber hat er keinen Pieps darüber verlauten lassen

Vielleicht hat Miriam ihn falsch verstanden und er meint gar nicht dich. Ein gutaussehender Kerl wie er hat bestimmt ein zweites Eisen im Feuer, wispert es bitterböse im hintersten Winkel ihres Verstandes

Lydias imaginäre Stimme ist noch nicht komplett verstummt und versucht weiterhin, sie negativ zu beeinflussen *Hör nicht auf sie*, ermahnt sich Lilly und ringt sich ein Lächeln ab Miriam mustert sie abwartend und hört gar nicht mehr auf, zu grinsen Lilly wird klar, dass die Frage eben eigentlich keiner Antwort bedarf Miriam weiß längst Bescheid

„Er hat dir also von uns erzählt?“, hakt Lilly sicherheitshalber nach

Romans Schwester nickt „Geschwärmt trifft es wohl eher“, antwortet sie und kommt näher Ihrem Gesichtsausdruck nach, brennt sie vor Neugier „Wie ist das denn passiert? Ich meine ... ich freue mich für euch, sehr sogar, mir war nur nicht klar, dass ihr euch so nahegekommen seid“

„Ist das schlimm?“

Lilly fährt mit der Zunge über ihre trockenen Lippen und wartet bang auf Miriams Antwort

„Gar nicht“, erklärt sie und fasst Lilly an den Händen „Es ist supertoll Ich mag dich sehr und meine Eltern werden ausflippen, weil mein umtriebiger Bruder endlich eine Freundin mit nach Hause nimmt Das hat er nämlich noch nie getan Du kannst dir also was drauf einbilden“

Wenn sie einen letzten Beweis für die Ernsthaftigkeit von Romans Gefühlen gebraucht hätte, dann ist er soeben erbracht worden Endlich erlaubt sie sich ein zaghaftes Lächeln

„Du wirst Sonntag doch kommen?“, drängt Miriam

Diese Frage beinhaltet definitiv ein „lass dir ja nicht einfallen zu kneifen“ im Tonfall Lilly weiß nicht, ob sie lachen oder weinen soll

„Natürlich, es ist nur …“ Lilly beißt sich auf die Lippe und weiß nicht, wie sie ihr Problem schildern soll, ohne wie eine Idiotin dazustehen.

„Sprich weiter“, drängt Miriam und drückt aufmunternd ihre Finger. „Du kannst mir alles anvertrauen.“

„Es ist so … ich habe nichts Passendes anzuziehen und müsste mir noch was Hübsches kaufen. Leider habe ich keine Ahnung von Mode. Wie man unschwer erkennen kann“, sprudelt es aus Lilly heraus.

Miriam lacht und winkt ab. „Ach herrje, ich dachte schon, es wäre etwas Ernstes. Das ist kein Problem. Wir lassen dir von meiner Stammboutique ein paar Stücke zur Ansicht nach Hause liefern. Du probierst die Sachen aus und was dir am besten gefällt, nimmst du.“

Miriam Steiningers Stammboutique liegt sicher meilenweit über Lillys Budget. „Das werde ich mir nicht leisten können.“

„Musst du auch nicht“, erwidert Miriam prompt. „Das soll Roman bezahlen. Als kleine Strafe, weil er dich übergangen hat. Du wusstest gar nichts von dem Essen, nicht wahr?“

Sie senkt betreten den Blick und Miriam schnaubt geringschätzig. „Hab ich's mir doch gleich gedacht“, brummt sie und verschränkt die Arme vor der Brust. „Du kannst dir die Kollektion online ansehen und die Kleider anklicken, die dir zusagen. Anschließend werden sie sofort per Kurier zu dir gebracht. Oder zu Roman?“

„Zu Roman“, gibt sie nuschelnd zu und natürlich flutet erneut lästige Wärme ihre Wangen.

„Ich sehe schon, mein Bruder verliert keine Zeit“, kichert Miriam und räuspert sich. „Folgendes … ich schicke dir den Link der Homepage und einen einmaligen Code zur Anmeldung. Danach kannst du dich frei auf der Seite bewegen, direkt kaufen oder die Kleider als Ansichtsexemplar markieren. Gib die Adresse ein, an die geliefert werden soll und die Sachen werden noch heute vorbeigebracht. Wenn du willst, komme ich vorbei und berate dich ein bisschen. Roman wird sowieso Überstunden schieben müssen. Vater hat um siebzehn Uhr einen Termin mit unserer Anwältin wegen Gruber und Roman hat Anwesenheitspflicht. Was meinst du?“

Lilly ist überwältigt von Miriams Großzügigkeit und ihrer Liebenswürdigkeit Dabei heißt es doch sonst immer, Geld verdirbt den Charakter Bei Romans Schwester ist das nicht der Fall

„Das wäre wirklich toll“, stimmt sie erleichtert zu und wird mit einer Umarmung überrumpelt

„Wunderbar. Wir beide müssen jetzt zusammenhalten. Immerhin stehen die Chancen gut, dass du irgendwann meine Schwägerin wirst, so verrückt wie Roman nach dir ist Glaub mir, ich habe ihn noch nie so reden hören Es ist fast unheimlich, wie schnell du ihn gedreht hast Vom einst notorischen Womanizer zum potenziellen Ehemann.“

„Wir sind erst frisch zusammen, Heirat ist wirklich kein Thema“, flüstert Lilly verlegen und streicht sich eine Haarsträhne von der Wange

Sie hat den Zopf heute früh nur sehr schlampig geflochten Es ist auch nicht so einfach gewesen, sich zu konzentrieren, da Roman währenddessen an ihrem Hals herumgeknabbert hat

„Ich bin schon gespannt, was meine Eltern zu der ganzen Sache sagen“, plappert Miriam weiter. Ein spitzbübisches Grinsen huscht über ihre rosigen Lippen, ihre blauen Augen funkeln vor Begeisterung und Lilly wird warm ums Herz

„Denkst du nicht, dass sie enttäuscht sein werden?“

Sie kann sich nicht davon abhalten, diese Frage zu stellen Nicht, weil sie erwartet, das Gegenteil zu hören Es ist nicht ihr Stil nach Komplimenten zu fischen, da sie ohnehin nicht gelassen mit ihnen umgehen kann Sobald ihr jemand etwas Nettes sagt, reagiert sie befangen Sogar wenn Roman ihr zuflüstert, wie hübsch und sexy er sie findet Trotzdem glaubt sie ihm Warum sollte er das behaupten, wenn er es nicht so meint? Es zwingt ihn ja niemand dazu

„Komm, setzen wir uns hin und plaudern noch ein wenig Eigentlich müsste ich seit acht Uhr mit Mark in seinem Büro sitzen und mir irgendwelche Auswertungen erklären lassen So war es zumindest verabredet Aber der Herr hat es vorgezogen nicht aufzutauchen und mich zu versetzen.“

Lilly wird von ihr zur Ledercouch gezogen. Nebeneinander nehmen sie Platz und Miriam wird auf einmal ernst. „Hör mal, Lilly, wegen Sonntag solltest du dir nicht zu viele Gedanken machen. Meine Eltern sind wirklich keine Snobs." Romans Schwester lächelt ermutigend. „Meinen Vater kennst du ja schon und er hält große Stücke auf dich, weil du so fleißig bist. Wenn er etwas schätzt, dann sind das Arbeitseifer, Disziplin und Bescheidenheit. Du hast alle diese Eigenschaften und damit einen gewaltigen Stein bei ihm im Brett."

„Wenn ich das so höre, komme ich mir wie die langweiligste Streberin der Welt vor", erwidert Lilly seufzend und zupft am Stoff ihrer Hose herum.

„Du bist doch nicht langweilig. Im Gegenteil, du bist etwas ganz Besonderes und das ist auf jeden Fall besser als gewöhnlich."

„Ich bin aber nicht so, wie die Mädchen, die Roman sonst so ... du weißt schon."

„Das ist auch verdammt noch mal gut so!", bricht es aus Miriam heraus. Sie fasst behutsam nach Lillys Hand. „Ich habe dir neulich bereits gesagt, dass ich dich mag. Du bist unkompliziert ..."

Irrtum, ich bin alles andere als das, denkt Lilly insgeheim, hört aber weiter zu.

„... und magst Roman um seiner selbst willen und nicht, weil er einen tollen Wagen fährt oder eines Tages der Erbe eines riesigen Unternehmens sein wird. Du bist in ihn verliebt, das sieht sogar ein Blinder, und Roman braucht ganz dringend einen Menschen, der ihn nicht nur ausnutzt." Miriams Stimme wird noch eine Spur eindringlicher. „Es mag dir nicht bewusst sein, aber du hast ihn schon in dieser kurzen Zeit zu seinem Vorteil verändert. Was ich damit eigentlich ausdrücken möchte, ist Folgendes: Ich könnte mir keine nettere und patentere Schwägerin in spe wünschen, als dich, und meine Eltern werden das genau so sehen. Ist das jetzt endlich bei dir angekommen?"

Direkt nach Lillys verschmitzter Frage wird die Tür zu Miriams Büro aufgestoßen und ein sichtlich erboster Mark Rieger steht im Raum. Mit seinen fast ein Meter neunzig und dem perfekt sitzenden dunkelgrauen Anzug sieht er sehr einschüchternd aus.

„Hier treibst du dich also rum!“

Miriam bleibt gelassen und hebt lediglich eine ihrer schmalen Brauen. „Das hier ist mein Büro. Wo sollte ich denn deiner Meinung nach sonst sein, lieber Mark?“

Ihr Tonfall ist dermaßen zuckrig, dass es fast an Unverschämtheit grenzt. Er lässt sich davon nicht provozieren und zieht ebenfalls eine Augenbraue in die Höhe. „Hast du schon wieder vergessen, dass du mir die nächsten Wochen unterstellt bist?“

Lilly macht sich auf ihrem Platz ganz klein und wartet auf die unvermeidliche Explosion von Rieger, als Miriam ihn aus schmalen Augen fixiert.

„Ich bin niemandem *unterstellt*, merk dir das!“

Tatsächlich bleibt der erwartete Wutausbruch aus. Stattdessen bewegt er sich mit einem haifischartigen Lächeln auf Miriam zu, die immer noch auf der Couch sitzt. Rieger ist allein durch seine Präsenz jemand, der viel Raum einnimmt und das wird wohl auch Miriam gerade bewusst.

Lilly kann spüren, wie sich Romans Schwester neben ihr versteift, als Rieger vor ihr stehen bleibt und sich nach vorn beugt. Miriam lehnt sich sofort zurück und wird förmlich eingekesselt, da er seine Hände links und rechts von ihrem Kopf an der Lehne abstützt.

Lilly rückt zur Seite, um sich aus der Schusslinie zu bringen, und beobachtet die Szene vorsichtig, bereit, eingreifen zu können, sollte es nötig sein. Weder Miriam noch Mark nehmen Notiz von ihr. Sie verlieren sich in einem verbissenen Blickduell, das erst von Marks dunkler Samtstimme unterbrochen wird. „Jetzt hör mir mal gut zu, Prinzessin.“

Er klingt merkwürdig heiser. „Ich habe dir neulich schon gesagt, solange du in meinem Bereich eingeteilt bist, dulde ich keine Sperenzchen. Also tu dir den Gefallen und schwing deinen süßen Hintern in mein Büro und zeig mir, dass du nicht nur auf der Welt herumhüpfst, um mir auf die Nerven zu gehen.“

Selbst Lilly stockt der Atem. Wenn Rieger in dieser Weise mit ihr gesprochen hätte, wäre sie vermutlich in Tränen ausgebrochen. Sie hat den größten Respekt vor Miriam, weil sie das scheinbar gleichmütig hinnimmt und sich sogar traut, die flache Hand gegen seine Brust zu stemmen, um etwas Abstand zu erzwingen. Ihre kalte Stimme kann problemlos einem Eiswürfel Konkurrenz machen. „Ich habe längst kapiert, dass du dein mickriges Ego pushen musst, indem du in dieser Firma Angst und Schrecken verbreitest, sobald du den Rotstift zückst.“

Lilly verschluckt sich fast an ihrem eigenen Speichel. Ist Miriam wahnsinnig? Marks mordlüsterner Blick scheint Romans Schwester gar nicht zu kümmern.

„Sprich ruhig weiter, du bist gerade so schön in Fahrt“, presst er mühsam beherrscht hervor. Ein vages Lächeln umspielt Miriams Lippen. Ob sie diese aggressiven Auseinandersetzungen insgeheim genießt?

Lilly gewinnt immer mehr den Eindruck, dass Mark Rieger zwar Miriams Hassobjekt Nummer Eins ist, aber liegen Liebe und Hass nicht oft verdammt nah beieinander?

„Ich habe bereits gesagt, was ich zu sagen habe. Wenn du also so nett wärst, und mein Büro verlässt?“

„Wir waren verabredet, Fräulein! Du erinnerst dich?“

Miriam drückt den Arm durch und schiebt ihn weg. Gleich darauf steht sie auf und mustert Mark mit dieser ganz speziellen Mischung aus Selbstbewusstsein und Arroganz, die nur schöne und reiche Menschen besitzen. „Meinem Gedächtnis muss man nicht auf die Sprünge helfen. Ich *war* in deinem Büro. Punkt acht, genau wie verabredet. Rate mal, wer nicht anwesend war?“

„Ich wurde aufgehalten, mach kein Drama draus.“

„Der Einzige, der hier ein Drama veranstaltet, bist du. Glaubst du, ich lasse mich von dir veraschen? Du hast mich in dein Büro bestellt und bist nicht gekommen. Trotzdem habe ich über eine halbe Stunde gewartet. Es wäre das mindeste gewesen, kurz anzurufen und Bescheid zu geben. Da du dazu nicht in der Lage bist, brauchst du dich nicht zu wundern, wenn ich mich anderweitig beschäftige. Und jetzt nenn mir einfach einen

Ersatztermin und verschwinde, damit ich meine Besprechung mit Frau Wegener weiterführen kann“

Mark knirscht mit den Zähnen, seine Hände ballen sich zu Fäusten und in seinen graublauen Augen sprühen explosive Funken, die nichts Gutes erahnen lassen Er bemüht sich sichtlich um ein Mindestmaß an Beherrschung, auch wenn es noch so in ihm rumort Andererseits hat die hübsche Tochter des Firmeninhabers eine gewisse Stellung im Haus, die nicht mal der allmächtige Mark Rieger ignorieren kann

„In einer Stunde Sei pünktlich“, zischt er mit tödlichem Unterton Bevor er sich umdreht, nickt er Lilly zu „Ich wünsche Ihnen noch einen schönen Tag, Frau Wegener“

„Unfassbar, wie aufgeblasen dieser Kerl ist“, schimpft Miriam, sobald Rieger die Tür hinter sich zugeworfen hat

Lilly wirft Romans Schwester einen fast schon mitleidigen Blick zu „Ich glaube, er ist sehr sauer auf dich, Miriam“

Ihr Vorname kommt Lilly ganz leicht über die Lippen Romans Schwester winkt ab, sie lacht, auch wenn es ein wenig unsicher klingt Vermutlich ahnt sie, dass sie langsam einen Gang runterschalten muss, bevor es zur Eskalation mit Romans bestem Freund kommt Ein Streit türmt sich auf den anderen, irgendwann kippt das Konstrukt an mühsam aufrechterhaltener Höflichkeit und die Wut wird sich auf beiden Seiten entladen

„Ach was, der wird sich schon wieder einkriegen“, redet Miriam die Auseinandersetzung klein „Wir gehen immer so miteinander um Der kann das schon ab“

Den letzten Satz murmelt sie nur, als müsse sie sich selbst vom Wahrheitsgehalt dieser Aussage überzeugen Plötzlich räuspert sie sich und deutet auf ihren Arbeitsplatz „Komm, lass uns gleich mal auf die Homepage der Boutique gehen Ich brauche dringend eine Ablenkung“

Der Gedanke ist verlockend Es wäre schön, sich die Auswahl mit einer Frau anzuschauen, die etwas davon versteht

„Musst du nicht arbeiten?“, fragt sie unsicher

„Du hast doch gehört Mein Date“, sie zeichnet mit den Fingern Gänsefüßchen in die Luft, „erwartet mich erst in einer Stunde Bis dahin sind wir längst fertig mit tratschen“

Sie zwinkert Lilly verschmitzt zu und wirkt kein bisschen schuldbewusst. Noch mehr Überredungskunst ist nicht nötig, um Lilly zu überzeugen. „Okay“, sagt sie und lächelt. „Um ehrlich zu sein, bin ich heilfroh. Allein wäre ich wahrscheinlich komplett überfordert. Mode hat mich eigentlich nie interessiert. Aber für Roman möchte ich so hübsch wie möglich sein.“

Miriam klimpert mit den Wimpern und stellt sich affektiert in Pose. „Dafür hast du ja mich, Herzchen. Man sieht es mir vielleicht nicht an, doch ich bin die totale Shopping-Queen.“

Keine fünf Minuten später sitzen beide vor dem Rechner und klicken sich durch endlose Reihen an schicken Klamotten, deren Preise Lillys Blutdruck rasant in die Höhe schnellen lassen. Sie nimmt sich vor, den am Ende fälligen Betrag bis auf den letzten Euro selbst zu zahlen, denn Miriams Vorschlag, Roman die Rechnung begleichen zu lassen, kommt nicht in Frage. Sie hat immer sparsam gelebt und falls sie den Betrag nicht aus der laufenden Portokasse zahlen kann, wird sie einfach an ihre Ersparnisse gehen. Am Ende landen ungefähr zehn Kleider in der Auswahlmaske. Keines kostet weniger als fünfhundert Euro. Lilly schluckt, doch die Sachen sind so wunderhübsch, dass sie nicht widerstehen kann. Trotzdem wird sie es nicht bereuen, eines davon zu kaufen. Allein schon die heitere Stunde in Miriams Gesellschaft verschafft Lilly ein warmes Gefühl im Bauch. Näher ist sie der Freundschaft mit einer Frau noch nie gewesen und sie fängt tatsächlich an zu akzeptieren, dass es Menschen gibt, die sie mögen, wie sie ist.

„Also, reicht dir die Auswahl oder willst du noch ein bisschen durch den Shop stöbern?“

„Ich denke, das ist erst einmal genug“, antwortet Lilly.

Miriam drückt auf Senden und lehnt sich zufrieden zurück. „So, das hätten wir geschafft. Du solltest pünktlich Feierabend machen, damit du anwesend bist, wenn der Bote kommt. Bist du mit deinem eigenen Wagen hier oder hat Roman dich mitgenommen?“

„Ich bin selbst gefahren. Ist mir lieber so. Es hätte nur Aufsehen erregt, wenn wir gemeinsam gekommen wären.“

„Wahrscheinlich“, stimmt Miriam zu und wirft einen Blick auf die Uhr. „Shit, ich muss los, sonst knüpft mich dieser Idiot am nächsten Laternenmast auf.“

Sie steht auf und marschiert auf die Tür zu. In vollem Lauf dreht sie den Kopf über die Schulter. „Wir treffen uns kurz vor fünf draußen auf dem Parkplatz. Bis später!“

Schon ist sie durch die Tür und Lilly bleibt ein wenig überfordert zurück. Sie sitzt bestimmt fünf Minuten lang reglos auf dem Stuhl, ehe sie sich aufrafft und in den Kundenservice zurückkehrt.

Pünktlich verlässt Lilly das Firmengebäude und trifft draußen auf der Treppe auf Miriam, die auf ihrem Smartphone herumtippt und Lilly zuerst nicht bemerkt. Romans Schwester trägt einen sehr eleganten schwarzen Wintermantel und hat die Pumps gegen schicke Wildlederstiefel ausgetauscht. Trotzdem sind ihre bestrumpften Beine der Kälte schonungslos ausgesetzt. Lilly friert schon beim Hinschauen. Erst als sie Schritte vernimmt, hebt Miriam den Kopf und lächelt. Da es draußen bereits stockdunkel ist, wird ihr Gesicht nur von den links und rechts angebrachten Laternen beleuchtet. Ihre blasse Haut schimmert noch heller als sonst und ihre blauen Augen wirken in diesem Licht fast schwarz. „Hey, da bist du ja! Gib mir eine Minute, ich muss meiner Freundin schreiben. Ihr geht’s gerade nicht so toll und ich will sie nicht abwürgen.“

Ob das diese Nadine ist, von der sie neulich erzählt hat? Das Mädchen, dem Mark das Herz gebrochen hat. Lilly traut sich nicht zu fragen. Für so persönliche Informationen kennen sie einander nicht gut genug.

Es geht sie auch nichts an, mit wem Miriam in ihrer Freizeit textet. Geduldig wartet sie, bis Miriam fertig ist. Danach schlendern sie die Treppen herunter.

„Wir haben eine halbe Stunde, ehe der Bote kommt. Es ist also noch reichlich Zeit und …“ Hinter ihnen werden Schritte laut und Romans Schwester verstummt und wirft einen Blick über die Schulter. „Der schon wieder“, flüstert sie entnervt.

Lilly dreht sich ebenfalls um. Ihr Blick fällt auf Mark Rieger, der grußlos an ihnen vorbeiläuft. An seinen Manieren muss der Kerl auf jeden Fall noch arbeiten.

„Vollidiot“, hört sie Miriam murmeln. Es klingt reichlich gefrustet.

„Schlechten Tag gehabt?“, fragt Lilly mitfühlend.

Romans Schwester verdreht die Augen. „Wie man’s nimmt. Ich musste heute dem feinen Herrn Rieger den ganzen Tag hinterherdackeln und mir von allen Seiten anhören, wie verdammt sexy und klug er ist.“

Miriam tut so, als würde es sie schütteln. „Ehrlich, ich dachte, die haben hier alle eine Heidenangst vor ihm. Stattdessen verhält sich die weibliche Belegschaft so, als wäre er der Traummann schlechthin. Dabei muss er nur den Mund aufmachen und jeder weiß sofort, was für ein Idiot er ist.“

Es fällt Lilly schwer, ein amüsiertes Lächeln zu unterdrücken. Auch wenn es für sie nur einen Mann gibt, ist sie nicht blind für Riegers optische Vorzüge. Mark ist auf herbe Art gutaussehend, sein Selbstbewusstsein und sein anspruchsvoller Job verleihen ihm eine Aura von Härte und Entschlossenheit. Das wirkt auf die meisten Frauen enorm anziehend. Gerüchten zufolge, gibt es einige Damen in der Firma, die seinem Charme nicht widerstanden haben.

„Herr Rieger hat tatsächlich jede Menge weiblicher Fans im Unternehmen“, bestätigt Lilly und formt die Lippen zu einem erstaunten O, als sie ihn in Romans Auto steigen sieht.

„Was macht er da?“

Miriam folgt ihrem irritierten Blick und furcht die Stirn.

„Vielleicht hat er sich Romans Auto geliehen, um bei einer seiner Freundinnen Eindruck zu schinden. Der Wagen ist eine Sonderanfertigung, den gibt es in der Form kein zweites Mal.“

„Hat hier gerade jemand meinen Namen erwähnt?“

Lilly fährt herum und entdeckt Roman, der aus dem Gebäude tritt. Im Gegensatz zu ihnen trägt er nur sein Jackett. Das bedeutet wohl, dass er tatsächlich noch mal rein muss, um an der von Konrad Steininger anberaumten Besprechung mit Frau Dr. Faßbender teilzunehmen.

Auf seinem ungeheuer attraktiven Gesicht – ja, ihr ist klar, dass sie wie eine kaputte Schallplatte klingt, wenn sie dauernd betont, wie toll und gutaussehend er ist, aber bitte, es ist doch die Wahrheit – breitet sich ein warmes Lächeln aus, sobald sein Blick auf Lilly fällt. Ihr Herz schlägt wie wild, während sie ihm entgegensieht.

„Wir haben uns gerade gewundert, wieso du Mark erlaubst, deinen Wagen zu benutzen. Hat er dir die Schlüssel gemopst?"

„Sei nicht so neugierig!"

Roman stellt sich sofort an Lillys Seite, als er sie erreicht. Seine Hand legt sich auf ihren Rücken und streicht behutsam ihre Wirbelsäule entlang. Ein angenehmer Schauer durchläuft sie. Lilly liebt seine Berührungen. Sie lassen sie förmlich dahinschmelzen. Obwohl sie sich in der Öffentlichkeit befinden, kann sie nicht widerstehen und lehnt sich gegen ihn. Was soll's! Die meisten Mitarbeiter sind ohnehin schon zuhause und sie stehen nicht direkt im Licht der Laternen. Roman haucht ihr einen schnellen Kuss auf die Schläfe.

„Ich habe dich vermisst, Blümchen", sagt er leise.

Seine Finger landen auf ihrem Po, er drückt ihn leicht. Zum Glück befindet sich seine Hand hinter ihrem Rücken. Miriam kann nicht sehen, was er da treibt. Sie deutet auf den Aston Martin, der gerade vom Parkplatz fährt.

„Was hat es mit deinem Wagen auf sich? Ich hätte nie gedacht, dass du dein Baby verleihst."

Roman wirkt mit einem Mal vorsichtig, ja, beinahe unsicher. „Ich habe den Aston Martin an Mark verkauft", sagt er schließlich und Miriam reißt überrascht die Augen auf.

„Du verarschst mich! Du liebst den Wagen doch und Mark versucht schon seit Ewigkeiten, ihn dir abzuluchsen. Ohne Erfolg. Wieso gibst du auf einmal nach?"

Sein Mienenspiel ist undurchsichtig. Allerdings spürt Lilly, wie er sich neben ihr anspannt.

„Seine Hartnäckigkeit hat sich eben bezahlt gemacht und mir liegt längst nicht so viel an dem Wagen, wie du vielleicht denkst. Ich hatte Lust auf eine Veränderung. Mehr steckt da nicht dahinter."

Das kommt ihm so fadenscheinig über die Lippen. Lilly wird das Gefühl nicht los, dass er etwas verschweigt, und sieht forschend zu ihm auf. Dass er ihrem Blick ausweicht, beunruhigt sie. Was hat er denn auf einmal?

„Wie auch immer. Lilly und ich müssen los. Klamotten anprobieren und anderen Mädchenkram erledigen."

Der Themawechsel kommt ihm sehr gelegen, das kann er nicht verbergen. Fragend wendet er sich an Lilly und zieht eine Braue hoch. „Klamotten anprobieren? Ohne mich?"

„Ich brauche doch etwas anzuziehen für Sonntag", haucht sie.

„Du hast gepetzt", beklagt er sich bei seiner Schwester. „Ich wollte sie überraschen."

Miriam schnaubt. „Unsinn! Du kannst mit so einer wichtigen Sache nicht mit der Tür ins Haus fallen. Außerdem bekomme ich auf diese Weise die Gelegenheit, Lilly näher kennenzulernen. Ich werde ihr nämlich als Stylingberaterin zur Seite stehen und ihr helfen, das passende Kleid für unser Familienessen auszusuchen."

„Lilly braucht keine Beraterin. Sie ist genau richtig, wie sie ist."

Wenn er solche Aussagen von sich gibt, ist Lilly versucht, alle Vorsicht zum Teufel zu schicken und ihm direkt vor dem Firmengebäude um den Hals zu fallen. Sprachlos schaut sie zu ihm auf. Roman zwinkert ihr zu, ehe er weiterredet.

„Das heißt aber nicht, dass ich dich davon abhalten möchte, dich mit Miri gutzustellen. Außerdem fühle ich mich besser, wenn du nicht den gesamten Abend allein in meiner Wohnung sitzen musst."

„Weil?", hakt Miriam nach.

„Ich muss mich nach dem Meeting für ein paar Minuten im *2Face* blicken lassen. Alex feiert das einjährige Bestehen seiner Werbeagentur, da sollte ich wenigstens kurz vorbeischauen."

„Oh ... naja, dann ...", stammelt Lilly.

Obwohl sie nicht scharf auf Clubbesuche ist, ist sie ein wenig enttäuscht, dass sie erst jetzt davon erfährt und er nicht mal in Erwägung zieht, sie mitzunehmen. Total irrational, das weiß sie und dennoch ...

„Willst du mitkommen?"

Offenbar kann er Gedanken lesen.

Sei vernünftig, das ist nichts für dich. Lass ihm seinen Freiraum und fang nicht jetzt schon an zu klammern.

Lilly schüttelt den Kopf und lächelt sogar. „Lieber nicht. Ich bin ja auch verabredet“, erwidert sie mit Blick auf Miriam, die ihren Bruder skeptisch begutachtet.

Roman nickt und macht den Eindruck, als wolle er noch etwas sagen, doch dazu kommt es nicht. Die Anwältin steht plötzlich in der Eingangstür und ruft Roman herein: „Herr Steininger, darf ich Sie daran erinnern, dass die Besprechung in fünf Minuten beginnt?“

„Bin schon unterwegs“, antwortet Roman unterdessen und spaziert auf den Eingang zu, als hätte er alle Zeit der Welt. Bevor er im Gebäude verschwindet, dreht er sich ein letztes Mal um und zwinkert Lilly zu. Sein Lächeln verursacht ihr weiche Knie. Sie kann es kaum erwarten wieder in seinen Armen zu liegen, auch wenn es ihr immer noch schwerfällt, dieses Wunder zu begreifen. Was er ausgerechnet an ihr findet, will ihr nicht in den Kopf und doch scheint er einen regelrechten Narren an ihr gefressen zu haben. Sie ermahnt sich dazu, ihr ständiges Misstrauen zu überwinden. Egal, wie absurd es erscheinen mag, seine Gefühle sind real und das ist alles, was zählt. Ihr entweicht ein verliebter Seufzer.

„Oh Mann, hier schwirren definitiv zu viele Hormone in der Luft herum“, flüstert Miriam neben ihr und hakt sich dann bei Lilly unter. „Na komm, hör auf meinen Bruder anzuschmachten und lass uns fahren. Sonst steht der Bote vor der Tür und muss unverrichteter Dinge wieder abziehen, weil wir getrödelt haben.“

Sie schaffen es, Romans Wohnung pünktlich zu erreichen, und nehmen die bestellten Kleider in Empfang. Vier davon haben es nach einem Erstcheck in die engere Auswahl geschafft und liegen ausgebreitet auf dem riesigen Bett.

„Wow, das blaue sieht toll aus!“, schwärmt Miriam und streicht mit der flachen Hand über den Stoff. Der Schnitt ist sehr schlicht und gradlinig. Das einzig Verspielte sind die langen Ärmel aus Spitze und der schmale Gürtel, der locker auf Höhe der

Taille gebunden wird „Das Kleid ist traumhaft“, fährt Miriam fort „Es wird deine schmale Figur perfekt zur Wirkung bringen“

„Ist schmal eine freundliche Umschreibung für dünn und flachbrüstig?“, scherzt Lilly

Miriams Mundwinkel zucken „Falls ja ... willkommen im Club“, erwidert sie und schaut auf ihre recht übersichtliche Oberweite herunter „Meine Körbchengröße ist auch nicht der Hit“

Lilly grinst und fühlt sich zunehmend wohler in Miriams Gesellschaft Sie ist locker und lustig Gar nicht so geschäftsmäßig wie bei ihrer ersten Begegnung im Flur vor Romans Büro In den letzten Wochen hat sich Lillys Leben so grundlegend verändert Manchmal kneift sie sich heimlich in den Oberschenkel, um sich davon zu überzeugen, das alles nicht nur zu träumen Gerade jetzt kommt ihr die Situation so surreal vor Sie befindet sich im Schlafzimmer ihres Freundes, einem Mann, den sie zwei Jahre lang vergeblich angehimmelt hat und der wie aus dem Nichts heraus Interesse an ihr gezeigt hat Mit seiner Schwester bahnt sich eine zarte Freundschaft an und in drei Tagen wird sie seine Eltern kennenlernen

Tief durchatmend greift sie nach dem hübschen Dress und hält es sich vor den Körper Die Farbe, ein sattes Kobaltblau, sticht in Romans urban eingerichteten Schlafzimmer besonders heraus Er bevorzugt in seiner Wohnung dunkle, erdige Grundtöne, kombiniert mit hellen Farben und modernen Wohnelementen

„Es ist wirklich hübsch, aber bin ich darin nicht zu blass?“

Miriam betrachtet sie eingehend und schüttelt den Kopf „Nein, gar nicht Das Blau hebt den Kontrast zu deinem hellen Haar und deiner Haut hervor Wenn du dir ein bisschen Rouge auf die Wangen puderst, wirst du darin sensationell aussehen“

„Eine Brillenschlange in einem Designerkleid“, murmelt Lilly mehr zu sich selbst und tritt mit dem Kleid zwischen den Händen vor den großen Spiegel, der an der Außenseite seines Schranks angebracht ist

„Komm, sei nicht schüchtern und schlüpf rein! Ich weiß, wie eine Frau in Unterwäsche aussieht“

Lilly kommt Miriams Bitte nach und zieht Hose und Pullover aus. Nur noch mit Slip, Höschen und feiner Strumpfhose bekleidet zieht sie sich das Kleid über den Kopf. Es fällt locker nach unten, der seidige Stoff fühlt sich angenehm weich auf ihrer Haut an. Sie bindet den Gürtel seitlich zusammen und begutachtet sich eingehend im Spiegel. Erstaunlich, welchen Effekt die feminine Aufmachung auf ihr äußeres Erscheinungsbild hat. Sie müsste nur noch die Brille weglassen und die Haare offen tragen und man könnte sie tatsächlich als hübsch bezeichnen.

Red dir nichts ein, du wirst nie hübsch sein, du bist ein farbloses und wertloses Nichts, wispert es in ihr.

Nein, denkt sie trotzig, *ich sehe gut aus und Roman mag mich ohnehin so, wie er mich kennengelernt hat.*

Etwas zuversichtlicher dreht sie sich zu Miriam um, die lächelnd hinter ihr steht. „Du siehst toll aus, Lilly. Roman wird den Blick nicht von dir nehmen können, sobald du vor ihm stehst."

Eine Welle puren Glücks rast durch Lillys Venen. Sie würde am liebsten tanzen und singen, sich im Kreis drehen, bis ihr schwindlig wird und dann lachend aufs Bett fallen. Einfach, weil sie glücklicher ist als jemals zuvor.

Das durchdringende Klingeln der Haustürglocke unterbricht diesen Moment reiner Freude. Konnte sich Roman früher loseisen und hat die Schlüssel vergessen?

„Ich mach auf", meldet sich Miriam zu Wort und marschiert aus dem Schlafzimmer. Lilly folgt ihr, bleibt jedoch im Hintergrund. Sie hört, wie Miriam mit jemandem spricht, dann fällt ihr Name.

Neugierig nähert sie sich der Tür und hört, wie Miriam mit einer Fremden diskutiert.

„Ich muss mit Lilly Wegener sprechen", sagt diese und Lilly erstarrt. Die Stimme kommt ihr zwar vage bekannt vor, aber sie ist sich sicher, mit dieser Person nicht näher bekannt zu sein. Was kann sie also von ihr wollen, und die viel wichtigere Frage ist: Woher weiß sie, dass Lilly sich bei Roman aufhält?

Ein ungutes Gefühl steigt in ihr hoch und sie schleicht sich näher an die Tür heran, um vielleicht einen kurzen Blick auf die Frau erhaschen zu können. Miriam lässt sie jedenfalls nicht in die Wohnung.

„Tut mir leid, Frau -Wie-auch-immer-Sie-heißen-mögen-, aber ich kenne Sie nicht und deswegen möchte ich Sie bitten, jetzt zu gehen."

Über den Wunsch der Fremden, Lilly zu sprechen, geht sie geschickt hinweg, doch die Frau lässt nicht locker. „Tun Sie nicht so, als wäre sie nicht hier. Ich habe sie in Ihrer Begleitung das Gebäude betreten sehen. Was ich ihr zu sagen habe, ist wahnsinnig wichtig."

„Solange Sie mir nicht erklären, wer Sie sind, machen Sie keinen Schritt hier rein", antwortet Miriam bestimmend.

Die Frau verstummt kurz, ehe sie mit skeptischer Stimme weiterspricht. „Sie sind Romans Schwester?"

„Jaaa", antwortet Miri gedehnt. Da Lilly sich von der Seite herangepirscht hat, kann sie immer noch keinen Blick auf die Frau werfen.

„Kennen Sie meinen Bruder?"

„Roman und ich hatten ein paar Mal miteinander zu tun", antwortet die Fremde honigsüß.

„Tja, dann können Sie ja wiederkommen, wenn er anwesend ist", schnappt Miriam genervt.

„Wenn ich Roman sehen will, muss ich nur ins *2Face* fahren", erwidert die andere herablassend. „Dort feiert er gerade mit Alexander, Nik und dem hübschen Mark die Einlösung seiner Wettschuld. Interessiert es Sie, welche Aufgabe er nach der verlorenen Wette mit Mark Rieger erfüllen musste?"

Miriam wirft Lilly einen schnellen Seitenblick zu und zieht ganz leicht die Brauen hoch, als wolle sie sagen: Wovon spricht diese Irre? Lilly hebt hilflos die Schultern und kann sich keinen Reim auf die Sache machen. Miriam wendet sich wieder der Frau zu. „Keine Ahnung, wovon Sie reden, doch ich bin überzeugt, dass Lilly Sie nicht kennt und deswegen muss sie auch nicht mit Ihnen sprechen."

„Das sollte sie aber“, antwortet die Frau. „Oder will Sie nicht wissen, wieso sich der liebe Roman ausgerechnet an eine wie sie gehängt hat? An eine Frau, die seit langem in der Firma seines Vaters arbeitet und der er nie auch nur einen Blick gegönnt hat? Bis vor ein paar Wochen. Da hat sich das schlagartig alles geändert. Nicht wahr?“

Woher hat diese Person diese Informationen? Das ungute Gefühl verstärkt sich.

„Was soll das? Was für ein Spiel treiben Sie?“, faucht Miri und macht einen Schritt auf die andere zu. Lilly steht da wie erstarrt. In ihr keimt ein furchtbarer Verdacht. Eine Ahnung, die so grausam und verletzend ist, dass es ihr das Herz in der Brust zusammendrückt.

Nein, nein, bitte nein, fleht sie innerlich und doch weiß sie im Grunde, worauf die Sache hinausläuft. Die Schlagworte allein sind schon ausreichend, um sich ein grobes Bild zu machen. Roman, eine verlorene Wette, eine Feier, weil er seine Wettschuld eingelöst hat.

Oh Gott, ihr wird schlecht. Haltsuchend stützt sie sich an der Wand neben ihr ab und holt Luft. In ihrem Kopf dreht sich alles.

Halt, übereil nichts! Das ist möglicherweise nur ein Missverständnis, ermahnt sie sich.

Ja, klar, flüstert Lydias imaginäre Stimme höhnisch. *Nur ein Missverständnis. Sei nicht so naiv, du dumme Pute. Er hat dich benutzt. Jetzt weißt du, wieso er sich mit dir getroffen hat. Er hat eine Wette verloren und du warst seine Strafe. Dein Romeo ist ein verlogener Scheißkerl.*

Ein Würgen dringt aus Lillys Kehle, Tränen schießen ihr in die Augen und nehmen ihr die Sicht. Mit aller Macht unterdrückt sie die Welle nackter Qual, die über sie hereinbrechen will. Zitternd holt sie Luft und ringt den Schmerz nieder.

Sie muss sich der Wahrheit stellen und sich Klarheit verschaffen. Lange genug ist sie vor allem davongerannt. Es bringt nichts, den Kopf in den Sand zu stecken und zu hoffen, dass alles nur ein dummer Irrtum ist. Mutig stellt sie sich neben Miriam und schaut in ein Gesicht, das sie kennt. Es ist die hübsche Kellnerin aus dem *Arrival.*

Die Rothaarige hebt die Mundwinkel zu einem mokanten Lächeln „Hallo, ich bin Nicole“, stellt sie sich vor und streckt die Hand aus Beinahe mechanisch ergreift Lilly die angebotene Rechte und schüttelt sie

Miriam ist nicht begeistert „Lilly, was soll das? Sprich nicht mit ihr Mit der stimmt doch was nicht “

„Ich will hören, was sie mir mitzuteilen hat“, antwortet Lilly und erkennt ihre Stimme kaum wieder

Sie klingt fremd Kalt und emotionslos

„Das ist eine kluge Entscheidung“, wirft Nicole ein „Ich will euch auch gar nicht lange aufhalten Aber ich musste hierherkommen, nachdem Roman geprahlt hat, dass Sie in seiner Wohnung brav auf ihn warten, in dem festen Glauben, er wäre verliebt in Sie Das war nämlich die Aufgabe, die Rieger ihm gestellt hat: Er sollte mit einem unscheinbaren Mädchen ausgehen und dafür sorgen, dass sie an seine Gefühle glaubt “ Nicoles Gesicht verzieht sich geringschätzig „Kerle sie halten alles für ein Spiel, für einen riesigen Witz Aber sie denken nie an die Folgen “

„Woher sollen wir wissen, dass Sie nicht lügen?“, will Miriam wissen

„Das könnt ihr nicht wissen, trotzdem sage ich die Wahrheit“, antwortet Nicole und schenkt Lilly einen mitfühlenden Blick „Ich wollte einfach nicht, dass du weiter verarscht wirst Und was meine Glaubwürdigkeit angeht“, sie wendet sich an Miriam „Ruf Nik an Ich bin seit ein paar Tagen mit ihm zusammen und er hat mir von der Geschichte erzählt Selbst wenn er behauptet, an der Story wäre nichts dran, wirst du es erkennen Nik ist ein mieser Lügner “

„Wir machen etwas ganz anderes“, stößt Miriam gepresst hervor und ergreift Lillys Handgelenk

„Was hast du vor?“

Ist das wirklich ihre Stimme, die so matt klingt?

Miriam wirft dieser Nicole einen bösen Blick zu, der selbst erwachsene Männer in Asche verwandelt hätte Romans Schwester wendet sich an Lilly „Es muss sich um einen Irrtum handeln Roman würde so etwas Gemeines niemals tun “

Erneut mustert sie Nicoles perfekt geschminktes Gesicht voller Verachtung. „Wahrscheinlich hat Roman sie abserviert und sie will sich an ihm rächen."

Zum ersten Mal verrutscht Nicoles selbstsichere Miene, ehe sie unverfroren grinst.

„Ihr könnt von mir halten, was ihr wollt, aber es ändert nichts daran, dass ich die Wahrheit sage. Geht zu ihm. Fragt ihn ruhig. Ich glaube nicht, dass er es abstreiten wird, wenn ihr ihn direkt damit konfrontiert."

Nicole seufzt gespielt mitleidig und streicht sich affektiert über die roten Locken. „Tut mir leid für dich, Herzchen, doch dein Traumprinz ist in Wirklichkeit ein Griff ins Klo. Der hat es nicht eine Sekunde ernst mit dir gemeint und lacht sich in diesen Minuten mit seinen Kumpels halb tot über deine Naivität. Ich dachte, du bist froh, wenn dir jemand die Augen öffnet. Ich an deiner Stelle wäre es."

Nach einem letzten Blick auf Miriam, lächelt sie dünn und tritt einen Schritt zurück. „Schau dir deinen nächsten Typen ein bisschen besser an. Nur ein gutgemeinter Rat von mir."

Nicole wendet sich mit einer eleganten Drehung um und läuft zurück zum Aufzug. Miriam schließt schnell die Tür und umfasst Lillys Schultern. „Sieh mich an!", fordert sie eindringlich. „Bitte, hör dir erst an, was Roman dazu zu sagen hat, bevor du diesem Miststück glaubst."

„Sie sagt die Wahrheit, ich kann es spüren", flüstert Lilly tonlos. „Von Anfang an habe ich mich gefragt, wieso er auf einmal Interesse an mir zeigt, nachdem er mich zwei Jahre lang konsequent übersehen hat. Eigentlich war mir klar, dass etwas faul sein muss, aber ich *wollte* einfach glauben, dass er mich ehrlich gern hat. Gott, ich habe mich aufgeführt wie ein verblendeter Teenager und das Offensichtliche ignoriert."

Lilly stößt ein bitteres Lachen aus. „Mir muss der gesunde Menschenverstand komplett abhandengekommen sein. Wieso in aller Welt, sollte ein Mann wie Roman, ausgerechnet mich begehren?"

Miriam spart sich eine Antwort. Sie ahnt wohl, dass jetzt jedes Wort zu viel wäre. Stumm und voller Mitgefühl ruht ihr Blick auf Lilly. Sie schluckt heftig und bemüht sich, die Tränen zurückzuhalten. All ihre Träume und das zarte Glück an Romans Seite zerplatzen wie Seifenblasen. Lange hat sie sich eingeredet, er hätte sie aufgrund ihrer beruflichen Qualifikationen ausgesucht, doch jetzt muss sie der Wahrheit ins Auge sehen. Er hat lediglich einen Aufhänger gebraucht, um unauffällig mit ihr in Kontakt zu treten. Sich Marion oder Sabine zu schnappen, um die Auswertungen zu erstellen, hätte viel eher zu ihm gepasst.

Gott, wie dumm kann eine Frau nur sein? Ihr wird schwarz vor Augen, sie schließt die Lider und versucht die aufsteigende Übelkeit und die Verzweiflung über diesen Verrat einzudämmen. Zumindest, bis sie zuhause ist und niemandem mehr etwas vorspielen muss. Sie hat ihm alles abgekauft. Jedes Lächeln, jede geflüsterte Zärtlichkeit, jede Liebeserklärung. Warum? Wieso tun ihr alle immer nur weh?

„Lilly, komm, wir fahren hin." Miriams Stimme ist eindringlich. Sie glaubt nach wie vor an Romans Unschuld und will das Offensichtliche nicht anerkennen.

„Das hat keinen Sinn", antwortet sie. Ihre eigene Mutlosigkeit erstickt sie beinahe, sie kann kaum atmen. Jedes Luftholen fühlt sich an, als würde es sie von innen zerreißen.

„Natürlich hat es den. Sprich ihn darauf an und du wirst sehen, es wird sich alles aufklären. Herrgott, ich habe ihn doch erst heute mit dir erlebt. Seine Blicke, die vielen kleinen Berührungen. Roman ist total verliebt in dich."

„Er ist eben ein guter Schauspieler", antwortet Lilly gepresst und schiebt Miriams Hände weg. „Ich werde jetzt nach Hause fahren."

Ohne Romans Schwester eines Blickes zu würdigen, läuft sie ins Schlafzimmer und entledigt sich dort des Kleides. Lilly kann es gar nicht schnell genug loswerden. Benommen schlüpft sie in ihre eigenen Sachen und geht zurück ins Wohnzimmer.

„Tu das nicht. Lauf nicht davon. Man muss sich seinem Gegner stellen."

„GAR NICHTS MUSS ICH!", brüllt sie. Zum ersten Mal in ihrem Leben wird sie laut und zittert vor Anspannung. Nicht weinen, nicht vor ihr, nicht hier in dieser Wohnung.

Miriam schließt kurz die Augen. Ihr Gesicht verzieht sich vor Kummer und Mitleid. „Also gut. Du bist aufgewühlt und kannst gerade nicht klar denken. Aber bevor du ihn verurteilst, solltest du mir zuhören."

„Was bringt das noch? Die Geschichte von Nicole macht Sinn. Keine Ahnung, wie ich glauben konnte, dass er mit jemand wie mir zusammen sein möchte."

„Jetzt tust du ihm Unrecht. Okay, Roman war immer ein lockerer Vogel, wenn es um Frauen und Sex ging. Er ist kein Engel", betont sie. „Als seine Schwester bin ich die erste, die das zugibt, doch dass er dich wegen einer Wettschuld angebaggert hat, kann und will ich nicht glauben. Mark vielleicht, aber nicht Roman. Ich kenne ihn besser."

„Niemand kennt jeden zu hundert Prozent. Jeder Mensch hat Abgründe, die er vor anderen verbirgt. Auch dein Bruder."

„Ich werde dir beweisen, dass du dich täuschst und ich hoffe, dass Roman dich hinterher wieder zurücknimmt, sobald ihm klar wird, dass du einer dahergelaufenen Schlampe diese Lügen abkaufst, ohne ihm die Chance zu geben, Stellung dazu zu nehmen."

„Tu, was du nicht lassen kannst", antwortet Lilly erschöpft. „Ich bin zu oft enttäuscht worden, um an Wunder zu glauben. Für ein paar Tage habe ich vergessen, wer und wie ich bin. Das Ende war vorgezeichnet, ich wollte es nur nicht wahrhaben."

„Lilly, um Gottes Willen ..."

Sie greift nach ihrer Handtasche und lächelt Miriam reserviert zu. „Gute Nacht und danke für deine Hilfe. Ich weiß das wirklich zu schätzen."

Ohne ein weiteres Wort verlässt sie die Wohnung und fährt nach Hause. Sie schließt die Wohnungstür auf, zieht Mantel und Stiefel aus und läuft stocksteif ins Schlafzimmer. Dort fällt ihr Blick auf ihren Schrank. Flashbacks von früher fluten ihren Verstand. Das höhnische Grinsen ihrer Mutter, die ihr immer wieder zuflüstert wie hässlich und überflüssig sie ist. Lydias Lachen, während sie sich über Lillys tränenüberströmtes Gesicht amüsiert. Und dann sieht sie Roman vor sich. Wie er sie anlächelt, wie er sie küsst und in den Arm nimmt. Die ersten Tropfen fließen und rinnen über ihre Wangen. Lilly spürt es kaum. Stattdessen hüllt sie ihren Verstand und ihr Herz in einen Panzer aus Eis, der jedes Gefühl betäubt, um den Schmerz über die Zurückweisung und Demütigung erträglicher zu machen.

Wie selbstverständlich läuft Lilly auf den Schrank zu, öffnet die Tür und setzt sich hinein, so wie sie es damals als Kind getan hat, wenn sie der Welt und den Qualen entkommen wollte. Die Knie angezogen, kauert sie in dem dunklen Raum, zitternd vor Scham über ihre Naivität und schwört sich, nie wieder einem Menschen zu vertrauen.

Kapitel 19

„Wenn du weiterhin alle zwei Minuten auf die Uhr starrst, verfrachte ich dich eigenhändig ins Auto, damit du zu deiner Süßen kommst Das ist ja nicht auszuhalten!“

Alexanders Kommentar klingt eher amüsiert als sauer. Roman grinst verlegen und nippt an seinem Drink. Im *2Face* dröhnt die Musik aus den Boxen, es ist rappelvoll und die Stimmung gut. Nur ist er nicht so ganz bei der Sache. Er hat Sehnsucht nach Lilly und wartet lediglich anstandshalber eine gewisse Zeitspanne ab, ehe er sich vom Acker macht.

„Ich fürchte, ich bin heute mit meinen Gedanken woanders“, entschuldigt er sich und bemüht sich um einen zerknirschten Gesichtsausdruck, obwohl er nicht mal den Hauch eines schlechten Gewissens empfindet. Ist auch nicht nötig. Auf Alex' Schoß sitzt eine heiße Blondine, die an seinem Ohrläppchen knabbert. Sein Kumpel kann sich über mangelnde Aufmerksamkeit wirklich nicht beschweren. Vermutlich wird er als einer der ersten verschwinden, um die Feier in privaterer Atmosphäre fortzusetzen.

Auffällig ist, dass Nina heute nicht anwesend ist. Sie ist nicht oft mit von der Partie, wenn sich alle im Club treffen, doch hin und wieder lässt sie sich blicken und setzt sich dann ab, wenn sich zu viele Frauen in Alexanders Nähe tummeln. In letzter Zeit sieht man sie gar nicht mehr an Alex' Seite, auch er erwähnt sie immer seltener, was angesichts der engen Bindung, die er zu ihr hat, ziemlich auffällig ist. Als Roman ihn bei seiner Ankunft nach Ninas Verbleib gefragt hat, wurde er von seinem Kumpel nur mit einem geknurrten „sie hat heute keine Zeit“, abgespeist Seither hat er wenig geredet und sich zwischenzeitlich die Blondine angelacht.

Romans Blick schweift durch den Club und er entdeckt Nik an der Bar. Er unterhält sich sehr angeregt mit einer süßen Brünetten. Seine anfänglich schlechte Laune wegen Nicoles

Abwesenheit ist im Verlauf des Abends schnell verflogen. Dabei war er ziemlich angepisst über ihre kurzfristige Absage, was den alten Schwerenöter jedoch nicht daran hindert, das nächste willige Mädchen abzuschleppen. Mit seinem dunkelblonden Haar und den eisgrauen Augen, zieht er sie an wie ein Magnet. Auch heute Abend lässt er seinen Charme spielen und wird sicher nicht allein nach Hause gehen. Dass sein Kumpel ohne große Gewissensbisse rumbaggert, wertet er als gutes Zeichen für Nicoles baldigen Abschied. Auch wenn er nicht verstehen kann, wie Nik so verrückt nach Nicole sein kann und doch keine Skrupel hat, seinen Schwanz in eine andere zu stecken.

Hör auf dich wie ein Moralapostel aufzuspielen, maßregelt er sich selbst. *Du warst vor Kurzem kein Stück besser.*

Seine Einstellung hat sich mittlerweile komplett geändert. Niemals würde er es übers Herz bringen, Lilly zu betrügen und er verspürt auch nicht das geringste Verlangen nach anderen Frauen. Trotz ihrer Unerfahrenheit und der fehlenden Raffinesse fühlt sich der Sex mit Lilly unvergleichlich an. Besser. Perfekt. Bewusstseinsverändernd.

Seine Kumpels ahnen nicht mal ansatzweise, wie es sich anfühlt, mit einer Frau zu schlafen, in die man verliebt ist. Die ganze Welt zieht sich zusammen und konzentriert sich auf das intime Zusammentreffen zweier Körper. Das Hirn wird mit Glückshormonen überschwemmt, die Gedanken fliegen und der Verstand macht sich auf und davon. In Lillys feuchtem Schoß zu versinken ist das verdammte Paradies auf Erden. Allein daran zu denken, lässt ihn hart werden.

Räuspernd rückt er seine Erektion unter der Hose zurecht und grinst Mark an, der mit Sonja Faßbender im Schlepptau auf den Tisch zuläuft. Die beiden haben sich fast eine halbe Stunde lang auf der Tanzfläche verausgabt. Auch ein nettes Vorspiel.

„Habt ihr schon genug?“, fragt er und beobachtet, wie sie sich auf ihren Sesseln niederlassen. Sonja fächelt sich mit einer Getränkekarte Luft zu und lächelt sparsam. „Wir machen nur eine kleine Pause“, antwortet sie reserviert. Die toughe Firmenanwältin wirkt erhitzt, aber keinesfalls locker. Von einer Partymaus ist diese Frau meilenweit entfernt und irgendwie kann er sich nicht vorstellen, dass diese Affäre von Dauer sein wird. Okay, Sonja ist extrem attraktiv, Typ Eiskönigin. Er kann verstehen, was Mark an ihr reizt, trotzdem ist sie im Grunde ihres Herzens eine Spaßbremse. Außerdem klammert sie. Von wegen, sie sieht die Affäre unverbindlich! Das mag sie Mark zu Beginn weisgemacht haben, die Realität sieht ganz anders aus. Sonja hat nahezu jede Frau im Club, die Interesse an Mark gezeigt hat, mit Blicken fast erdolcht. Tatsächlich erweist sie sich als ziemlich besitzergreifend und natürlich bleibt das seinem Freund nicht verborgen. Bislang lässt Mark ihr das durchgehen. Seine Gefühle für die Faßbender sind für Roman schwer zu durchschauen. Er glaubt nicht, dass da tiefere Empfindungen dahinterstecken, dennoch läuft die Geschichte für Marks Verhältnisse schon überraschend lange. Dass er sie sogar zu Alexanders kleiner Ein-Jahres-Feier mitnimmt, obwohl sie sonst strikt darauf achten, Privates und Berufliches nicht zu vermischen, lässt tief blicken.

Plötzlich zieht sein Freund die Augenbrauen zusammen und blickt auf einen Punkt hinter Roman. „Shit, was macht sie denn hier?“, stößt er hervor.

Roman dreht sich um und sichtet Miriam, die in einem sexy roten Kleid durch den Club läuft. Etliche Typen starren ihr begehrlich hinterher und selbst Roman muss zugeben, dass seine kleine Schwester eine Frau ist, die die Männerherzen höherschlagen lässt.

Miri entdeckt sie und erreicht kurz darauf den Tisch. Für einen Moment starrt sie verblüfft auf Sonja und dann auf Mark, der einen Arm um deren Schulter gelegt hat. „Frau Dr. Faßbender“, sagt sie reserviert. „Mit Ihnen hätte ich ehrlich gesagt nicht gerechnet.“ Klare Sache. Seine Schwester hat bislang nichts von Marks Affäre mit der Anwältin gewusst.

„Sie muss keine Auskunft darüber ablegen, was sie in ihrer Freizeit macht“, wirft der ein und kneift die Augen zusammen.

Miri lässt sich sofort von seinem aggressiven Tonfall provozieren. „Das habe ich gar nicht verlangt. Wieso pampst du mich gleich an?“

Mark zieht es vor, dazu zu schweigen. Sonja setzt sich automatisch aufrechter hin und lächelt unangenehm berührt. Sie hat wohl nicht damit gerechnet, am heutigen Abend einem weiteren Mitglied der Familie Steininger zu begegnen. „Frau Steininger, ich bin ebenfalls überrascht, *Sie* hier zu sehen.“

„Ich bin aus einem bestimmten Grund hier“, antwortet Miriam reserviert und wendet sich an Roman. „Ich würde gerne mit dir reden und mit dem da.“

Sie zeigt auf Mark. Irgendwas stimmt nicht. Miri wirkt extrem aufgewühlt, ihre Augen flackern und sie knetet ihre Finger. Das macht sie nur, wenn sie nervös ist.

Roman steht auf und greift mit besorgter Miene nach ihrem Arm. „Miri, ist was nicht in Ordnung?“

Als sie seinem Blick ausweicht, verstärkt sich das ungute Gefühl in seinem Bauch. Er schaut zu Mark rüber, der Miri von Kopf bis Fuß mustert und sich wohl genau wie er fragt, was das hier werden soll. Roman wendet sich wieder seiner Schwester zu. „Lass uns rausgehen, okay? Hier drin können wir uns nicht vernünftig unterhalten.“

Nach einem auffordernden Blick auf Mark, erhebt sich dieser ebenfalls, wenn auch sichtlich unwillig. „Bin gleich zurück, Babe“, sagt er zu Sonja und streicht ihr vertraulich über die Schulter. Die verkrampft sich unwillkürlich. Es scheint ihr unangenehm zu sein, vor Miriam Vertraulichkeiten mit dem Controller der Firma auszutauschen.

Zu dritt verlassen sie den Clubraum. Miri lässt sich am Ausgang den Mantel aushändigen und streift ihn sich über. Sie hat offenbar nicht vor, den Club noch einmal zu betreten. Er und Mark gehen trotz der eisigen Temperaturen nur in Hemd und Jackett raus.

„Wir setzen uns in meinen Wagen“, bestimmt Roman. „Es ist scheißkalt hier draußen.“

Seine Schwester zuckt nur mit den Schultern. „Ist mir egal, wo wir reden.“

Zwei Minuten später steigen sie in den BMW. Er und Miriam vorn, Mark sitzt hinten.

Roman schaltet die Heizung ein und wirft Miri einen fragenden Blick zu. „Also, rück schon raus mit der Sprache. Wieso tauchst du hier auf und siehst aus, als hätte dir jemand dein Lieblingsspielzeug geklaut?“

Es sollte witzig rüberkommen, doch bei ihrem Gesichtsausdruck vergeht ihm das leichte Grinsen Shit, hier ist etwas ganz und gar nicht in Ordnung. „Miri, *was ist los*?“

„Hast du dich mit Lilly getroffen, weil du eine Wettschuld einlösen musstest?“

Roman hört Marks leises „Fuck“ und schließt die Augen.

Wenn seine Schwester davon weiß, ist Lilly vermutlich auch informiert Allein die Möglichkeit, lässt ihm das Blut in den Adern gefrieren

„Willst du dazu nicht Stellung nehmen, Roman? Oder du, Mark?“

In Miris eisiger Stimme schwingt maßlose Enttäuschung mit Eigentlich muss er die Frage nicht beantworten Seine Reaktion ist sicher aussagekräftig genug

„Es ist nicht so, wie es aussieht“, antwortet er dermaßen klischeehaft, dass er selbst das Gesicht verzieht Roman atmet bewusst langsam aus Um Zeit zu gewinnen, sowie seine Gedanken zu sortieren Das Herz schlägt ihm bis zum Hals und der kalte Schweiß bricht ihm aus Wenn Lilly davon weiß, wird sie das völlig aus der Bahn werfen Sie wird ihn für ein Monster halten Für ein skrupelloses und gemeines Arschloch

„Ja oder nein? Roman, ich habe keine Lust auf dumme Ausreden oder Rechtfertigungen Sowas kann man nämlich nicht entschuldigen Ich frage dich noch einmal: Hast du Lilly benutzt, um eine Wettschuld einzulösen?“

Mark ist derjenige, der sich als erster äußert. „Es stimmt, so hat die ganze Geschichte angefangen Roman und ich haben gewettet, er hat verloren Zur Strafe sollte er dem unscheinbarsten Mädchen in der Firma weismachen, er wäre in sie verschossen und sie irgendwann ins *2Face* schleifen, damit er sich tüchtig mit ihr blamiert Entweder das oder ich bekomme seinen Aston Martin.“

Miriams Miene offenbart so maßloses Entsetzen, dass selbst Mark unübersehbares Unbehagen zeigt Er reibt sich über den Nacken und verzieht reumütig das Gesicht. „Die ganze Aktion war große Scheiße und ja, dafür gibt es keine Entschuldigung. Aber Roman hat es nicht durchgezogen, weil er sich ernsthaft in die Kleine verliebt hat. Wir haben schon längst verbreitet, dass er bei dem Mädchen abgeblitzt ist. Damit die Lüge glaubwürdig rüberkommt, hat er mir den Aston Martin überlassen. Niemand im Club kennt Lillys Namen. Den haben wir keinem verraten.“

„Als ob das die Sache besser macht“, flüstert Miri und schüttelt den Kopf. Fassungslos und sichtlich angewidert. Roman schluckt und traut sich kaum, die alles entscheidende Frage zu stellen. „Weiß Lilly davon? Und von wem hast du die Info?“

Seine Schwester schweigt zunächst, ehe sie seine schlimmsten Befürchtungen bestätigt. „Heute Abend stand plötzlich eine aufgetakelte Rothaarige vor deiner Tür. Eine Nicole. Klingelt da was bei dir?“

„Dieses Miststück“, brummt Mark und wirft Roman einen bedeutsamen Blick zu. „Ich fürchte, ich muss nachher ein paar Takte mit Nik, der Plaudertasche reden“, fügt er hinzu und Roman nickt wie betäubt. Vermutlich hat Nicole seinen Freund geschickt ausgehorcht und so nicht nur von der Wette, sondern auch den Namen des Mädchens erfahren. Da Nicole weiß, wo er wohnt, hat sie sich wahrscheinlich auf die Lauer gelegt und mitbekommen, dass sein Blümchen den Abend in seiner Wohnung verbringt. Und natürlich hat diese dumme Kuh die erste Möglichkeit genutzt, um einen Keil zwischen ihn und Lilly zu treiben.

„Fuck, dieses Luder“, stößt er zähneknirschend hervor.

Miri lächelt dünn. „Schieb nicht Nicole die Schuld in die Schuhe. Sie mag ein manipulatives Biest sein, aber den Fehler hast du begangen, nicht sie.“

Seine Schwester presst die Lippen fest zusammen, bevor sie ihrem Unmut freien Lauf lässt. „Weißt du, was das Schlimmste ist? Ich habe dich vor Lilly in Schutz genommen. So einen Scheiß macht er nicht, habe ich gesagt, und jetzt sitzt du hier und das schlechte Gewissen steht dir ins Gesicht geschrieben. Ich wünschte, ich hätte die Klappe gehalten.“

„Und ich wünschte, ich hätte ihr die Wahrheit gesagt, aber leider ist es dafür zu spät“, murmelt er.

„Hinterher ist man immer schlauer." Miri beißt sich auf die Unterlippe. „Ich habe keine Ahnung, wie du das wieder hinbiegen willst oder ob du das überhaupt möchtest."

„Selbstverständlich will ich es in Ordnung bringen. Ich liebe Lilly."

„Dann solltest du dich auf einen schweren Kampf einstellen. Sie wollte nur noch heim und hat total dichtgemacht."

Miri greift nach der Wagentür. Roman schnappt sich das Handgelenk seiner Schwester. „Was hast du vor?"

Ihre Augen weiten sich ungläubig, als halte sie allein die Frage für kompletten Schwachsinn. „Was ich vorhabe? Ich fahre nach Hause, du Vollpfosten. Wenn ich dir und deinem Arschloch-Freund einen guten Rat geben darf, dann geht ihr mir die nächsten Wochen besser aus dem Weg. Ich werde Vater bitten, mich vorerst in eine andere Abteilung zu versetzen. Ihr beide werdet diesen Antrag unterstützen und ihn dazu bringen, zuzustimmen. Wie ihr das macht, ist mir egal. Ansonsten erzähle ich ihm von der Wette und wie ihr die arme Lilly verarscht habt. Und glaub mir, danach wird euer schlechtes Gewissen euer kleinstes Problem sein. Das garantiere ich euch." Sie atmet tief durch, ihre Kiefermuskeln spannen sich an. „Ich schäme mich wirklich für dich, Roman", sagt sie leise. In ihren Augen schimmern Tränen des Mitgefühls für ein Mädchen, das sie innerhalb kürzester Zeit fest in ihr Herz geschlossen hat. Genau wie er. „Mir will einfach nicht in den Kopf, wie du das übers Herz gebracht hast. Sie ist so ein liebenswerter Mensch. Das musst doch selbst du gemerkt haben. Trotzdem hast du sie in dein Büro gelockt und sie manipuliert. Ich nehme an, die Idee mit der Auswertung war pure Berechnung, um mit ihr in Kontakt zu treten."

Roman nickt betreten. Wozu soll er es weiter leugnen? Er ist aufgeflogen und er wird wegen seiner Dummheit die Liebe seines Lebens verlieren. Vermutlich will Lilly ihn nie wiedersehen und er kann es ihr nicht einmal verübeln. Ungeachtet dessen versucht er zu retten, was noch zu retten ist.

„Zählt es überhaupt nicht, dass ich es nicht durchgezogen habe?"

Ein schwacher Versuch seine Ehre wiederherzustellen, das ist ihm durchaus klar.

„Es ist egal, was *ich* denke, Roman“, erwidert Miriam und streicht sich müde das Haar aus der Stirn. Sie sieht deprimiert aus, fällt ihm auf. Ihr scheint es auch nicht gutzugehen, doch aktuell ist er neben Mark wohl die letzte Person, der sie sich anvertrauen würde. Kein schönes Gefühl. Miri und er haben sich immer sehr nahegestanden. Durch seinen Egoismus verliert er nicht nur sein Blümchen, sondern büßt zudem das gute Verhältnis zu seiner Schwester ein.

„Es ist eben nicht egal, Miri“, widerspricht er leise. Ein dicker Kloß sitzt in seiner Kehle. „Wenn ich dich nicht davon überzeugen kann, wie leid mir alles tut, wie soll es dann bei Lilly funktionieren?“

Roman hört die Verzweiflung, die in seinen Worten mitschwingt. „Miri, du musst mir glauben, dass meine Gefühle für sie echt sind. Ich würde ihr niemals absichtlich wehtun.“

„Ich fürchte, sie sieht das völlig anders.“

Entschieden entzieht sie Roman ihr Handgelenk und wirft ihm unerbittlich die Wahrheit vor die Füße. „Du hast es verbockt, Bruderherz. Ich kann mir nicht vorstellen, dass sie dir das verzeiht. Wieso sollte sie auch? Außerdem ... Was wäre denn passiert, wenn du dich nicht in sie verknallt hättest? Würde sie dann heute Abend im *2Face* sitzen, glücklich und voller Hoffnung, während sich der halbe Club heimlich über sie lustig macht? Du bist achtundzwanzig Jahre alt, ein erwachsener Mann und ihr beide“, sie bezieht Mark nun mit ein, anstatt ihn weiter zu ignorieren, „habt die geistige Reife von Kleinkindern gezeigt. Kaum zu fassen, dass solche Kerle in der Chefetage eines Unternehmens sitzen. Ich hätte gute Lust, Paps alles brühwarm unter die Nase zu reiben. Leider wird dadurch Lillys Schmerz nicht weniger.“

Roman fühlt sich wie ein getretener Hund. Miri hat in allen Punkten recht. Er ist ein Schwein.

„Ich habe keine wirkliche Entschuldigung“, erwidert er kleinlaut und lehnt den Kopf gegen die Nackenstütze des Wagens.

„Scheiße Miri, ich kann noch nicht einmal sagen, dass es mir leidtut."

„Wie bitte?"

Der schrille Schrei seiner Schwester dröhnt in seinen Ohren. Er verzieht das Gesicht und lächelt zerknirscht. „Lass mich erst ausreden", bittet er sie. „Natürlich bedauere ich, dass es ihr schlecht geht. Aber wenn ich nicht versucht hätte, diese Wettschuld einzulösen, wäre ich nie mit ihr zusammengekommen. Weil ich vorher zu verblendet gewesen bin, um zu begreifen, was für ein Schatz direkt vor meinen Augen herumläuft."

Roman reibt sich mit beiden Händen übers Gesicht. Das alles ist ein verdammter Alptraum.

„Irgendwie werde ich Lilly davon überzeugen, dass ich sie liebe und mit ihr zusammenbleiben möchte. Egal, wie lang es dauert. Kampflos gebe ich sie nicht auf."

Er spricht mit mehr Überzeugungskraft, als er tatsächlich empfindet.

Mark räuspert sich. „Kann ich auch was dazu sagen?", fragt er. Romans Freund schlägt seinen üblich gelangweilten Tonfall an.

Miri fällt ihm schroff ins Wort. „Deine bescheidene Meinung interessiert hier keinen, du Esel. *Du* bist doch schuld an dem ganzen Mist. Wie kann man so abartig sein und einer unbeteiligten Person so übel mitspielen? Du bist ein krankes Arschloch, Mark Rieger. Das weiß ich schon, seit der Sache mit Nadine, aber du stellst es immer wieder unter Beweis."

„Hör endlich mit diesen alten Geschichten auf!", antwortet Mark mit gefährlich leiser Stimme. „Das ist Schnee von gestern und nur, weil du dieser Irren jeden Blödsinn abkaufst, brauchst du mir damit nicht noch Jahre danach, auf den Sack zu gehen. Deine kindischen Streiche damals haben mir gereicht."

„Sag mir nicht, was ich tun soll!", faucht sie aufgebracht. „Du hast Nadine verarscht und ihr das Herz gebrochen. Hast du je für eine Sekunde daran gedacht, was du ihr angetan hast? Und was ist mit Lilly? Sie ist doch kein Ding, das man benutzt und dann in die Ecke stellt, wenn man es nicht mehr braucht."

„Fuck, ich habe bereits zugegeben, dass es eine Scheißidee war! Was willst du denn noch hören?"

„Eine Entschuldigung wäre nicht schlecht. Bei Nadine hast du das nie für nötig gehalten, aber verdammt, Lilly ist eine Angestellte der Firma, was du getan hast, ist hochgradig unmoralisch. Dafür müsstest du eigentlich rausfliegen."

„Dann renn zu Papi und heul dich bei ihm aus. Ohne ihn und den Tochter-Status würdest du wahrscheinlich in irgendeinem Kosmetikstudio Gesichtsmasken zusammenrühren. Für alles andere bist du viel zu blöd."

„Nimm das zurück! Sofort!"

„Ich denke gar nicht daran."

„Du mieser, hinterhältiger, skrupelloser ..."

Miriam verstummt und fixiert Mark zornbebend. Ihre Lippen sind blass und zittern unkontrolliert vor Wut, was durch die grelle Innenbeleuchtung des Wagens deutlicher hervortritt.

Mark schiebt süffisant eine Augenbraue nach oben, in seinen Augen schimmert Spott. „Was ist los, Prinzessin? Sind dir die Schimpfwörter ausgegangen?"

„Ohhhh ... ich *hasse* dich so sehr, am liebsten würde ich dich ..."

„Haltet endlich die Klappe!" Romans Brüllen hallt in voller Lautstärke durch den Wagen und tatsächlich verstummen die Streithähne augenblicklich. Roman hat keine Zeit für solchen Blödsinn. „Ihr beide steigt jetzt aus, damit ich zu Lilly fahren kann. Von mir aus schlagt euch auf dem Parkplatz die Köpfe ein."

„Ich wollte sowieso gehen", murrt Miriam.

„Mach keine Versprechen, die du nicht halten kannst", zischt Mark gehässig und schält sich aus dem Rücksitz. Kaum sind die beiden draußen, keifen sie sich erneut an. Roman hat weder den Nerv noch die Zeit, um sich über die zwei Gedanken zu machen. Er startet den BMW und fährt mit quietschenden Reifen vom Parkplatz, während er Lilly geistig um Vergebung anfleht.

In Rekordgeschwindigkeit erreicht er das Mietshaus, in dem Lilly wohnt und steigt aus dem Wagen. Sein Atem entweicht als eisige Wolke und löst sich auf dem Weg nach oben langsam auf. Romans Blick wandert an der Hausfassade hoch zu ihren Fenstern. Hinter den Gardinen herrscht Dunkelheit. Ob sie überhaupt zuhause ist? Möglicherweise hat sie mit ihm gerechnet und ist zu einer Freundin geflüchtet. Dann fällt ihm ein, dass sie ja niemanden hat, der sie in den Arm nimmt und tröstet. Dieser schreckliche Gedanke reißt ihm fast das Herz aus der Brust. Sie hat heute die Enttäuschung ihres Lebens erlebt, seinetwegen. Roman läuft energisch auf die Haustür zu und drückt den Daumen auf das Schild mit ihrem Namenszug. Einmal, zweimal, dann noch ein drittes Mal. Ohne Erfolg. Es hätte ihn auch sehr überrascht, wenn sie reagiert hätte. Sie kann sich denken, wer da Sturm klingelt, und sie wird einen Teufel tun und ihn reinlassen.

Was für ein Glück, dass gerade jemand die Treppe herunterkommt, um das Gebäude zu verlassen. Schnell stellt er sich seitlich in den Schatten, um nicht gesehen zu werden. Eine junge Frau kommt heraus und stakst mit ihren hohen Stiefeln den schmalen Pfad entlang, der zum Fußgängerweg führt. Bevor die Tür zufällt, schlüpft er ins Treppenhaus und hastet immer zwei Stufen auf einmal nehmend nach oben, bis er schwer atmend vor Lillys Wohnung steht. Hinter der Tür herrscht absolute Stille. Roman legt beide Hände flach aufs Holz und presst die Stirn darauf. Er wartet, bis sich sein rasender Herzschlag beruhigt und er wieder etwas anderes wahrnimmt, als das Rauschen in seinen Ohren.

Es dauert eine Weile, ehe er sich traut, erneut zu klingeln. Natürlich ist ihm klar, dass sie ihm nicht öffnen wird. Lilly besitzt Stolz und er hat sie zutiefst verletzt. Vielleicht sogar schlimmer als ihre Mutter, denn die hat nie vorgegeben, sie zu lieben. Lilly muss annehmen, seine Gefühle seien nicht echt. Jetzt muss er sie vom Gegenteil überzeugen, bevor es dafür zu spät ist.

Also drückt er auf die Klingel und fängt an zu beten. Der himmlische Vater, Gott, oder wie auch immer der allmächtige Typ da oben genannt wird, scheint leider anderweitig beschäftigt zu sein. Roman hört weder Schritte noch sonst irgendein Geräusch. In seiner Verzweiflung hämmert er mit der Faust gegen die Tür. „Lilly, bitte mach auf! Lass es mich erklären."

Er gibt sich keine Mühe die Trauer in seiner Stimme zu kaschieren. Irgendwie muss er zu ihr durchdringen. Doch egal, wie sehr er sie anfleht, Lilly lässt ihn draußen schmoren. Sie hat ihn ausgesperrt. Aus ihrer Wohnung und aus ihrem Herzen.

„Junger Mann, wie lange wollen Sie noch gegen Lillys Tür hämmern?“

Erschrocken fährt er herum und steht einer alten Dame mit schlohweißem Haar gegenüber. Sie trägt einen altmodischen geblümten Hausmantel und Pantoffeln. In ihrer Hand hält sie eine Bratpfanne, vermutlich, um ihm notfalls eins überzuziehen. Wäre er nicht so unglücklich gewesen, hätte er die Situation sogar amüsant gefunden.

„Sie lässt mich nicht rein“, antwortet er lahm.

„Hat sie denn einen guten Grund dafür?“, fragt die alte Dame und lässt die Pfanne sinken. Offenbar sieht sie ihn nicht mehr als Gefahr an.

„Jeden verdammten Grund der Welt“, krächzt er heiser und wischt sich wütend über die Augen. Sie brennen wie verrückt, weil er nur mühsam die Tränen zurückhalten kann. Er hat es versaut, versaut, versaut ...

„Fuck ...“, stößt er hervor.

„Na na, junger Mann, das ist ein ehrenwertes Haus. Hier wird nicht geflucht. Auch nicht in einer Fremdsprache.“

„Tschuldigung“, murmelt er automatisch und streicht sich nervös durchs Haar. Eigentlich sollte er gehen und doch steht er wie angewurzelt an Ort und Stelle.

„Wieso will Lilly Sie nicht sehen? Hatten Sie einen Streit oder haben Sie eine Dummheit gemacht? Sprechen Sie sich ruhig aus, ich kann gut zuhören.“

Ernsthaft? Will die alte Dame jetzt wirklich seine Hobbypsychologin spielen? Roman starrt sie unwillig an. Ihr offenes Lächeln, nachdem sie ihn eben noch mit der Pfanne erledigen wollte, lässt seine Bedenken allerdings schwinden. Wieso eigentlich nicht? Vielleicht kann ja die Nachbarin Lilly dazu bewegen, mit ihm zu sprechen. Er wappnet sich innerlich gegen den vorwurfsvollen Blick, den er mit Sicherheit gleich ernten wird und fängt an zu reden.

„Tja, wo soll ich anfangen? Ich habe Lillys Vertrauen missbraucht und mich in ihr Leben geschlichen, um ein bestimmtes Ziel zu erreichen. Dann habe ich mich in sie verliebt und war zu feige, um ihr die Wahrheit zu gestehen. Ende der Geschichte.“

Die merkwürdige Frau schwenkt die Bratpfanne erneut durch die Luft wie einen Tennisschläger und grinst spitzbübisch.

„Oh, für mich klingt das nicht nach einem Ende, sondern wie der Beginn einer wahnsinnig romantischen Liebesgeschichte. Sie müssen sich ins Zeug legen und sie ein zweites Mal erobern.“

„Wie soll das gehen, wenn sie mich nicht einmal sehen will?“

„Geben Sie ihr ein bisschen Zeit. Lilly ist ein scheues Geschöpf, aber sie hat ein gutes Herz. Wenn Sie das Mädel wirklich von Herzen lieben, wird sie das auch spüren und Ihnen irgendwann verzeihen.“

Roman schüttelt den Kopf. „Ich weiß nicht, ob sie das noch kann. Menschen haben sie immer enttäuscht, daher fällt es ihr schwer, Vertrauen zu fassen“, sagt er wie zu sich selbst. „Wäre mir vorher klargewesen, was sie durchgemacht hat, hätte ich mich ihr niemals genähert. Sie müsste jetzt nicht leiden.“

„Aber dann hätten sie einander auch niemals lieben gelernt“, wirft Lillys Nachbarin mitfühlend ein. Sie kommt näher und legt ihm die freie Hand auf den Arm. „Hören Sie auf den Rat einer alten Frau. Dinge passieren und das meistens aus einem bestimmten Grund. Manche nennen es Schicksal oder Vorsehung, andere Bestimmung, doch egal wie sie es drehen oder wenden, aus Schlechtem entsteht zumeist auch etwas Gutes. Sobald ein Sturm tobt, fegt er mit zerstörerischer Kraft über alles hinweg und vernichtet ganze Landstriche, aber aus den Trümmern und der Verzweiflung wächst die Hoffnung auf einen neuen Anfang, auf ein besseres Leben. Man muss die Chancen ergreifen, die sich einem bieten und nicht warten, bis der nächste Unwetter aufzieht. Wenn Sie Lilly belogen haben und ehrliche Reue verspüren ...“

„Das tue ich“, unterbricht er sie.

Die Nachbarin hebt die Hand und wiederholt: „... *wenn* Sie Reue verspüren, dann räumen Sie die Trümmer beiseite. So werden Sie auch den Weg zu ihr zurückfinden.“

„Sie sagen das so einfach.“

„Weil es das ist Sie denken zu kompliziert “

„Lassen Sie mich ein wenig an Ihrem reichhaltigen Erfahrungsschatz teilhaben und geben mir einen Tipp, wie ich an Lilly herankomme?“

Sie mustert ihn eine Weile, dann klopft sie ihm mit der flachen Hand auf die Brust „Warten Sie kurz “

Lillys Nachbarin läuft in ihre Wohnung Roman hört es rumpeln, dann kommt sie zurück, mit einem Kissen, einer Decke und einer Luftmatratze Eine Pumpe hat sie auch dabei Weiß der Himmel, wieso sie die in ihrer Wohnung aufbewahrt, anstatt im Fahrradkeller

„Hier, blasen Sie die Matratze auf und schlagen Sie Ihr Lager vor Lillys Tür auf Sie wird ja irgendwann die Wohnung verlassen müssen “

Verblüfft nimmt Roman die Sachen entgegen und starrt sie an wie Unikate aus einer anderen Dimension Ob die alte Dame ihren Tee mit Schuss zu sich nimmt und nicht mehr ganz nüchtern ist? Was für eine Schnapsidee!

„Ist das Ihr Ernst? Ich soll vor Lillys Tür campieren?“

„Das wird sie beeindrucken Zeigen Sie ihr, dass sie jede Unannehmlichkeit in Kauf nehmen und lassen Sie um Himmels willen nicht locker, egal wie abweisend sie sich verhält Notfalls legen Sie sich jeden Abend vor ihre Wohnung Beweisen Sie Lilly, was sie Ihnen wert ist “

Amüsiert verschränkt Roman die Arme vor der Brust „Darf ich morgen früh dann Ihr Bad benutzen?“

„Ich habe eine tolle Dusche, mit Massagefunktion“, antwortet sie und grinst so durchtrieben, wie es einer Dame in ihrem betagten Alter eben möglich ist

„Machen Sie mir gerade ein unzüchtiges Angebot?“

Sie kichert belustigt „Tut mir leid, aber Sie sind nicht mein Typ Zu wenig Falten um die Augen und meine alten Knochen brauchen einen weichen Waschbärbauch zum Ankuscheln Mit einer muskelgestählten Unterlage kann ich nicht mehr viel anfangen “

„Das bricht mir jetzt wirklich das Herz“, meint er augenzwinkernd und wirft einen Blick auf die Sachen zu seinen Füßen

Plötzlich kommt ihm der Plan gar nicht so idiotisch vor Er ist auf jeden Fall besser als nichts zu tun und da er momentan ohnehin keinen Weg sieht, Lilly wieder näherzukommen, bückt er sich nach der Pumpe und bläst die blöde Luftmatratze auf Als er aufblickt, ist Lillys Nachbarin verschwunden, die Tür zu ihrer Wohnung längst verschlossen

„Ich wünsche Ihnen auch eine gute Nacht", brummt er irritiert und macht es sich vor Lillys Tür gemütlich

„Was in aller Welt machst du hier?"
Roman schießt erschrocken hoch und ist schlagartig hellwach Lilly steht in der offenen Wohnungstür und starrt auf ihn herab Ihre Gemütsverfassung ist schwer einzuschätzen Sie versteckt ihre Gefühle hinter einer Maske der Reglosigkeit und wirkt abweisender denn je

Das hindert ihn nicht daran, ihren Anblick in sich aufzusaugen Lilly trägt einen weiten Rock, darunter dunkle Stiefel, die sich eng an ihre schlanken Waden schmiegen Ihr schmaler Oberkörper wird von einem Wollpullover verdeckt, unter dem runden Halsausschnitt blitzt der Kragen einer weißen Bluse heraus Ihr Haar ist zu einem lockeren Zopf geflochten, der nicht so streng sitzt wie früher

Während sie ihn feindselig mustert, presst sie die vollen Lippen zusammen und greift nach ihrer Brille, als müsse sie sich davon überzeugen, dass sie sich noch dort befindet, wo sie hingehört Das lenkt seine Aufmerksamkeit auf ihre Augen Er kann die tiefroten Ränder erkennen, geschwollen sind sie auch Roman schluckt heftig Sie hat geweint

Die Tatsache, dass sie seinetwegen Tränen vergossen hat, weckt in ihm den Wunsch sie ganz fest in den Arm zu nehmen, damit er sie bis an sein Lebensende beschützen kann Sein Blümchen, das Mädchen mit den grauen Augen, das mehr in ihm gesehen hat, als er verdient hat

„Guten Morgen", grüßt er leise und schenkt ihr ein Lächeln

„Was willst du hier?" Ihr abweisender Tonfall schmelzt Roman erhebt sich etwas steif und macht einen Schritt auf sie zu

„Halt, bleib weg von mir!“ Ihre Stimme zittert, sie wirkt erschöpft und er ahnt, dass sie genau wie er kaum geschlafen hat. Seufzend hält er Abstand und verlegt sich aufs Betteln.

„Lilly, bitte lass uns reden. Nur fünf Minuten, damit ich dir erklären kann, was passiert ist.“

Sie dreht den Kopf weg und weigert sich vehement, ihn anzuschauen. Allein die Geste tut weh. Sie so reserviert zu erleben, so enttäuscht und mutlos, drückt ihm die Kehle zusammen. „Es gibt nichts zu reden, Roman. Du hast mich benutzt.“

Sie verzieht ungewohnt zynisch den Mund. „Eigentlich sollte mich das nicht überraschen? Es war von vornherein klar, dass etwas nicht stimmen kann.“

Lilly stockt kurz, als müsse sie sich sammeln, ehe sie weiterspricht. „Ich habe es gespürt und dachte dennoch, ich sehe Gespenster. Jetzt verstehe ich, dass ich auf mein Bauchgefühl hätte hören sollen. Zwei Jahre lang bist du Tag für Tag an mir vorbeigelaufen und plötzlich sollst du in mich verliebt sein?“

Sie schüttelt den Kopf. „Tief in mir drin habe ich gewusst, dass ich früher oder später aus diesem Traum aufwachen werde. Aber es war so schön und ich habe mich bei dir so wohlgefühlt und …“

Ihre Stimme bricht, sie verstummt. Tränen sickern zwischen ihren Wimpern hervor, sie schnieft. Romans Magen rebelliert, so heftig übermannt ihn das schlechte Gewissen.

„Blümchen“, flüstert er schmerzlich und streckt die Hand nach ihr aus, wohlwissend, dass sie seinen Trost gar nicht will. Sie so zu erleben, ist unerträglich.

„Nenn mich nicht so. Ich bin nicht dein Blümchen.“

Sie schluckt, eine Bewegung, die sie unfassbar verletzlich wirken lässt. Ganz kurz fällt Lillys Maske und ihre Traurigkeit ist fast mit Händen greifbar. Shit, was haben sich er und Mark nur dabei gedacht, so mit ihren Gefühlen zu spielen? Ihn trifft die Hauptschuld, weil er sie im Gegensatz zu seinem Freund kennengelernt und trotzdem viel zu lange an seinem Plan festgehalten hat.

„Weißt du, was am schlimmsten ist?“, fragt Lilly unvermutet. Sie sieht ihn wieder direkt an.

Roman schüttelt den Kopf, will es eigentlich gar nicht wissen.

„Du hast mir das Gefühl gegeben, etwas ganz Besonderes zu sein. Jemand, der es wert ist, geliebt zu werden. Ich habe dir deine Gefühle abgekauft und wäre niemals auf die Idee gekommen, dass du das alles nur gespielt hast, um eine Wettschuld einzulösen." Erneut presst sie die Lippen zusammen. „Erzähl doch mal. Waren Mark und die anderen zufrieden? Fanden sie, dass die verbrachte Zeit mit mir Strafe genug für dich war?" Sie lacht und es klingt aufgesetzt. „Es muss dich ganz schön Überwindung gekostet haben, mich zu entjungfern, aber meinen Respekt, du hast dir nichts anmerken lassen. Das war eine grandiose schauspielerische Leistung." Sie lächelt gezwungen, versucht vergeblich ihren Stolz zu bewahren und nicht das gesamte Ausmaß ihrer Demütigung zu zeigen. Oh Gott, ihm wird schlecht. Er muss das richtigstellen, ihr begreiflich machen, wie viel sie ihm bedeutet.

„Lilly, so war das nicht. Ich gebe zu, am Anfang habe ich wirklich gedacht, ich könnte diese miese Nummer durchziehen und mich wie ein Schwein verhalten. Ich verdiene deine Verachtung, doch ich habe dich nicht belogen. Jedenfalls nicht die ganze Zeit."

„Das soll ich dir glauben? Nach allem, was passiert ist?"

„Es ist viel verlangt, ich weiß, aber du musst mir eine Chance geben. Fuck, du bedeutest mir *alles*. Ich möchte mit dir zusammen sein, morgens neben dir aufwachen, dich küssen und im Arm halten. Für den Rest meines Lebens."

Roman macht einen Schritt auf sie zu. Lilly weicht nicht schnell genug zurück und so umfasst er ihre Wangen mit seinen Händen und sieht ihr tief in die verstört dreinblickenden Augen. „Ich schwöre dir, ich habe nach unserer Rückkehr aus München gleich mit Mark und den anderen über meine Gefühle für dich geredet und den Wagen freiwillig hergegeben. Du solltest nie von dieser beschissenen Sache erfahren. Zu schweigen war ein großer Fehler, das weiß ich jetzt, aber ich hielt es zuerst für das Beste, die Geschichte einfach unter den Tisch zu kehren. Deinen Namen kannten nur meine engsten Freunde und wenn sich Nik nicht verplappert hätte ..." Er verstummt und schüttelt den Kopf.

„Shit, das hört sich nach einer faulen Ausrede an“, gibt er seufzend zu. „Mir tut das alles so leid und ich habe keine Ahnung, wie ich es wiedergutmachen soll. Nur eines musst du mir glauben: Ich bin wahnsinnig verliebt in dich und möchte dich nicht verlieren.“

Sie atmet zitternd ein. Er kann ihr ansehen, wie sehr seine Liebesschwüre sie berühren, doch die Angst vor einer neuerlichen Enttäuschung ist wohl zu groß.

„Du hast mein Vertrauen missbraucht“, sagt sie schließlich. „Ich habe dir meine schlimmsten Geheimnisse anvertraut und trotzdem hast du mir nicht die Wahrheit erzählt, als du die Chance dazu hattest.“

„Weil ich dir nicht das Gefühl geben wollte, nur benutzt worden zu sein. Verdammt Lilly, seit unserem ersten Kuss ist nichts mehr so, wie es war. Deine Nähe hat mich verrückt gemacht, ich konnte schon nach unserem ersten Abend im *Arrival* nur noch an dich denken.“

„Ja“, flüstert sie und verzieht verächtlich das Gesicht. „Du warst gedanklich so mit mir beschäftigt, dass du dich sofort auf Nicole stürzen musstest. Ich weiß, dass sie dir ihre Nummer gegeben hat, ich bin ja nicht blöd, und du hast sie auch so angesehen, als wolltest du mit ihr ...“

Sie beendet ihren Satz nicht. Shit. Nicole hat er total verdrängt.

„Lilly, sie war nicht mehr als eine Ablenkung. Ich wollte dich und konnte mir das zu dem Zeitpunkt nicht eingestehen. Es war nie mein Plan, mit dir zu schlafen. Ich wollte Zeit mit dir verbringen, dir näherkommen und dich dann für einen Abend ins *2Face* mitnehmen, um mich mit dir zu zeigen. Danach hätte ich die Sache sanft auslaufen lassen.“

„Und das hättest du gekonnt?“

Ihre Miene spiegelt Entsetzen und tiefe Enttäuschung wider. Roman hat sich stets für einen tollen Hecht gehalten, in diesen Sekunden empfindet er nichts außer Scham und Verachtung gegen sich selbst.

„Lilly, egal was ich sage, es macht nichts ungeschehen. Das weiß ich. Mir war von Anfang an nicht wohl dabei, aber ich war einfach ein stolzer Idiot und wollte mir nicht nachsagen lassen, ich wäre ein Feigling."

„Das kann ich verstehen", erwidert sie. Aus ihrem Tonfall ist jedoch genau herauszuhören, dass sie keineswegs *versteht*. „Du wolltest dir keine Blöße geben, dafür hättest du mich über die Klinge springen lassen."

Jetzt fühlt er sich noch beschissener.

„Du hast mich benutzt", fährt sie fort. Ihre brüchige Stimme schiebt sich wie ein scharfes Skalpell in seine Eingeweide. „Ich kann dir nicht vertrauen. Vielleicht lügst du sogar jetzt und bist nur hier, um mich wieder einzulullen. Damit du deinen Wagen zurückbekommst."

„So bin ich nicht", widerspricht er energisch und ist entsetzt, dass sie ihm sowas zutraut.

„Ach ja? Tatsächlich?" Sie schüttelt verständnislos den Kopf. „Menschen wie du sind mir schon oft begegnet, Roman. Ihr denkt, ihr könnt mit eurem Charme und ausreichend Dreistigkeit all eure Ziele erreichen. Aber ich lasse mich nicht mehr zum Narren halten."

„Lilly ..."

„Halt den Mund!", faucht sie ungewohnt aggressiv. „Du wirst mir jetzt zuhören und danach wirst du dieses Haus verlassen und mich weder ansehen noch ansprechen, wenn wir uns in der Firma begegnen."

Ihre Kompromisslosigkeit erschüttert ihn. Shit, er hat wirklich geglaubt, wenn er sie anlächelt und ihr süße Worte zuflüstert, wird sie vergessen, was vorher gewesen ist und ihn zurücknehmen. Zum ersten Mal, seit die Geschichte mit der Wettschuld aufgeflogen ist, zweifelt er daran, ihre Vergebung erringen zu können.

„Gestern war ich noch die glücklichste Frau auf der Welt", fängt sie an. Wehmut und Resignation schwingen in ihren Worten mit, sie klingt unendlich traurig. „Mir kamen die letzten Tage vor wie ein wunderschöner Traum. Du, die beginnende Freundschaft zu deiner Schwester und dann dieses berauschende Gefühl endlich einen Platz im Leben gefunden zu haben. Ich habe nicht mehr daran geglaubt und dann kamst du, hast mich angelächelt und geküsst und ich habe einfach vergessen, auf mich und mein Herz achtzugeben. Diesen Fehler werde ich nicht ein zweites Mal begehen."

„Lilly, bitte, es tut mir so unendlich leid."

„Das glaube ich dir sogar, aber ich kaufe die nicht ab, dass du mehr als Mitleid für mich empfindest. Also bitte ... wenn in dieser Brust", sie legt die flache Hand über sein rasendes Herz, „ein bisschen Gefühl für mich drin steckt, dann geh einfach und lass mich in Zukunft in Ruhe. Wir passen nicht zusammen. Dein bester Freund hat mich ausgesucht, weil ich das unscheinbarste Mädchen in der Firma bin. Ein Mauerblümchen, das niemand beachtet und das man niedertrampelt, weil es allen egal ist, ob ich kaputtgehe oder nicht."

Sie klingt mit jedem Wort leiser, mutloser. „Geh zurück in deine Welt und zu deinen Modelfreundinnen. Sie passen ohnehin viel besser zu dir, denn ich werde nie so sein wie sie. Und weißt du was? Das will ich auch gar nicht. Das ist mir gestern Nacht klargeworden."

Endlich hebt sie den Kopf, in ihren schönen Augen schwimmen Tränen. „Ich bin vielleicht total verkorkst, aber ich habe gute Gründe dafür. Was ist deine Entschuldigung, Roman? Wie rechtfertigst du es, dass du dich über das Leben und die Gefühle anderer erhebst und mit ihnen spielst, als wären sie nur Schachfiguren? Ich habe weder dir, noch Herrn Rieger oder irgendjemand anderem je etwas getan. Ich verdiene es nicht, ausgelacht und gedemütigt zu werden, damit sich andere amüsieren können. Und ich bin verdammt noch mal mehr wert, als dein blöder Aston Martin!"

Betroffen senkt er den Kopf, ihm entweicht ein schwerer Atemzug. „Du hast recht, mit allem. Allerdings täuschst du dich, wenn du glaubst, du wärst nicht die Richtige für mich. Du bist die Eine, Lilly, und ich werde nicht aufgeben. Das klingt vielleicht schmalzig, aber eines Tages wirst du mir glauben und ich schwöre dir, wenn es so weit ist, lasse ich dich nie wieder los."

Lilly blickt ihm stumm in die Augen. Obwohl sie reglos stehenbleibt und kein Wort dazu sagt, kehrt ein winziges Leuchten in ihre Augen zurück. Fürs Erste reicht ihm das. Er wird um ihre Liebe kämpfen und er weiß jetzt, dass die Schlacht um ihre Vergebung, die wichtigste seines Lebens werden wird

Kapitel 20

Was soll ich von seiner Entschuldigung halten?

Zum hundertsten Mal geht ihr diese Frage durch den Kopf. Seit sie Roman vor ihrer Wohnungstür liegend vorgefunden hat, dröhnt ihr der Schädel. Wozu macht er sich die Mühe, sie um Vergebung anzubetteln? Sagt er die Wahrheit, wenn er beteuert, wie wahnsinnig leid ihm das alles tut?

Einerseits will sie ihm seine Reue abnehmen und den ganzen Mist verzeihen, andererseits legt sich die Furcht vor einer neuen Täuschung wie ein abweisender Eispanzer um ihr Herz und lässt gegenwärtig keine Vergebung zu. In ihrem Herzen tobt ein dumpfer Schmerz, der sie so sehr lähmt, dass sie ihn gar nicht richtig rauslassen kann. Bestimmt über eine Stunde hat sie gestern Abend im Schrank gekauert, das Gesicht ins Kissen gepresst. Sie hat auf den endgültigen Zusammenbruch gewartet, doch der ist nicht gekommen und sie hat sich zusammengerissen und den Schrank verlassen. Seither hat sie alle Gefühle abgeschaltet. Als wären Herz und Seele eingefroren und jeder Empfindung beraubt worden. Zumindest bis Roman aufgetaucht ist, um sie um Verzeihung zu bitten.

Die Sehnsucht nach ihm hat ihr fast den Atem geraubt, trotzdem hat sie sein Klingeln und Rufen im Treppenhaus ignoriert und ist ins Bett gegangen. Es war ihr einfach nicht möglich, über ihren Schatten zu springen. Um nicht ihrem Verlangen zu erliegen und ihn am Ende doch reinzulassen, hat sie sich sogar die Ohren zugehalten.

Roman hat sie verarscht. Alles was er gesagt oder getan hat, geschah in der Absicht, sie an der Nase herumzuführen. Nach dieser demütigenden Erkenntnis kann sie nicht so tun, als wäre nichts passiert. Sie traut ihm nicht mehr über den Weg und seine lahmen Entschuldigungen kann er sich sonst wohin stecken. Wahrscheinlich hat er bloß Angst, dass sie ihn bei seinem Vater anschwärzt und diese Furcht ist nicht unberechtigt. Sie kennt

Konrad Steininger nicht als Privatperson, allerdings würde sie jede Wette halten, dass er Roman zur Verantwortung zieht, sollte er je Wind davon bekommen und dann kann er sich warm anziehen. Der Patriarch ist zwar für seine Fairness, aber nicht für besondere Nachsicht bekannt.

Bloßstellen will sie Roman trotzdem nicht. Gleiches mit Gleichem zu vergelten entspricht nicht ihrer Natur. Trotz ihrer Enttäuschung will sie ihm nicht schaden. Nur wie soll sie ihm zukünftig entgegentreten? Zumindest in der Firma wird sie ihn täglich sehen und allein der Gedanke reicht aus, sie innerlich erzittern zu lassen. Absurderweise ist es nicht die Aussicht darauf, laufend von ihm um Verzeihung angefleht zu werden, die sie so ängstigt, sie fürchtet vielmehr den Tag, an dem er aufhört, es zu tun. Solange er sich um sie bemüht, kann sie sich einreden, wenigstens eine gewisse Bedeutung für ihn zu haben. Sonst ist sie nur noch die einfältige Lilly, das Mädchen in den schlabbrigen Klamotten und der Ausstrahlung eines Topflappens.

„Ist mir doch egal, ob du mich magst oder nicht“, flüstert sie trotzig und schnieft, um die aufsteigenden Tränen runterzuschlucken. Ihr Kopf schmerzt, sie fühlt sich schlapp und verspürt ein unangenehmes Kratzen im Hals. Vermutlich ist eine fette Erkältung im Anmarsch. Heute früh hat sie sogar mit dem Gedanken gespielt, sich krank zu melden, ihn jedoch schnell verworfen. Lieber schleppt sie sich mit dem Kopf unterm Arm und Fieberfantasien zur Arbeit, bevor er auf die Idee kommt, sie sei feige. Irgendwie wird sie die nächsten Tage durchstehen und in der Zwischenzeit kann sie sich Gedanken machen, wie es für sie bei der Firma Steininger weitergehen soll. Ein Jobwechsel ist unvermeidlich, wenn sie den kärglichen Rest ihres Stolzes retten möchte. Noch ein Rückschlag für Lilly. Sie hat immer gern für die Steiningers gearbeitet und sich trotz Marion und Sabine im Kundenservice wohlgefühlt.

„Sogar das hast du mir versaut“, murmelt sie erbittert und versucht krampfhaft, wenigstens ein bisschen Hass auf Roman heraufzubeschwören. Leider gelingt ihr das nicht. Sie ist nicht imstande ihn zu verabscheuen, egal wie sehr sie sich bemüht. Seufzend setzt Lilly den Blinker und biegt auf die lange Straße

Richtung Zentlale ab Ihl KleinWagen schleicht im Schneckentempo übel die spiegelglatte Fahlbahn Es ist eine Helausfoldelung, den Palkplatz ohne Unfall zu elleichen

Dolt stellt sie das Auto ab und steigt aus Flöstelnd zieht sie die Schulteln hoch und die Mütze tiefel ins Gesicht Heute geht ein besondels eisigel Wind, feinel Schneelegen legt sich auf den kalten Asphalt und geflielt augenblicklich

Wählend sie auf den Haupteingang zuschlittelt, entdeckt sie Romans Aston Maltin auf den Palkplätzen del Chefetage Del elegante Wagen gehölt Von jetzt an Malk Riegel Odel Wal das nul ShoW, um sie milde zu stimmen?

Die eisigen Glaupeln plallen unangenehm beißend gegen ihle Haut Mit gesenktem Blick hastet sie ins Gebäude und findet sich nul Wenige Minuten spätel im Bülo des KundenselVice Wiedel Sabine sitzt beleits am Schleibtisch, schlechtgelaunt hackt sie auf ihle Tastatul ein Malion ist noch nicht da

„Morgen“, murmelt Lilly höflich

„Spar dir die Höflichkeiten!“, faucht Sabine und wilft ihl einen bittelbösen Blick zu Flühel – sie untelteilt ihl Leben mittlelWeile in zWei Zeitspannen, eine Vol und eine nach Roman – hätte sie diese unVelschämte Bemelkung unkommentielt gelassen und sich einfach an ihlen Platz gesetzt Heute denkt sie nicht mehl dalan und schießt zulück

„Fein, dann muss ich ja nicht länger so tun, als wäre mir an einem kollegialen Verhältnis zu dir gelegen“, antwortet Lilly entschieden und setzt sich hintel ihlen Schleibtisch

Sabine steht del Mund offen, mit so einem Kontel hat sie nicht gelechnet Gelade als sie sich Von ihlel Übellaschung elholt hat und zu einel ElWidelung ansetzt, kommt Hell Klämel aus seinem Bülo und lächelt schmalzig

„Guten Morgen, die Damen Marion hat sich vorhin krankgemeldet Sie hat die Glippe“, erklärt er und deutet dann auf Lilly „Frau Wegener, ich leite Marions Kundenbeschwerden an Sie Weitel Es dülfte kein Ploblem fül Sie sein, das nebenhel mitzumachen “

Lilly klallt die Fingel um die Tischkante und atmet tief dulch

Wehr dich, er kann dir nicht alles aufhalsen. „Herr Krämer, ich übernehme gerne die Hälfte, aber nicht alles.“

Ihr Einwand wird von Herr Krämer einfach fortgewischt Er nimmt sie augenscheinlich nicht ernst. „Ach, papperlapapp! Sie sind schnell, Sie packen das schon.“

„Ich bin selbst nicht fit und Sabine ist schließlich auch noch hier Ich mache die Hälfte und Sabine die andere Das ist nur fair.“

„Ihnen ist wohl der Kontakt zum Juniorchef zu Kopf gestiegen“, blafft Krämer erbost.

Sabine kichert verhalten und erneut meldet sich diese fiese Stimme in ihrem Kopf, die sie dazu verleiten will, kleinbeizugeben

Roman wird dir auch nicht helfen, wenn Krämer dich unter Druck setzt. Halt lieber deinen vorlauten Mund.

Halt doch selber den Mund. Du kannst mich nicht länger manipulieren, sagt sie der imaginären Stimme den Kampf an und hebt entschieden den Kopf Mit allem Stolz, der ihr noch geblieben ist, erwidert sie Herrn Krämers hämischen Blick

„Sie können sich gerne bei Herr Steininger über mich beschweren, wenn Ihnen meine Arbeitsmoral nicht passt Aber ich frage mich, was er dazu sagen wird, dass Sie mir Marions gesamte Arbeit aufhalsen, während Sabine schon mit dem normalen Pensum überfordert ist Und das bereits seit sie hier arbeitet.“ Mit jedem Wort wird ihre Stimme fester. Was sie sagt, ist schließlich die reine Wahrheit

„Das ist eine Ungeheuerlichkeit“, stößt Krämer hervor, sein Gesicht rötet sich vor Empörung – oder vor Angst

Wenn Lilly den Seniorchef im Detail über die Arbeitsmoral ihrer Kolleginnen aufklärt, wirft das auch ein schlechtes Licht auf Krämer Er weiß das und tatsächlich gibt er nach einigen Sekunden nach

„Also gut. Ich teile es auf“, brummt er und wendet sich ab.

„Aber Herr Krämer!“, protestiert Sabine. „Ich wollte heute früher Feierabend machen Ich habe einen Termin.“

„Sagen Sie ihn ab“, knurrt er unwirsch und verschwindet in seinem Büro

Sabines Kopf ruckt zu Lilly, ihre Augen versprühen blanken Hass. „Du Miststück! Denkst du, nur weil der junge Steininger ein bisschen Mitleid mit dir hat und seine Schwester ein paar Worte in der Kantine mit dir wechselt, kannst du dir alles erlauben? Eins sag ich dir! Hier wirst du kein schönes Leben mehr haben, dafür werde ich mit Marion schon sorgen und dann kannst du dich warm anziehen, Schätzchen!“

„Ihnen ist hoffentlich klar, dass solche Drohungen gegen eine Kollegin mit einer Abmahnung geahndet werden müssen?“

Beim Klang der eiskalten Stimme drehen beide Frauen den Kopf und entdecken Mark Rieger, der mit gefurchter Stirn an der Schwelle steht und Sabine aus schmalen Augen ins Visier nimmt. Sein Gesichtsausdruck lässt nichts Gutes für Lillys Kollegin erahnen. Sabine sieht das wohl genauso und versucht Schadensbegrenzung zu betreiben.

„Herr … Herr Rieger“, stammelt sie und schluckt sichtbar. „Das war ein … Missverständnis. Ich habe es selbstverständlich nicht so gemeint.“

„Sparen Sie sich die Ausreden. Ich stand lange genug an der Tür. Um eine Abmahnung werden Sie nicht herumkommen.“

„Aber …“

„Nichts aber“, unterbricht Rieger Sabines Einwand. „Für den heutigen Tag stelle ich Sie frei. Während Ihrer Abwesenheit werde ich mit dem Personalchef beraten, in welche Abteilung man Sie versetzen kann. Niemand kann von Frau Wegener erwarten, unter solchen Umständen mit Ihnen weiterzuarbeiten, und sollte ich mitbekommen, dass Sie ihr weiter zusetzen, sorge ich dafür, dass Sie entlassen werden. Ich hoffe, das ist bei Ihnen angekommen.“

Sabine weiß, wann sie verloren hat. Lilly sieht dabei zu, wie die andere ihren Computer herunterfährt, ihre Handtasche schnappt und wortlos an Rieger vorbei aus dem Raum stürmt. Der starrt ihr kopfschüttelnd hinterher, schließt sorgfältig die Tür und bewegt sich auf Lilly zu.

„Sie hätten das nicht tun müssen. Es war unnötig“, murmelt sie. Sie empfindet keinen Triumph, nur eine dumpfe Traurigkeit, weil es so weit kommen musste.

„Das sehe ich anders, Lilly.“ Er räuspert sich und fügt hinzu. „Genau wie vieles andere auch mittlerweile.“

Sie weiß, worauf er anspielt und verkrampft sich. „Was wollen Sie von mir?“

Mark Rieger seufzt, zieht sich einen Stuhl heran und setzt sich. „Mich entschuldigen“, sagt er zerknirscht. „Was ich getan habe, ist eigentlich unverzeihlich. Es war dumm und unreif und es tut mir wahnsinnig leid.“

Es tut gut, dass er es zugibt, ändert aber nichts an ihrem Herzschmerz, auch wenn sie sich momentan gut unter Kontrolle hat. Es ist der Schock, der sie zusammenhält, die Ungläubigkeit, doch früher oder später wird die Fassade zusammenbrechen und sie unter sich begraben.

„Das ist sehr freundlich von Ihnen“, antwortet sie steif und knetet ihre Finger. „Sie können jetzt wieder gehen. Ich werde dem Seniorchef nichts verraten, keine Sorge.“

„Er weiß es schon längst.“

Lillys Kopf ruckt nach oben, verdutzt versucht sie das Gesagte zu verarbeiten. „Sie machen Witze! Wer soll ihm denn davon erzählt haben?“ Dann kommt ihr die Erleuchtung. „Es war Miriam, nicht wahr?“

Rieger schüttelt den Kopf. Nach der Erwähnung von Miriam zuckt für den Bruchteil einer Sekunde ein merkwürdiger Ausdruck über sein Gesicht.

„Roman hat mich heute früh abgefangen und gebeten, seinem Vater reinen Wein einzuschenken. Wir sind erst vor einer Viertelstunde aus seinem Büro gekommen und ehrlich gesagt, bin ich nicht scharf darauf, Konrad heute erneut über den Weg zu laufen.“

Riegers Hand fährt durch sein dunkles Haar. In seinen graublauen Augen liegt ein Ausdruck von Scham, der ein wenig an der Taubheit in ihrem Inneren rüttelt. Er scheint das wirklich zu bedauern, vielleicht geht es Roman tatsächlich genauso und es besteht noch Hoffnung auf …

Nein! Sie verbietet sich jeden Gedanken daran. Mitgefühl und ein schlechtes Gewissen sind nicht gleichbedeutend mit Liebe. Dass er mit ihr geschlafen hat, bedeutet ebenfalls nichts. Männer sind in der Lage, Liebe und Sex voneinander zu trennen. Er hat eben die Gelegenheit genutzt, als sie sich geboten hat. Wahrscheinlich war er der Meinung, es stünde ihm zu, wenn er sich schon mit ihr abgeben muss.

„Sie hätten Herr Steininger nichts erzählen müssen“, flüstert sie und weicht Riegers Blick aus. „Ich hätte weder Sie noch Roman verraten.“

„Mag sein, aber es war nötig.“ Er verstummt für ein paar Momente, greift unerwartet nach ihrer Hand und drückt sie. „Lilly, sehen Sie mich bitte an.“

Widerstrebend erfüllt sie ihm die Bitte. Mark Rieger lächelt und wirkt menschlicher und nahbarer als je zuvor. „Roman und ich haben Mist gebaut. Es tut uns beiden leid und er hätte gerne die Möglichkeit, noch einmal in Ruhe mit Ihnen zu reden. Er liebt Sie, Lilly. Das hat er schon gestanden, bevor die ganze Sache rauskam. Abgesehen davon war ihm von Anfang an nicht wohl bei der Geschichte. Hätte ich ihn nicht so getriezt, wäre er vermutlich gar nicht darauf eingegangen. Aber Sie wissen doch, wie wir Kerle sind. Zu stolz, um als Versager oder Feiglinge dazustehen.“ Seufzend schüttelt er den Kopf. „Es war ein riesiger Fehler, aber seine Gefühle für Sie, die sind echt. Das schwöre ich Ihnen.“

„Was erwarten Sie jetzt von mir“, murmelt sie hilflos.

„Geben Sie sich einen Ruck“, insistiert er. „Roman ist verrückt nach Ihnen. Er wünscht sich nichts mehr, als das Sie ihm verzeihen.“

„Das kann ich nicht“, wirft sie verzweifelt ein. Ihr Puls rast. Kann es ein, dass er sich tatsächlich in sie verliebt hat?

Langsam wird ihr alles zu viel. Sie kann kaum noch einen klaren Gedanken fassen, es fällt ihr immer schwerer, die mühsam aufrechterhaltene Beherrschung zu wahren. Ihr Herz schreit nach Vergebung, ihr Verstand hingegen rät ihr zur Vorsicht. Er hat sie angelogen, die ganze Zeit über. Wie soll sie ihm je wieder vertrauen können?

Sie schließt die Augen, um die Tränen zurückzuhalten, und versagt jämmerlich. Sie fließen einfach durch ihre Wimpern hindurch, ein hartes Schluchzen erschüttert ihren Körper. „Ich habe ihm jedes Wort abgekauft und jetzt ... Ich weiß nicht, was richtig und was falsch ist. Ich bin total durcheinander und kann nicht verstehen, wieso er mir das angetan hat."

„Weil ich ein Idiot war", äußert eine Männerstimme im Hintergrund. Roman. Lilly reißt die Lider auf und blinzelt gegen die Schlieren an. Dennoch erkennt sie die Konturen seines hochgewachsenen Körpers, bis sein Gesicht an Schärfe gewinnt. Er sieht müde aus. Klar, auf einer Luftmatratze in einem kalten Hausflur zu übernachten ist sicher kein Zuckerschlecken, und sein Vater hat ihm vermutlich eine denkwürdige Standpauke gehalten, die selbst einen erwachsenen Mann in die Knie zwingen kann. Kein Wunder, wenn er mitgenommen wirkt.

„Ich will nicht mit dir reden", beharrt sie. Zu ihrem Leidwesen klingt ihre Stimme längst nicht so abweisend, wie sie sollte, vielmehr gleicht sie der eines verängstigten Mädchens.

„Du musst nicht reden, nur zuhören. Bitte."

Die Eindringlichkeit seiner Worte in Kombination mit seinem flehenden Gesichtsausdruck machen sie schwach. Verdammt. Wem macht sie eigentlich was vor? Sie will hören, was er ihr zu sagen hat. Wider besseren Wissens nickt sie. „Okay."

Am Rande registriert sie, wie Herr Rieger sich erhebt. „Ich lass euch mal allein", murmelt er und geht auf Roman zu. Bevor er das Büro verlässt, bleibt er bei ihm stehen und schlägt ihm brüderlich auf die Schultern. „Stell dich jetzt bloß nicht an wie der letzte Vollidiot. Sonst habe ich mir den Zorn deines Vaters umsonst zugezogen."

Mark Rieger wirft Lilly noch einen Blick zu und lächelt ermutigend. „Seien Sie nicht so hart zu ihm. Er hätte es weiß Gott verdient, genau wie ich, aber er fühlt sich schon beschissen genug. Wenn sie ihm den Laufpass geben, muss ich mir sein Gejammer die nächsten zehn Jahre anhören. Tun Sie mir das bitte nicht an."

Mit einem charmanten Augenzwinkern verzieht er sich und sie bleibt mit Roman allein zurück. Die Hände in die Hosentaschen geschoben, steht er da und starrt sie so sehnsüchtig an, dass ihr die Hände feucht werden. Gott, sein Blick. Kann man so was spielen?

„Also … du wolltest mit mir reden?“

Ein zögerndes Lächeln breitet sich auf seinem Gesicht aus. „Dich um Vergebung anzubetteln und dabei auf Knien zu dir zu kriechen, beschreibt meine Absichten ein bisschen präziser“, erwidert er scherzhaft.

„Roman bitte, ich habe keine Lust auf Spielchen.“

Sie schaut zu Boden. Es dauert nicht lange und zwei schwarze Schuhspitzen schieben sich in ihr Blickfeld. Roman geht vor ihr in die Hocke und ergreift ihre eiskalten Hände. „Lilly, schau mich an.“

Sie kann gar nicht anders, als ihm diesen Wunsch zu erfüllen. Egal, wie weh er ihr getan hat, er besitzt noch immer diese beschwörende Macht in seiner Stimme, die ein hungriges Ziehen in ihrem Herzen auslöst. Darüber ist sie so frustriert, dass sich neue Tränen in ihren Augen sammeln. Es hilft nichts. Lilly kann ihre Gefühle nicht verstecken.

Roman verzieht bedauernd das Gesicht. „Oh Blümchen, was habe ich dir nur angetan“, murmelt er bekümmert. Seufzend zieht er ihre Finger an seine Lippen und küsst sie hingebungsvoll. „Ich habe die halbe Nacht wachgelegen und mir zurechtgelegt, was ich sagen oder tun kann, damit du mir verzeihst. Aber weißt du was? Es gibt nichts, was mein mieses Verhalten rechtfertigt. Ich war ein Arsch. Aber Lilly … es tut mir nicht leid, dass ich deine Nähe gesucht habe, auch wenn es am Anfang aus den falschen Gründen war. Weil ich dich sonst nie richtig kennengelernt hätte. Ich wäre weiterhin an dir vorbeigelaufen, ohne zu merken, was für ein reizender und wertvoller Mensch du bist. Zeit mit dir zu verbringen, hat mir die Augen geöffnet.“ Er holt tief Luft, bevor er weiterspricht. „Lilly, ich liebe dich. Du hast dich in mein Herz geschlichen, obwohl ich das ganz anders geplant habe. Trotzdem bin ich machtlos dagegen. Ich will dich. Heute, morgen, für immer.“

Sie setzt zu einer Antwort an. Roman legt zärtlich einen Finger über ihre Lippen. „Warte, lass mich ausreden.“ Lilly nickt und er fährt fort. „Ich war vorhin bei meinem Vater und habe ihm alles erzählt. Ich habe nicht einmal versucht, die Geschichte schönzureden, und du kannst dir vorstellen, wie sauer er jetzt auf mich ist. Ein paar Augenblicke lang dachte ich sogar, er enterbt mich und jagt mich und Mark aus dem Gebäude“

Ein Konrad Steininger hat Prinzipien und hohe moralische Ansprüche. Das Verhalten seines Sohnes ist sicher enttäuschend für ihn.

„Das hättest du nicht tun müssen, ich wollte euch nicht verraten“, flüstert sie verunsichert und weicht seinem Blick aus Sie möchte so gerne an Romans Reue glauben, doch es fällt ihr wahnsinnig schwer.

„Dass du kein rachsüchtiger Mensch bist, weiß ich“, erklärt er und streichelt ihr über die Wange.

Sie neigt sich der Berührung entgegen, absorbiert die Wärme seiner Haut und inhaliert den wunderbaren Duft seines Aftershaves.

„Lilly, bitte sag mir, dass es nicht zu spät für uns ist“

Das Flehen in seinen Augen ist unwiderstehlich. Sie schließt die Augen, um seinem Charme nicht zu erliegen. Unglaublich. Er hintergeht sie und doch schafft er es innerhalb kürzester Zeit, ihre Abwehr zu durchbrechen.

„Lilly?“ Sie zuckt zusammen, fühlt sich zittrig und weiß nicht mehr, was sie denken soll. Roman erwartet eine Antwort, die sie ihm zum jetzigen Zeitpunkt nicht geben kann. Sie braucht Zeit und ein wenig Abstand, um über die Ereignisse nachzudenken.

Vorsichtig entzieht sie ihm die Hände und räuspert sich „Du kannst nicht herkommen, mir erzählen, dass du mich liebst und dann erwarten, dass ich dir das einfach abkaufe“

„Was heißt das jetzt für mich?“, fragt er Ihm steht die Enttäuschung ins Gesicht geschrieben. Trotzdem bleibt sie hart.

„Das weiß ich selbst nicht“, flüstert sie Roman steht auf und schaut auf sie herab. Zum ersten Mal seit sie ihn kennt, macht er einen unsicheren Eindruck auf sie. Er lächelt gezwungen und versteckt die Hände erneut in den Hosentaschen.

„Wie geht es jetzt weiter?“, will er wissen

Lilly bemüht sich, ihre demonstrierte Stärke nach innen zu transportieren und sich ihm nicht an den Hals zu werfen „Wir machen unsere Arbeit und warten ab, wie sich alles entwickelt“

Roman stößt einen unwilligen Laut aus. „Wie soll sich denn etwas entwickeln, wenn du nicht mehr mit mir sprichst?“

„Ich spreche doch mit dir!“, wirft sie protestierend ein.

Roman ist sichtlich unglücklich über ihre ablehnende Reaktion. „Du weißt ganz genau, wovon ich rede. Shit, ich kann nicht mehr tun, als mich zu entschuldigen. Wie kann ich dich überzeugen, Blümchen? Soll ich vor dir kriechen, ein Flugzeug mieten und deinen Namen in den Himmel schreiben, mich von wütenden Ex-Freundinnen durch die Stadt treiben lassen? Vollkommen egal, was du willst, ich mache es.“

„Ich glaube dir, dass es dir leidtut.“

„Aber wieso bist du dann da drüben und liegst nicht in meinen Armen?“, stößt er hervor und macht einen Schritt auf sie zu.

Sie streckt abwehrend den Arm aus. „So einfach ist das nicht. Ich kann nicht so tun, als wäre nichts passiert.“ Lilly kreuzt schützend die Arme vor der Brust und weicht seinem Blick aus.

„Fuck, so habe ich mir das nicht vorgestellt“, murmelt er und fährt sich sichtlich gefrustet durchs Haar. Seine Ungeduld ist förmlich mit Händen greifbar und sie macht unwillkürlich einen Schritt auf ihn zu, ehe sie zur Vernunft kommt und sich wieder zurückzieht. „Ich denke, es ist besser, wenn du gehst.“

Sie lächelt gezwungen und deutet auf ihren Schreibtisch. „Auf mich wartet eine Menge Arbeit.“

Seine stoische Miene bekommt Risse, seine Stimme klingt rau. „Verdammt, Lilly, du kannst mich doch hier nicht so stehen lassen. Ich liebe dich.“

„Das sind nur Worte, Roman. Ich habe schon einmal an ein Wunder geglaubt und bin auf die Nase gefallen. Noch so eine Enttäuschung verkrafte ich nicht. Ich glaube dir, dass du deine Lügen bereust, aber ein schlechtes Gewissen hat mit Liebe nichts zu tun und ich brauche kein Mitleid.“

Seine Augen weiten sich. „Mitleid? Shit, Lilly, ich habe doch kein Mitleid mit dir.“

Lilly wendet sich von ihm ab. „Du solltest jetzt gehen.“

„Darf ich dich anrufen?“

Sie schüttelt den Kopf und wirft einen scheuen Blick auf Romans versteinertes Gesicht. Wie eine unüberwindbare Mauer steht ihre Furcht zwischen ihnen und doch weckt seine bedrückte Miene einen Funken Hoffnung in Lilly. Spontan kommt sie ihm ein wenig entgegen und sagt: „Ich melde mich bei dir, wenn ich mich dazu bereit fühle. Falls du das willst“, ergänzt sie sicherheitshalber.

Ein langsames Lächeln breitet sich auf seinem Gesicht aus. Er versteht, dass sie die Tür noch nicht ganz zugemacht hat. „Okay, ich habe zwar keine Ahnung, wie lange ich es ohne dich aushalte, aber wenn du Zeit brauchst, werde ich warten. Solange es eben dauert.“

Roman überbrückt den Abstand zwischen ihnen und bevor sie sich wehren kann, umfasst er ihr Gesicht mit seinen Händen und zwingt sie, ihm in die Augen zu sehen.

„Darf ich dir einen Kuss geben?“

Schlechte Idee, ganz schlecht sogar, brüllt eine Stimme tief in ihr. Gleichzeitig nickt sie zaghaft und schließt die Lider, sobald sie seinen warmen Mund auf ihrem spürt. Seine Lippen sind weich und streichelzart. Roman nimmt nicht, er gibt und bittet sie stumm um Vergebung. Eine Woge puren Glücks überschwemmt ihre Sinne. Erschrocken darüber, wie schnell ihr Körper das Regiment über ihren Verstand übernimmt, will sie ihn wegstoßen. Sie versteift sich in seinen Armen, doch je länger der Kuss andauert, umso nachgiebiger wird sie, bis die Sehnsucht siegt. Sie öffnet sich dem sanften Drängen seiner Zunge und erschauert. Lilly versinkt in einem wohligen Meer aus Begehren und greift nach seinen Oberarmen. Scheu legt sie ihre zitternden Finger auf den edlen Stoff seines Designerjacketts. Sie erhascht einen kurzen Blick auf seine geschlossenen Lider und seinen hingebungsvollen Gesichtsausdruck. Wenn Berührungen Worte ersetzen könnten, dann macht er ihr gerade eine Liebeserklärung. Ihr Misstrauen schwindet, sein Kuss macht sie viel zu gefügig.

Erstaunlicherweise ist es Roman, der sich von ihr löst. „Ich hoffe, ich höre bald von dir. Lilly, wenn du mir eine zweite Chance gibst, wirst du es nicht bereuen. Ich schwöre es.“

Ein letzter tiefer Blick aus seinen hypnotisierenden Augen und sie bleibt allein zurück. Ihre Lippen mit den Fingerkuppen berührend, steht sie eine ganze Weile reglos da, ehe sie sich mit weichen Knien an den Schreibtisch begibt.

Kapitel 21

Nachdem Roman verschwunden ist, macht sie wie gewohnt weiter Sabine ist nach Mark Riegers Schelte tatsächlich nicht wieder aufgetaucht, selbst Herr Krämer hat sich im Büro verbarrikadiert und lässt sich nicht mehr blicken Vermutlich schmollt er und denkt sich möglichst beeindruckende Szenarien aus, in denen er sie für ihre vermeintliche Respektlosigkeit zur Rechenschaft zieht Soll er doch Nach den schrecklichen Enthüllungen ist ein wütender Herr Krämer das kleinste Übel, das ihr zu schaffen macht

Die Aussicht darauf, nicht mehr mit Sabine zusammenarbeiten zu müssen, hebt ein Stück weit Lillys bedrückte Stimmung Gewissensbisse verspürt sie keine Ihre Kollegin hat diese Wendung ganz allein verschuldet, auch wenn eine Abmahnung ausreichend gewesen wäre Diese harte Haltung Sabine gegenüber ist wohl Riegers Versuch, sein Verhalten wiedergutzumachen

Gedanklich springt sie hin und her zwischen Romans Liebesbeteuerungen und der gestrigen Szene mit dieser Nicole Die Erinnerung an die Warnung der rothaarigen Kellnerin aus dem *Arrival* sucht sie immer wieder heim und weckt ständig neue Zweifel Dabei ist ihr durchaus bewusst, dass sie Romans Lügen nicht aus reiner Nächstenliebe oder weiblicher Solidarität aufgedeckt hat Es ist die Rache einer abservierten Frau und die Vorstellung, wie er sich mit ihr in den Laken gewälzt hat, während sie in seinem Büro ahnungslos die Auswertungen für ihn bearbeitet hat, lässt ihr vor Qual den Atem stocken

Gegen Mittag fährt sie den Computer herunter und macht sich auf den Weg in die Kantine Hunger hat sie keinen, aber wenn sie nicht krank werden will, braucht sie etwas Warmes im Magen Kurz bevor sie den Speiseraum betritt, spricht sie sich Mut zu und betet, Roman nicht über den Weg zu laufen

An der Essensausgabe holt sie sich einen Teller mit Nudelsuppe und ein Schälchen Schokoladenpudding. Mit dem Tablett zwischen den Händen läuft sie auf ihren üblichen Fensterplatz zu. Sobald sie sich hingesetzt hat, schaut sie sich verstohlen um. Aktuell geht eine fiese Grippewelle um. Es sind überdurchschnittlich viele Mitarbeiter krankgeschrieben und in der Kantine ist es entsprechend leer. Zu ihrer Erleichterung nimmt kaum einer Notiz von ihr und sie widmet sich dem Inhalt ihres Tellers. Tief in Gedanken versunken, bemerkt sie Romans Schwester erst, als die ihr plötzlich gegenübersitzt.

„Hey …“ Miris Gruß klingt sehr zurückhaltend. Anscheinend ist sie sich nicht sicher, ob ihre Anwesenheit erwünscht ist.

„Hallo Miriam.“ Lilly lächelt und weiß nicht so recht, was sie sagen soll. Wie spricht man mit der Schwester des Mannes, der einem das Herz gebrochen hat?

„Ich hoffe, es ist okay, dass ich mich zu dir gesetzt habe“, fängt Miriam an und streicht sich eine Strähne ihres langen dunklen Haars hinters Ohr. Sie sieht übernächtigt aus. Offenbar hat auch sie vor Sorge kaum ein Auge zugemacht. Dieser Gedanke entfacht ein warmes Glühen in Lillys Brust.

„Es macht mir nichts aus“, erwidert sie schließlich. „Du warst immer nett zu mir und dass Roman …“ Lilly unterbricht sich und schüttelt den Kopf, nicht imstande, den Satz zu Ende zu bringen. Sie setzt neu an und lächelt. „Es freut mich, dich zu sehen. Das meine ich ganz ehrlich.“

Miriams Seufzer scheint den Tiefen ihrer Seele zu entstammen, so erleichtert hört er sich an. „Gott sei Dank! Ich dachte schon, du nimmst mich gleich in Sippenhaft. Ich habe Roman ordentlich die Leviten gelesen und Mark gleich mit. Es ist unfassbar, was sich die beiden geleistet haben.“

Miriams Entrüstung entlockt Lilly ein kleines Schmunzeln. Es ist schön, jemanden im Rücken zu haben, der zu einem steht. So etwas kennt sie sonst nicht.

„Die beiden haben sich entschuldigt“, entgegnet sie und beobachtet gespannt Miriams Reaktion.

„Das ist ja auch das Mindeste“, empört die sich. „Und wie geht es jetzt weiter? Roman hat mir gesagt, er liebt dich, aber ich kann dir nur raten, es ihm nicht zu leicht zu machen. Mein Bruder muss endlich lernen, die Konsequenzen für sein Handeln zu tragen."

Lilly senkt den Blick und starrt auf die Reste ihrer Suppe.

„Ich bin mir nicht sicher, ob ich ihm überhaupt verzeihen kann und was die Liebe angeht … ich denke, er hat nur Mitleid und ein schlechtes Gewissen."

Obwohl sie beobachtet werden, greift Miriam nach ihrer Hand und drückt sie aufmunternd. „Da täuschst du dich. Er liebt dich, da bin ich mir sicher."

Der Anflug eines bitteren Lächelns huscht über Lillys Lippen. „Du warst auch überzeugt davon, er hätte mich nicht benutzt, um eine Wettschuld zu erfüllen", antwortet sie und sieht, wie Miriam betroffen auf die Tischplatte schaut.

Lilly entzieht ihr die Finger. „Es ist lieb von dir, mich trösten zu wollen. Trotzdem wäre es besser, mir keine Hoffnungen zu machen. Roman hat mich die ganze Zeit über angelogen. Das ist nun einmal nicht wegzudiskutieren, egal wie leid es ihm tut."

„Was wirst du jetzt machen?"

Lillys zuckt mit den Achseln. „Um ehrlich zu sein, habe ich keine Ahnung. Im Moment ist mein Leben total verwirrend, alles steht Kopf und ich traue meinen Gefühlen nicht über den Weg."

„Dann trau doch einfach seinen Gefühlen", schlägt Miriam vor. „Er spielt dir nichts vor. Roman ist verliebt in dich, das musst du doch spüren."

„Das ist nicht so einfach, wenn man nicht weiß, wie sich die Liebe eines anderen Menschen anfühlt", flüstert Lilly und blinzelt. Diese dummen Tränen, kommen immer dann, wenn man sie am wenigsten gebrauchen kann.

„Ich wünschte, ich könnte euch irgendwie helfen."

Lilly holt tief Luft und zwingt ein Lächeln in ihr Gesicht. „Mach dir keine Sorgen um mich."

„Du bist meine Freundin", erwidert Miriam ernst. „Jedenfalls hoffe ich das, denn ich habe nicht viele freundschaftliche Kontakte zu anderen Frauen. Ab und an treffe ich mich mit meiner Bekannten Nina auf einen netten Mädelsabend. Sie ist die

Geschäftsfreundin von Romans Freund Alexander und wirklich sehr nett. Aber das war's auch schon."

„Wie kann das sein? Du bist schön und beliebt und jeder mag dich. Was ist mit dieser Nadine?"

„Die meisten erhoffen sich Vorteile durch mich und was Nadine angeht ... das ist kompliziert. Sie hat sich seit dem Flasko mit Mark verändert."

„Inwiefern?", will Lilly wissen.

„Naja, sie ist beinahe besessen von dem Wunsch, Mark leiden zu sehen. Dabei verschwendet er keinen Gedanken mehr an sie und lebt sein Leben weiter."

„Hasst du Mark etwa nicht?"

Miriam denkt gründlich nach, ehe sie sich dazu äußert. „Um ehrlich zu sein, nicht wirklich. Er bringt mich zur Weißglut, ich genieße es, ihn zu piesacken und halte ihn für einen egoistischen Mistkerl, aber Hass, nein, den empfinde ich nicht für ihn."

Miriam spielt mit ihren Fingern und lächelt entschuldigend. „Das ist ein verdammt starkes Gefühl und ich will für den Kerl am liebsten gar nichts empfinden. Das würde ihm einen zu großen Stellenwert in meinem Leben einräumen. Wenn Nadine nicht ständig von ihm anfangen würde, müsste ich mich gar nicht mehr großartig mit ihm befassen. Um ehrlich zu sein, bin ich froh, dass sie nicht mehr hier lebt und wir nur noch telefonischen Kontakt halten, sonst würde ich seinen Namen noch öfter hören, als es jetzt schon der Fall ist." Miriam senkt beschämt den Blick. „Ich weiß, ich bin ein schrecklicher Mensch und eine noch schlechtere Freundin. Vielleicht tust du ganz gut daran, den Kontakt zu mir abzubrechen."

Noch nie hat sie Miriam so verletzlich erlebt. Lilly beginnt zu begreifen, wie sehr man sich doch von der äußeren Fassade einer Person blenden lassen kann. Romans Schwester ist längst nicht so stark und selbstbewusst, wie sie sich gibt.

„Du bist kein schrecklicher Mensch", antwortet Lilly. „Freunde, die Probleme haben mit bestimmten Dingen abzuschließen, und nur noch in der Vergangenheit leben, werden früher oder später zu einer Belastung. Sie rauben dir jede positive Energie. Glaub mir, derartiges Verharren in der

Vergangenheit ist ganz und gar nicht gesund. Vielleicht sollte deine Freundin mit einem Psychotherapeuten reden."

Miriam schnaubt. „Wenn ich ihr *das* vorschlage, wird sie ausflippen. Seit ihrem Selbstmordversuch und ihrem Aufenthalt in einem Sanatorium geht sie allen Ärzten und Therapeuten tunlichst aus dem Weg." Romans Schwester runzelt die Stirn und schüttelt den Kopf. „Lass uns nicht länger darüber reden. Ich will dich nicht mit meinen Problemen belasten."

„Sind Freunde nicht genau dafür da?"

Das sprudelt aus Lilly heraus, bevor sie es verhindern kann.

„Bedeutet das, wir bleiben Freundinnen?"

Eigentlich will Lilly zu niemandem Kontakt halten, der Roman nahesteht. Doch Miriam hat ebenso wie ihr älterer Bruder die Fähigkeit, Menschen wie ein Rattenfänger in ihren Bann zu ziehen. Es wäre nicht richtig, jemanden wegzustoßen, der ihr freundlich gesinnt ist.

„Ich denke schon", antwortet Lilly. Das zögernde Lächeln, das sich nun auf Miris Gesicht ausbreitet, lässt Lillys letzte Bedenken schwinden. Jeder Mensch braucht Freunde. Obgleich ihre Romanze mit Roman kein schönes Ende genommen hat, so hat die Erfahrung auch etwas Positives in ihr bewirkt. Sie lässt sich nicht mehr alles gefallen und hat an innerer Stärke gewonnen. Lilly versteckt sich nicht länger vor ihrem Schicksal, sondern bietet ihm die Stirn.

„Das bedeutet mir sehr viel. Die meisten haben bestimmte Erwartungen an mich, wenn sie mit mir befreundet sind. Das wird mit der Zeit wirklich anstrengend, weil ich nie sicher sein kann, ob man mich um meiner selbst willen mag oder weil ich die Tochter von Konrad Steininger bin. Bei dir habe ich einfach das Gefühl, du freust dich über meine Gesellschaft."

„Die Stellung oder das Bankkonto eines Menschen ist mir nicht wichtig", stimmt Lilly zu und lächelt zaghaft. Miriam erwidert es und steht dann unerwartet auf.

„Sorry, aber ich muss leider wieder los, mein Vater erwartet mich. Wenn es okay ist, würde ich dich morgen mal anrufen. Vielleicht können wir demnächst einen Kaffee trinken gehen oder ins Kino. Ich war schon ewig nicht mehr aus."

Auch das überrascht Lilly. Offenbar liegt bei Miriam privat vieles im Argen. „Sehr gerne. Du hast ja meine Nummer“, antwortet sie und sieht Romans Schwester nach, als sie die Kantine verlässt. Lilly blickt auf ihre nunmehr kalte Suppe und den Pudding. Beides reizt sie nicht länger und so bringt sie das Tablett zur Geschirrrückgabe und macht sich mit schnellen Schritten auf den Weg zurück ins Büro. Kaum tritt sie aus der Tür, läuft sie direkt in Roman hinein.

Der Zusammenstoß lässt sie taumeln. Er hält sie fest, damit sie nicht den Boden küsst. Romans Hände schließen sich fest um ihre Oberarme. Dabei sieht er leicht verdattert auf sie herab. „Blümchen“, flüstert er und zieht sie sogleich näher. Sein Brustkorb streift ihren Oberkörper. Lilly erschauert. Für ein paar Sekunden erliegt sie dem Zauber seiner Nähe. Sie senkt die Lider und schmiegt sich mit einem kleinen Seufzer dichter an seinen Körper. Er ist so wunderbar warm und sie vermisst ihn mit einer Intensität, die sie innerlich verkrampfen lässt. Auch ihr dummes Herz pocht immer heftiger. Wem macht sie eigentlich etwas vor? Sie wird ihn nie vergessen oder die quälende Sehnsucht überwinden können.

„Lilly, ist alles in Ordnung? Habe ich dir wehgetan?“

Oh ja, das hast du. Mehr, als du dir vorstellen kannst.

Sie spricht nicht aus, was ihr durch den Sinn geht und macht, entsetzt über sich selbst, einen Schritt nach hinten. Dummerweise hat sie vergessen, dass sie mit dem Rücken zur Tür steht, und knallt prompt mit dem Kopf dagegen.

„Oh verdammt“, nuschelt sie peinlich berührt und weicht seinem Blick aus. Wieso muss sie sich anstellen wie der letzte Mensch?

Angespannt wartet sie auf die zustimmende Kopfstimme von Lydia, doch die bleibt auch diesmal stumm und so atmet Lilly einmal tief durch und drückt sich an Roman vorbei. „Mir geht's gut. Ich muss ins Büro zurück.“

Ohne ihn eines Blickes zu würdigen, hastet sie durch den langen Gang und flüchtet förmlich vor seiner Nähe.

Irgendwie bringt sie den Tag ohne größere Katastrophen und Peinlichkeiten hinter sich. Müde schleppt sie sich die Stockwerke bis zu ihrer Wohnung hoch und sehnt sich nach ihrem Bett sowie einem tiefen und traumlosen Schlaf. Sie schließt gerade auf, da öffnet sich die Haustür ihrer alten Nachbarin. Lilly betet, dass sie nicht zum Plaudern aufgelegt ist.

„Lilly, Liebes, wie geht es dir?"

Heute scheint sich auch wirklich alles gegen sie verschworen zu haben. Ergeben dreht sie sich um und lächelt ihre Nachbarin bemüht freundlich an. Sie mag Frau Lichter sehr gerne, allerdings steht ihr nicht der Sinn nach Konversation, wo sie doch über ihre Lage und über ihre Gefühle nachdenken sollte.

„Guten Abend, Frau Lichter", grüßt sie leise und begegnet dem wissenden Blick der alten Dame.

„Du siehst traurig aus", stellt sie fest. „Hast du Liebeskummer, Herzchen?"

Zu erschöpft, um ihr etwas vorzuspielen, nickt sie und zupft nervös an der Knopfleiste ihres Mantels herum.

„Ich nehme an, es geht um den jungen Mann, der hier gestern Nacht vor deiner Tür kampiert hat."

Wieder ein Nicken. „Ja, das war Roman."

„Ein hübscher Kerl", stellt Frau Lichter wohlwollend fest. „Wenn ich vierzig Jahre jünger wäre, hätte ich mir das Bürschchen geschnappt. Was hat er denn gemacht? Hat er noch vor anderen Wohnungen übernachtet?"

Lilly muss lachen und schüttelt den Kopf. „Ich denke nicht. Aber er hat mich sehr enttäuscht."

„Das hat er mir gestern auch erzählt."

„Sie haben mit ihm geredet?", fragt Lilly empört.

„Na, was glaubst du, wer ihm die Luftmatratze geliehen hat? Übrigens, wenn er sich bückt, dann hat er einen strammen Po, dein Roman. Da hätte ich gern mal reingekniffen."

„Frau Lichter!" Lilly spürt ihre Wangen heiß werden und versucht ihr Kopfkino auszublenden. Unendlich müde deutet sie auf ihre Tür. „Ich geh mal rein. Heute war ein harter Tag, und ich möchte mich hinlegen."

Frau Lichter schenkt ihr ein mütterliches Lächeln. „Aber natürlich, Herzchen. Ruh dich aus und du wirst sehen, morgen sieht die Welt wieder anders aus."

Nicht ganz überzeugt wendet sich Lilly ab, um hineinzugehen.

„Lilly, bevor du gehst, nur noch eines …"

Sie wirft einen fragenden Blick über die Schulter. „Was denn?"

„Sei nicht zu hart zu ihm", sagt ihre Nachbarin mit sanfter Stimme. „Er hat mir nicht verraten, was er verbrochen hat, doch ich konnte sehen, wie gern er dich hat. Stolz ist eine wichtige Eigenschaft, als Frau darf man den nie verlieren, aber wenn jemand Reue zeigt, sollte man verzeihen können. Ich glaube, er empfindet sehr viel für dich."

Bedrückt blickt Lilly zu Boden. Alle scheinen an Romans Liebe zu ihr zu glauben. Wieso fällt es ihr dann so schwer? Warum kann sie nicht einfach nach vorn schauen und die Vergangenheit hinter sich lassen?

„Danke für den Rat", murmelt sie und lächelt schwach. Ihre Nachbarin nickt ihr begütigend zu und verschwindet wieder in ihrer Wohnung.

Lilly betritt ihren kleinen Flur und die Stille in ihren vier Wänden ist erdrückend. Sie ist es gewohnt niemanden um sich zu haben. Normalerweise macht ihr das nichts aus. Jetzt trifft die Einsamkeit sie mit voller Wucht. Ein paar wenige Tage in Romans Gesellschaft haben gereicht, sie von seiner Gegenwart regelrecht abhängig zu machen und nun beschleicht sie das Gefühl, ohne ihn nie wieder Glück empfinden zu können. Ihr rationaler Verstand rät zur Geduld. Irgendwann lässt jeder Schmerz nach, doch in ihrer Brust klafft dort, wo ihr Herz sein sollte, ein gähnendes Loch. Sie sollte froh sein, dass diese Nicole so früh aufgetaucht ist. Wenn schon wenige Tage gereicht haben, um sie jetzt vor Sehnsucht fast durchdrehen zu lassen, dann will sie sich lieber nicht ausmalen, wie schlimm es nach einer längeren Affäre um sie stehen würde. Bedrückt schlüpft sie aus Mantel und Stiefeln und schlurft lustlos in die Küche, um sich etwas zu essen herzurichten. Genau wie heute Mittag verspürt sie wenig Appetit. Sie schmiert sich ein Brot und belegt es mit Käse. Es schmeckt wie Pappe, aber sie zwingt die Scheibe trotzdem herunter und macht sich nebenher einen Tee. Lilly muss sich beschäftigen und die vertrauten Handgriffe lenken sie wenigstens ein bisschen von ihrer Seelenpein ab Solange, bis sie sich mit der Tasse in der Hand ins Wohnzimmer setzt und anfängt zu grübeln Wo er wohl gerade ist? Sitzt er zuhause in seiner Wohnung? Denkt er jetzt an sie oder plant er schon die nächste Eroberung? Lilly quält sich selbst mit ihren Gedanken Ihr Blick fällt aufs Handy, das vor ihr auf dem Wohnzimmertisch liegt Soll sie ihn anrufen? Zögernd greift sie nach dem Mobiltelefon und scrollt sich durch ihre Kontakte – es sind ohnehin nicht viele – bis zu seiner Nummer Ihr Finger schwebt einige Sekunden lang über dem Anrufbutton, aber schlussendlich fehlt ihr der Mut Sie legt das Telefon weg und sinkt in die Polster

„Was soll ich nur tun?“, flüstert sie und greift nach einem der Zierkissen Verzweifelt krallt sie sich daran fest und erinnert sich an Romans beschwörende Worte Das kann doch nicht gespielt gewesen sein, oder?

Unruhig rutscht sie auf dem Sofa hin und her Die Anspannung wächst, genau wie der Drang zu ihm zu fahren und ihm noch eine Chance zu geben Jeder ist überzeugt davon, dass Roman sie liebt Frau Lichter, Miriam, selbst Mark Rieger glaubt daran Worauf wartet sie eigentlich? Einsam und unglücklich ist sie doch jetzt schon und wenn sie kein Risiko eingeht, wird sie als verbitterte und kalte Frau enden Genau wie ihre Mutter Der schrille Ton ihrer Haustürklingel ertönt und Lilly fährt innerlich zusammen

„Roman“, wispert sie und schießt in die Höhe

Zitternd schiebt sie die leicht verrutschte Brille zurück und wischt sich die schweißfeuchten Hände an ihrem Rock ab, ehe sie in den Flur läuft, die Tür aufreißt und den hochgewachsenen und sehr respekteinflößenden Mann anstarrt, der auf sie herunterblickt und die gleichen faszinierend blauen Augen besitzt, wie sein unwiderstehlicher Sohn Er begrüßt sie, mit einem unaufgeregten Lächeln auf den Lippen. „Guten Abend, Frau Wegener, ich hoffe, ich störe nicht.“

Kapitel 22

„So eine verfickte Scheiße!“, brüllt Roman und pfeffert die Pfanne mit dem verbrannten Steak in die Spüle. Es scheppert lautstark und er flucht erneut. „Was für eine Scheißsauerei“, presst er hervor und starrt auf das Fleisch, das sich zu einem ekligen schwarzen Klumpen zusammengezogen hat. Übellaunig wie selten zuvor, läuft er ans Fenster und reißt es auf, damit der Rauch abziehen kann. Eiskalte Luft strömt in die riesige Küche und Roman atmet tief durch. Er hätte sich besser etwas bestellen sollen.

„Ich habe sowieso keinen Hunger“, murmelt er entnervt und geht zurück ins Wohnzimmer. Er stellt sich vor das bodentiefe Terrassenfenster mit Blick auf die Stadt. Tausende Lichter schimmern in der Dunkelheit, der viele Schnee, der auf den Dächern und Straßen liegt, leuchtet im Mondlicht. Nur in ihm drin sieht es finster aus. Sein Gesicht spiegelt sich in der Scheibe und er verzieht zynisch den Mund. Er sieht verdammt noch mal genauso deprimiert aus, wie er sich fühlt. Lilly glaubt ihm kein Wort und er kann es ihr nicht einmal verdenken. Wenn man ihn so verarscht hätte, wäre er auch nicht scharf auf lahme Entschuldigungen.

„Fuck …“ Gefrustet fährt er sich durchs Haar, seine Hände zittern und die Erkenntnis, sein Blümchen vielleicht für immer verloren zu haben, trifft ihn mit voller Härte. Bisher hat er das verdrängt, überzeugt davon, die Geschichte mit Hilfe seines Charmes wieder geradebiegen zu können. Jetzt muss er erkennen, dass er wohl an seine Grenzen stößt und den angerichteten Schaden nicht so leicht reparieren kann. Wieso hat er ihr nicht viel früher die Wahrheit gesagt? Sicher, sie wäre trotzdem wahnsinnig verletzt und höchstwahrscheinlich sauer ohne Ende, aber sie hätte nicht sofort angenommen, jedes Wort von ihm sei eine Lüge gewesen. Dass Lilly ihn für einen eiskalten Widerling ohne

Skrupel und Herz hält, ist am schlimmsten für ihn Weil er ahnt, wie benutzt und entwürdigt sie sich fühlen muss

Sein Brustkorb zieht sich zusammen Roman verabscheut sich für den Kummer, den er ihr bereitet und die Vorstellung, sie nie mehr in den Armen halten zu dürfen, ist so bestürzend, dass er kaum zu einem klaren Gedanken fähig ist Er hat es gründlich versaut und muss jetzt mit den Konsequenzen leben Dabei würde er alles hergeben, um Lilly zurückzubekommen

Ob er sie anrufen soll? Sie hat gesagt, sie würde sich bei ihm melden und eigentlich möchte er ihre Wünsche respektieren und sie nicht unter Druck setzen

In seiner Hosentasche vibriert das Handy und er holt es heraus, in der Hoffnung, Lillys Nummer auf dem Display zu sehen Die Rufnummer ist unterdrückt Also doch keine Lilly, die sich mit ihm versöhnen möchte Obwohl er wenig Lust verspürt, nimmt er das Gespräch an „Steininger", meldet er sich brüsk und erntet ein rauchiges Lachen

„Roman, du klingst, als hättest du etwas Aufmunterung nötig Hast du Liebeskummer?"

Die weibliche Stimme trieft vor Schadenfreude Romans Finger drücken sich fester ins Gehäuse seines Smartphones. „Was willst du, Nicole?"

„Oh, nur ein bisschen plaudern und vielleicht die alten Zeiten aufleben lassen." Er kann das hinterhältige Grinsen auf ihrem Gesicht förmlich vor sich sehen

„Wir hatten ein paar Mal Sex. Da kann man wohl kaum von alten Zeiten reden Du warst nur eine von vielen und nicht mal besonders gut."

Sein ätzender Kommentar versetzt Nicoles guter Laune einen empfindlichen Dämpfer. „Pass bloß auf, was du sagst, sonst erzähl ich deiner kleinen Lilly noch ganz andere Geschichten über dich Danach wird sie dich nicht mal mit der Kneifzange anfassen."

Roman kann dieses Biest nicht länger ertragen. „Tu, was du nicht lassen kannst, solange du nicht mehr in meine Nähe kommst."

„Wird schwierig, wenn ich fest mit Nik zusammen bin."

Diese Nachricht trifft Roman unerwartet. Sein Kumpel ist nicht der Typ für geregelte Beziehungen. Trotzdem scheint es diese Schlange geschafft zu haben, ihn in eine zu locken. Shit, das wird übel enden.

„Nik ist ein kluger Bursche, er wird bald merken, was für ein Mensch du bist und dann helfen dir deine Titten auch nicht."

„Mag sein, doch bis dahin werde ich dich mit meinem Anblick reizen und das ist mir die Sache wert. Oder willst du Nik die Freundschaft meinetwegen aufkündigen?"

Für einen kurzen Augenblick denkt Roman ernsthaft darüber nach, weiß aber gleichzeitig, dass er es nicht über sich bringen wird, einen seiner besten Freunde vor den Kopf zu stoßen. Nicht wegen einer wie Nicole.

„So wichtig bist du nicht, Schätzchen", antwortet er daher und setzt noch hinzu: „Ich habe dich im Auge. Wenn du Nik verarschst, krieg ich das raus und dann Gnade dir Gott. Ich mach dich fertig."

„Leere Drohungen", zischt sie, klingt allerdings etwas kleinlauter als zuvor. Das stimmt ihn zuversichtlich. Er muss der Sache nur ihren natürlichen Lauf lassen und Nik einbläuen, sich kein Kind von diesem Biest anhängen zu lassen, dann wird sich die Geschichte von allein erledigen. Niks Unfähigkeit, einer Frau treu zu sein, wird ihn schon bald in die Arme einer anderen treiben. Er gibt dieser Farce nicht mehr als einen Monat Lebensdauer.

„Denk, was du willst, Nicole. Aber du wirst es nicht schaffen, noch mehr Unheil zu stiften."

Ohne ihre Antwort abzuwarten, drückt er sie weg und atmet tief durch, als es an seiner Haustür bimmelt. Ob das Mark ist, vielleicht auch Miri?

Gemächlich macht er sich auf den Weg zur Tür und öffnet. Ihn trifft fast der Schlag, als er Lilly gegenübersteht, die ihn mit einem unsicheren Lächeln auf den Lippen ansieht.

„Hallo, Roman."

Perplex schaut er sie an und unterdrückt den Drang, sich zu kneifen. Ist sie das wirklich oder träumt er?

Roman bekommt feuchte Hände vor Aufregung. Sonst ist er immer Herr der Lage, derjenige, der stets weiß, was zu tun oder zu sagen ist. Bei Lilly ist das anders, außerdem will er sie nicht verschrecken oder überfordern. „Mit dir habe ich gar nicht gerechnet“, sagt er schließlich und räuspert sich. Die geballten Fäuste drückt er seitlich gegen seine Oberschenkel, damit er sie nicht einfach in seine Arme reißt und küsst, bis ihr die Luft wegbleibt. Was schwierig ist. Er schafft es ja kaum, den Blick von ihrem hübschen Mund loszureißen.

Die Sehnsucht, diese Lippen unter seinen zu spüren, überrollt ihn wie eine machtvolle Woge. Pure Energie strömt durch seinen Körper. Erst in ihrer Nähe fühlt er sich lebendig und komplett. Da er nichts sagt und sich keinen Millimeter vom Fleck rührt, verblasst ihr zurückhaltendes Lächeln und sie macht einen Schritt rückwärts.

„Entschuldige, ich hätte dich nicht so überfallen dürfen. Bestimmt komme ich ungelegen.“ Sie will sich abwenden. Endlich ist er in der Lage, seine Erstarrung abzuschütteln.

„Warte ...“

Bevor sie abhauen kann, packt er ihr Handgelenk und zieht sie mit einem sachten Ruck in die Wohnung. Die Tür tritt er mit dem Fuß zu und lehnt sich dagegen.

„Entschuldige, du hast mich einfach überrascht. Natürlich will ich nicht, dass du gehst. Ich hätte nur nicht zu hoffen gewagt, dich so schnell wiederzusehen.“

Lilly entzieht ihm das Handgelenk und verschränkt die Arme vor der Brust. Eine abweisende Haltung, möglicherweise auch beschützend.

Tja, wärst du nicht so ein Arsch gewesen, wäre sie jetzt nicht so misstrauisch.

Nach diesem selbstkritischen Gedanken besinnt er sich auf seine Gastgeberqualitäten. „Willst du etwas trinken oder essen? Ich könnte uns was kommen lassen.“

Sag ja, fleht er innerlich.

Sie ist so still, er kann überhaupt nicht einschätzen, wieso sie plötzlich in seiner Wohnung steht. Aber eigentlich müsste das ein gutes Zeichen sein. Oder?

„Ein Glas Wasser wäre schön“, antwortet sie und Romans Anspannung lässt nach. Sie hat offenbar nicht vor, in den nächsten zwei Minuten zu verschwinden. Behutsam umfasst er ihren Ellenbogen. „Dann komm. Im Wohnzimmer ist es gemütlicher.“ Sie treten ein und sie schnuppert, ehe sie ihn stirnrunzelnd ansieht. „Was riecht hier so merkwürdig?“

Grinsend fährt er sich durchs Haar. „Ich habe versucht, mir ein Steak zu braten, und es anbrennen lassen“, gibt er zu und führt sie leise lachend zur Couch. Diese ist sehr breit und bequem. Wie geschaffen zum Liebe machen.

Hör auf, nur daran zu denken und lass sie erst mal richtig ankommen, maßregelt er sich und versucht seine Aufregung mit einem lässigen Grinsen zu überspielen.

„Wasser sagtest du?“

Natürlich weiß er noch, was sie trinken will, aber er möchte eine unverfängliche Stimmung schaffen und ihr die Aufregung nehmen. Roman sieht ihr an, wie aufgewühlt sie sein muss. Ihr Brustkorb hebt und senkt sich rasch, ihre Lippen zittern, was ihn nebenbei bemerkt halb wahnsinnig macht, weil er unbedingt an ihnen saugen will. Auch ihre Blicke irren hinter ihren Brillengläsern unruhig hin und her. Es hat sie bestimmt eine Menge Mut gekostet, hier aufzukreuzen und deswegen will er ihr die ungewohnte Situation so einfach wie möglich machen. Das ist unter Umständen seine letzte Chance, um Lilly von seinen Gefühlen zu überzeugen. Er darf es nicht versauen, dieses Mal muss er alles richtigmachen und ihr klarmachen, wie viel sie ihm bedeutet.

Er schenkt ihr ein Glas mit Wasser ein und reicht es ihr. Das Sofa senkt sich unter seinem Gewicht, still betrachtet er ihr zartes Profil und schluckt. Selbst die Brille kann nicht länger verstecken, wie hübsch sie im Grunde ist. Seine frühere Blindheit ihr gegenüber macht ihn im Nachhinein fassungslos. Wie leicht man sich von ein bisschen Make-up und einer schicken Frisur beeindrucken lässt und dafür die natürliche Schönheit einer weniger glamourösen Frau wie Lilly übersieht. Jetzt wünscht er sich nichts sehnlicher, als nach dem Aufwachen dieses Mädchen neben sich zu haben.

Endlich dreht sie den Kopf ein wenig und blickt ihm direkt in die Augen. Roman zwingt seine zuckenden Hände zur Ruhe, um die Linien ihres Gesichts nicht mit den Fingerkuppen nachzufahren und ihre weiche Haut zu spüren.

„Du fragst dich sicher, warum ich hier bin", fängt sie an, nachdem sie einen großen Schluck Wasser getrunken und das Glas auf den Wohnzimmertisch abgestellt hat.

„Das tue ich tatsächlich und ich hoffe, die Antwort wird mir gefallen", erwidert er.

Sie leckt nervös über die Unterlippe und der Anblick lässt das ganze Blut in seinem Körper nach unten sacken. *Shit*, denkt er und versucht krampfhaft seine Erregung in den Griff zu bekommen. Mühsam unterdrückt er ein sehnsüchtiges Stöhnen und wartet ab, was als Nächstes kommt.

„Du hast mich sehr verletzt, Roman", fährt sie fort und schenkt ihm ein gezwungenes Lächeln. „Als Nicole mir von dieser Wettschuld erzählt hat, wollte ich es zuerst nicht glauben, aber dann hat plötzlich alles einen Sinn gemacht. Dein Wunsch mit mir zusammenzuarbeiten, deine Freundlichkeit und das Flirten. Ich hatte von Anfang an das unbestimmte Gefühl, dass etwas nicht stimmen kann. Warum sollte jemand wie du ausgerechnet auf mich stehen? Eigentlich unmöglich, und doch bin ich in deine Falle getappt, weil ich mir so sehr gewünscht habe, du könntest mich ein bisschen gernhaben."

„Ich habe dich mehr als nur gern", flüstert er, ihre Verletzlichkeit und der Klang ihrer brüchigen Stimme gehen ihm durch Mark und Bein. Sein schlechtes Gewissen lastet schwer auf ihm.

„Bitte, lass mich ausreden, Roman."

Verbissen bemüht er sich um Ruhe, um sie nicht mit wiederholten Entschuldigungen und Liebesbeteuerungen unter Druck zu setzen. Ihm mag ja bewusst sein, was sie ihm mittlerweile bedeutet, Lilly hingegen hat keinen Grund ihm zu vertrauen. Dieses Privileg muss er sich erst wieder verdienen, sofern sie das zulässt.

„Roman, du hast mir das Gefühl gegeben, etwas Besonderes zu sein. Seit man mich von meiner Mutter weggebracht hat, haben Betreuer und Psychologen versucht, mir klarzumachen, dass auch ich Liebe verdiene, und dass es Menschen geben wird, denen ich etwas bedeute. Ich habe ihnen zugehört, ohne daran zu glauben. Für mich war die Vorstellung von Liebe nicht greifbar, bis ich dich zum ersten Mal gesehen habe. Da bekam ich eine Ahnung, wie sich das anfühlen könnte. Zumindest von meiner Seite aus."

Ein entzückend verlegenes Lächeln lockert die Anspannung in ihrem Gesicht. Roman kann sich kaum noch bremsen. Er will sie ganz fest in die Arme schließen, sie an sich drücken, bis sie miteinander verschmelzen und keine Macht mehr imstande ist, sie voneinander zu trennen.

Trotzdem bleibt er reglos sitzen und hört ihr zu. Er spürt instinktiv, wie wichtig es für Lilly ist, sich alles von der Seele zu reden.

„Du hast mich total umgehauen", gesteht sie. Ein schwaches Lächeln nistet sich in ihren Mundwinkeln ein, auf ihren Wangen breitet sich zarte Röte aus. „Mich hat noch nie ein Mann so sehr beeindruckt."

Er wagt einen Scherz und hebt mit einem gespielten Seufzer die Schultern. „Was soll ich machen? Mein gutes Aussehen und meine sportliche Figur ziehen Frauen magisch an."

„Es liegt nicht nur an deinem Aussehen, auch wenn mir das natürlich gefällt." Sie ringt mit den Händen. „Es ist schwer es zu erklären. Du strahlst so eine Lebensfreude aus, bist selbstsicher und jeder bewundert dich." Sie lacht verlegen. „Du erinnerst mich an diesen französischen Sonnenkönig. Sobald du einen Raum betrittst, ziehst du die ganze Aufmerksamkeit auf dich und stolzierst durch die Gegend wie ein Pfau. Dabei überstrahlst du alles und jeden. Hin und wieder habe ich versucht, die Welt durch deine Augen zu sehen. Als wäre alles kinderleicht und ich müsste nur mit den Fingern schnippen, um zu bekommen, was ich will."

Lillys Schilderung bringt ihn zum Nachdenken, er hat sich selbst nie so gesehen und ihre Sicht seiner Person beschämt ihn ein wenig.

„Du warst meine Sonne, Roman. Immer wenn es in meiner Welt dunkel und kalt wurde, habe ich versucht einen Blick auf dich zu erhaschen und es ging mir besser, obwohl du mich nie bemerkt hast. Aber das war okay. Für dich zu schwärmen, war eine Möglichkeit, meine romantischen Wünsche auszuleben, ohne mich mit meinen Empfindungen auseinandersetzen zu müssen. Denn ich war ja überzeugt davon, dass du nie auch nur einen Blick in meine Richtung werfen würdest. Und dann saß ich auf einmal mit dir im *Arrival* und mein ganzes Leben stand Kopf. Das hat sich so unwirklich angefühlt, und gerade weil es mir so absurd erschien, habe ich dir jedes Wort geglaubt."

„Weil es nie gelogen war, Lilly." Er muss sie unterbrechen und sich äußern. „Vielleicht war es mir zu dem Zeitpunkt noch nicht bewusst, aber ich habe von Anfang an diese Verbindung zu dir gespürt. Du warst so süß und schüchtern, ich wollte dich unbedingt vor allem und jedem beschützen." Beschwörend ergreift er ihre eiskalten Hände und zieht sie ein wenig zu sich. „Lilly, ich habe mich so rasend schnell in dich verliebt, dass ich eine Scheißangst bekam. Ich wollte die Geschichte beenden und dir die Wahrheit sagen, und war letztendlich zu feige. Du bist so kostbar. Wenn du mir noch eine letzte Chance geben könntest, mache ich es wieder gut."

„Okay."

„Mir ist klar, was für ein Idiot ich bin und ..." Roman stutzt ungläubig. „Moment mal, hast du gerade okay gesagt?"

Sie schenkt ihm ein betörendes Lächeln und wirkt viel gelöster als zu Beginn ihrer Unterhaltung. Roman blinzelt und widersteht dem albernen Impuls, sich wie ein kleines Kind zu kneifen.

„Und ich dachte schon, du verabscheust mich bis an dein Lebensende für meine dämliche Lügerei."

Lilly legt eine Hand auf seine Wange. In ihren grauen Augen liegt ein liebevoller Schimmer, der seinen Herzschlag beschleunigt. „Das tue ich nicht", flüstert sie. „Ich könnte dich niemals verabscheuen, Roman. Ich liebe dich doch."

Wie leicht ihr das über die Lippen kommt. Eine Riesenlast fällt von seinen Schultern, ihm wird fast schwindelig vor Glück. Sie liebt ihn. Überwältigt von seinen Gefühlen umfasst er ihren Kopf mit beiden Händen und presst die Lippen auf ihren Mund. Roman nimmt und nimmt und nimmt, er berauscht sich an ihren warmen Lippen, ertrinkt in ihrer Süße und der sanften Weiblichkeit, die seinen Beschützerinstinkt weckt.

Lillys zarte Hände gleiten an seinen Armen entlang nach oben und schmiegen sich um seinen Nacken. Sie hält sich daran fest, öffnet sich seinem Kuss ein wenig mehr und stöhnt auf, als er sie kurzerhand auf seinen Schoß zieht und sich nach hinten sinken lässt. Bevor die Brille Schaden erleidet, nimmt sie das Gestell ab und lässt sie hinter sich auf den Tisch fallen. Das leise Scheppern geht in ihrem Stöhnen unter, weil er sich sofort auf ihren Mund stürzt und mit der Zunge tief zwischen ihre Lippen taucht. Er muss sie schmecken und ganz nah bei sich haben, ehe er den Grund für ihren plötzlichen Sinneswandel erfragt. Roman lässt die Hände sehr langsam über Lillys schmalen Rücken gleiten, spürt die Wirbel und Rippen und zieht den Pullover ein kleines Stück nach oben. Keuchend drängt sie sich an ihn und wimmert leise, als seine Hände unter dem Kleidungsstück verschwinden. Darunter trägt sie lediglich ein dünnes Hemdchen. Er zupft den Saum aus dem Bund ihres Rocks und schlüpft darunter.

Endlich berührt er ihre nackte Haut. Unendlich zart, unendlich weich. Roman erschauert vor Vergnügen, weil er sie wieder anfassen darf und wandert streichelnd aufwärts. Gemächlich lenkt er seine Hände auf ihre Vorderseite und umrundet die Wölbungen ihrer Brüste. Seine Finger finden die zarten Spitzen ganz von allein und reizen die empfindsamen Knospen. Er fühlt, wie sie sich straffen und immer härter werden. Roman genießt es unsagbar, Lillys Sinnlichkeit herauszukitzeln und ihre Schüchternheit zu überwinden. Sanft schließen sich seine Finger um die weichen Hügel. Er lächelt an ihren Lippen, da sie auf diese Liebkosung mit einem verführerischen Seufzen antwortet und mehr körperliche Nähe einfordert, indem sie dichter an ihn heranrutscht. Was für ein tolles Gefühl. „Ich liebe dich, Blümchen“, flüstert er und schlingt in einem Anfall von Besitzgier beide Arme um ihren zerbrechlichen Oberkörper und hält sie einfach nur fest. Lillys zarte Finger kraulen durch die Haare in seinem Nacken. Ihr Mund kitzelt beim Sprechen sein Ohrläppchen. „Ich liebe dich auch. Ich bin so froh, dass dein Vater mir endgültig die Augen geöffnet hat, damit ich den Mut finde, zu dir zu kommen.“

Überrascht schiebt er sie wenige Zentimeter von sich weg, um ihr ins Gesicht sehen zu können. „Mein Vater? Was hat der denn damit zu tun?“

Sie sucht eine bequemere Sitzposition auf seinem Schoß, was sich augenblicklich auf seinen Lendenbereich auswirkt. Roman beißt die Zähne zusammen.

„Er stand heute Abend vor meiner Tür.“

„Tatsächlich?“, will Roman ein wenig dümmlich wissen und schluckt. Die Standpauke von Konrad Steininger, nachdem er und Mark ihm die ganze Geschichte gebeichtet haben, wird er sein Leben lang nicht vergessen. Zu behaupten, er sei wütend gewesen, trifft es nicht mal annähernd.

„Was hat er denn gesagt?“

Er kann einen misstrauischen Unterton nicht unterdrücken.

„Er hat mir von deiner und Marks Beichte erzählt und wie sehr es ihn getroffen hat, dass du zu so einer Gemeinheit fähig warst.“

Na, super!

„Das war nicht alles. Dein Vater ist wirklich enttäuscht von dir, aber gleichzeitig empfindet er auch Stolz, weil du den Mut hattest, ihm die Wahrheit zu beichten. Auch ihm ist klar, dass ich euch nie verpetzt hätte und er schätzt deine Ehrlichkeit.“

„Davon habe ich heute Morgen nicht viel gemerkt“, brummt Roman und streicht abwesend an ihren Seiten auf und ab. „Wenn ich nicht schon längst aus dem Alter raus wäre, würde ich jetzt wahrscheinlich bei Wasser und Brot in meinem alten Zimmer schmoren, ohne die Möglichkeit auf vorzeitige Begnadigung.“

„Das könnte allerdings sein“, meint sie schmunzelnd und streicht mit ihren Fingerspitzen über seine gefurchte Stirn, um die Haut zu glätten.

„Er war übrigens nicht nur da, um über dich zu schimpfen.“

„Nein?“

Sie schüttelt sachte den Kopf. „Nein. Er hat mir obendrein erklärt, wie sehr du dich in der kurzen Zeit verändert hast, seit du mich zu deiner Assistentin gemacht hast und dass ich einen guten Einfluss auf dich hätte."

„Shit, den hast du, Blümchen", bestätigt er inbrünstig. In dem Punkt sind sich er und sein Vater absolut einig. „Was hat er noch gesagt?"

„Dass ich dir vertrauen soll, selbst wenn es mir schwerfällt, weil er dich besser kennt, als jeder andere und er an deine ehrlichen Gefühle für mich glaubt." Lilly beugt sich kurz über ihn und haucht ihm einen Kuss auf die Lippen. „Er hat mich gebeten, dir noch eine Chance zu geben."

„Dann bist du nur wegen meines Vaters hier?"

Lilly schüttelt den Kopf und stiehlt sich einen weiteren Kuss. Roman kommt ihr ein bisschen entgegen, doch bevor er den Mund fester gegen ihren pressen kann, zieht sie sich zu seinem Bedauern zurück.

„Nicht nur seinetwegen. Ich war vorher schon kurz davor, dir zu verzeihen. Der Besuch deines Vaters hat meine Entscheidung nur beschleunigt und im Übrigen finde ich ihn sehr nett. So langsam bekomme ich eine Ahnung, von wem du deinen Charme geerbt hast."

„Ach ja?"

Sein skeptischer Tonfall bringt ihre Mundwinkel zum Zucken. Süßes Biest. Sobald sie ein wenig aus sich herausgeht, kommt eine neckische Ader zum Vorschein, die nicht nur enorm verlockend ist, sondern auch auf niedliche Weise provokant. Bevor sie protestieren kann, wirft er sie auf den Rücken und legt sich über sie. Ihre Arme zieht er hoch über ihren Kopf und hält die Handgelenke fest. „Weißt du, was ich mit frechen Mädchen anstelle?"

„Keine Ahnung, aber du wirst es mir bestimmt gleich unter die Nase reiben."

Sie versucht vergeblich, ein Lächeln zu unterdrücken. Nach all der Schwere im Herzen und den Schuldgefühlen, ist zwischen ihnen nur noch Platz für unbeschwerte Zärtlichkeit. Roman hat auf sowas nie besonderen Wert gelegt, jetzt hat er das Gefühl, ohne ihr Lächeln und das glückliche Glitzern in ihren Augen nicht mehr leben zu können. Er will es auch gar nicht.

„Du machst mich sehr glücklich, Lilly“, sagt er und wird unvermittelt ernst. „Ich will dir nichts vormachen. Es wird nicht immer einfach mit mir sein, aber ich schwöre dir, ich werde jederzeit für dich da sein und dich niemals im Stich lassen. Ich habe meine Lektion gelernt und möchte dich unter keinen Umständen verlieren.“

Roman ist sich im Klaren darüber, welches Glück er hat und dass er Lillys Vertrauen nie als selbstverständlich ansehen darf.

„Du wirst mich nie verlieren“, flüstert sie und sieht ihm tief in die Augen. „Ich könnte gar nicht mehr ohne dich sein. Das würde mich umbringen.“

„Oh Blümchen ...“

Sein Mund senkt sich auf ihren und endlich lässt er seinen Gefühlen freien Lauf. Seine Hände lassen ihre zarten Handgelenke los und machen sich daran, ihren Körper aufs Neue zu erforschen. Er schließt die Finger um eine Brust und genießt das weiche Gewicht in seiner Handfläche. Sie zu spüren, macht süchtig. Sie zu küssen, ist überwältigend.

Sobald sich ihre Finger in seinem Haar verkrallen, rutscht er tiefer und schiebt dabei Stück für Stück ihren Pullover mitsamt Hemdchen in die Höhe. Als die nackte Haut ihres Bauches zum Vorschein kommt, legt er die Lippen über die samtweiche Fläche, fühlt wie die zarten Muskeln unter seinem Mund zucken und küsst sich zum Bund ihres Rocks hinab. Währenddessen streichelt er ihre Seiten und taucht einen Finger in den winzigen Bauchnabel. Lilly bäumt sich leicht auf und seufzt. Romans Mund formt sich zu einem wissenden Lächeln und er zieht den seitlich angebrachten Reißverschluss auf. Nach und nach entblößt er Lillys schönen Körper, wobei er noch voll bekleidet über ihr liegt. Kuss für Kuss, erforscht er die sanften Kurven ihrer Hüften, die flache Ebene ihres Bauches und die sinnlichen Wölbungen ihrer Brüste. Kein Zentimeter bleibt unbeachtet. Roman lässt sich unfassbar viel Zeit damit, ihren Leib mit seinen Zärtlichkeiten anzubeten und dabei ihrem Keuchen und Wimmern zu lauschen, wenn er etwas länger an einer besonders sensiblen Stelle verweilt.

„Roman, bitte, ich brauche dich“, wispert sie und streckt verlangend die Arme nach ihm aus, um ihn nach oben zu ziehen Er erfüllt ihr diesen Wunsch, kommt ihren Lippen entgegen und versinkt mit Lilly in einem berauschenden Zungenkuss Roman lässt seine Hände über ihren Körper gleiten, bis sie sich ungewohnt mutig, am Gürtel seiner Hose zu schaffen macht und ihn schließlich öffnet Sie macht auch vor seiner Unterwäsche nicht halt Wenige Momente später ist es sein Stöhnen, das durch die Wohnung hallt

„Lilly ... Was machst du mit mir?“

Sie berührt ihn so gekonnt, dass er sich in ihre Hände zu ergießen droht, bevor er sich in ihr befindet Mit letzter Kraft zieht er ihre Arme wieder nach oben und legt sich auf sie, spürt ihre wogenden Brüste unter sich und trotz des Hemdes die aufreizenden Spitzen

„Worauf wartest du noch?“, fragt sie und biegt sich seinem Körper sehnsüchtig entgegen Roman fackelt nicht lange und schiebt sich mit seiner gesamten Länge in ihren Schoß Während er tief in der feuchten Weichheit versinkt, wünscht er sich, diesen warmen Ort nie wieder verlassen zu müssen Lilly ist die Frau seines Lebens und der Kerl, der immer der Meinung gewesen ist, Mauerblümchen wären nicht sein Fall, existiert nicht mehr Er will nie wieder eine andere in den Armen halten

„Ich liebe dich, Lilly“, flüstert er.

Sie antwortet mit einem seligen Lächeln und zieht seinen Kopf zu sich herunter

Epilog

Im *2Face* ist heute geschlossene Gesellschaft und doch tummelt sich die halbe Stadt im Club. Wie jedes Jahr entwickelt sich Niks Geburtstagsfeier zu einer denkwürdigen Party, von der die Leute noch wochenlang reden werden. Ein extra angereister DJ aus Spanien sorgt für die perfekte Kulisse, die dröhnenden Beats hallen durch den Raum und kaum einer schafft es, die Beine still zu halten. Alkohol fließt in Strömen, draußen warten bereits jetzt Kolonnen von Taxis, um die teilweise fahruntüchtigen Gäste später nach Hause zu bringen. Wenn Nik feiert, dann lässt er es ordentlich krachen und scheut keine Kosten und Mühen.

Roman beobachtet schmunzelnd, wie sich sein reichlich angeheiterter Kumpel kaum entscheiden kann, welche der zwei Blondinen, die ihn seit Beginn des Abends umschwirren, er zuerst in eines der Hinterzimmer führen soll, um seine ganz private Party steigen zu lassen. Da er sich anscheinend für keine entscheiden kann, schnappt er sich schließlich beide und zieht die kichernden Frauen hinter sich her. Alex, der neben Roman steht und merkwürdig schlechte Laune schiebt, kriegt das ebenfalls mit. „Fuck, dieser Nimmersatt. Ich dachte, er lässt eine für mich übrig. Ich könnte wirklich eine kleine Ablenkung gebrauchen."

Roman schafft es nicht ein Lachen zu unterdrücken. „Bist du das Geburtstagskind oder er? Nachdem ihm Nicole wegen diesem Juwelier den Laufpass gegeben hat, braucht er ein bisschen weiblichen Trost."

Alex brummt ungehalten. „Den brauche ich auch. Nina macht mir seit einer Weile die Hölle heiß, weil ich mich in der Agentur angeblich zu wenig einbringe. Dabei war von Anfang an klar, dass ich der Networker bin und sie hinter den Kulissen arbeitet. Was denkt sie, woher die Aufträge kommen? Die Leute engagieren uns, weil ich ihnen das perfekte Image verspreche."

Alex' Miene wird zunehmend düster. „Keine Ahnung, was auf einmal mit ihr los ist.“ “

„Ist vielleicht nur eine Phase.“

Alex schüttelt wenig überzeugt den Kopf. „Nein, das geht schon seit einer Weile. Sie meckert nur noch rum, dabei dachte ich immer, eine beste Freundin ist ein Ruhepol, jemand, bei dem man sich entspannen und auskotzen kann, wenn es einem mies geht.“

„Andauernd nur den seelischen Mülleimer zu spielen, ist ihr vielleicht zu dumm“, mutmaßt Roman, dem im Gegensatz zu seinem Freund durchaus bewusst ist, dass Alex Ninas Gutmütigkeit zwar nicht böswillig ausnutzt, sie aber als selbstverständlich hinnimmt.

„Nina hat Nerven wie Drahtseile, wenn sie sich beschwert, muss etwas ziemlich im Argen liegen. Bist du sicher, dass du nicht irgendeinen Mist gebaut hast?“

Roman blickt unauffällig zu Alex' Schatten, wie sie Nina oft scherzhaft nennen. Sie unterhält sich gerade angeregt mit Lilly und macht eigentlich einen recht entspannten Eindruck auf Roman. Wenn sie sich über Alex ärgert, lässt sie es sich nicht anmerken. Sein Blick gleitet zu seinem Blümchen und ihm schwillt vor Stolz die Brust. Sie trägt ein schlichtes schwarzes Kleid, das eine Handbreit über den Knien endet. Auf den ersten Blick nichts Besonderes, doch in Kombination mit ihrem offenen blassblonden Haar wirkt es edel und sexy. Lilly kann eigentlich alles tragen, ihre Figur ist tadellos und er mag es, wenn sie zeigt, was sie zu bieten hat. Noch ist sie in der Hinsicht etwas scheu. Roman arbeitet daran, ihr Selbstbewusstsein zu stärken, damit sie sich traut, ihre natürliche Schönheit zu unterstreichen. Besonders modeaffin wird sie trotzdem nie sein. Ob sie sich deswegen so gut mit Nina versteht? Die legt auch nicht viel Wert auf Äußerlichkeiten und latscht am liebsten mit abgetragenen Sneakers, Jeans und verblichenen T-Shirts herum. Das ist der entscheidende Grund, wieso Alex der kreative Kopf der Werbeagentur ist, während sich Nina mehr um die administrativen Abläufe kümmert. Als würden die beiden Frauen seine und Alexanders Aufmerksamkeit spüren, schauen sie in ihre

Richtung. Das Lächeln der rotblonden Nina verblasst, sobald sie Alexander sichtet. Für einen kurzen Moment sieht es so aus, als wolle sie rüberkommen, doch dann strafft sich ihre zierliche Gestalt und sie blickt woanders hin.

Alexanders leiser Fluch zeigt, dass ihm das keineswegs entgangen ist. „Weiber", brummt er ungehalten. „Soll die einer verstehen."

„Wärt ihr verheiratet, hätte ich gesagt, da hängt der Haussegen schief. Redet einfach miteinander. Damit habt ihr doch sonst kein Problem."

Alex zuckt mit den Achseln, ein unbehaglicher Ausdruck überzieht sein gutaussehendes Filmstar-Gesicht. „Klappt nicht. Seit einer Weile nicht mehr. Vielleicht war es ein Fehler, sie zu meiner Partnerin in der Agentur zu machen."

Allmählich macht Roman sich Sorgen. Normalerweise lässt Alex nichts auf Nina kommen. „Das ist doch große Scheiße, was du da von dir gibst. Das ist dir hoffentlich klar."

Alex steht das schlechte Gewissen sofort ins Gesicht geschrieben. „Shit, ja, ich weiß", erwidert er und lächelt schief. „Es ist nur ... Irgendwie wird es langsam komisch zwischen uns und ich habe Angst, dass die Agentur uns so auffrisst, dass wir darüber unsere Freundschaft kaputtmachen. Das wäre total ätzend. Nina ist die einzige Frau, der ich über den Weg traue. Wenn wir das verbocken, mutiere ich wahrscheinlich endgültig zu einem gewissenlosen Arschloch."

Es lässt tief blicken, welchen Stellenwert er Nina in seinem Leben einräumt und vermutlich hat Alex mit seiner Einschätzung recht. Er hat von allem zu viel. Gutes Aussehen, Sportlichkeit, Charme, ein paar Olympiamedaillen und durch lukrative Werbedeals und einen fantastischen Anlageberater mehr Geld, als er ausgeben kann. Ohne die bodenständige und kompromisslos ehrliche Nina würde Alexander von Dornstetten wahrscheinlich dem Größenwahn verfallen und total abheben. Sie ist das Gegengewicht, das ihn am Boden hält. Alex weiß das und gerade diese Einsicht macht ihn trotz seiner Überheblichkeit sympathisch.

„Das passiert schon nicht. Ihr habt eine Krise“, meint Roman diplomatisch. „Das passiert vielen Paa… ich meine bei vielen Freunden.“ Beinahe hätte Roman die beiden als Paar bezeichnet Was kompletter Unfug wäre Alex und Nina sind eine Einheit, das stimmt Sie kennen sich über zwei Jahrzehnte und haben bereits im Sandkasten miteinander gespielt

Nichtsdestotrotz ist ihre Beziehung platonischer als platonisch, da wird nie im Leben etwas laufen Darauf würde er jede Wette abschließen Wenn er das noch tun würde Diese Unart hat er seit der Geschichte mit Lilly abgelegt

„Lass uns nicht über meinen Stress mit Nina reden“, meint Alex versöhnlich und lächelt jungenhaft. „Erzähl lieber, wie es bei dir so läuft Hast dich ja ziemlich rar gemacht in den letzten Wochen Immer noch glücklich mit deiner Lilly oder vermisst du bereits dein aufregendes Singledasein?“

„Keine Chance“, antwortet Roman breit grinsend. „Ich würde Lilly um nichts in der Welt wieder hergeben Wenn man erst das richtige Mädchen gefunden hat, dann verliert man das Interesse an Partys und dem ganzen Kram.“

„Du entwickelst dich noch zu einem Weichei“, frotzelt Alex und legt ihm brüderlich den Arm um die Schulter. „Wenigstens halten Mark und Nik die Ehre der CityLovers hoch Sonst müsste ich die ganzen Schönheiten allein glücklich machen Auf Dauer kann das ziemlich anstrengend werden.“

„Um Mark und Nik musst du dir keine Sorgen machen Die werden sicher nie sesshaft werden.“ Roman grinst und wirft einen weiteren Blick auf Lilly Genau in derselben Sekunde hebt sie den Kopf und lächelt ihn an Ein warmes Gefühl erfüllt ihn von Kopf bis Fuß Seit sie ihm verziehen hat, sind sie praktisch unzertrennlich, lediglich in der Firma haben sie nicht allzu viele Berührungspunkte Erstaunlicherweise kommt sie sogar mit Marion klar, die seit der Versetzung von Sabine recht handzahm geworden ist Eine dritte Kraft hat Mark kurzerhand eingespart Nachdem die Machenschaften von Gruber aufgedeckt worden sind, hat sich auch die Anzahl der Beschwerden deutlich dezimiert und eine dritte Sachbearbeiterin ist nicht länger nötig

Stunden ohne Berührungen von Lilly sind lang, da sie in der Firma keine Zärtlichkeiten duldet, um die Klatschmäuler nicht mit intimen Details zu füttern Auch wenn sie ihre Beziehung mittlerweile bekanntgegeben haben, hält Lilly nicht viel davon, ihre Liebe zueinander öffentlich zu zelebrieren Privat hingegen zeigt sie sich zugänglicher Sein Blümchen lebt praktisch bei ihm, sie übernachtet nur selten allein in ihrer Wohnung Zu Beginn fand er es merkwürdig, jeden Morgen mit dem gleichen Mädchen im Arm aufzuwachen Ungewohnt, aber auf eine höchst positive Weise Er fühlt sich vollständig und so verdammt gesegnet, dass andere Frauen ihn kein bisschen mehr reizen Egal wie schön oder sexy sie sind, in Lilly hat er alles gefunden, was er braucht und er will nur noch sie

„Das mit euch ist was Besonderes, hm?“

Alex’ nachdenkliche Frage holt Roman zurück in die Wirklichkeit. Er nickt bedächtig. „Ja, ich war noch nie glücklicher.“

„Dann halt sie gut fest. Gibt nicht viele Frauen, die es wert sind, für sie die Freiheit aufzugeben Du solltest also keinen Blödsinn machen.“

„Für Blödsinn seid ihr jetzt zuständig“, meint er lachend

Plötzlich entdeckt er Mark, der mit Miriam am Rande der Tanzfläche steht und sich offensichtlich einen hitzigen Disput mit ihr liefert. „Fuck, nicht schon wieder“, murmelt er entnervt. Die zornig verzerrten Mienen der beiden entlocken Roman ein müdes Seufzen

Die zwei sind schlimmer als kleine Kinder und da sein Vater weiterhin darauf besteht, dass Miri die nächsten drei Monate in Marks Abteilung verweilt, giften sie sich bei jeder sich bietenden Gelegenheit voller Hingabe an

„Ich verstehe nicht, wieso sie sich privat nicht aus dem Weg gehen“, murmelt er. „So schwer kann das nicht sein.“

„Dazu müssten sie das erst einmal wollen“, wirft Alex ein und grinst durchtrieben. „Ich frage mich ernsthaft, wie lange es wohl noch dauert, bis die beiden im Bett landen? Miriams Körpersprache ist ja wirklich mehr als eindeutig Die Streitereien sind doch reines Vorspiel.“

„Dir ist schon klar, dass du hier über meine Schwester redest?“

Roman verschränkt wenig amüsiert die Arme vor der Brust und tilgt jeden Gedanken an sexuelle Aktivitäten seiner kleinen Schwester mit seinem besten Freund aus seinem Kopf. Nicht nur, weil die Idee total absurd ist, er will natürlich nicht, dass Miriam verletzt wird. Mark ist nicht für feste Beziehungen gemacht. So sehr er ihn schätzt, die Vorstellung, dass sie sich in die lange Kette von Marks Eroberungen einreiht, gefällt ihm ganz und gar nicht. Abgesehen davon macht er immer noch mit der Faßbender rum. Diese Affäre rutscht langsam in den Status einer etwas eigenwilligen Beziehung. Roman schüttelt sich. Er hat Sonja zwangsläufig ein bisschen besser kennengelernt, seit Mark sich regelmäßig mit ihr trifft und hält sie mehr denn je für einen kalten Fisch.

Alex reitet weiter auf dem Thema herum. „Ach, komm, du musst doch zugeben, zwischen den beiden funkt es gewaltig. Seit Jahren schon. Aber seit sie sich täglich sehen, klettert die Temperatur auf den Siedepunkt. Wenn du mich fragst, dauert es keine zwei Wochen mehr, bis sie übereinander herfallen."

„Du spinnst doch."

„Wir könnten ja eine Wette abschließen", schlägt Alexander vor und grinst durchtrieben. „Und komm mir jetzt nicht mit diesem *das ist meine kleine Schwester*-Getue. Miri ist erwachsen und ich beobachte und analysiere nur, was offensichtlich ist."

„Was ist offensichtlich?"

Sobald Roman Lillys weiche Stimme hört, rieselt ein angenehmer Schauer über seinen Rücken. Schon steht sie neben ihm und schmiegt sich an seine Seite. Er legt den Arm über ihre Schulter und zieht sie für einen Kuss an sich. „Nichts Aufregendes. Hast du Spaß, Blümchen?"

Ihr süßes Gesicht strahlt förmlich, als sie nickt.

„Oh ja. Ich werde mir jetzt von Nina zeigen lassen, wie man diesen Flipperautomaten bedient. Wenn du mich suchst, ich bin dahinten." Sie deutet mit dem Daumen über die Schulter und stiehlt sich einen letzten Kuss, ehe sie kichernd zurück zu Alexanders bester Freundin läuft. Es macht Roman froh, sie so ausgelassen zu erleben. Sie taut immer mehr auf und fängt an, das Leben zu genießen. Ein Umstand, den er sich nicht ohne Stolz auf die Fahne schreibt.

„Also, was ist? Zwei Wochen noch und deine Schwester erliegt Marks Charme, genau wie all die anderen armen Mädchen."

Tu es nicht, wispert eine mahnende Stimme und will ihn vor einer großen Dummheit bewahren. *Du hast geschworen, dass du nie wieder wetten wirst.*

Miri ist immun gegen Mark, den Sieg hast du im Sack, lockt der unvernünftige Teil von ihm.

Roman zögert ein wenig und streckt am Ende doch die Hand aus. „Die Wette gilt!"

Innerlich reibt er sich die Hände. Seine Schwester ist ein vernünftiges Mädchen, sie fällt sicher nicht auf einen Windhund wie Mark herein.

Alexander schlägt ein und lacht. „Dann lass uns mal die Details abklären ..."

Ende

Weitere Bücher von Vivian Hall:

Mark & Miriam: Wie Streichholz und Benzinkanister
Contract: Fesseln der Verführung Teil 1
Contract: Dunkles Verlangen Teil 2
Liebe kann man nicht kaufen: Begehren
Liebe kann man nicht kaufen: Erfüllung
Liebe kann man nicht kaufen: Vertrauen
London Affairs: Verbotenes Verlangen
London Affairs: Jagdfieber
London Affairs: Heiße Sehnsucht